相看两相知

兰思思 / 著

重慶出版集团 重慶出版社

图书在版编目(CIP)数据

相看两相知 / 兰思思著. —重庆：重庆出版社，2016.2
ISBN 978-7-229-09801-8

Ⅰ.①相… Ⅱ.①兰… Ⅲ.①长篇小说—中国—当代
Ⅳ.①I247.5

中国版本图书馆CIP数据核字(2015)第086466号

相看两相知
XIANGKAN LIANG XIANGZHI
兰思思 著

责任编辑：王　淋
责任校对：郑小石

重庆出版集团
重庆出版社　出版
重庆市南岸区南滨路162号1幢　邮政编码：400061　http://www.cqph.com
重庆出版集团艺术设计有限公司制版
自贡兴华印务有限公司印刷
重庆出版集团图书发行有限公司发行
E-MAIL:fxchu@cqph.com　邮购电话：023-61520646
全国新华书店经销

开本：890mm×1280mm　1/32　印张：10　字数：336千
2016年2月第1版　2016年2月第1次印刷
ISBN 978-7-229-09801-8
定价：32.80元

如有印装质量问题，请向本集团图书发行有限公司调换：023-61520678

版权所有　侵权必究

目录

Chapter01	郁闷的妇女节 / 1
Chapter02	陈方好和关海波 / 13
Chapter03	烤肉和足浴的玄机 / 26
Chapter04	相亲大会 / 37
Chapter05	原来,这丫头喜欢小白脸! / 49
Chapter06	醉酒事件 / 61
Chapter07	方好与旧爱狭路相逢 / 72
Chapter08	难熬的一天 / 84
Chapter09	老板的强吻 / 98
Chapter10	恋爱开始 / 113
Chapter11	丈母娘看女婿 / 124
Chapter12	闵太太——林娜 / 139
Chapter13	没有哪个女人是省心的! / 152
Chapter14	陈方好叛逃 / 167
Chapter15	关海波的旧爱与新欢 / 180
Chapter16	仇人相见,分外眼红! / 194
Chapter17	抓捕陈方好 / 209
Chapter18	告白 / 224
Chapter19	风波 / 236
Chapter20	林娜和闵永吉悲伤的故事 / 248
Chapter21	真相与误会 / 262
Chapter22	相信你,因为爱 / 276
尾　声	HAPPY ENDING / 289

番外一	那段爱 / 292
番外二	雇佣关系 / 305
番外三	幸福之家 / 311

Chapter 01

郁闷的妇女节

　　三八妇女节下午一点到三点，美罗百货服装部全场限时打对折！冯春晓在电话里把这个消息告诉陈方好的时候，那兴奋劲儿仿佛不是打折，根本就是等着她们免费去拿。

　　春晓和方好不在同一家公司，却在同一幢写字楼里，两人经常在楼下的经济餐厅碰到，年轻女孩对跟自己年龄、气质相仿的姑娘都会格外留意一些，加上她们所在的公司又是门对着门，远亲不如近邻，一来二去两人就熟稔了。

　　方好歪了头，把电话听筒夹在耳朵跟肩膀之间，一边聊天，一边还能噼里啪啦打字如飞。

　　春晓盛情邀请她一同前往"厮杀"，方好虽然十分乐意，却有些为难，目光飞快地向左手的办公室溜了一眼，门微启着，但看不清里面的人在做什么。她压低声音道："下午啊，下午我手头还有一堆事儿呢，老板一定不会放人的。"

　　她的嗓音和她的人一样娇脆可人。方好是典型的江南女孩，皮肤细腻白皙，圆脸，尖下巴，一双杏仁眼总是似睡非睡，很有些慵懒的娇羞之态，虽不是明艳不可方物，但胜在清丽讨巧。

春晓不觉在那头发出鄙夷的嗤声:"三八节女士放假半天,这是国家规定的,波哥要胆敢不放,你可以直接去妇联告他侵犯妇女权益!"

这罪名大得有些唬人,且根本不切实际,方好呵呵干笑了两声,没接茬。

告老板?她还混不混了?

春晓忽然收起了女权的嘴脸,嘻嘻一笑道,"这事儿吧,也简单,按老规矩办,咱上美人计呗。中午你把波哥往二楼的企鹅茶餐厅引,我只要把他的行踪透露给林美人,保管叫他来个瓮中捉鳖,逮个正着儿,你要脱身不是易如反掌?"

这招虽然俗不可耐,却绝对管用,春晓的顶头上司林玉清"明恋"盛嘉贸易的老板关海波在这栋楼里可不是什么新闻了,至于关海波对她有没有那层意思,就只有他自己晓得了,尽管对着林玉清,他也是笑容可掬,彬彬有礼,可是两年下来,什么动静都没有。

当初两家公司机缘巧合地凑了个门对门,也真叫绝配,公司从上到下鲜有不眉来眼去的,然而竟然没成得了一对。

春晓说:"这叫兔子不吃窝边草。"

方好的同事孟庆华则道:"距离太近了,就缺乏美感。"

方好觉得他们说得都有道理,只是不知道关海波始终不接林美人的招,是因为不想吃这口"窝边草",还是真的因为距离近到已失去感觉。

"男人心,海底深",这句话用在关海波身上,方好觉得是最合适不过了。

电话里,春晓还在喋喋不休地唠叨,"我们公司可是一早就发了通知出来,今天下午铁定要放的。"

方好哼哼哈哈地应着,心里不禁嘀咕,春晓所在的是一家日本知名化妆品公司的在华基地,在S市的远郊工业园里还有一座规模不小的厂房,而在聚林大厦的这个售后服务部里,几乎是清一色的女性,人多好办事,争取起权益来更是顺风顺水,哪像他们公司,除了前台跟方好,就再找不出第三个女的来,前台还是一实习生,每天只坐镇上午半天,帮着方好处理掉一些最低级的office琐事,其余的后勤,全是方好一个人在打理,忙得像只小陀螺。

她要跟关海波说想申请三八节放假,他指不定要拿多大的眼瞪自己呢。

春晓忽然神秘兮兮地道,"我们美人今天准有行动,一个上午补妆不下五次了都。哎,她刚才好像还去你们那里来着,说有个快递发错了,你没见着吗?"

她是真没什么印象,从上班开始就被老板差得团团转,余下的时间也只够埋头在文件堆里，哪有闲工夫注意别的动向。

关海波老骂她笨，粗心，头两年从她手上出品的report他都要狠狠改过才能够用，不是措辞太幼稚，就是标点错了，光为这一项，她就吃过他不知多少排头，以至于后来只要一接触文字工作，她都会神经质地睁大双眼，像个侦察兵一样在字里行间揪敌对分子。

方好的案上常年备着新华字典和牛津英汉双解词典，没事也会翻出来研究研究。三年后的今天，她几乎可以自信地认为，把她放到任何一家出版社去当文字校对都绰绰有余，春晓老笑她是得了文字强迫症。

这边电话还没讲完，关海波就如鬼魅一般悄无声息地出现在方好的视野里，目光犀利地掠过方好温暖如阳光的笑脸，犹如冬日里忽然刮过一阵寒风，方好生生打了个哆嗦，赶紧识趣地把电话挂了，老占着线，竟然把老板从办公室里给招惹出来了，那还了得。

关海波是那种无论往哪里一站，都能惹女性回眸注目的角色。其实他长得算不上有多英俊，肤色微黑，很普通的四方脸，但面部线条极其硬朗，工作起来不苟言笑，一双不大的眼睛时刻放着精光，再加上高大俊挺的身材，真可谓男子气十足。

只一眼，他就瞧出方好是在跟人聊天，而且聊天对象一定是对门的冯某某，他用手上的一沓文件敲敲方好的桌子沿儿，简短地说："进来一下。"

"哦。"方好赶紧扔下手上的活儿，乖乖尾随其后。

关海波再帅也是他的事儿，跟方好浑身没关系，她是在他的呵斥声中成长起来的，他把她那点本就可怜的自信心早已破坏殆尽，要想让她对这样一个终日对自己铁青着面色的上司花痴简直是天方夜谭。

进了门，关海波径自走到办公桌边，在松软的黑皮椅里坐下，然后道，"腾玖三个月前被海外的一家实业公司收购了，目前正在资源重组，有几种原材料即将对外招标。"他把手上那叠厚厚的文件往方好面前一递，"这是我收集的资料，你去理一理，做个投标书，争取今天完成初稿。"

方好答应着，上前两步，接了过来，随手翻阅了几页。其实关海波没必要跟她解释太多，她对商场的那一套基本没什么兴趣，工作对她来说只是一种谋生的手段，只要薪水合适，让她天天当小妹她也没意见，每次她一发类似的论调，春晓就会痛心疾首地说她是被波哥长期压榨给摧残傻了。

但是方好能做出各种各样漂亮到让人倒吸一口气的报告，字体，颜色，背景搭配得无一不恰当，内容也十分严谨，论点合理，论据充分，论证严密，这当然得益于关海波孜孜不倦的长期"教诲",还有方好日复一日的经验累积,正所谓没吃过猪肉,还没见过猪走路么?

关海波又仔细地给方好讲述了一下标书的要求,腾玖是他关注许久的对象,只是苦于没有机会打入,这次的重整提供了良机,他通过多方面打通关节,终于取得投标资格,如果真能拿下一两个货源代理,那今年盛嘉的业绩涨幅曲线将会呈陡坡状,所以他丝毫不敢大意,从头至尾打算亲自跟。

该交待的都已交待完毕,方好却还杵在那里不动,关海波不禁挑了挑眉问,"还有事么?"

方好觉得,与其下午偷偷溜走,不如主动请示为妙,再怎么说,这也是国家法定的假期,虽然盛嘉一直以来在管理上不怎么人性化,别说节日了,周六周日加班也是家常便饭,谁叫公司的业务越做越大,人却还是那么几个呢!但关海波近来常常跟员工强调规范的重要性,方好认为公司的"规范"是要以遵守国家法律法规为前提的,所以她挠了挠头发后,还是很勇敢地开了口,"关总,唔,那个,今天是三……"

关海波突然想起了什么,暮地打断她道,"美艺的报价单给他们发过去没有?"

"啊?"方好脑子里正在紧张地组织语句,被他一打岔,不得不匀一些细胞出来回忆一下上午的工作细节,然后咽一口唾沫道,"发了,早上一来就发了。"

"嗯。"关海波若有所思地点点头,然后又眯起眼睛看向她,"你刚才说什么?"

"哦,那个,我是说,今天是妇女……"

"咚咚——"斜刺里传来两下敲门声,项目经理季杰一脸紧张地踏进来,吊着嗓门道:"关总,长茂那边又变卦了,我说怎么都一周了,合同还老悬着不签,原来是嫌咱们价定得高了。"

关海波顿时俊眉一拧,"怎么回事?星期一跟高副总吃晚饭时还谈得好好的。"

季杰很自觉地在关海波对面唯一的一张椅子里坐下,面上挤着愁态道,"我估计十有八九是李锋那家伙搞的鬼,上回给他们进口平衡块,我没按照他的意思给扣点,他心里老大的不痛快。"

关海波手上擒着笔,来回转悠,沉吟道,"这个李锋胃口太大,不能由着他胡来……"

"可不就是嘛!"季杰一拍桌子,作出深以为然的表情,很自然地转过脸来,余光正好扫到还站在身旁的方好,这才意识到自己抢了先,把她晾一边了:"哟,小陈有事吗?有事你先说!"

季杰跟关海波一样,都是出了名的工作狂,在他们面前,方好再要开口申请那个休假着实有点困难,于是抿了抿唇,强笑了一下道:"我没事了,你们聊。"

她扭身往门外走,关海波眸中带着一抹深意向她的背影望去,不期然她在门口又转过身来,他来不及收回深邃的目光,下意识地握拳靠在嘴边干咳了两声,好在方好压根没注意。

"关总,今天中午要不要给您在企鹅餐厅订个位子,听说他们新做的一道泰皇炒饭很有东南亚风味,挺不错的。"她的脸上一扫适才的沮丧,笑吟吟地请示,关海波自小在闽南长大,很吃得惯那些在方好看来相当奇怪的饭菜。

关海波用餐的地方只有两个,要么在办公室吃外卖,要么就去三楼那家环境优美的茶餐厅,没什么悬念。

方好想既然没法通过文明手段争取到合法权益,就只能伙同春晓一起上"阴谋诡计"了,她的办法很简单,只要把关海波"哄"去茶餐厅就OK了。林玉清很健谈,在那样的场合跟自己心仪的男子聊个把小时简直是小菜一碟。

关海波当然不清楚她打的如意算盘,只是点了点头,他没有忽略方好脸上闪过的一丝欣喜,虽然不解,眼神却不由自主地柔和下来。

方好心情极佳地出得门来,在第一时间与春晓通好了气,两人在电话里像得志的小人那样偷笑了一阵,然后她就热情饱满地投入了工作。

有了动力,效率也像插上了翅膀,飞得老高,午餐前,方好就把关海波要的初稿整了出来,她的电脑里有太多的标书格式,随便拉一份,修修补补,再多美言几句就脱胎换骨成新的文案了。

关海波在十二点半的时候从办公室里出来,方好大大松了口气,老板的用餐时间一向不定,今天能这么提前真是连老天也在帮她呢!

经过方好的桌子时,关海波停下脚步,漫不经心地问了一句,"一起去?"

方好正等他挪动尊驾出门呢,没承想他会向自己发出邀请,愣了两秒,慌忙摆手道,"不了,不了,我今天约了人。"

关海波便没再勉强,站在原地莫名地顿了一会儿,似乎欲言又止,最终还是什么话也没说,抬脚走了。

方好等他的身影彻底消失在大门外之后，立刻手脚麻利地把邮箱里早已准备好的那份标书初稿发了出去，她在邮件的最下方用蓝色魏体醒目地写道，"PS：今天是三八妇女节，按规定，所有女员工都应该放假半天！所以，明天见！"

她默念了一遍，口气似乎有点过硬，于是又加了一句，"顺祝：节日快乐！"

街上的人不是一般的多，且都是女性，仿佛整个城市的女人都在这个下午被赶鸭子似的放了出来，充斥了每条大街小巷。

方好跟着春晓和她们公司另外两名女孩一起踽踽在人潮涌动的襄阳路上，开始后悔出来凑这趟热闹了，自从毕业以后，她就本能地避讳一切热闹的场合。

春晓指着某个商场楼外悬挂的一帧巨幅广告笑得打跌："你们看那儿，看最后一行，居然还有人能掰出这种词儿来，脑袋一定让门给夹过了！"

方好顺着她指的方向望过去，然后念念有词："玩——转——妇——女——节！"她想了想，如果断句不当，还真能产生歧义，一时也呵呵笑起来。

这一笑，心情顿时好了不少，既来之，则安之吧。

一行人终于杀到美罗，热切地挤在人堆里淘货，便宜的是真便宜，可那么多衣服都像垃圾一样团在竹篾筐里，抖开来也是皱皱巴巴的，怎么看都不舒服。

春晓是逛商场的老手了，眼看方好的嘴越嘟越高，立刻热情地劝道："这跟淘宝一样，要有耐心，我上回那件esprit的毛衣就是在打折的时候抢到的，才花了98，原价400多呢。"

伸长了脖子一路挤过去看，幸亏大家有先见之明，各自带了一瓶水，逛得身上微微起汗了，就找个角落先喝点水解解渴。

春晓的同事小林耳朵尖，头一个道："谁的手机在响？"

大家凝神屏息听了一会儿，然后都看向方好，她低头从包里把手机翻出来，看了眼闪烁的屏幕，脸上顿时一呆，是关海波。

春晓也眦过来看，然后面目严肃地对她道："保持镇定！"

电话一接起来，关海波就听到那一头欢快嘈杂的商场背景音乐，他蹙眉把听筒拉得离耳朵远一些，适应了一下才朗声问道："你在哪儿？"

方好在春晓鼓励的目光下扯直了嗓门放肆地喊，"在逛街！"反正商场闹，她这么嚷也不能算对领导不敬，一边还向捂着嘴大乐的春晓得意地挤了挤眼睛。

关海波沉默了几秒，言简意赅地命令，"立刻回来！"

"啊？！"方好脸上再次呆住，他没看到她的邮件吗？她在邮件里不是已经说得很清楚了吗？莫非她写在最尾，他没有留意到，可难不成要她写在首行？那也忒那个什么了吧……

"为什么呀？"她又愤懑又委屈地反问。

"标书不合格！"他很干脆地解释完，根本不给她申诉的机会，就啪地挂了电话。

方好欲哭无泪地站在原地，手里还不知所措地攥着手机，三个女孩都同情地望向她，春晓更是横眉怒目，"干脆，你辞职算了！这样可恶的老板！咱不伺候了！"

方好原本悲愤的脸上立刻现出犹豫之色，虽然她偶尔也会自哀自怜在公司只是小杂役一枚，但关海波给她的薪水可不低，虽然没做过市场评估，但她也了解，自己现在每月拿到手里的票票在同行中应该算佼佼者，她又不像春晓是本地人，摔了饭碗在家里歇个把月也可以高枕无忧。以方好的资历和工作经验，要想在这座人才济济的特大型城市里谋得一份与目前薪水持平的岗位，可能性极小。

金钱和自尊在心里绞腾了数个回合后，方好瘪了瘪嘴，选择再一次妥协："算了，我还是回去好了。"说毕，灰溜溜地整了整本就单薄的行囊，与同伴们告别了出来。

混迹在依旧拥挤的人行道上，她对关海波的控诉逐步由腹诽转为唇语，"独裁者！吸血鬼！吃人不吐渣！"

越想越后悔当初怎么就上了他的贼船？？

义愤填膺的方好似乎忘记了，那时的她好像没有别的选择。

大学刚毕业，方好就不顾家人的反对，形单影只地来到S市闯荡。她拒绝留在家乡，实在是因为不想面对家人关怀备至而又忧心忡忡的目光，以及邻居闵奶奶歉然的哀叹，她像一只受了伤的小猫，宁愿独自找个角落舔伤口，也好过把溃烂曝于人前，博取刺心的同情。

头一个月，方好还坚持只把简历投向外企，可像她这样一个三流学校毕业出来的应届生，专业又毫无特色，简历通常列于最先被筛下来的一批里，当然，偶尔也会有一两次面试机会，她很努力地表现了，却杳无音信。

工作尚未落实，方好也懒得租房，找了一家很便宜也还算干净的学校招待所住下了，父母给的钱虽然还够方好接下来两个月的开销，可总是这样无限期地等待，她自己先坐不住了。

清醒下来，方好才渐渐意识到对她这样一个新人来说，S市并不像学兄学姐们描述的那样遍地机会，连续吃了三天的方便面后，她赌气的情绪有所缓解，甚至开始后悔这样不管不顾从家里跑出来，可事已至此，她绝对没脸一事无成地打道回府，她陈方好也是有自尊心的！

没奈何，要工作就只能放低要求，于是，私有企业也开始尝试了，卖场招聘助理她也愿意"将就"了，甚至连招聘专栏夹缝里的信息她都格外留意起来。

此后，通知她面试的电话倒是络绎不绝，可依然是面了一次后再无下文，每回应试完出来，看到走廊上坐了长长一排应征者，她的心头就控制不住地泛起沮丧。

21世纪，什么最多？找不着工作的大学生！

在接到盛嘉面试电话的前一天，方好已经快绝望了，她给自己下了最后通牒，如果这周内再无转机，她只能不顾颜面地回家了，不得不承认，自己的确没什么出息了。

方好对盛嘉贸易没有一点印象，她甚至不记得自己是什么时候投过去的简历，而这家鬼公司也是异常难找，大热天，她倒了三班公交车，又徒步20分钟才来到电话里那位男士交待的所在地。

这是一栋外观相当破旧的大楼，约12层高，位于一片老新村的西南面，灰白的水泥外墙上，品牌杂乱的空调外机东一只、西一只地挂着，大半的窗户玻璃估计有些年头没擦过了。

方好汗涔涔地在楼下站立了片刻，这样没有气势的大楼，里面的公司估计也好不到哪儿去，她有些犹豫是否要继续，转念一想，既然好不容易寻到了这里，不进去过过堂似乎对不起自己的这趟辛苦。

门房的老大爷十分仔细，让她做了详尽的登记又盘问了一轮方才放人。

电梯吱吱呀呀地叫唤着，缓缓上升，方好的心也老悬着，生怕突然间头顶上的灯就灭了，门一打开，她立刻像兔子一样敏捷地蹿了出去，暗舒一口气，扭转头看，电梯门已经合上，正往下沉，她自我安慰地拍了拍胸口。

一路过去，走廊的两边全是房门紧闭的办公室，从东到西，密密匝匝地挨着，足有20来间，几乎每间办公室外面的白墙上都钉了一块公司铭牌，口气大到吓得死人，动辄"XXX环球公司"，"国际XX在华分理处"。方好越看越觉得像走进了骗子窝。

盛嘉在走廊朝西的尽头，她走上前仔细辨识，有机玻璃板上简简单单印着一行字"盛嘉贸易有限公司"，方好匀了匀气，敲敲门，然后脚步轻盈地跨进去。

屋里却没人，她左右环顾，近门处简单摆了几把旧椅子，围着一张圆形的玻璃桌，靠墙有张宽大的略微掉色的布艺沙发，临窗就是唯一的办公桌，笔记本和各类文件凌乱叠放在一起，溜边放着大大小小的电器产品，小到剃须刀，大到电饭煲，统统刻着同一个国产的不知名的品牌。紧挨办公桌的墙角堆了高高低低几摞纸箱，从箱子上印的介绍来看，方好猜测应该就是摆在台面上的这些产品了。

她清了清嗓子，怯声问："有人吗？"

"稍等一下。"一个沙哑的男音从桌子底下传来，方好吓了一跳，依稀还能辨识出就是给自己打电话的那个人。

关海波终于把被自己不小心踩了一脚后就失效的电源插座成功修复了，心里不免泛起小小的得意，他到底是F大机电系毕业出来的骄子，还没什么电器问题是他搞不定的，伴随着这抹得意而来的却是一丝不易察觉的心酸。

直起腰来，他才看清面前站着的女孩，白里透红的一张脸，带着点局促和警惕，一看就知道是刚踏出校门。

"陈……方好？"

"是。"

关海波低头从一堆白纸里准确地把方好的简历摸了出来，然后煞有介事地看着。

方好其实不紧张，这家公司如此简陋，简直对不起门口那块牌子上的称呼，与其说这里是"公司"，她觉得叫零售商批发部更合适些。

"坐下说吧。"关海波指了指门口的塑料椅子。

方好依言跟他过去，心里不免猜测起关海波的身份来，看他年纪不大，顶多二十六七的样子，穿着也朴素，一件白色的polo当季T恤，外加一条苹果牛仔裤，面上也没太多世故，跟方好学校的那些师兄几乎没什么区别。

两人面对面坐定的当儿，方好几乎可以肯定他和自己应聘的职位一样，是个办公室"小弟"。

"小弟"还算体贴，顺手从椅子旁的纸箱里捞出一瓶水来递给方好，她感激地接过，也没客气，旋开盖子就喝起来，在烈日下奔波了近两个小时，即使是仙人掌也有补水的必要了。

"你学的是市场营销？"

"嗯。"

"电脑玩得怎么样？"

"唔，还行，office软件都学过，哦，我的简历就是自己做的。"方好庆幸自己的灵活，同时有些好奇，"小弟"似乎缺乏微笑神经，一张脸始终很板正，真像那么回事儿似的。

关海波扫了一眼方好的简历，背景花哨，字体用了不下五种，他不露声色地继续问，"英语呢？"

方好有短暂的卡壳，"那个，也……还好。"她有些汗颜，她能背很生僻的单词，但口语却极差劲，如果对方像前几次面试那样直接用英语跟她交流，她非夺门而逃不可！幸哉，她坐的位置刚好临门。

关海波却仅仅点了点头就放过了她。

方好乘着他沉思的当儿又拼命喝水，其实已经不渴了，只是有点心虚。

关海波突然用比刚才快两倍的语速对她宣布，"工资800块一个月，包两顿饭，上下班的公交车费可以报销，如果你没有异议，明天可以来上班。"

这突如其来的录取通知并没让方好欢呼雀跃，在五秒的愣神之后，她开始对这家公司产生了怀疑，定一定神，她放下手上的纯净水瓶子，抿起嘴角严肃地问，"你们……有营业执照吗？"

关海波瞥了她一眼，没想到她会提出这样的质疑，他没有因为方好的不信任而翻脸，眼下，他急需一位可以帮他看家的助理，而方好是迄今为止第二个有勇气走进来且到目前还没有逃走的应征者，为了让她打消疑虑，他很配合地起身，长腿一迈，几步跨到桌前，拉开抽屉，取出一个档案袋，又很快走回来，把里面的证件逐一抽出来给方好展示。

方好其实看不懂，她只是对着工商局盖的那个戳瞪视良久，徒劳地想辨认出真伪。

关海波慢吞吞道，"你照着这个登记号去网上查就知道是不是真的了。"

话说得这么透彻了，方好也不能太过分，故作明白地点了点头，眼前的人怎么看都一身正气，以她那点社会经验来判断，哪里看得出真假。

"唔，那个……薪水好像少了点儿，我是外地人，最起码，住宿问题你们得给我解决吧。"方好舔了舔唇，开始进入薪资谈判阶段。话一出口，她陡然觉得自己成熟起来，在家里，无论大事小事，都是妈妈在操心，何曾轮到过她，此时此刻，她才真正有了长大的感觉，而且，这种感觉似乎还不赖。

关海波一掀眉，指了指左边一扇关着的房门道，"我就住那里，你的意思……是想跟我同住？"

方好愣住，本已恢复白皙的脸一下子变得通红！

真是人不可貌相，这位"小弟"的幽默感让她张口结舌，尴尬地道，"我不是那个，咳，咳……我的意思是……你，你……能不能跟你们领导反映一下？"

关海波把手上的简历往桌上一搁，"对不起，住宿的事只能由你自己解决，我顶多每月再给你加100块钱的房贴，这已经是上限了。"

方好低头算了算，月薪900，除去住房，水电，吃饭，哦，不，吃饭由公司提供，但如果伙食很差，吃不饱的话，自己还是需要在食物上拨出一部分款项的……

她越算越挣扎，一会儿想，先接受得了，譬如当跳板，等将来找到更好的再换也不迟，一会儿又觉得冤，她的大部分找到工作的同学薪水基本都在1000以上，凭什么她起薪就这样低，这可是在高收入高消费的S市啊！

关海波眼里藏着紧张，目光灼灼地盯住方好阴晴不定的小脸，这是博弈，就看谁能坚持到最后！

然而——他无限失望地看着方好站起来，一脸遗憾的表情对他道，"对不起，我想我还是不能接受！"她转身朝门口走。

关海波怔了数秒，眼看方好的手已经搭到了门把手上，终于耐不住地冲口叫道，"等等！"

方好在门口顿住脚步，却不回过头来，片刻，听到身后的人有些无奈地说，"行，给你解决住宿。"

她这才转过身来，一脸灿烂的甜笑，心里由衷地赞叹：大学时跟同窗项晓兰出去逛夜市学到的还价本事还真管用！

第二天，方好如约前来上班，同时，也很快搞清楚了一件事，盛嘉的老板就是关海波，而她，则是唯一的员工！

方好赶到公司时已经快四点了，她以为关海波会对自己摆一张臭脸，孰料他只是心平气和地问，"这份标书是照着去年给'德兰工贸'的那篇改的吧？"

方好顿时面庞热烫，老板居然已经练就火眼金睛，把脉把得那叫一个准，还没想好如何回应，关海波又接着往下道："腾玖做的是汽车零部件，你可以参考我们给'鹏辉'的标书，另外，记得要把所有的公司名称都改过来。"

他把打印出来的一摞纸递给方好，她一眼瞟见那上面用红蓝两色水笔作了好些修改和注脚，有几处用红笔赫然圈出"德工"的字样。方好这才恍悟，不是老板厉害，而是自己露了马脚，她一向习惯用"替换"来统一修改名称，只是忘了"德兰"还有另一个行业内的简称"德工"。

乖乖领命出来，方好心头不免沮丧，本来还希望乘着这次机会跟关海波好好谈一谈员工权益，她回来的一路上可没闲着，慷慨激昂的措词攒了一肚子，可关海波对她下午的"逃亡"只字未提，她满腹经纶没了用武之地，平白憋着直觉得不爽。

手里掂着厚厚的文件，方好叹了口气，天大地大，工作为大，要她现在杀个回马枪再去跟关海波理论什么权益问题，她可没这个胆儿。

一边改着文稿，方好郁闷的情绪始终无法得到缓解，她想自己原本没这么窝囊的，是什么时候起变成这副德性了？

Chapter 02

陈方好和关海波

其实,进盛嘉没几天,方好就后悔了,工资低自不必说,更悲惨的是她一句要让公司给她解决"住宿问题"竟彻底把自己给"卖"了。

关海波的所谓解决住宿就是把他在公司的小窝腾出来给方好住,自己则搬回了大学城附近的一间小屋,那是他刚开始工作时用贷款顶下来的一间二手房,离学校很近,他跟施云洛曾经在那里有过一段幸福的时光。他一直以为他们不久就会结婚,可惜,世事难料。

关海波的大度多半是出于无奈,他迫切地需要一个价格低廉而又老实可靠的劳力帮他照看"大本营",而方好,无疑是那种一眼就能穿透的玻璃人。

尽管方好对住宿条件不甚满意,连学校公寓都不如,可眼瞅着关海波每天早上骑一辆破旧的自行车哐嘟哐嘟穿越小半个城市赶来上班时,她只能把什么埋怨都往肚子里咽了,谁让她是"鸠占鹊巢"呢。

既然办公室就在住处隔壁,那电话来了不好不接吧,有访客上门也不能不应酬吧,关海波经常出差,一出差就好丢三落四,打电话过来让方好给他找资料,找名片,找产品说明等等简直是家常便饭,且通常不分昼夜,方好成了一个24小时全天候服务的接线员。

有时候，关海波出差回来已经很晚，精疲力尽之际，也不高兴踩车回家，通常会在办公室的沙发里蜷一夜，方好对自己的人身安全倒没什么担忧，可令她恼怒的是他会差她下楼跑老远买便当，还总是不主动给她钱。

可她的辛劳关海波并不领情，因为不久，他就发现自己其实没占多少便宜，方好完全是只职场菜鸟，办公室技巧外加人情世故，统统一窍不通，什么都得他手把手地教，他又忙，火起来难免声色俱厉，骂得方好灰头土脸，身心受到严重摧残。她本不是多愁善感之人，可在家的时候也是爸爸妈妈的心头肉，掌中宝，哪曾受过如此严厉的斥责。

有一回，关海波实在是骂狠了，方好的眼泪就没能憋得住，当场啪啦啪啦掉下来，这一掉不要紧，又牵扯出许多前尘旧事，只觉得怨屈万分，一时哭得惊天地，泣鬼神，把关海波慌得乱了方寸，头一回意识到老实人也有老实人的威力。

此后，他刻意地嘴上积德，只要方好犯的错误不是愚不可及，他都尽量就事论事，避免人身攻击；即使她出现重大错误，他在开口前通常也会静默10秒，释放掉一些能量再开炮。

日复一日，方好的腰在老板的训诫声中弯得越来越低，等她慢慢地把腰再直起来，也就习以为常了。

不过私下里还是把关海波恨得牙根痒痒，都说男女搭配，干活不累，可在关海波眼里，人压根不是按照性别分的，只有客户和员工两种，对着客户，他笑容可掬，转过身来，又是一副死气沉沉的表情。

方好不止一次地想过跳槽，离开这个又破又烂的鬼地方，她最大的心愿是走之前把辞职书和新的offer一并甩在关海波那张一成不变的阴脸上，然后大笑三声，扬长而去。

可惜，三年了，这样的场景只在她梦里出现过，她记得自己当时是笑醒的。

也不是没有过机会，有家也是做贸易的公司，规模比盛嘉大许多，招办公室文员，她偷偷去面试了，几天后那边就通知她被录取了，薪水比现在涨了三分之一。而那时，盛嘉处于空前的低迷状态，关海波进的一批产品推销不出去，全砸手里了，他甚至还欠了方好四个月的薪水，连吃饭的钱都经常需要方好私人垫付。

忍无可忍，无需再忍，那天下午，她精神亢奋地拟好了辞职书，就等着关海波露面，然后砸完、结账、走人。

关海波回来的时候，形容憔悴，下巴上的胡楂都隐约可见，他对方好的辞职没有表现出多少惊讶，更没有情真意切的挽留，目光扫描完薄薄的纸张上方好很解气的离职宣言，他很简约地发表了自己的意见：要走可以，但他拖欠的工资，方好肯定是拿不到了。

他的无赖言论摆明了是欺负她，方好打小就不太会跟人吵架，情急之下，一张脸憋得通红，眼泪又在眼眶里转圈，呼之欲出。

关海波一眼瞥见，烦躁立刻涌上心头，他也知道自己逼得狠了点儿，更没理由拖着她一起沉船，只是见她在自己最艰难的时候要走，心里难免生出些凄凉的意味来。

他在随身的公文包里掏了一会儿，揪出一叠红艳艳的票子，在方好的泪水到达胸襟之前及时递到她手上，那是他追了三天才拿到的一笔欠款。

对着方好挥挥手，他嗓音嘶哑地说了句："别哭，赶紧走吧。"

方好左手捏着钱，抬起右臂将泪水挤尽，视线一旦清晰，立刻奔进房里收拾东西。本来以为好歹还会耽搁几天，可眼下这幅泪眼相执的场面令她意识到此地实在不宜久留，十分钟不到就拖着行李箱出来了。

关海波坐在办公桌前抽烟，神情呆滞，方好知道他没有烟瘾，只在遇见难题的时候才会抽一两根缓解神经，可这么短短一会儿，他面前的烟缸里就堆积了多个烟蒂。

东家如此落魄，方好心里突然不忍，打过招呼之后，脚往门口迈就再没有了适才的爽利。

她现在所会的本事都是关海波教的，她这样一走了之算不算过河拆桥？

她走了，谁帮他接电话、找资料？他一个人又要守办公室，又要出去跑，怎么应付得过来？

也就是在此时，方好才意识到自己心里其实没有那么迫切地想要离开这里，七个月的时间，虽然怨声载道，可真要走了，竟有些舍不得起来。

她越琢磨脚下越滞重，终于在门口停了下来，把行李搁在脚边，转过身来，正好撞见关海波望向她背影的忧郁眼神。

她挠了挠头发，结结巴巴地说："嗯，那个，我，我想……还是不走了。"

关海波的眸中先是怔忡，然后渐渐地明亮起来，方好兀自给自己圆场，"我觉得……那个，做生不如做熟嘛。"

这一留就又是两年。

关海波是怎么掘来第一桶金的，方好不甚了了，只是依稀觉得自己的留下仿佛给公司带来了异常高涨的士气。

等他带着壮大的人马搬进在S市数一数二的聚林大厦时，方好彻底打消了"叛逃"的念头，这么气派的大厦，进出的人无不气质优雅，连门口的保安都比别处看着干净清爽，而彼时她的工资也已经翻了几番，虽然赶不上其他几个项目经理，但方好也偷偷比较过，同一城市，同一职位，她的薪水绝对处于高端水平，关海波待她还是不薄的，从前她"请"他吃饭的钱如今都加倍得到偿还了。

而迟钝如她，也渐渐感觉出来，自从搬来这里，关海波对她的态度改良了许多，仿佛也沾染了文明的习气，虽然忍无可忍的时候也会朝她吼几句，但多数时候仅仅是用阴郁的眼神来表达他的不满，让方好自己琢磨去吧。

好容易改完标书，天已经完全黑了。

关海波审核之后也没说什么，事情似乎不像他先前描述的那么急迫，方好看了看时间，都七点了，难怪肚子里咕噜咕噜唱起了空城计。

"你去收拾一下，一会儿出去吃晚饭。"关海波说着，开始关电脑。

跟老板吃饭这种事稀松平常，不平常的是，步出办公室门的关海波大步流星地往外走，却没有招呼仍在加班的季杰、董其昌他们同往，方好诧异之余，不觉追上去轻声问了一句："其他人不一起去吗？"

关海波已经按了下行的电梯按钮，头也不回地说，"就我们俩！"

方好一下子又蒙了！

包厢里飘着淡淡的背景音乐，桌台上还点了蜡烛，气氛真是暧昧极了。

烛光摇曳中，方好越发地坐立不安。

她不是没跟关海波单独吃过饭，相反还吃过许多次，但通常的情况是两人在办公室里相对着扒盒饭，再高级点也不过是在肯德基一人叼一个汉堡，边啃边想各自的心事。

方好不常出来应酬，关海波对她期望不高，除了在办公室打打杂外，许多公司的商务活动都不需要她参加，尽管也有客户在盛嘉见到方好后很热情地向关海波提议：晚上happy时记得叫上那个可爱的办公室小妹，但关海波自己也不知出于何种心理，总是找缘由推脱了。

可方好再没见过世面，S市名列高档餐厅前五位的清雅阁也是听说过的，以前还跟春晓笑言等发了奖金来这里开开荤呢。她实在搞不明白老板今天是哪根筋没搭对地方，会拉她来这里。

方好还没从讶异中调整过来，服务员已经开始上菜了，菜色之繁杂和数量之多又令方好吃了一惊。

印象里，关海波可不是这么讲究的人，某些时候，他还吝啬得可以，方好印象最深的就是搬来聚林前，有次临时要来客户，于是两人火速奔出大楼就近买一些招待客户用的茶点。

方好负责买水果，因为是路边摊，关海波再三嘱咐她要还价，于是方好谨记在心，五块钱一斤的香蕉，她还四块八，那小贩还老大的不情愿，方好急得一头汗，认死理地跟他软磨硬缠，直到身后传来关海波火烧火燎到略微变调的嗓音，"两毛就算了，还不快点！！！"

即使到了今日，盛嘉在行业中终于以一匹不容小觑的黑马的姿态破浪而出，关海波也还是一如既往的节俭，他的信条是，钱挣来不容易，只能花在关键处，所以无论是公司还是他个人，从来不铺张，不讲究虚华。

"老大，你点太多了吧。"方好惊愕之余，很久以前的口头禅又不经管束地冲出了喉咙。

如果条件许可，她恨不能直接称呼他为"大王"，在她看来，自己在关海波手下的地位，跟《西游记》里鞍前马后替精怪们张罗唐僧肉的小喽啰没什么本质区别。

关海波起初对这个称呼不觉得什么，直到他们搬进聚林，有一回她又在办公室里这样叫他，他就蹙眉道，"以别后别再叫我'老大'。"

方好当时一呆，本能地反问，"那该叫什么？"她实在想不出还有什么称呼可以套用在他头上，难道要她直呼自己暗地里替他起的另外一个更为贴切的诨号——吸血鬼？？？

关海波却扭头横了她一眼，面不改色地回复，"叫关总。"他这样说着，脸上还是迅捷地闪过了一丝不自然。

方好刚一嚷完，就意识到自己造次了，立刻以手掩口，懊悔不迭，她知道关海波最反感员工老犯同一种错误。

不过他今天好像格外宽容，竟没当场指责，一味地祥和着面色，给她逐一介绍菜品，显然对这里已经很熟了。

方好满腹狐疑地听着，脸上也带了一丝尴尬的浅笑，小脑筋却转得飞快，总觉得今天这顿饭像足了"鸿门宴"，那句老话不断在她脑子里飞旋，挥之不去——"黄鼠狼给鸡拜年，没安好心。"

而关海波的表现更是坐实了方好的猜想，但见他一反常态地和蔼，且脸上隐隐透着不自然。

"尝尝这道鲍汁鹅掌,是这里的招牌菜。"关海波一边说,一边举起刀叉替她将食物分了一分。

方好的心思却完全不在吃上,脑子里白光一闪,她忽然忆起两个月前跟季杰等人在外头吃饭,听他们说过关海波辞退销售部邓凯时的"三部曲"。

"请他吃了顿饭,送了一份厚礼,最后还结了一笔优厚的辞退金,你们别说,关总省归省,在这方面出手还是挺大方的,毕竟替他效过力,如果不是泄露了客户资料,也不至于请他走人……"

方好开始如坐针毡,今天这情形,怎么跟季杰描述得那么像呢?

且不说非年非节的,请她来这种昂贵的餐厅吃饭,单单老板的态度就已经够令她心惊肉跳的了,她不得不承认,自己只习惯冷峻严厉的关海波。

菜过三巡,关海波变戏法一般拿出一个精致的纸袋,含着难以形容的笑递给方好,语气也是异常柔和,"我随便挑的,你看看,喜不喜欢。"

方好的眼泪都快下来了,一颗心顿时瓦凉瓦凉的,脸上哪里还盛得住笑!

不错,她曾经很想离开公司,可那毕竟是从前,三年的历练,她从外表到内心,都已被他驯化成了一个标准的小劳作,她已经习惯了现在的生活!

可关海波居然因为自己旷工三小时十二分五十一秒就要请她走人!简直是太岂有此理了!

方好化悲痛为愤怒,也不去接关海波递到半空中的那只手上的礼物,里面即使是鸽蛋大的钻石,也打动不了她!

她伸出的左手直接将桌上的餐巾狠狠拽起,在湿润的眼眶处揉了两下。

关海波不明所以地怔住,一只伸着的手不知是该继续好还是缩回好。他想方好还没看到礼物呢,怎么就感动成这样了?

可是目光一接触到她眼里的愤懑,他就明白她是误会了。

关海波尴尬地清了清嗓子,见方好始终不肯接,只得把纸袋轻轻搁在她手边,低首喝了口茶水,不知道应该怎么说。

半晌,他才仰起头来,却是平静地道,"今天不是妇女节么,这是我特意给女员工准备的礼物。"

方好原本已微微哽咽的嗓音一下子寂静无声,目光死死瞪住面前被切割得有棱有角的鹅掌,过了良久,火烧云从耳朵根一点点地蔓延上来,最终爬满了面庞。

关海波瞅了瞅她的面色,蓦地叹了口气,"你不想要就算了吧。"他说着利索地伸手过去要将纸袋取回来。

方好机敏地抢在头里，把礼物往身旁的椅子上一藏，脸上的泪痕尚未干透，却强挤着笑容道，"谁说我不要了。"

关海波瞧着她那副孩子气的神情，又好气又好笑，心里却逐渐柔软下来。

"快吃吧，菜都要凉了。"他边说边往椅背上一靠，人也仿佛轻松了许多。

风波过后，方好对礼物又涌起了强烈的好奇，扭捏了一会儿，还是忍不住拽过纸袋来，拆了一半，才想到要询问一下主人，抬头讪讪地问，"我能看看吗？"

关海波边悠闲地往嘴里塞东西，边点了点头，这一番折腾下来，他自己倒觉得饿了。

方好小心翼翼地打开纸袋，又拆掉重重叠叠的包装，才发现原来是一条施华洛世奇的炫彩项链，很适合年轻女孩子，她一看之下，就喜欢上了。

心里敞亮无比，难怪今天下午他巴巴的把自己招回来！

没想到老板今年变得如此温情，还会在节日上送女员工礼物，不过话说回来，也许就是因为女员工不多，他才如此慷慨，要是公司的男女比例反一反，估计他就没这么大方了。

不过，管他这么多干嘛，有总比没有好！她一边喜滋滋地欣赏，一边胡思乱想。

"咦，关总，去年三八节为什么没有礼物呢？"方好显然是乐过了头，不知死活地突然冒出来一句。

关海波舀了一勺汤正往嘴边送，听她如此一问，汤勺顿了一顿，又放了下来，脸微微沉下来，目光朝满脸喜气的方好刮去，"你自己想想去年的这时候你干什么好事了？"

方好听他口气不对，立刻收起嬉皮笑脸，凝神思考。

只需稍稍回忆，她就不难回忆出当时发生了什么事，一张脸又透出红晕，悔得恨不得嚼下自己的舌根。

那天她刚到公司就被关海波叫进办公室，阴着脸递给她一份律师信，她看完后当场脸色煞白。

事情其实不复杂，关海波事业发展起来后就一直租住在离公司很近的一栋公寓里，去年年初，他终于看中了一个精装修的楼盘，交房后可以直接入住，很省心。

他很快买好房，二月底就搬进了新居，同时嘱方好将租房退掉，以为一切都办妥了，孰料一周后房东竟然委托律师过来转达，要跟盛嘉打官司。

"到底怎么回事？"关海波皱着眉问，这种小事他通常不太过问，却没想到方好还能给他惹来事端。

方好见瞒不过，只得老实交待了。

原来房子的主人许晴是个年轻女孩，这房子当初是父母掏钱给她买的。许晴最近交了个男友，却不被母亲认同，于是赌气跟着男友去了南方。

许晴的母亲陶女士不知怎么打听到了房子的信息，竟找到盛嘉来。

对着一团和气的方好，陶女士哭得肩膀一耸一耸，控诉女儿的不孝和做父母的辛劳，方好是最见不得年长的人在自己面前哭的，当下又是递茶送水又是安慰，心里也直埋怨许晴如此不体谅父母。

陶女士当然不是光为了哭诉来的，既然女儿不仁，那么休怪她不义，她要收回这栋房子，所以她要求方好把钥匙和相关资料等物都跟她移交。

方好虽然同情她，但也觉得这样做似乎不妥，毕竟跟公司签约的是许晴，且房产证上也明明白白写着她的名字呢。

可敌不住陶女士的泪水，方好最后竟稀里糊涂地答应了，她当时只是想，反正他们是一家人，父母替孩子办手续的事她以前也经手过。

事后，许晴自然很愤慨，打电话怒斥了方好一通，并扬言要去告她。

方好在电话里好言相劝，又赶紧联络陶女士，陶女士要她放一百个心，许晴肯定告不成的，方好吃了定心丸，也就没放在心上，没想到许晴竟认了真，没隔几天就请了律师来处理。

尽管方好在讲述的时候，刻意强调了对方是家庭内部矛盾，但关海波听完，还是很直接地抓住了要害，怒声道，"你以为自己是街道办事处的大妈？还负责调解别人的家事？我不止一次告诉过你，不要感情用事，你到底有没有脑子？"

方好自知理亏，这事儿说到底是她处理不当，于是嗫嚅地问："那……咱们该怎么办？"

关海波又扫了一眼信笺，对方虽然措词严厉，但无非是揪住事端多要些赔偿，严重不到哪儿去，可他就是气方好做事糊涂，不给她点教训，她总是不长记性。

转过身来，他冷冷道："你自己捅的娄子，自己想办法。还有，违约金公司可以先付，但必须从你工资里扣。"

方好的心着实抽搐了一下，肉痛不已，可也是没办法的事，当下没吭一声，灰溜溜地出了门。她当晚就主动约了许晴出来谈判，因为之前打过交道，方好又爽快地答应付钱，两人的沟通还算顺利。

方好想起陶女士的泪容，于是在肉痛之余，希望自己出的这钱能更好地发挥功效，乘着大好的形势又委婉地劝说了一番，把陶女士一把鼻涕一把眼泪的委屈和担忧转述给许晴听，许晴听了，先是冷笑着不屑，她跟母亲的积怨实在太深，哪里是几句话就能化解开的？但眼见方好不死心地循循善诱，和那张虽然稚嫩，却异常诚挚的面容，渐渐也陷入了沉默。

后来如何，方好自然不得而知，所幸许晴最终撤了诉，纠纷止于摇篮，而关海波也在接下来的那个月所发的奖金里变相地把方好赔出去的钱又补回来了部分，但这件事对方好来说始终是个不光彩的教训。

这顿饭终究吃了个不伦不类，草草收场，方好见关海波面色始终阴晴不定，仿佛天人交战一般，只道是被自己勾起了旧怨，哪里还敢多问别的，诸如"此饭为何而吃"云云。

结完账出来，时间尚早，灯火辉煌的大堂里，食客们还在纷纷涌进门。

关海波不知缘何脚步凝滞了一下，方好就走在他右手边稍后的位置，一不留神就超过了他，慌忙放慢脚步，偏头奇怪地望了他一眼，又顺着他的目光望向对面。

施云洛正陪着几个女客朝这边走来，一年不见，她越发的靓丽了，关海波回想起当年她离开时哭得梨花带雨的模样，怎么都无法跟眼前这位举止优雅从容的年轻太太重叠起来，他将手往裤袋里一插，思忖着是就此避过，还是迎上去打个招呼，正踌躇间，施云洛却已经看见了他。

"海波！"她远远地便微笑着叫唤了一声，同时侧首对身边的朋友耳语了几句，她们笑吟吟地点着头，先过去了，留下她停留在他面前。

关海波扯了个淡得不能再淡的笑容，"很久不见了。"

施云洛的眼里是说不清楚的复杂，却被浓烈的笑意遮掩住了，眼前的关海波今非昔比，他到底闯出了一片自己的天地，眉宇间，昔日的风采依旧，又平添了几分镇定和沉稳。

两人再平常不过地说着场面上的话，一如经年不见的生疏同学。然而，当施云洛的目光掠过方好时，她的语调便夸张地扬高了几分，"哟，带了女朋友一起来，怎么也不替我介绍介绍？"她笑得眉眼眯起，方好却浑身一抖，只觉得那笑声酸得能滴出水来。

方好从他们交谈开始，精神就处于游离状态，她明白这样的场面——老板遇见老友，或是——旧情人的时候，应该避着点嫌疑，不该看的不看，不该听的不听。女人的第六感总是很灵的，虽然之前从未见过施云洛，但方好一眼就猜出他们的关系不像表面文章里表现得那么简单。

此时此刻，走开显然是不可能了，所以她始终挂着标准的笑容当陪衬，脸却微微转向走廊右墙上的招贴画，很努力地研究那幅抽象图片里所蕴含的意境。

闻听施云洛娇软的质问，方好着实吓了一跳，被老板的"情人"误会到绝对不是什么好事，所以，没等关海波开口，她就率先抢着澄清，连连摆手道："不是啦，您搞错了，我不是关总的女朋友，我只是……"她的声音在关海波带着愠怒横过来的一眼中陡然低了下来，但还是坚持说完，"他的助理而已。"

心里止不住地嘟哝，自己明明说的是实话，老板怎么好像不高兴似的。

这场面真是叫尴尬！

坐在车里，关海波依旧沉着脸，方好心里也觉得委屈，两人于是都无话，车子开了一阵，又蓦地停在路边。

方好不清楚接下来还有什么节目，但看关海波的脸色，她觉得还是赶紧回家为妙，于是酝酿了一番，开口道："关总，谢谢你今天的晚饭和礼物，时间不早了，我想先回去了。"

言下之意，是希望他能折道送自己一程，可等了一会儿，他仍没动静，方好向来是识趣的，"你要是不方便，我自己回去好了。"说毕就开始动手解安全带，老板不送，自己打车走也是一样的。

关海波却用极其不悦的声音忽然道："做我女朋友很丢人么？非要那么着急地否认？"

"啊？"方好一心解着安全带，脑子完全没反应过来，等解开了，她却不敢立刻下车了。

原来如此！老板生气竟然是因为自己适才的言语伤到他自尊了！

"当然不是啦！我不是那个意思嘛！可我们明明不是那种关系，她又那个……所以我怕你们误会啊！"她结结巴巴地解释了一通，自己都不知道在说什么，情急之下，脸又憋得通红，做他女朋友丢人？！怎么可能，确切地说是"恐怖"才对！

关海波忽然兴味索然，对她摆了摆手，表示不想听，脚下一踩油门，车子忽地飘了出去，方好赶紧重新系好安全带，胸口却像被什么堵住了似的，有点喘不过气来。

到了租房楼下，她赶紧跌跌撞撞地下车，就知道跟老板单独出去没好事儿！

上楼梯的时候，手里掂了掂那个装项链的纸袋，心情很快又调整了回来，别扭归别扭，总算不是空手而归！

只是，她怎么也回忆不起来这家向往已久的高档餐厅究竟有何特色，又有什么值得推荐的菜品，这令她颇为沮丧，这一趟算是白去了。

早早回到家中的关海波冲完了澡，裹着浴袍在客厅的沙发里仰面躺下，心里也颇不是滋味。

一周前，他跟旧友秦志刚泡吧叙旧，秦志刚提到偶遇施云洛的事儿，感慨良多，最后由衷地劝他："海波，你也找一个吧，年纪不小了，别再这么寄情于工作了。想当年，你那么伤心，又是何苦来，人家不是照样过得好好的，人嘛，就那么回事，得替自己多打算呢。"

关海波虽然当时没说什么，但不得不承认，这次的聊天的确给他不小的震撼，最近他也不断反思，自己这么忙碌究竟是为了什么？难道真的只是为了钱？

研究生毕业后，他听从导师的安排，留校任教，刚开始的日子虽然清贫了些，但毕竟是自己喜欢的专业，身边又有相恋两年的女友施云洛伴着，他的内心是温暖而充实的。

施云洛跟他同在电信学院，但比他低两届，研一下半学期，导师手上项目多，于是匀出了一部分课时由关海波代劳，这对学习一向拔尖的他来说不是什么难事儿。难的却是如何调动学生的积极性，上课时，睡觉的有之，聊天的有之，专心听讲的却少之又少，令他暗暗摇头，不知道如今的学生脑子里究竟装了些什么。

然而，时间久了，他渐渐发现，课堂上总有一双明亮的大眼睛闪着聪慧的光芒，认认真真地听他讲课。

那双眼睛的主人便是施云洛。

老师对积极向上的学生总是要偏爱一些，于是施云洛从专注听课到虚心请教，跟关海波越走越近，一个学期下来，两人的关系便自然而然地从师生升级成了恋人。

很多上课时打瞌睡的男生因此对这个代课老师咬牙切齿，居然乘他们思想麻痹之时窃走了众人觊觎的"班花"。

学生时代，无论是爱情还是思维，都会较步入社会后单纯一些，在物质生活方面，关海波一直是淡泊而知足的，他以为施云洛亦是如此。

最初听到施云洛皱着眉头向他谈起有人大献殷勤时他并没有放在心上，自己的女友很出色，有个把不死心的追求者也在意料之内。

然而，如果说当初他是靠学术"魅力"赢得了美人的芳心，那么，后来的结果证明，在财富和权势面前，学问是多么地苍白无力。

他最终没能靠72平方米的温馨小窝留住施云洛，在他们相恋两年零八个月后，施云洛嫁给了S市吴中集团总裁的儿子，从此步入豪门。

这也是关海波投笔从商，发奋图强的最初动力，他的悲愤无处宣泄，他需要证明自己存在的价值和分量，而在当时，他想不出除了下海赚钱，是否还有别的更好的办法。

如今，他终于小有成就，可是，却不知道该证明给谁看？或者说，证明了又有什么用？

好歹在商海里摸爬滚打了三年，也吃尽了苦头，人自然比在学校时油滑许多，他还不至于傻到固执己见地认为自己如今的所作所为就是为了要赢回施云洛，说得难听点，即使她肯回头，他还愿意要她么？

正如秦志刚所说，他已经过了意气用事的年纪，的确该为自己打算一下了。

关海波今年整三十，虽然父母不在身边，但每回打电话，可没少跟他念叨媳妇儿的事，在老人家眼里，没结婚的囝仔永远是孩子，让他们操心。

关海波是个想到什么就要去做的人，既然决定了要找一个，就立刻开始搜寻目标。

他虽然在外闯荡了三年，但接触到的适婚女子并不多。

在他看来，女人无非就那么两种，可以摆在台面上欣赏的和可以娶回家做老婆的，前者一如对门的林玉清，他也深知林玉清对他很有些意思，可这样的女人也许在恋爱的时候是美妙的，一旦娶回家，时间久了，就会诸多挑剔，能不能守得住还是个问题，施云洛就是一个再好不过的例子，他是一朝被蛇咬，十年怕井绳。

他下了决心，若再要找，太过聪慧滑头的坚决不要，就得找个老实可靠的。这么一想，念头自然而然就转到方好身上。

想到了方好，他顿时有豁然开朗之感，这姑娘跟了他三年，里里外外早已被他瞧了个通透，绝对是个放在哪里都省心的主儿。

当然，办公室恋情这种事搞不好就容易偷鸡不成蚀把米，但关海波也仔细算过，方好不是那种能力型员工，即便最后弄巧成拙，她真的离开了这里，以盛嘉现在的声望，再招一个助理简直不在话下；若是成了，她因为这样那样的原因无法继续供职，那关海波顶多是丢了一个员工，却赚了个老婆，这笔生意怎么算他都赔不了。

主意一定，他就打算出手了。

只是看着方好敬他如鬼神的神色，他才发现事情远没有自己想象的这么容易，谈恋爱这种事毕竟不比工作，一个行政命令下来，职员就得遵守，这必须是你情我愿的事情，而他之前似乎有点想当然了。

今天在餐厅与施云洛的巧遇，他忽然对自己不确定起来，他一直认为再见她还是会觉得难受，而刚才，他分明发现，自己的不舒服绝非来自锦衣华服的施云洛，而仅仅是陈方好那急切地要与自己撇清的态度。

他振作旗鼓打算向她示好，而人家根本就没那层意思！关海波感到备受打击。

然而，他是善于反省的，此时平静下来，他也意识到，以方好目前的情形，他若真的道出心意，只怕会把她吓得逃得远远的。所以，他前思后想，还是决定等等再说。

也许，他的确该转变一下对方好的态度了。

Chapter 03
烤肉和足浴的玄机

下午，董其昌拖着行李箱一阵风似的进了办公室，人还没站定，就冲方好嚷："小陈，给咱上杯咖啡提提神哈，这一趟可累死我了！"

方好两颗眼珠子还凝在电脑屏上，不情不愿地应着，过了好一会儿才懒懒地起身往茶水间走。等她捧着热气腾腾的咖啡回来，董其昌早就不在位子上了。

季杰朝董其昌的桌子努了努嘴："他奔关总办公室了，你给搁那儿吧。"

方好依言撂下咖啡，就跑回了自己的地盘。虽然她比任何人都要早进公司，但后来招进来的员工每个都比她有分量，她年纪又轻，也没什么城府，谁都爱有事没事跟她扯几句，日子久了，自然而然成了大伙儿"共用"的小妹。

季杰向坐在对面的会计师唐梦晓不无酸意地哼了一声道："瞧他那副春风得意的样儿，敢情是真把美艺那块硬骨头给啃下来了。"

唐梦晓的年纪在公司里是最大的，长得瘦削斯文，很有几分《辛德勒的名单》里那个既精明又老实的犹太会计师的味道，可一旦开口，就发现他精则精矣，老实可完全谈不上。听了季杰的话，他用手指托了托鼻梁上的镜架，淡淡一笑道："所以说啃骨头也是门艺术啊，你当初要不把它当成鸡肋，今天春风得意的人就该是你咯。"

季杰不免讪讪的，这case的确是他先沾的手，可惜在公关处卡了壳，他手上又另有几个大单，所以一直不甚上心，后来索性找个由头丢开了手，没想到便宜了董其昌。

唐梦晓笑眯眯地望着他，很浮泛地来了句，"再接再厉吧！"

季杰耸耸肩，不置可否，他一向自恃颇高，但对唐梦晓还是打心眼里尊重的，不仅仅因为他专业能力强，更重要的，他是盛嘉的第三名员工，绝对的元老级别。

盛嘉在创业初期，除了一名空挂头衔的财会人员外，所有与政策法规相关的财务工作，关海波都外包给了一家名不见经传的会计事务所，而日常琐碎的记账，算账等事务就一股脑儿交给了方好，他甚至逼着方好也去考了张会计证，兼着类似于出纳的工作。

业绩逐渐好转后，关海波在财务方面频遇麻烦，不得不考虑正式招用一名会计师来替自己解决一系列令他头疼的经济问题。

他草拟了一份招聘要求，随手一甩，这个重要任务自然又别无选择地落在了方好肩上。

她的电脑里存着一个网络招聘的链接，本来是给自己预备的，没想到一下派到用场。

近一年的耳濡目染，方好的省钱意识已是达到了空前的高度。她没有像别的公司那样要求去人才市场像模像样地摆一个摊来等鱼上钩——那个，需要摊位费；她要完全依靠互联网的优势来免费地"抓壮丁"。

网站人才库里的简历虽然丰富，但要查看联系方式，还需要支付网站信息费，价格虽然不贵，但毕竟也是钱呢！

但这难不倒方好，上面不是有人才们的工作单位嘛，打个电话过去，冒充一下对方的亲戚，朋友或者同学，就轻而易举找到她本人了，这是方好迄今为止做得最为得意的一件事儿！

关海波最终筛选下来三个候选人，逐一前来面试，令方好惊讶的是，三个居然都是妙龄美女，看着那叫一个赏心悦目！

可惜，关海波没看中任何一个，最后一个面试完出来，他蹙眉问她有什么意见，方好想了半天，眨眨眼睛："都挺好啊！"

他不免冷哼一声："你不觉得刚才那个像从歌厅里出来的？"

方好结舌外加哑然，这个也能看出来？！

招聘的事儿因为关海波的挑剔一拖就是一个月，直到有一天，作为事务所骨干力量的唐梦晓前来盛嘉公干，听到风声，当即拍着关海波的肩表示自己愿意加盟——事务所的情况每况愈下，而唐梦晓一直很看好关海波。

唐梦晓没几天就来公司报到了，方好一边帮他做入职手续，一边暗自嘀咕，早知道是找他，自己还费那么大劲，冒那么大风险干嘛，搞得跟人口贩子似的！

董其昌不久就从老板办公室走出来，脸上溢满了喜气。

"小董，得请客啊！这一单提成可不少吧。"季杰很应景地起身拍着他的肩道。

一听吃饭，正埋头在纸堆里的孟庆华立刻目光锃亮地抬起头来，嘴里跟着附和："是啊，得请客，请客！"

董其昌年纪也不小了，32岁，和女友经历了五年的马拉松式恋爱，终于打算今年完婚，已经在S市买了房，背着不轻的贷款，所以口袋捂得特别紧，即使志得意满之时，头脑也还能保持冷静。

"我提得再多，也及不上老板一个零头，老规矩，嘴巴馋了找关总啊。"

孟庆华皮厚，见敲不到董其昌，还当真涎着脸往关海波的办公室里闯，没多久又乐颠颠地跑出来宣布："没问题，就今晚，让咱们商量一下吃什么呢。"

有人提议在欣同乐包间房，吃完饭还能KTV，立刻遭到众人的坚决反对，这样的玩法，只要愿意，天天都可以有，没什么意思，而且跟老板一桌吃饭，中规中矩地也放松不下来，七嘴八舌之后，决定去吃韩国烧烤。

意见统一完毕，董其昌就积极地朝门口的实习生尚蓓蓓嚷："蓓蓓，赶紧给我们定位子去呀，听说那地方新开的，生意好得很。"

尚蓓蓓因为晚上学校还有选修课，教授管得紧，每课必点名，想逃都逃不了，所以烧烤没她的份儿，心里不免怏怏的，一边拨电话一边发出替他人作嫁衣裳的悲叹。

孟庆华最是怜香惜玉，看不得小姑娘受委屈，立刻义不容辞地挑起了组织的重担："我去定，我去定，蓓蓓别难过，明天哥哥给你打包两盒过来。"

一席话说得尚蓓蓓咯咯直笑。

董其昌在一旁哼道："你别哄她了，烧烤那玩意儿打包了还能吃么？"

孟庆华不理他，紧着数了数人头，办公室里连老板在内一共六人，其余几个同事均在出差，孟庆华皱了皱眉道："人少了点儿，不热闹啊。"眼珠子一转,"要不,我再去对门请几个?"

季杰笑道:"那也得掏钱的点头才行啊。"

孟庆华嘿嘿一笑,"得,好人做到底,我这就去请示。"

两家公司年轻人居多,凑在一块儿聚会也是常有的事儿,不过孟庆华之所以这么起劲,大家都心知肚明,他对春晓一直是落花有意,流水无情,这出戏唱了经年,却和关海波跟林玉清一样没个准调儿。

方好有一次实在忍不住,问春晓到底怎么想的,她觉得孟庆华虽然嘴碎了点儿,但也是一表人才,风度翩翩,家世、背景、个人资历虽非顶尖,也已经无可挑剔,为什么春晓总是这么吊着他就是不肯松口?

春晓比方好还小了一岁,男朋友却谈过不下三个,虽然目前处于真空期,较之方好,还是很有些经验之谈的:"你别看他嘴上叫得响,我若真应承了,他立马就闭嘴不吭声了,有些人哪,就是喜欢玩这种暧昧的游戏,却当不得真,我看人准得很!"

方好似懂非懂地听,却完全摸不着其中的门道。

春晓又老成道:"我告诉你,如果找男友只是想玩玩呢,小孟那样的或许还行,要是认真想嫁人的,还就得找波哥那种,嘴上从来不天花乱坠,心里却很有主意,你看林美人在他面前那么千娇百媚,他都不动心,这种人要是认准了,铁定会对你好一辈子。"

见方好呆头呆脑的样儿,春晓又笑嗔道,"幸亏波哥对你没歹心,否则,就你这样的,早给他卖了十回八回了!"

孟庆华再次露面的时候,已经把所有事宜都安排妥当了。其实这办公室里哪个不是人精,真要认真办点事情,那效率高得令方好咋舌,她自惭形秽之余,小妹当得更加没有怨言。

对门请到了五个,春晓和林玉清都会去。

中午吃饭时,方好在餐厅遇到春晓,她托着饭盘鬼鬼祟祟地拖了方好到角落细细盘问,好像这顿晚餐隐藏了重大阴谋似的。

方好不以为然道:"能有什么鬼呀,不就是董哥项目完成了,大家庆贺一下嘛!"

春晓用筷子挑着饭粒儿,却不往嘴里塞,"我觉得奇怪的是,美人也会去,平常她可傲着呢,哪回咱们吃饭请得动她?这次该不会是波哥亲自给她打了电话吧?"

方好笑道:"那我哪里知道。"

春晓思量了一会儿,又道,"你不知道今天美人有多怪异,对着个喝茶的杯子都能不知不觉地微笑,我坐她对面,瞧着有点瘆得慌。不会是波哥扛不住美色,终于要投降了吧？"自己先恐慌了一会儿,又连连摇头否认,"不会,绝不会,波哥不会喜欢这么做作的人！"

方好又好笑又奇怪,"哎,你这么紧张干嘛,难不成你对我们老板真上起心来了？"

春晓"切"了一声,"我才没那么傻呢？我是谁？赔本的买卖是绝不会干的。"她作悲天悯人状又叹道,"我可不会像某人,捧了一颗真心公之于众,却无人认领,那才叫一个惨啊！"

方好皱眉笑道:"我发现你有时候还真够恶毒的。"

春晓嘿嘿哼笑起来,"小姐,这话我不乐意啊,我不过是八了点儿,可现实远比我这张嘴恶毒！不信,你走着瞧！"

因为有饭局,且老板也参加,到了点儿,大伙儿便理直气壮地齐刷刷下了班。

方好跟春晓是蹭了季杰的车走的,盛嘉的几个员工,除了方好基本都有车。

在车里一坐定,春晓就拍着黄澄澄的皮椅坐垫,感叹道:"还是这车坐着爽,宽敞！"

孟庆华也有车,是辆大众的高尔夫,春晓故意无视他殷切的眼神和微笑,耀武扬威地拉着方好钻上了季杰的君威,方好直喷她势利。

季杰在前座笑呵呵地转过头来反驳方好:"这年头女孩子不把眼睛放亮一点将来要吃亏的,小孟充其量也就是只潜力股,春晓考虑他,还不如考虑考虑我呢！"

春晓笑得直嘻气儿,连连点头道:"是啊,是啊,我这不一直等着您这只绩优股上市呢嘛！"

大家说笑了一会儿,才看见关海波的车子缓缓驶出泊车场,季杰立刻发动了车跟上,春晓睁大了眼睛向关海波的车里张望,可惜他的车窗上有遮光膜,影影绰绰的看不清楚。

方好有点鄙夷地一击她的手背,附在她耳朵边低语,"嗨,够了啊！你再这样,我真要怀疑你动机不良啦。"

春晓收回赤裸裸的眼神,状似无奈地轻声回道:"我也很纠结啊,一方面觉得他们不太可能，一方面又希望美人早点找个归宿，你不知道，有个恨嫁的女上司是多么折磨人的一件事。"

方好哂笑道："那也是人家的事，用得着你操心？"她说着，自己的目光却不由自主地也望了出去，只来得及逮到一个车屁股，BMW的蓝白标记异常醒目。

方好经常坐关海波的车，但觉得还不如季杰的车舒服，跟着老板，不知为何，总感觉气氛迫人。

餐馆里果然热闹，人头攒动，尽管每桌都有烟罩子，但空气里还是溢满了烤肉的香味。

还没到位子上，方好就扯扯春晓，低声道："我三急，去去就来，替我留个位子啊！"

春晓嘀咕了一句，"就你事儿多。"

可是等方好一身轻松地走出洗手间，由服务员引着来到他们的领地，她一瞧那布局，差点没当场昏倒！

四个人一组的烧烤桌，他们订了三桌，可供方好选择的位子仅剩了两个，要么坐林玉清身边，要么坐关海波身边，而那两个是面对面坐着的。

方好有点气急败坏地瞪了春晓一眼，她居然跟孟庆华和季杰一桌，身边是她的一个要好的同事余晶。

春晓无奈地朝她摊了摊手，余晶太热情，非得跟她拼座位，她没法赶人。

正尴尬着，关海波已经在那一头召唤她了："方好，坐这儿来。"

季杰瞥了一眼把脸拧成苦瓜状的方好，轻声打趣道："小陈，去主桌好好伺候啊。"

方好怀着满腔的怨屈挪步过去，没有选择地坐在了关海波替她拉开的位子上，同时还不得不挤出一点微笑来贡献给对面的林玉清。

从客观上来评论，林玉清绝对是属于古典美人一派的，有一双娇滴滴的清水眼，挽着发髻，巴掌大的瓜子脸上残留着一丝笑意，故作大方地对方好点了点头，精致的妆容无可挑剔，她高兴起来，也会在茶余饭后办一些非正式的化妆讲座，方好去听过两次，对她描摹脸蛋的本事佩服得不得了，可惜她高兴的时候很少，大多数时间都是高高在上的神态，不太跟旁人亲近。

服务生上了冷菜和调料，本就狭小的桌子立刻局促不堪，林玉清示意把一道甜萝卜撤掉："泡菜的味道总是有股怪怪的酸味。"她皱起眉来笑着解释。

方好偷偷咽了口唾沫，但碍着那两人，她没敢作声，心知今天这灯泡是当定了，认命地缩了缩脖子，希望能做到彼此无视。

方好插进来之前，他们好像在谈论着什么话题，此时又旧事重提。

林玉清道："这种材料有很大的利润空间，就是不太好找，我堂哥淘了有小半年了，也没发现合适的。"

关海波听毕，点头道："我会替他留心的。"他说着，无比自然地端起茶壶给方好斟茶，方好慌忙捧住杯子虔诚地道谢。

茶很快沏满，她无所事事，端起来啜上一口，滚烫的茶水在舌尖滑过，她"嘶"的一声，赶忙放下杯子，那口热茶在口腔里翻了几个滚还没来得及咽下，却见关海波拿起她面前的筷子用餐巾缓慢地擦拭起来，林玉清的眼睛像探照灯一样直射到他手上。

"我自己来，我自己来。"方好见状，"咕咚"一下把茶水吞掉，赶紧伸手抢下筷子，未及舒一口气，就错愕地发现他已经在给自己擦餐盘了，方好马不停蹄地撂下筷子又去夺餐盘，好容易盘子到手了，他却又捏住了她的不锈钢勺。

方好额上一阵阵地冒汗，她有幸没被茶水呛死也快被对面林玉清怪异的眼神瞪死了！

这叫什么事儿！！

终于把属于自己的餐具悉数拢到麾下，方好又犯起了愁，开头已经这么累，这一顿显然是不会惬意的了。

好在经过这小小的波折后，身边的两人又开始聊了起来，地产，贸易，股市行情，这些在方好看来挺无聊的话题她始终插不上嘴，也无心跟进。

一盘盘生肉生菜终于如期而至，方好用湿巾小心翼翼地拭掉鼻尖上的汗意，开始专心烤肉，一边在心里默默念叨"我是隐形的，我是隐形的"。

可是，隐不隐形不是她说了算。

林玉清蓦地惊呼："哎呀，这把夹子已经碰过生肉了，你怎么可以再去夹烤熟的东西??"语气里的责怨在目光掠过关海波时立刻转换成一种宽容的无奈。

方好脸色微红，讪讪地缩回手，把正准备孝敬林玉清的那片肥牛往自己盘子里夹去，不料，半道却被关海波的筷子截杀过去，他将那块滋滋冒油的烤肉蘸了点酱，面不改色地送进嘴里，嚼完后，呷一口茶，继续谈笑风生，仿佛看不到林玉清的尴尬。

方好目瞪口呆了一会儿，突然心如明镜，原来老板是在拿她当枪使！他不喜欢人家，又不好意思明着拒绝，竟然可耻地利用起自己来！

她刚刚对林玉清涌起的一点不满立刻烟消云散，又不便让对方看出自己脸上的不落忍，只得一味地埋头吃肉，同时又要顾及自己的举止行为，以防再被老板利用了去。

"你怎么光吃肉？来，吃点蔬菜。"伴随着关海波关切的低语，一片硕大的生菜叶子晃晃悠悠地飘到方好盘里。

林玉清的目光又向他们扫射而来，方好万分抱歉地把头低下，像兔子一样努力啃菜叶。

"这个是用来包肉吃的。"关海波忍着笑从旁指导，他看得出来她今天很"辛苦"。

好吧，方好认命地想，你怎么说，我怎么做，只求别再把注意力放我身上。

不知不觉就吃多了。

"你不能再吃了。"关海波突然横筷子抢过方好已经夹住的肉，放到自己盘里，浅声轻叱，"再吃要不消化了，你几岁啊？喝点茶！"

这声音，这语调，似曾相识，方好一瞬间怔忡起来。

她从小就贪吃，七岁那年夏天和闵永吉一起去她乡下的二舅家，大人们忙着收割，他们趁势玩得不亦乐乎。

二舅家的大堂间堆了些新木头，是来年扩建房屋要用的，闵永吉在木堆上发现了一张烙饼，方好见了，缠上去嚷着要吃，没咬两口二舅就进门了，龇牙咧嘴地冲上去一把拍掉她手上的饼，什么都没来得及解释，就火烧屁股一般送她去最近的卫生所洗胃，总算保住了她一条小命。

那是二舅家用来灭老鼠的诱饵，上面撒满了药粉！

此后闵永吉总是很紧张她吃东西，每次只要稍稍贪嘴一点，他就会低声责问："好好，你几岁啊？"

热的波浪一阵阵向脸上袭来，她再也吃不下去。

虽然隔了那么久，心里还是觉得难受，仿佛看一部旧电影，里面的情节跟现在无关，可那分酸酸楚楚的味道却是真的。

春晓那一桌不知在议论什么，笑声不断，更加映衬出他们这边的尴尬——脸拉得越来越长的林玉清，神游的方好，还有面色深沉的关海波。

散席时，时间尚早，大家一副意犹未尽的样子，季杰提议去足浴，那两桌的人纷纷嚷好，显然是早就商量妥了的。

关海波似乎心情不错，居然应承下来，于是，除了林玉清说还有事先走了，其余的人又呼呼啦啦地开拔往附近一家规模很大的足浴中心赶。

离得近，大家也懒得开车，正好借散步消食。方好一出门就死死攥住春晓，像找着亲人一样再也不肯撒手。

一群人三三两两地步行在开阔的人行道上，有说有笑。

方好如释重负之后又忧心忡忡地揪着春晓的袖子道："我可能得罪美人了。"

春晓今晚消遣得相当满意，没喝什么酒，就有几分醉醺醺的感觉，笑眯眯地斜了她一眼："怎么会，我看你服侍得挺殷勤的。"

方好的眼前晃来晃去的尽是林玉清气咻咻的面庞，可是适才那微妙的情形又只能意会，不可言传，说多了，只怕徒增春晓的笑柄。

得罪了林玉清，以后她们那里再有什么新产品的试用装方好就不那么容易拿到了，而且同在一层楼里，抬头不见低头见的，碰面了该多难受啊。

想到这里，她忍不住下死劲愤愤地瞅了眼被董其昌等人簇拥着走在最前面的关海波，如果不是他，自己怎么会这么惨！

然而，仿佛心灵感应一般，她看到他忽然奇异地扭转身来，目光准确地落到她脸上，她都来不及掩饰自己不无谴责的神色，再一次当场窘住！

关海波仿佛读懂了她表情里的含义，嘴角扯出一丝意味模糊的笑意，方好只觉得毛骨悚然！

这是怎样险象环生的一晚啊！

进了足浴中心的门，方好才渐渐缓过劲来，她是头一次来这种休闲场所，一路上听春晓说得神乎其神，在怏怏的情绪下还是被勾起了好奇心。

包厢是两个人一间，早已摆好了茶点，按规矩，男宾由女按摩师招待，女宾由男按摩师招待。躺在床上等的时候，春晓笑着对方好道："好容易来享受一次，咱们得挑两个帅点的，哎，一会儿他们进来，如果长得丑，坚决退货啊！"

方好捂着嘴咯咯直乐，偷偷瞟了眼站在门口的迎宾小姐，微红着脸轻声递话过去："说得好像男人逛那什么似的。"

春晓听了，立刻仰头哈哈大笑起来。

没几分钟，两个扎着马尾辫，浑身上下收拾得干净利落的女孩笑吟吟地步入房间，用标准的寒暄语打过招呼之后就坐下来准备服务了。

春晓一下子从床上坐了起来，皱眉质问："咦？为什么不是男按摩师？"

两个女孩面面相觑，其中一个立刻含笑回答："哦，是这样的，听说是跟你们一块儿来的一位先生特别交待，给两位小姐安排女生哦。"

"是谁？"春晓警觉地问。

"那就不太清楚了。"

春晓翻了翻眼睛，很直接地问，"那其他人呢，也都是用的同性？"

另一个女孩大约觉得她很有趣，抿着嘴乐道："当然不是啦，只有你们两位是用'同性'按摩师哦！"

"岂有此理！"春晓立刻叫嚷起来，"不行！立刻给我们换人，要男的，还有，要帅的啊！"

方好被春晓的泼辣劲儿搞得有点难堪，息事宁人地劝道："算了吧，不都一样嘛！"

春晓思忖着定是孟庆华出的这馊主意，哪里肯罢休，自己跟他八字连一撇都没有，就敢这么嚣张！

两个女孩到底退了出去，一边走还一边偷偷地笑。

没过多久，换了一男一女进来，低眉顺眼地又寒暄了一遍，就见那男生径自走到春晓跟前，而为方好服务的还是一女孩。

这下轮到方好不乐意了，这已经不是关乎"美色"的问题，而是上升到尊严的层面了！凭什么她就该被"特殊"对待呀！

春晓也是义不容辞地帮她争取，那女孩听完她们的抱怨，为难了一番，但还是热心地跑出去再请示，未几又奔了回来，面呈尴尬地回道："有位姓关的先生说了，陈小姐要请男按摩师也可以，但是……"

"但是什么？"春晓稀奇起来。

"……费用得陈小姐自己结。"

在一阵诡异的静默之后，春晓大笑着翻倒在床上。

肆无忌惮的笑声中，方好红头涨脸地仔细盘问了价目表，又是一番天人交战，最后仍是扁扁嘴，认命地躺下来"享受"了。

有钱的人才会跟钱过不去，她可没有傻到拿钱去赌气！

春晓却还在不遗余力地笑话她："陈方好你完蛋了，这么没志气！赶明儿波哥娶媳妇，你就等着去当陪房丫头吧。"

方好仰面躺着，不去睬她，她能感觉得出来，今天老板存心想跟自己过不去，可是为什么呢？难道是因为刚才自己识破了他的阴谋而没有好好配合？

也不知那女孩在往自己脚上抹什么，凉凉滑滑的，有些痒，仿佛有条小蛇

沿着腿蜿蜒上来，要钻入心里一般。

春晓依然天马行空地拿她取乐，"波哥的确过分了啊，即使是古时候的丫鬟，到了年纪还得拉出去配小厮呢，他怎么可以对你这样霸道，难道是——"

她的话音陡然间止住，仿佛被人一把掐了脖子，令方好不由得扭过头去看她，追问道："不会是什么？"

春晓眼里闪烁着怪异的光芒，欠身过来压低嗓音道，"不会是……波哥对你有意思吧？"

方好脸上的表情一时也僵滞起来，两个女孩隔着窄窄的走道瞪着眼睛互相对视。半响，方好才缓慢地说道："拜托你换个玩笑来开好不好，这个……吓得死人的。"

春晓把眼睛眨了几眨，恢复了自然，仰面对着天花板，自己想想也有点荒诞，可嘴上还是不肯饶人，继续信口诌道："这可难说得很，你想想，你在他手下这几年，犯了多少错误，要是换了别人，估计早打发走了，凭什么你就跟常青树似的巍然不倒呢？还有啊，我还从没见过他有什么女朋友，美人够美了吧，他整得跟柳下惠一般，肯定心里已经有主儿了。"

方好想起在清雅阁遇到的那个美女，以及那两人颇具深意的表情，撇着嘴斩钉截铁地道："就算有主儿也肯定不会是我！"

待到春晓被男按摩师的大手劲压迫得嘎嘎乱叫时，方好心里才平衡了一些。

春晓转过脸来，边"享受"边还又道："哎，方好，刚才吃饭的时候，听董其昌说工业园有家外企的工会组织公司里的大龄青年相亲呢，正在广泛招募外部的新鲜血液，我们都想去，你要不要也去凑凑热闹？省得跟块肉似的老搁在波哥面前，迟早给他吞喽。"

"我没兴趣。"方好对她大刺刺的话很不以为然，有气无力地回答。

"我觉得你很奇怪哎，每次一说到这个话题就回避，到底怎么回事啊，你？"春晓对她的态度颇为气恼，"又不是逼良为娼，给你找个正常的归宿嘛！说！是不是心里有鬼？"

"什么跟什么呀？"方好嘟哝着转过脸去，心里却一阵阵地迷惘起来。

春晓还待追问，突然发出一阵尖叫，然后痛苦地仰头对按摩师道："帅哥，轻点行不？"

Chapter 04

相亲大会

早上爬起来，方好才体会到了按摩的种种好处，浑身上下仿佛被打散之后又重新整修了一遍，还上了点润滑剂，经经络络一下子灵活许多，春晓说这跟吃西药是一样的道理，越是不常用的人效果越明显。

她神清气爽地进了公司，娴熟而流畅地开电脑，拉抽屉，放手袋，取茶杯，然后脚步轻盈地扭身去茶水间。

一进门，就看见关海波站在茶水间唯一的窗户面前，左手执咖啡杯，右手插在裤袋里，标准的关氏pose，远眺27楼外的风景。

"关总早。"虽然心里有些别扭，但方好坚持用一如既往的欢快的语调打完了招呼。

关海波很自然地回过头来，看样子也是一身轻松，显然昨天的按摩十分到位，连说话声音都缓和了不少，他啜了口咖啡，不紧不慢地问："昨晚上为什么偷偷溜了？"

方好脸上的笑微微僵了一僵，然而，台词是早就准备好了的，她早防着他这一招呢，于是很顺溜地说道："我跟春晓结束得早，看你们的门都关着，也不便打扰，就先走了。"

本来说好了一起散的，可方好因为按摩师的事儿觉得很没面子，只在前台留了个话，强拉着春晓扬长而去。

心里犹自嘟哝，他给自己那么狠的一个下马威，难不成还要她谄媚地去叩谢不成？

看着方好故作坦然地沏茶，关海波的嘴角不免微扬起来，这个总是自作聪明的小东西，她的那点小心思岂能瞒得过他？

方好一抬头，看到老板似笑非笑的一张脸，面庞的棱角却柔和了不少，她有点分辨不清他笑容里的含意，总好像看透了自己似的，也或者——是她"做贼心虚"。

关海波将右手从裤袋中抽出来，转动着左手上的杯子，沉吟了一下，缓缓道："昨天……我是说……和……林玉清坐在一起……纯属巧合……"

方好望着杯子里的水徐徐注满，对老板这句断断续续的话语却怎么也消化不了，她直起腰来，满眼的困惑，"关总，你，你……在说什么呀？"

关海波盯着她纯净得近乎傻气的双眸，忽然也口拙起来，他有必要跟她解释么？又该解释些什么？一旦开口，他才发现要跟一个平常被自己训惯了的员工低声下气地解释也是件相当困难的事。

昨天他很偶然地在电梯口遇到林玉清，听她提起公司聚餐的事儿，出于礼貌邀请了一下，结果可想而知，林玉清目光灼灼地把这普通的寒暄琢磨得寓意深远。

方好还站在原地等着他的下文，脸上却有些不知所措，她觉得老板最近的言行越来越捉摸不透了。

关海波定定地望着她，还想开口说点什么，嘴巴却像被胶水黏住了，怎么也张不开来，半晌，才气馁地朝她扬了扬下巴，"没事了，你出去吧。"

下一秒，就看到她极其利索地一溜烟出了茶水间，单留他一个人在窗前怔怔地出神。

方好小心地护着茶杯疾步向位子上走，脑子里跟浆糊似的搅来搅去，想不明白，最后轻声嘀咕了一句："见鬼了。"

这段小插曲很快被紧张的商务"硝烟"给遮掩了过去。

腾玖的招标会提前到下周二，于是盛嘉的进程也得跟着加快。关海波让手头没有紧急case的职员都参与进来，动用一切可能的关系，收集更多的资料，加强公关，增加入围砝码。

整个上午，方好就埋没在一系列的paper work中，老板的主意太多，变得又快，一份企划案改了又改，还是不满意。她像只小蜜蜂一样不停地穿梭在总裁室和大厅之间，第N次经过季杰身旁时，听到他低声说了句："我晕！"

她忙成这样，却还有人忙里偷闲，董其昌对着话筒甜蜜蜜地低语："行呃，你交待的事我总是放在心上的，不就凑齐20个人么，咱这点能耐还是有的。"

季杰等他放下电话，立刻哂笑道："哟，相亲的事你还当真要操办？"

董其昌拿笔敲敲桌子："我哪儿操办得起，无非多拉几个人过去，在女朋友面前好交差。"

"咦，这跟你女朋友有什么关系，你们俩不是都快登记了嘛，还蹚这浑水，小心引火上身。"

"这不她一闺密还没着落嘛，想乘这次机会解决一下。"

唐梦晓抬头不怀好意地望望他，咧嘴一笑道："原来这么回事，我还以为小董打算再去觅个妾呢！"

董其昌注意到了嗡嗡乱飞的"小蜜蜂"，眼睛一亮，扬起嗓门，声音却格外地压低，费劲地喊："小陈，来我这儿报个名。"

方好没听清楚，在董其昌热心的召唤下总算放下手上的活儿跑了过来，弄明白意思，立刻摇头推却。

董其昌急道："哎，我说你这孩子，今年也25了吧，怎么皇帝不急太监急呢。"

季杰扑哧笑出声来："小陈，还是去吧，你要不去，董哥就成太监了。"

方好咯咯笑着逃开了。

董其昌见季杰故意歪曲自己，正待朝他开炮，关海波恰好从办公室里出来，几句话立马就把这事儿给岔开了："下午两点开会讨论腾玖的项目，在公司的都进来听一下，提提意见。"

他说着，目光若有似无地朝方好的位子扫过去，她正和尚蓓蓓说着话，一脸没心没肺的笑。

谁知中午吃饭时，正好和对门的几个女孩凑在一起，董其昌又旧事重提。

据说此次相亲规模之大在S市坊间都能排得上名次，网罗的基本都是青年才俊，且来自各行各业，挑选面极广。

春晓头一个举手报了名，孟庆华虽然还是笑嘻嘻的，却逐渐不自然起来。

春晓推推方好："你也去，这么好的机会，不要错过了。"

方好专心吃饭，含糊其辞。

孟庆华道："莫非小陈有了中意的人，所以看不上别人了？"

方好抬头瞪他一眼道："胡说什么呀。"

孟庆华正不爽快，趁势借机发挥，"不会是暗恋关总吧？"

一群人全都开始起哄，急得方好把脸都挣红了，春晓一见，知道她是真生气了，忙挺身劝阻。

顺着余音袅袅的笑声，季杰继续凑趣道："如果不是，我劝你还是早点找个男朋友罢，也不至于问出'武藤兰是谁'这样的问题来了。"

方好本来带着愠意的脸一下子染得殷红。

那次她出去办事回来，刚踏进公司就听到季杰在办公室里大放厥词："我认为武藤兰是值得我们学习的，起码人敬业，一年几百部的量，容易么！"

方好当时就很好奇，接口问："谁是武藤兰呀？"她直觉是某个手腕厉害的销售模范。

季杰一下子卡了壳，扭过头来看见是她，不便作答，便信口来了句："问关总去。"谅她也没那个胆量。

方好愈加觉得神秘，完全没注意那几个家伙一脸的坏笑，跟关海波汇报完正事，忍不住开口问："那个……武藤兰是谁呀？"

关海波闻言面色立刻变得僵硬无比，拧起浓眉沉声道："陈方好，你上班时脑子里都装了些什么？！"

季杰等人目瞪口呆地听完她的抱怨，一个个都笑得背过气去，可他们还是不肯告诉她，直到方好自己在GOOGLE上查明了怎么回事，胸腔里狂烈的扑通扑通顿时心率失齐，只羞得无地自容。

难怪老板那常年黑着的关公脸都白了！

饭桌上，季杰正就男人的"审美"观向几个年轻女孩娓娓道来："脸蛋不美不要紧，关键是气质，要会打扮，别小看穿衣服这一项，里头学问大了去了！哎——男人都喜欢前突后翘的那种。"他目光一掠，很快找到反面教材，指指春晓和方好，"像你们这种学生打扮可以改改了啊，免得到时候无人问津。"

春晓不服气道："你又没娶老婆，你没资格指手画脚。"

季杰笑道，"这你就错了，有老婆的人才不敢说真话呢，不信你们问老唐。"

有一回大家在讨论"审美疲劳"这个问题的时候，唐梦晓说了句很经典的话，"没有美就没有疲劳"，这话后来不知怎么传到他老婆耳朵里，结果罚他睡了一星期的客房。

此时,唐梦晓肃着脸,一副谦谦君子的模样,慢条斯理道:"关键是要——心——灵——美。"

季杰朗声大笑,"我说什么来着,结了婚的男人够道貌岸然了吧!"

那天晚上,方好接到妈妈的电话,埋怨她几个月都没回家了,其实S市离家乡不远,坐火车三个小时就到了。

母女俩谈谈说说,方好忍不住打了个呵欠,妈妈立刻心疼地问:"工作很累吗?"

"也还好啦!"她倚在床上,手里拨弄着电话绳,妈妈总是拿她当小孩子看待,所以她能够在异乡独立生活了三年,对妈妈而言,不能不说是一个令人惊异的奇迹。

妈妈支吾了一会儿,却冷不丁冒出来一句,"听闵奶奶说,永吉……快回来了。"

电话这头突然寂静无声。

妈妈顿了一下,有些后悔提了这个碴儿,轻声叫唤起来,"好好,好好,你在听吗?"

方好用极快的语速道,"妈,我犯困,挂了啊!"

嘴上虽这么说,却并没有真挂的意思。

妈妈叹了口气,"你还在怪他吧?妈妈知道你难过,可是你们两个缘分浅也是没法子的事。"

方好心里发烦,"我哪里难过了,哎呀,不跟你说了,真挂了。"

躺到床上,她两只眼睛木愣愣地盯住天花板,脑子里乱乱的,也不知道在想些什么,空旷的心室仿佛被人吼了一下,至今嗡嗡作响。

闵永吉要回来了?!

可是,他回来了又能怎么样!

方好想起念大学时,宿舍里的女孩一窝蜂去读张爱玲的小说,她也借了几本来看,却不甚喜欢,总觉得文字太清冷,有种无情的刻薄,可对其中的某句话却记忆深刻:"生命自顾自地走过去了。"

现在想起来,还有些唏嘘,她赌了三年的气,可终究不过是跟自己过不去而已,她的生命也是这样像水一样无声无息地流淌,除了她自己,无人真正顾惜。

方好决定去参加相亲大会。

　　自从搬进新居，关海波在大学城附近的房子就一直闲置着，他曾经想过要把它处理掉，但迟迟没有行动，这并非表示他对与施云洛的那段感情有多留恋，但小屋毕竟承载了他太多的过去，包括那段在学校教书的日子以及那时单纯宁静的心境，如今回想起来离自己已经相当遥远了。

　　他偶尔也会回来看看，这里渐渐就成将他与过去连接起来的纽带，留着它，往日的温馨似乎还能触手可及。

　　直到严教授打电话给他，提起有个学生想买那一带的房子，关海波才意识到自己的痴执实在有点可笑，既然恩师开了口，他想，卖了就卖了吧。

　　盛春的下午，阳光晒得空气暖烘烘的，没有风的时候，能感到一丝初夏的味道。

　　幸亏客厅里还算阴凉，关海波与严教授面对面坐着对弈，棋盘上的局势，显然是教授稍逊一筹，此时正凝眸锁眉沉思中。

　　无论有多忙，关海波也会抽时间来看望老师，比之自己那个虽然亮丽宽敞的大宅，老师这里更具有家的气息。

　　严教授几十年来一直住在学校分配的宿舍里，子女也有在外面买了大房子的，但他固执地不肯搬出去，实在是因为习惯了。

　　校舍是青砖瓦房，外墙上爬满了厚厚的爬山虎，偏校园的东南角，若按风水来说，十足的一块宝地，住宅区里随处绿树成荫，那些树也都有些年头了，树干粗壮，枝繁叶茂，一到夏天便郁郁葱葱，瞧在眼里连暑气都能凭空降下来几分。

　　他们坐的地方刚好临着窗，一抬头就能看见外面的阳台，小小的一尊长方形，晾衣竿上晒着衣物，两只角落塞满了杂物，用袋子装着，尽量地往里躲，显然是规划了再规划的，厚实的栏杆上挤挤挨挨地排满了植物，有的茎叶很长，弯弯地直垂下来，形成一条生动优美的绿色弧线，由那白底的瓷砖衬托着，成了一幅立意简洁的素绘。

　　植物是严教授养着的，男人细心起来要比女人更甚，这些小小的盆景每一株都体态丰盈富足，亮晶晶的绿叶泛着光，犹如一张张小小的笑脸，直温暖到人心里去。

　　严教授踌躇着落下一子，又捏着下巴为难地摇头，他无论做什么都很认真，然而自恃老谋深算，倒少了几分关海波那样的洒脱不羁，反而拖累自己，陷入困境。

　　围棋下到酣处，严师母端了两碗糖水蛋笑眯眯地过来，搁在一旁的四方小桌上，这是师母家乡的规矩，专门款待贵宾的。

　　关海波吃不惯这种做成甜味的鸡蛋，却不愿拂了师母的心意，每次都不折不扣地吃掉，严教授瞧在眼里，总要微笑着赞他一句："海波这孩子就是实诚。"他也知道他不爱吃。

　　关海波又推进一子，局势豁然开朗，严教授终于遗憾地咂嘴叹息，"到底老了，脑子不如年轻人了呃。"

　　"都下了一个多钟头啦，可以歇歇了，快来吃吧，凉了就腥气了。"师母照例慈祥地招呼，如果任由他们两个下去，能挨到天黑。

　　严教授站起身来笑道："好，好，不下了，难得海波这么忙，还不声不响陪我下了这么久，呵呵。"

　　关海波也笑道："哪儿的话，我本来就好这口，只是如今除了老师这里，还真想不出第二个可以下棋的去处。"他的话语里带着一丝真心实意的遗憾。

　　严教授感染了这丝遗憾，不由得也道："唉，我是真没想到你会去当个商人，真是可惜了。"

　　关海波曾经是他最得意的门生之一，他总认为当初他选择下海太过意气用事。

　　严师母嗔道："什么可惜不可惜，多赚点钱有什么不好。"

　　严教授十分不乐意："你看你，女人怎么就都只认得钱呢！"

　　他虽然是嗔怪自己夫人，无意中却一语双关地带到了施云洛，严师母怕关海波尴尬，急忙拿别的话岔开了。

　　吃着鸡蛋，严教授问："海波，你的个人问题怎么样了？"

　　虽然关海波已经不在他门下，但彼此师生情谊仍很厚重，严教授时常会以长辈的身份来关心他。

　　见关海波始终微笑不语，严教授便用坚决的口气道："这样不行，得找一个，天涯何处无芳草嘛。"

　　关海波笑着应承，只顾拿调羹捞鸡蛋来吃，严教授以为他敷衍自己，本着负责任的态度循循善诱，"找对象，相貌好不好倒在其次，关键是要人好。"

　　他见关海波频频点着头，话锋一转又道："我今年带的这批研究生里头倒是有个不错的姑娘，人是相当的朴实，你要愿意，我可以安排……"

　　关海波在惯性作用下点着的头一下子收势，"这个，谢谢老师的好意，只是……这一向很忙，暂时还是不考虑这个问题。"

"哎——只是见个面，大家接触一下，了解了解嘛，你老不主动，媳妇儿也不会从天上掉下来，呵呵。"

严师母也在旁边帮起腔来："是呃，海波，那姑娘我见过，的确不错的。"

关海波见躲不过，只好从实说道："其实……我已经有中意的女孩子了。"

"哦？"严教授意外之余将信将疑，"哪儿的？怎么没听你提起过？"

既然说开了，关海波索性大方地道："唔，也在我公司里，只是……一直没挑破那层意思。"

见他态度诚恳，不像作假，严教授虽然做媒不成，也高兴起来，"那真是太好了，什么时候也带来我们瞧瞧，海波的眼光一定不错的。"

从严教授家出来不过三点多钟，老夫妇俩却执意要留他吃晚饭，他百般推辞了，难得偷了半日闲，这时候怎么也得回公司看看，尤其腾玖那个项目还在进行中。

途经玉峰路的大福糕饼店，他特意泊了车进去，买了一袋梅花糕。

这家店是正宗老字号，保留了许多南方旧式品种的点心，最出名的就是这梅花糕，做得松软香嫩，十分出色，方好很爱吃豆沙的那一种，每次经过这里都忍不住要走进去买上几个。

想起方好，关海波的脸上情不自禁又漾起一丝微笑，她喜欢吃许多东西，却又很有节制，再馋也不会胡吃海塞，总是浅尝辄止，带着一丝惋惜的眷恋，如此严格的自制跟她什么都无所谓的性格似乎起了冲突，关海波猜想，大约是为了体型的缘故，这仿佛是现在绝大多数女孩最时尚的节食借口，哪怕并不见胖，也要为着将来的可能预防着，随时随地地小心翼翼。

连他自己都觉得惊异，今天会在严教授面前把原本只是雏形的念头正儿八经地说了出来，然而，正是因为说出来了，最初的"可能"，"也许"等不确定因素一下子褪去，这件事忽然就有了七八分眉目，而他并没有因为自己适才言之凿凿的肯定而感到惶惑和迟疑，反而有种蠢蠢欲动的急切和欣喜，犹如面前摆了一件神秘的礼物，用面纱遮着，他恨不能立刻上前揭掉，使其露出真面目——他很想知道方好的反应。

虽然是星期六，仍有不少职员来加班，写字楼里普遍的习惯，非正常上班时间做起事来反而要认真许多。

他环顾了一圈，没见到方好，办公桌上收拾得干干净净，电脑也关了，显然已经回家，中午他离开的时候还在的。

董其昌站在自己的位子上，单手撑住写字桌，口气几近不耐烦："你再往前走两步，然后左转，对……看到影城的招牌没有……"

搁下电话就摇头，"哎，真是笨得可以，到底是小丫头，有了男朋友就找不着北了。"

唐梦晓道："这才刚开始呢，以后有得麻烦，谁让是你介绍的呢。"

"怎么又算我头上来了，根本就是他们自己对上眼的。不过我也算做好事，积善德，嘿嘿。"

关海波一只脚已经踏进自己的办公室，但还是退出来警惕地问了一句："谁有男朋友了？"

公司里女性就两个，他隐隐觉得不祥。

董其昌扬声道："还能有谁，小陈呗！两个小年轻约好了去看电影，打吃完饭开始心思就不在做事上了。"

手上的袋子没抓牢，"突"地掉到地毯上，措手不及的一声闷响。

方好仅往前多走了两步就柳暗花明了，当她看到沈亮站在影城硕大的招牌下对着自己甜甜地微笑时，立刻后悔刚才为什么要打电话给董其昌问路，惹他一顿没好气，试想这电话要是打给沈亮的，该是怎样的一番和风细雨呢。

只是彼此到底还不熟，她总想给对方展现自己好的一面，总不能第一次约会就让他发现自己是个路盲吧。

沈亮是外科大夫，只比方好大一岁，长相一如医生给方好的一贯印象那样，瘦削斯文、面皮白净，双眼皮，大眼睛，笑起来还有俩酒窝，颇有几分酷似九十年代的当红小生林志颖。

方好从前其实挺烦林志颖的，奶油气忒足，都不用怎么化妆就可以直接反串女角儿了，但现实生活里真要有这么个雪白粉嫩的大男孩站在面前，她还是感到惊艳，说到底，她就是喜欢白净斯文一类的男生，虽然心里不肯承认。

方好把男性大致归为两类，一类是成熟型，以季杰、唐梦晓为代表，个个心机深重、老奸巨猾，嘴上把你夸成一朵花，心里指不定怎么笑你傻呢！对这类人，即使长得再帅，方好也不敢起色心，遵奉他们为"大叔"，给他吃干抹净了，还乐呵呵地替他数钱呢。所以，三十而立的季杰虽然也算小钻一枚，偶尔来了兴致，也会逗逗春晓等一帮女孩子，但小姑娘们觉悟都挺高，谁也不肯上当。

另一类就是跟方好年龄相仿的大男孩了,虽然事业上没有前一类辉煌,但胜在阳光、坦诚,彼此也谈得来,比如孟庆华,但方好总觉得孟庆华浮躁了一些,而这个沈亮则不同,说话幽默又不失分寸,尤其那一脸灿烂的笑容,很容易让人产生亲切感,是此类人物中的上品。

至于关海波,方好把他归入了那一小撮极罕见的异类,短短两年时间,他将一家濒临倒闭的公司扭亏为盈,在行业中异军突起,其城府不可谓不深沉,其手段不可谓不狠辣,这哪里是人,根本就是二郎神!

沈亮手里还拎了只马夹袋,满满一袋零嘴儿,诚挚地笑着道:"不知道你喜欢吃什么,所以各样都买了些。"

方好见他想得如此周到,顿时对他又多添了几分好感。

相亲茶话会上,方好跟春晓当然没有听从季杰的劝告走妖艳路线,春晓说得好:"人家是来找老婆,不是来找情妇。"

事实也是如此,一身休闲打扮的方好以一副纯纯的邻家女孩的模样立刻赢得众多男生的倾慕,前来搭讪者此起彼伏,她惊讶地发现自己竟然有如此好的市场,一时之间也飘飘然起来。

然而,要她当机立断定一个下来,还真是举棋不定,左右为难。

春晓是场内指导,一边跟男生敷衍得水泄不通,一边还能匀出只眼来关照方好,对她的心猿意马颇不以为然,"现实点儿吧,你就!可别挑花了眼,要知道,有钱的帅哥属于稀缺资源,竞争激烈着呢。"

方好朝她撇撇嘴,春晓的身边就站了个气宇轩昂的帅哥,凭什么她就不能挑挑啊?

后来他们玩起了一种叫"king"的纸牌游戏,把K放在十张牌里,抽到的人可以任点两个参加者,然后回答他们提出的问题。

一开始方好还算命大,连连躲过非难,玩了几把后,她忽然转了"厄运",频频抽到倒霉的K,结果自己的身高、体重、三围全被人套了去。心里十分不悦,怎么这些人尽问些庸俗的问题?!

闹闹哄哄之中,一张白纸上用黑笔画着个数字悄无声息地递到她眼前。

方好愕然回头,一个眉目清俊的男孩脸上闪着顽皮的笑对她道:"这是我刚算出来的——你的密度!"

茶话会散后,方好就由这个仅根据她的身高体重和三围就能测出她"密度"的神人沈亮送了回去。

一路上谈谈说说,倒也相得益彰,方好几乎忘却了这个男孩是相亲得来的尴尬，临分手时两人很自然地留了对方的联络方式，就这样开始了。

外科大夫平常工作很忙，而且还要上中夜班，很辛苦。他们交往没几天，沈亮就倒班了，于是两人像太阳跟月亮似的碰不到一块儿，只能靠通电话来联络感情。

一直等到两周后才有了第一次正式的约会。

看电影的主意是方好提出来的，她觉得两个还不怎么热络的人要坐在一起聊个把小时仿佛有些傻气，但看电影就不同了，注意力都在屏幕上，说话就是次要的了，这样不至于有压迫感。

看的是一部国产黑色喜剧《疯狂的石头》，两人在影院里随着大众从头笑到尾，等出来的时候，就熟得恨不能称兄道妹了。

沈亮直赞道哥的缜密思维，他殴打小军时的说辞可谓天衣无缝地把对方往死里整，方好则认为最有个性的人物当属黑皮，其口头禅"费那劲干嘛，直接上不就得了"充分体现了化繁为简的精髓。

肚子也正好饿了，两人撂下话题，满世界找餐馆，周末的懒人真多啊，几乎每家餐厅都是满满的人，吃饭全都要登记排队。方好嫌烦，最后两人在肯德基买了一堆吃的，坐在人迹略疏的街角长凳上啃着吃。

沈亮很不好意思："对不起啊，第一次见面就请你吃这个，还连个像样的座位都没有，下次一定记得先定位。"

"没什么，这样不是挺好的嘛！"方好倒不在乎，比起在高级餐厅里正儿八经坐着又举刀又举叉的排场，她还是宁愿这样轻松随意一点的好。

聊得越多，越有相见恨晚的感觉，两人原来有那么多相同的兴趣和观点，连生活背景都相仿，简直就是异性版的自己嘛！

方好偶一回头，美罗就在近前，于是提议填饱肚子去逛逛，沈亮欣然答应。

汉堡吃到一半，方好的电话就响了起来，她放下汉堡，抹了抹嘴角，把手机从包里翻出来，一看屏幕，笑脸立刻皱成一团。

"这么晚了，是谁啊？"沈亮也挺好奇。

"老板。"方好蹙眉道，这个时候来电话估计也不会有好事。

"关总，你好……嗯……咦？我不是发给你了嘛！我发完才走的啊——什么？没收到？这怎么可能呢……不，我不是那个意思，您怎么能跟我扯谎呢，您犯不着么……啊？回去？现在？"方好的嗓子都尖起来了。

这可是她第一次约会啊！

她哀怨地瞟了沈亮一眼，终究觉得不甘心，又是周末又是晚上，凭什么她就得随叫随到啊，没道理！

她清了清嗓子，重新挨近电话，大着胆子道："我现在在外面没空啊！这样吧，那个文件我电脑里有备份，要不，你把我电脑开开，我告诉你路径。"顿了一顿，又压低嗓音，"开机密码是xxxxxxx……打印机是默认的，就是靠近收发室的那个……嗯，好……没关系，再见！"

沈亮含笑问道："解决了？不用回去了？"

方好点了点头，却不甚高兴的样子，谢谢就谢谢吧，说得那么咬牙切齿干吗！

"看不出来，你还挺厉害的，跟老板说话口气都敢这么冲，在公司一定很受器重吧？"沈亮盯着方好，眼里闪着钦佩的光芒。

方好闻言，彻底惊了，"啊？我有吗？"

方好的电脑桌面上是她在丽江旅游时拍的一张玉照，那时候头发很长，在脑后高高地束了个马尾辫，笑得眼睛眯起，活脱脱的一张猫脸。

关海波对着屏幕上方好的笑脸慢吞吞地嚼着早已凉透了的梅花糕，冷豆沙甜得发腻，他怎么也回想不起来它本来的甘醇滋味，上一回吃好像隔了没多久，是方好出去办事带回来的，特意给他留了两个在桌上。

这是方好第一次公然不执行他的指令，心里那份窝火和郁闷就别提了，阵阵酸意直泛上来，不是胃酸，竟是心酸，中间还隐约夹缠着难堪的妒意，有了男朋友，翅膀还真就硬了！

他怎么也想不通，三年来，陈方好老老实实、安安静静地待在自己身边，从没闹出任何"绯闻"，怎么他才动了动念头，就有人捷足先登了？

Chapter 05

原来，这丫头喜欢小白脸！

天气说热就热，聚林大厦的三楼，傍着茶餐厅新冒出来一个哈根达斯专卖店，开张得恰是时候。

午餐后散步回来，孟庆华十分殷勤地请了春晓，方好因此也沾光。

春晓在相亲会上跟众帅哥聊得热闹，可过后有联系的人却是寥寥，她一直怀疑孟庆华在搞鬼，所以点起冰激淋来也不管他是否肉痛，下手狠辣，一点儿也不含糊。

方好却只要了小小的一客，她向来有自知之明，也从不落井下石，捧了那弥足珍贵的一小樽冰激淋，美滋滋地坐在位子上跟沈亮短信互动。

沈亮最近去外地参加一个培训，倒比上班轻松许多，会议闲暇还能游山玩水，拍了好些照片，他又是藏不住宝的，随时随地都想跟方好显摆一下，所以短信来得格外勤快。

在沈亮的热情邀请下，他们也当真像模似样，衣冠楚楚地出去吃过几回正餐，但更多的时候都是各吃各的，只在玩的时候凑在一块儿，方好实在受不了他在餐桌上泰然自若地大谈手术细节。

不过，沈亮除了这点"职业"毛病外，其他方面都还不错，为人随和，性子不急不躁，跟方好这样的好脾气在一起，吵架的概率比买彩票中巨奖的几率都低，短短三周的时间，两人就已经处得相当默契了，"革命的情谊"突飞猛进。

沈亮是网游迷，没事喜欢上网打打游戏，每每跟方好描述得手舞足蹈，顺势又拖她一起下了水，方好从前顶多玩玩"连连看"、"走出魔窟"之类的小儿科，如今跟着沈亮，层次一下子上去不少，还当真着迷了一阵。

春晓一直很关注两人的进展，在她看来，方好就是一"情盲"，如果没人带着点儿，她能一直老实小孩下去。

"你们俩到底怎么样了啊？"有一回散步，春晓忍不住问她。

"挺好啊！"她回答。

方好边走边双手边做伸展运动，常年坐在电脑面前，容易得腰酸颈疼的毛病，关海波办公室倒有套豪华的健身器材，方好从来没见他使过，像个摆设似的杵在那里，她很垂涎，可当着老板的面"嘿哟嘿哟"的总不是太妥。

春晓冷不丁又问，"打啵没有？"她说起话来永远都这么直接。

方好闻言先是一愣，然后笑嘻嘻地回答："我们不打啵，我们打游戏！"

老跟着这帮说话喜欢赤裸裸的人混，她的脸皮也逐渐厚起来。

春晓用看怪物的眼神端详她良久，下了最终定论，"你真没救了，俩变态！"

方好却毫不在意，她觉得自己跟沈亮的相处模式挺好，谁规定了情侣就非得一天到晚腻在一块儿卿卿我我，谈情说爱，上下其手了？

他们聊起来也热闹着呢，玩起来也疯着呢，方好现在连加班都少了许多，从前那是无事可干，整天耗在电脑面前。

一顿饭的工夫，手机里就攒了四五条短信，她一一看着，有张面目模糊的穿了古装，摆着怪诞姿势的照片令她差点喷出来，手指飞快地按键回发。

"古装造型的那张是谁？不要告诉我是你哦，我会晕倒的！"

十秒不到，沈亮的短信已经进来："你晕倒吧！"

方好咯咯笑着使劲往后一仰，后脑勺蓦地传来软软的触感，她惊诧地回头，原来自己是撞到某人身上了，而那个站得离她过近的"某人"竟是老板，正虎视眈眈地瞪着她——的手机。

方好赶紧放下手机，收起笑容，站起身来恭谨地问："关总，有事吗？"

关海波目光犀利地剜了她的手机一眼，那样子仿佛跟它有仇似的，方好见此情形，下意识地将手机往桌子内侧推了推，惴惴不安外加莫名其妙，一脸小职员的惶恐，公司的规章条文是她草拟并管理的，此时熟稔而飞快地在脑海里过了一遍，好像没有不许发短信这一条啊，何况现在还是午休时间呢。

关海波一进门就看见方好对着手机一副乐不可支的模样，他不难猜出那是谁的功力，这样的情形维持了近一周，他一忍再忍，还是按捺不住满腔酸意，这时候竟有些管不住自己的脚直朝她走来，可真的站定了，却又发作不得，他虽愠怒，但还不至于失去理智到在她发短信这件事上做文章，尽管他十分渴望将她的手机直接从窗户里扔出去！

目光掠过方好的桌子，很自然就注意到那盒只剩了一小半的冰激淋，他阴阴地开了口："冰激淋……很冰是吧？"

方好觉得老板越来越高深莫测了，开场白怎么比星爷还无厘头？！

她一头雾水地点点头，他的猜测完全正确。

关海波也不看她，眼神在办公大厅里睃来睃去，慢条斯理道："可是它热量高啊，吃多了，容易发胖！"

方好的面庞开始石化，下意识地低头瞧了瞧自己。

关海波瞟了眼她惶惑不安的神色，唇边含着一丝解气的戏谑，低声道："没事，不是说你，继续吃吧。"

他说完，利落地转身，头也不回地往办公室的方向走去。

方好又气又怒地瞪着他的背影，她的嘴角还沾了一点巧克力酱，化开之后黏黏的有点痒，她抽了张纸巾愤愤地一抹，NND，还真把她当小强了，可着劲儿地奚落？！

重新落座，她吃得愈加凶狠，我胖死也跟您没关系啊！

手机又响了两声，有新的短信进来，方好深吸了口气，甩甩脑袋，她最近心情好，不跟老板一般见识，不多时又咯咯地笑起来，很快将适才的"羞辱"抛诸脑后。

延绵的笑声再度传来，穿透墙壁，强硬地挤入关海波的耳朵，他再也看不进去东西，猛地将手里的文件重重地往桌上一摔，疾步走到门口，厉声道："陈方好，你进来！"

方好的笑声当场噎住，迟钝地瞅了瞅已经人迹皆无的总裁室门口，然后又扭头看看齐刷刷射向自己的数双眼睛。

唐梦晓语气中带着薄责道："小陈，又怎么惹关总了？不知道他最近正烦腾玖的事呢？你就不能省心点儿？"

方好连哭的心都有，无限委屈地回道："怎么又是我？我可什么都没干呀！"

整个下午，方好都被关海波"锁死"在总裁室里，其实没什么她要干的事儿，腾玖的招标会刚刚结束，最终的结果还没有公布出来，唯有等待。

老板心情不好，她能理解，毕竟当出气筒也不是一回两回了，可这一次，方好明显感觉不太一样，他竟仿佛是在生自己的气似的。

方好犹豫了再犹豫，很想问问关海波自己到底哪里惹到他了，可目光一触及关海波那张乌黑的脸和根本不屑与她讲话的神气，就嗫嚅得不敢开口了，埋着头，老老实实按他的吩咐将文件柜里的档案清理了一遍，再重新一一编上标签。

几次经过那部她觊觎已久的健身器，发现上面虽然纤尘不染，几处表面却有轻微磨损，显然有人经常在用，她从背后偷偷瞄了一眼关海波挺得颇为板正的后背，不免在心里揣测，莫非老板每天来得早，先锻炼过的？她知道他的办公室往里走，还有一个很袖珍的套间，虽然只是小憩用的，却也设施齐全，有时候他留得晚，也会睡在那里。

他的身材很好，肥瘦得宜，无论穿西装还是休闲服，都相当有型，尤其夏天着T恤的时候，上臂健硕的肱二头肌隐约可见，那绝对是锻炼出来的。

她正胡思乱想之时，老板忽然冷冷地开口道："你傻站着看我干什么？"

方好着实吓了一大跳，他根本没回头，怎么对自己的举动了如指掌？不过她是一向把老板看成异类的，即使说他有特异功能她也信，当下偷偷吐了吐舌头，讪讪地走回柜子前，继续佯装认真。

等该做的都做完了，方好便请示能否归位，关海波也不看她，直接把一份厚厚的文稿扔过来，让她把上面的字都校对一遍，又是一项浩大的工程。

两个人面对面坐着，方好完全在老板的监控之下，什么别的心思也不敢有了，敛眉肃目仔细作业，其间跑出去一趟拿自己的新华字典，余光扫到桌上的手机，差点就想带进去，转念一想，还是放下了，如果不是这倒霉手机，她也不至于进"看守所"，老板今天根本就是在借她的手机出气，为了不让自己处境更惨，还是谨慎为妙。

偶尔抬头，目光很容易就瞟到关海波，他似乎已经沉到某个细碎的事务中去了，一脸凝神思索状，纤长的手指时而停顿，时而有力地敲击键盘，"咔嗒咔嗒"清脆的打字声仿佛打仗一般。

不得不承认，老板认真工作时的样子还是有几分迷人之处的，尤其是脸部表情没有过度武装的时候，颇有些学者的气度，那眼神，真是博大精深呢。

"干什么又看我？"他的眼睛还停留在电脑屏上，却又是这样冷不丁地给方好一个突袭，然而，这一次的问话却失去了一些严厉，几乎是带着点温柔的。

方好却因为突然被他点醒，吃惊之余，哪里还顾得上他语气里的微妙变化，脸上立刻火烧火燎起来，赶紧低下头，心中暗恼，真是鬼迷心窍，没事自己看他干嘛！

唉，再一次印证了她总结的真理——只要跟老板的距离在一米以内，肯定要出点状况！

关海波心里其实矛盾得厉害，他一直挣扎在"战"与"降"之间。

"战"吧，显然方好完全不在自己的轨道里运行，瞧她跟小男生你侬我侬地发短信就知道了，他的表白无疑会是一枚惊雷，硝烟过后，估计她得躲得更远，他只能是白牺牲了自己的威严，一无所获以外还令彼此尴尬。

可是就这么不声不响地"降"了，心里又委实不甘，倒未见得他对这丫头真就动了感情——他的生活本来就简单明了，对女生也没起过多少花花肠子，安分守己地只知道做学问，所以导师总夸他是个搞学术的好苗子，沉得下心来。自从跟施云洛分手之后，他变得更加现实，找个女朋友无非是对大家，对自己有个交待。然而，他没想到会在阴沟里翻船，自己还没开弓搭箭呢，天上那只小白鸽就已经扑倒在别人的脚下。更要命的是，或许因为存了那份要"收拢"她的念头，他的潜意识里已经顺理成章地把方好当成了自己的"私有财产"，自信满满地以为只要办个过户手续就万事OK了，末了才发现，原来是自己会错意，这份"财产"跟他一点关系也没有！

这份窝囊劲儿就别提了！

隔着遥遥的距离，两人同时听到方好的手机在欢快地唱歌，方好坐立不安，目光来回穿梭在门外和关海波的面庞之间，终于怯怯地问："我可以去听一下么？"

关海波略微好转的心情一下子又被破坏，他从来没像今天这样觉得她的手机铃声如此刺耳，而且直觉告诉他打来电话的人一定就是那个给她发短信的家伙！当下虎着脸道："不行！"完全不讲道理的样子。

他在方好面前是嚣张惯了的，只有专政，没有民主，方好除了感到委屈，一点办法也没有。

打电话的人仿佛很执着，一遍又一遍地拨号，耐心十足地等人来接。

方好如坐针毡，隔几秒就去打探老板的脸色，孰料对方像忘记了似的，面

无表情地坐着，只管处理公事。

有窸窸窣窣的抽泣声传过来，关海波这才惊觉地望向方好，一瞅她脸上的动静，立刻浓眉拧起，心里一下子乱糟糟起来。

真不知道她除了哭还有什么别的本事没有！

可是，是谁说过的，哭是女人最好的武器，而且屡试不爽！

他的桌上有纸巾盒，他随手抽了两张递给方好，无奈地放柔声音道："别哭，把眼泪擦干净……去吧。"

待到看见她的背影消失在门口，关海波才颓然地仰倒在皮椅里，自己都不知道自己究竟想干什么，这么步步紧逼一个小姑娘，至于么！

他也不是没做过心理调整，说白了，方好只是他的一名员工，她有自己的自由和选择，他没有任何道理去干涉。然而，不管怎么说服自己，眼睁睁地看着她和别人那么热乎的样子，他这心里怎么就这么酸呢?！

方好红着眼睛奔向自己的桌子，这个时候打来的一定是沈亮，他后来给方好发了许多短信，她都没回，沈亮一定以为她出什么事儿了呢！

所以她连看都没看，就直接按下接听键，赶在头里解释道："哎呀，不好意思啊，一直在开会……"

电话那头却不急于回应，沉默的时间完全超过了合理的停顿范围，以至于方好以为他已经挂了，不免又"喂"了几声。

"好好，是我。"不是沈亮！

悦耳的男中音，永远带着一丝浅浅的笑意，这么多年，竟然丝毫没变。

这既熟悉又陌生的声音如同一道霹雳在夜空中蜿蜒而来，瞬间击中了方好。

"我回来了。"他继续缓缓地说道，有种如释重负又怅然的感觉。

方好表情僵滞地呆愣了片刻，突然将手机从耳朵边撤下来，手指狠狠地摁下去，直接切断了那个声音的来源。

按着惯例，四月是财政结算月，公司会根据上一年的效益给每位员工相应的分红，这有别于年底的双薪，因为是跟业绩挂钩的，浮动幅度大，金额也更诱人，很值得大家期待。

董其昌从总裁室里出来的时候，手上捏了两个信封，他走到方好跟前，眉飞色舞地递给她一个，催促道："赶紧打开来看看。"

按理，绩效奖是关海波亲自发给每一位员工的，照例还要有一番鼓舞人心的励志谈话，当然，这限于重量级员工，像方好这样的"小劳作"，通常是三言两语就打发走人的，或者干脆什么也不说，方好没觉得不妥，"劳作"做到顶了，也还是"劳作"嘛！的确没啥好勉励的。

只是像今天这样老板连信封都懒得亲自给她，而由别人转交却还是第一次。

最近他们两个是有点不同寻常，这不同寻常主要源于关海波对她明显的疏淡。如果不是万分必要，他是不会像从前那样隔几分钟就要召唤她的，即使是公事，他交待起来也惜字如金，能简则简，仿佛跟方好讲话是一件十分勉强的事，万不得已才为之。方好实在想不出自己哪里开罪了他，心中自然冤屈万分，怨到极点，索性也横了心，以冷制冷，不就不说话么？谁还死皮赖脸非要跟你说呀？不待见更好，她还少挨几顿剋呢！

信封在手，方好哪里还有心思去琢磨老板对自己的怠慢，她等这笔钱也等了很久了，于是迫不及待地拆开来看。

董其昌扬着眉，得意地望着方好逐渐张大且再难合拢的嘴，仿佛那奖金是他施舍给她的。

"特惊讶吧？从来没拿过这么多吧？嘿嘿，记得啊，这里头可有大哥们的一份功劳啊！没我们在前面冲锋陷阵，你以为能——"

季杰有点看不惯他那嘴脸，忍不住打岔道："得了，小董，拿捏什么呢？不就想让小陈请你吃顿饭么，我请好了！"

方好错愕之间也没理会两人在为什么斗嘴，一味地仰了脸，惴惴不安地问："是不是——弄错了？"

"怎么可能？" 董其昌对她嗤之以鼻，今年奖金的点数的确比去年高出了一些，但也不至于到骇人听闻的地步，小丫头就是小丫头，没见过世面，光这点钱就把她给吓着了。

事实证明，的确是董其昌搞错了，方好手上的那份是他自己的！

在公司，每个人的薪水是大致可以估算出来的，即使没把握，私下交流之间也都摸得一清二楚的，但大家都不约而同地对绩效奖保密，因为跟自己的业绩有关，不想因为攀比而导致自己或别人的不平衡。

方好其实对自己的薪水还是挺满意的，她没什么野心，安安乐乐的就好，但刚才还是被董其昌奖金单上的数字吓了一跳，高出自己好几倍呢！

看来销售的确是个相当有前途的职业！

如果她能拿那么多，就意味着不必再靠租房度日，而可以谋划贷款买房了！哪怕只是三四十平米的蜗居也好。

那天接完闵永吉的电话，方好就一分钟也没耽搁地打给了妈妈，声色俱厉地指责她怎么可以把自己的号码透露给他。

口气之严厉前所未有，连妈妈都被她震慑住了，半晌才道："只是个电话而已，永吉他没别的意思，你们三年没见了，他想跟你打个招呼，至于发这么大脾气吗？"

又是她错了？！

她从大二开始一心一意，痴痴傻傻地等着飞越太平洋去跟他会合，为了这个远大的目标，她这么懒的人，每晚背单词背到凌晨！

可是，当她几近虚脱地从考场里出来，一路狂奔回宿舍，迫不及待地要给他写封邮件告诉他自己有多少多少把握的时候，他却给了方好当头一棒！

妈妈总说他有苦衷，他也许的确有苦衷，可是有没有苦衷对方好来说都是一样的，因为，他终究是辜负了她。

"我——不——想——见——他！"方好一个字一个字地蹦给她妈听，"如果他敢来找我，以后——我再也不会回家了。"

这是方好有史以来说得最狠的话了，立刻在妈妈身上奏效，她没敢多废话一个字，这个女儿平时好说话得很，一旦发起倔来，也是蛮不讲理的。

此后果然耳根清净，闵永吉再也没来电话骚扰她。

方好没问妈妈他到底为了什么回来，回来之后有什么打算。三年来，她一直拒绝接受任何跟他有关的消息，她不要听，因为这个人从此以后跟她已是陌路，再也没有任何关系了。

只是，既然他回家乡了，那么她是不能再回去了，虽然情知闵永吉不会再跟他奶奶一起缩在那栋狭小老旧的房子里，怎么说，他也是个富人了，可他终究是在那座城市。

一座有他的城市，会令她觉得难受，所以，她要逃开！

方好对于未来，原本只有个朦朦胧胧的打算，不甚清晰，如今为着闵永吉的缘故，她前方路上的照明灯仿佛一下子都打开了，照得她明晃晃的，异常透亮，她决定在S市买房扎根。

然而，要想在寸土寸金的S市拥有一栋房子，哪怕很小，也是极其艰巨的一项任务，房价已经飙升到不可思议的地步，每平米价格动辄八千、一万，即使是她刚刚羡慕过的董其昌，还在靠按揭度日呢，更何况是她陈方好，小小的办公室杂役一枚。

捏着自己那份单薄到可怜的成绩单,方好舔了舔唇,艰难地问董其昌:"销售,难做吗?"

董其昌斜了她一眼,嘿嘿笑道:"说难也不难,只要你能忍受半夜三更爬起来接电话,有事没事都要找客户联络联络感情,还有就是隔三差五地打打飞的,哦,最重要的一点,酒量要好!不就是做销售么,容易!"

季杰跟关海波谈话结束后出来,也是一脸喜色,笑呵呵地宣布:"今天双喜临门,又发了奖金,腾玖的代理也拿下了,关总说晚上大家聚聚,庆祝一下!"

腾玖的招标结果出来了,盛嘉拿到了二成的油品代理,虽然份额占得少,但腾玖素以门槛高著称,只要一只脚踏了进去,咬定青山,总会水涨船高。

方好因为一早就跟沈亮约好了去打羽毛球,所以想推辞不去,更主要的原因是关海波最近那副对她爱搭不理的样子让她怨怼横生,上班面对他一张冷脸那是没办法。

"别介,关总说了,一个都不能少。"季杰拿手点点她,"尤其是你,最近表现得差强人意,老惹他生气,还不乘着这次机会好好弥补,关键时候千万别掉链子呢。"

方好最不爱听这话,凭什么每次老板一绷脸,就准是她的错?!这一阵也是她主动跟他说话的时候多,瞧他那副爱理不理的样子,好像谁欠他两百吊似的!她还偏斗胆赌上这口气了!

季杰见她发了梗劲儿,也不多跟她啰唆,兀自汇报去了。

方好心里终究有些忐忑,再遇见季杰时,忍不住问了一句,"我不去,关总没说什么吧?"

季杰好笑地斜睨着她,盯得她心里发毛。

"关总原话——随——她——便!"

电梯门阖上了又启开,橙色的指示灯一闪一闪,让人心头不耐。

方好赶时间,见没人进来,伸手就往"关闭"按钮上一摁,恰在此时,一只手强硬地扳住了正在合拢中的门,有个人影很快地挤了进来,吓得她"啊"了一声,又慌忙去按"开启"按钮,差点就把人夹着了。

这情景颇有几分像《无间道》里黄警官被害前的那一幕,很惊悚,方好记忆尤为深刻,此时刹那间联想到,也是莫名的骇然。

那人在她面前站定,脸上带着愠色,方好于惊惧中抬头,一时张口结舌,竟然是关海波！

她刚才的举止只怕又让老板动怒了，天晓得她是良人后代，从不存害人之心的，唉，误会，无处不在！

他也看清楚了方好，浓重的神色立刻神奇地化开，仿佛饱蘸墨意的毛笔头在清水中淘了淘，脱掉乌黑的墨色后，又恢复了灰头土脸。

他与她并排站着，面向门的方向，等电梯缓缓下沉。

背着老板，方好何尝不是怨气冲天，觉得自己被亏待了，可他真要站在自己面前，她就什么脾气都没有了，垂着手，毕恭毕敬地喊了一声："关总。"

关海波连眼皮都没抬一下，只当她是一缕稀薄的空气。

方好暗暗叹一口气，宽慰自己，反正该尽的礼仪也尽了，于是收敛心神等待门开。

偏偏越是心急，时间过得越慢，两个人总这么不说话，气氛越来越迫人，方好简直呼吸困难。

"去哪儿？"关海波突然率先开口打破了沉寂。

"嗯？"方好正在努力修炼气运丹田，被他这三个字一下子破了功，迟钝地瞅瞅他，有点不相信似的，"你……问我吗？"

关海波睥睨着她，"这里还有第三个人么？"

"哦，我呀，我去羽毛球馆。"

"哪里的？"

"竹丰加油站旁边那个。"

关海波沉吟了一下，道："顺路，带你一块儿过去吧。"一脸的恩典之色。

方好着实受宠若惊，连连摆手道："不用不用，我……咳……我朋友在楼下等我呢。"

关海波闻言面色僵了一僵，便不再作声了。

门开启的那一刻，方好觉得空气从来没有如此新鲜过，使劲吸了两口，跟在关海波后面走出了电梯。

方好在他身后喊"再见"，关海波也没转身，置若罔闻地大踏步往前走，她朝着他的背影狠狠扮了个鬼脸，算解了气，两人一个往东，一个往西，就这么散开了。

沈亮一身雪白的运动装，站在门前的广场上等她，手里来回摆弄着两支羽毛球拍，跟耍杂技一样。

"呀，你穿得这么隆重啊！也不事先告诉我一声！"方好一眼瞧见他的装备就忍不住嗔责起来,她穿着通勤装,虽然也是宽松的款式,但跟面前这位兄台比起来,简直格格不入,绿叶不是这么当法的吧。

沈亮耸耸肩,"衣着跟水平成正比,我也是怕你穿得太像那么回事,回头给我杀个片甲不留面子上搁不住!还是随意点好了,业余水平无论输多惨都不会被人耻笑的。"

方好"切"了他一声,随手接过一支拍子,挥舞了几下,呼呼有声,沈亮取笑她道,"我怎么看你的姿势跟拍苍蝇差不多呢,真够让人心惊肉跳的,一会儿上场,记得把拍子抓紧,别往我头上飞呢。"

方好扬起拍子就朝他追杀过去,"再敢笑我,看怎么拍你这只唠唠叨叨的苍蝇。"

两人嘻嘻哈哈地笑着跑远了。

关海波戴了墨镜,闷坐在车里,从车镜里目不转睛地盯着这一幕,待到人都不见了,他手上猛地用劲,发动了车子,可是半天没驶出来。

他忽然扳下头部上方的后视镜冲向自己的脸,然后将墨镜摘下,对着镜子里的自己端详良久。

黝黑的肤色,棱角刚毅分明,然而一贯炯炯的目光中此时透射出掩不住的沮丧。

原来,这丫头喜欢小白脸!

如此这般,他在"硬件"上就已经彻底输了,难道,要他去做漂白不成?!

他把镜子的角度调回去,重新戴上墨镜,对自己刚才刹那而过的念头感到啼笑皆非。

不就是找个女朋友么,东边不亮西边亮,三条腿的蛤蟆不好找,两条腿的女人多的是。干嘛非得在一棵树上吊死!

想明白了,关海波再次豁然开朗,然而这一次,多少是带着点无奈性质的。

当天晚上,他就联络了秦志刚,请他帮忙给自己物色一个。

他并非忘记了严教授那里还有个后备人选,然而,前不久还拍着胸脯信誓旦旦地要把方好带去给教授观摩,此时怎么还好意思再去开那个口?

况且,关海波深知教授是个传统而严谨的人,对自己的学生又十分疼惜,万一哪天翻了脸,反而给他添不自在,索性还是没有开始为妙。

"哥哥,终于想通了啊!"秦志刚在电话里乐不可支,"你可算问对了人,我告诉你,只有你想不到的,没有我找不到的。"

秦志刚一贯只对吃喝玩乐的上心思，毕业后在企业里干了两年，觉得没意思，于是去开了间酒吧，头面颇广。

关海波斜靠在沙发上，也笑："你就吹罢！"

"好，我不跟你啰唆，现在说一千句你听着也是废话，你把要求说来我听听？"

关海波一怔，"要求？"

秦志刚乐道："傻了罢，一看您就没经验，你上网查个资料还讲究分类检索呢！不缩小范围，我怎么精准地把颜如玉给您挖出来啊！"

关海波遂自嘲地笑笑，也没多想，顺口扯了几句。

秦志刚听得一愣一愣的，忽然爆发出一阵大笑。

"你笑什么？"关海波也正不自在呢，他是头一回这么找女朋友。

秦志刚笑够了，才气喘吁吁地道："我说，你何必绕这么大一弯子呢，身边现放着的一个不就完全符合你的要求么，哎哟，真笑死我了，关海波，你什么心理啊！找女朋友可不是招聘啊！"

"你在说什么呢？"关海波诧异地笑叱。

"陈方好啊，你这说来说去，不就是说的陈方么？"

关海波的嗓子眼里顿时像给人塞进去一个白煮蛋，黑着脸，再也吐不出一个字来。

Chapter 06

醉酒事件

关海波指了指接待室的方向，低声问董其昌："到底怎么回事？"

董其昌啧啧一叹，轻声道："不就是晚出货那档子事么，先前提醒他们的时候，个个拿着架子，不当回事，这下真要赔了，就想起来求人了。唉，老秦那家伙就是这点小家子气。"

关海波沉吟了一下，"合同方面没什么纰漏吧？"

"没有，写得一清二楚的，责任全得他们自个儿担，咱半点边都挨不上。"

关海波点点头，"那还由着他闹什么，赶紧打发走人。"

董其昌嘿嘿一笑，捏着下巴道："这回来的可是余小姐，指明了要见你，都等小半天了。"他那笑容里含着几分暧昧，关海波见了顿时倍感别扭。

余小姐是美艺的头牌外联，别看人长得如娇似怯，弱不禁风，喝酒划拳起来丝毫不输男人，实乃深藏不露的文武全才，男人但凡有些怜香惜玉之心的，都不免会上她的当，关海波就是与她认识之初，多关照了她几句，至今被人引为笑柄，生意场上一旦遇上，旁人都爱开开他们俩的玩笑。那余小姐更是以为他对自己有心，借着机会与他套近乎，惹得他后悔不迭。

他没想到老秦居然把这事儿都当真，使出如此拙劣的"美人计"，妄想扳回局面，真当他是傻子不成？

关海波心里不由得冷笑了几声，面上却不露声色，"谁在里面陪着呢？"

"哦，小陈。"

俊眉一拧，他也不多言，返身疾步而去。一踏进接待室，就看到余小姐跟方好手挽了手，一副欲语还休的哀婉景象。

"陈小姐，你叫我怎么办好，我家里弟弟还在读书，我妈身体常年不好，大大小小就指着我拿点死钱过日子，没想到这一单就让我血本无归，我们秦老板早把狠话说在前面了，如果真要赔，也只赔我一个人的，我今年可就白干了。"

方好穿着一件深紫色的中袖针织衫，越发衬得明眸皓齿，却是一脸的惶急之色。她的一只袖管让余小姐越扯越大，她为难地僵着手，缩又缩不回来，只好无力地絮叨着宽慰的话："别着急，凡事总有办法想的，应该，应该不至于这么坏吧。"一面说，一面试图将袖管挣脱出来。

早知道就不来给她上茶了，也是看她一副娇滴滴的模样，像被遗弃了似的丢在接待室里无人理会有些可怜……结果现在想走都走不了，这余小姐简直有魔力的。

关海波心中暗笑，余小姐演戏的功夫又上了一层楼，握拳在嘴边咳嗽两声，沙发里的两个女性都惊喜地抬起头来，磨了有一个多小时，主角终于登场了。

方好刚想溜，关海波就对她招招手，示意她坐下，他不想拖太久，况且跟这余小姐独处一室，免不了尴尬，她是什么都做得出来的人，有个外人在旁边，不能不顾及着点儿。

方好虽然不乐意，也是没奈何，谨慎地傍着关海波坐下，表明立场。

关海波说的也无非是场面上那几句话，事已至此，爱莫能助，合同是受法律保护的，既然签订了就只能按着上面走云云。

没想到余小姐求情不成竟嘤嘤地抽泣起来。

方好惊异地望着她，怎么说变天就变天了？原先不过是敷衍着，此时心里还真的不落忍起来，禁不住扭头去看关海波的反应，希望他能给这余小姐一点实质性的帮助。

关海波拧紧了眉，保持坐姿，没有丝毫晃动，说出来的话却渐渐严厉起来，"余小姐不必这样，公是公，私是私，况且这事儿错也不在你，请回去给秦总带个话，商场上的事，不是小孩子过家家，输了便是输了，如果连这点都输不起，我看咱们今后的合作也只能到此为止了。"

余小姐只管哭着，抽着茶几上的纸巾一张张地拭眼窝，碍着方好，她的十八般武艺全部失效，只剩了"哀哀流泪"这一项。

方好只觉得余小姐可怜，却听老板又冷道："我本以为你是个明事理的人，没想到也会来这一招，我还没在哪个女人的眼泪面前服过软，我劝你不如早些回去，跟秦总商量出个可行的弥补措施实在些。"说着，扭过头来，不容商量地对方好道："你送送余小姐，我还有事，失陪了。"

方好面色钝了钝，正琢磨他前面那句话，不知怎么脸上暮地一红，仿佛说的是她似的——她在老板面前可没少淌过眼泪。

那余小姐无功而返，走出去时还是愤恨的表情，她终究看错了关海波，这人竟是铁石心肠！

方好怕她再跟自己唠叨，所以故意慢半拍地跟着，到了电梯口，就匆忙道别。谁知才一转身，就听见余小姐接电话的声音，咯咯地娇笑着，没事人似的，跟刚才眼泪纵横、痛不欲生的她简直判若两人，方好顿时目瞪口呆！

送走了余小姐，方好去关海波办公室回他一声，他又留她交待了几件琐事。

方好心里始终有些猜疑的难受，这时见老板面色尚和，忍不住支吾道："关总，你刚才……那个，不是在说我吧？"

"说你什么？"他不解地皱皱眉。

这丫头总是没头没脑的！

方好嗫嚅了片刻，道："就是哭……什么的那回事。"

关海波回过神来，意味深长地睨了她一眼，方好脸更红了，只听他慢悠悠道："是不是说你，自己心里清楚。"这句话一下子勾起两人心上的许多往事，似乎只要方好一哭，关海波就没辙，无一不是就此遂了她心愿的。

这样想着，两人情不自禁对视了一眼，顿时都有些尴尬，关海波粗声道："没什么事你出去吧。"

方好慢吞吞地走到门口，想起了什么，又折回来，"关总，我……还有个事想问问你。"

关海波显得有些心浮气躁，把手里的文件往桌子上一掷，又将腕表整了一整，目光越过方好，虚空地盯住门口，绷着脸问："什么事？"

"唔，是这样，我，我想当销售，你看行不行？"

关海波闻言，立刻把目光调转过来，瞪住了方好那张一清二白的脸，这张脸上什么心思都掩藏不住,她能当销售?!

"为什么?"他实在觉得惊诧。

方好舔了舔嘴唇,低声解释,"销售……赚钱多呗。"

"你缺钱?"他紧盯着她问。

方好扭捏着不知怎么说好,瞧他这话问得,钱谁不缺啊,连他这么腰缠万贯的人不还老为资金流烦恼呢嘛!

她是不善说谎的人,辗转犹豫,还是道破了心思,"我……想买房子。"

她的脸上有一种异常的坚定和莫名的凄婉,令关海波心中油然一触,不知道像她这样整天就知道嘻嘻哈哈的女孩还能为什么事所烦恼。

她有买房的志气,怎么说也算好事,但他从没奢望过她能做打杂以外的事,尤其此时还不知天高地厚,一下子就想挑战连做个梦都得"八面玲珑"的销售行业!

然而,看着她脸上难得流露的凄清,他竟心一软,不忍泼她凉水,"当销售可不是件容易的事,唔……这样吧,以后如果方便,我出去应酬尽量带着你,先见见世面,将来你要觉得还有兴趣再考虑也不迟。"

方好本来没抱什么希望,毕竟她知道自己的斤两,说出来,纯粹是碰运气,不行自己也死了这条心,再想别的招儿。

没想到今天老板这样仁慈,她简直心花怒放,站在门口,真心实意地对他弓了弓腰,笑得像朵灿烂的小花,"谢谢关总!"

关海波一下子又心浮气躁起来。

"绯闻"最初是从春晓的嘴巴里传出来的,她刚一宣布完,就一迭连声地大叹:"完了完了完了,这下老的小的统统没希望了。唉!你是没看见,美人的脸都发青了。"

方好犹自不信,咬着筷头追问春晓:"真的假的,怎么一点儿前兆也没有啊?你听谁说的呀?"

春晓瞥她一眼,慢吞吞道:"余晶亲眼看见的,两个人在蝶苑吃的饭,神态亲密,绝不可能是客户。"停顿了一下又道,"据说那女孩看上去很精英。"

她整个儿趴在饭桌上,唉声叹气,"虽说咱一开始就没指望什么,可如今既成了事实,我这颗脆弱的小心哦,还是碎成了一瓣一瓣的了!"

方好正自出神,听到她的抱怨,不觉哧的笑出声来,"你行了吧,脚踩两只船还不够啊,人不能无耻到这个地步!"

春晓已经正式结束单身生涯,再次陷入拍拖的甜蜜,但主角依然不是孟庆华。

"切！就他孟庆华的那艘船，可是他自己死皮赖脸航过来的，我压根没往踏板上迈一步，你别凭空诬人清白。"

方好嘴上跟她开着玩笑，心里也被这消息震得不轻，总觉得有些怪怪的。

一直以来，关海波给她的感觉就是一孤胆英雄，《魔鬼终结者》里的阿诺德，冷血无情，什么时候听说机器人也侠骨柔肠起来了？

一顿饭吃得没滋没味，临了，春晓还语出惊人，"哎，你们俩是不是商量好了来的，三年没一点动静，怎么你前脚刚找了一个，他这立刻也谈上了？太巧了吧，这也？"

方好一呆，还真是，可这能说明什么呀？她想不明白，也不想想明白，总之关海波的一切在她看来都是费解的。

不过，八卦之心人皆有之，更何况方好还是近水楼台。

乘着汇报工作的当儿，老板的面色又是相当的和润，方好再一次"冒死"挖爆料。

她也是有充分理由的，如果是真的，那么向单身已久的老板表示祝贺是她小职员应尽的本分，如果纯属瞎掰，作为老板的首席助理，她有义务为其辟谣！

孰料关海波轻轻一句话就把她的嘴都气歪了："这跟你有关系吗？"

是没什么关系！这不好奇嘛！

不过，好奇还害死猫呢！

灰溜溜地走到门口，却听关海波在身后悠悠地来了一句，"为什么想知道？"关海波的语气里未尝没有一丝意外，平常她在这种方面并不多嘴。

方好折过身来，看见他眼里刹那间流露出来的期盼之色，仅仅是一闪而过，快得她都没有反应过来，顿时愣了一愣，终究没答得上来。

自己的确有点八婆得离谱了，怎么鬼使神差地打听起老板的隐私来了？

关海波也大概觉得自己问得莫名其妙，清清嗓子，正色道："今天晚上跟长茂有个应酬，你有兴趣的话，可以跟我一起去。"

方好还没从恍惚中反应过来，脸上依旧是呆呆的表情："什么？"

关海波见她一副漫不经心的样子，有些不悦，耐了耐性子复又道："你不是想往销售方面发展么？要是改主意了就当我没说。"

"哦，没，没改，当然要去。"方好彻底清醒了，她的房子，她的远大的目标呢！

出得门来，终究是不死心，方好又拐弯抹角地从季杰那里打探虚实，没想到竟轻易得到证实。

"嗯，前两天我们还碰见的，一起吃了顿饭，那女孩不错，听说是律师，以后可以直接发展成公司的法律顾问，呵呵！"

季杰说着，又奇怪地盯着方好道："小陈，我说你这是什么表情啊，关总也是人，男人！也有七情六欲，你至于惊讶成这样吗？"

方好"啵"的合拢嘴巴，又悻悻地鼓了两下腮帮子，怎么什么话到了季杰嘴里就变了味儿呢？说得——特别生物化！

方好接到沈亮的质问电话时才明白自己今天是彻底昏了头，居然把跟他的约会给忘了！

"不好意思，真对不起，我，我现在还没下班，要……要去见客户呢！"她说得结结巴巴，自己都觉得像在撒谎。

沈亮很不高兴，"我本来今天是想带你回家的，咱们认识了都一个多月了，我爸妈很想见见你呢！"

方好生生吓出来一身冷汗，这么快就见父母？！怎么现在的年轻人都是急性子呢！好说歹说，才挂了他的电话，方好呆着脸拍拍胸口，顿时庆幸自己的爽约。

"怎么，有人追杀你？"关海波瞅了眼她惊魂甫定的神色，难得地跟她开了句玩笑。

方好也扭头望望他，居然是张幸灾乐祸的脸，随即想了想，怏怏地回道："也差不多了。"

整个下午她都有些神不守舍，此刻坐在车里，也是没来由地拘束，连手脚都不自然起来，仿佛怎么摆都不得劲儿，心里直咒，真是活见鬼，越活越回去了！关海波其实一直很注意她，此时不由得扭头又瞄了她两眼。

他买第一辆车还是两年前，那天他把车开到公司后就马不停蹄地去远郊送一批货，方好也随他一起去帮着点货。结束时已经星光点点，两人都累得半死，方好坐在副驾上没几分钟就睡着了，歪着头靠在还散发着浓烈皮革味的椅背上，鬓发蓬松，憨态可掬，就差嘴角流一线口水下来！

如今，两个人是真的生分了，她在他身边正襟危坐，俨然拘谨成一个淑女，关海波心里有些黯然。

"放点音乐出来听听吧。"关海波开口道，他急需一点流动的声音来缓冲心里的憋屈。

方好依言在车上搜索了一番，举着一张喜多郎的CD问："还是这张？"

关海波无可无不可地点点头。

"丝绸之路"的乐曲回旋了没多久，就有手机铃响。

"你的。"方好见老板没动静，忍不住提醒他。

关海波也不理她，放缓了车速，慢条斯理地掏出来接听。

方好不是故意要偷听，实在是这么狭小的空间里根本没有隐秘的可能性，关海波说得并不多，但如此低柔的语调还是让她听得有点发怔，随之而来一丝酸溜溜的味道，原来老板也有温情的一面！

关海波撂下电话就听到身边传来八兮兮的声音，"你女朋友啊？"

关海波瞅瞅她笑嘻嘻的脸色，不知怎么心里有点堵得慌，轻哼了一声算作回答。

秦志刚果然效率惊人，一周不到，就给他来了消息，把基本状况给关海波汇报了一通，末了又加一句："唯一不同的是，她比您那秘书机灵，人可是律师啊，绝对上得厅堂，嘿嘿，至于下不下得厨房就得您自个儿考核去了，从而很好地弥补了你心理上的缺憾，我猜得没错罢，哥哥？"

待到关海波在秦志刚的酒吧里见了真人，不得不佩服他拷贝不走样的本事，还真跟方好有几分形似，圆柔的一张白脸，下巴略尖，五官搭配得也无一不恰当，美目顾盼之间，流光溢彩，灼灼有神。

见了关海波，也是眼睛一亮，笑吟吟地站起身来，主动向他一伸手："你好，我叫顾司琪。"

秦志刚在离他们几张桌子远的地方满意地望着这对俊男靓女侃侃而谈，看那情形，应该是八九不离十了。

只是令他纳闷的是关海波这择偶条件提得太过蹊跷，他不见得真的是读书读到脑子坏掉的那种，连招聘跟择偶都区分不开来，莫非，还真对那个办公室小妹起过心思?!

包厢里，硕大的一张桌子边，稀稀落落坐了五六个人，清一色的男性，所以当方好随着关海波进去时，众人眼前都是一亮。

关海波也不含糊，开宗明义地介绍："这位是我的助理陈方好小姐。"其凛然的正色一下子拍死了所有人不纯洁的想入非非。

其实他们素知关海波的为人，做事条理分明，年纪轻轻却有股子狠劲，更难得的是，虽然整日在场面上混着，也给种种丑态买单，但他并不同流合污，把一切看在眼里，却从不说三道四，所以虽说是代理商，客户们也不免忌惮他几分，玩笑照开不误，毕竟有分寸得多。

长茂是老客户，席间有两个跟方好有过几面眼缘，颇为热情地邀请她坐过去，方好见大家都很客气，本来有点紧张的心情很快松懈下来。

气氛始终欢快友好，方好一心一意等着见识"谈判技巧"，然而双方都像忘了这个碴儿似的大谈题外话，偶尔还有几句刮到风花雪月，但碍着方好，也都适可而止，个个表现得彬彬有礼，绅士风度绝佳。

孰料几轮酒灌下去，就都原形毕露了，方好面前的果汁被一只手挪开，另有一只手立刻娴熟地递上一盅白酒。

方好对着那杯白的直瞪眼，她，喝白酒？！

虽然酒盅很小，虽然只是浅浅的一薄层，充分体现了倒酒人的怜香惜玉，可是在此之前，她可从来没有沾过一滴白的！

脑子里翻书一般稀里哗啦响成一片，然后董其昌的"销售宝典"忽忽悠悠地晃荡上来："当销售最重要的一点，酒量要好！"

她终于明白，真正的考验到了！

面对众人殷切的目光，循循善诱的语气和分外看重自己的眼神，方好脑子一热，牙一咬，就腾地站起身来，郑重地把杯子举手里了。

如此艰巨的时刻，她的房子，她的远大目标再一次起了决定性的鞭策作用！然而，杯沿还没来得及触到嘴唇，又有一只手伸过来，把那杯酒直接夺了过去！老板带笑的声音在身后悠然响起："老林，你多大年纪了，还欺负小姑娘。"

方好的右手还维持着握杯的悲壮姿势，一脸的舍生取义，就这样僵滞当场，眼睁睁地看着关海波持了她的酒杯不动声色地回到自己座位上，继续笑侃风云。

本来大家向方好敬酒就有些试探的意思，毕竟是新人，又是随关海波来的，此刻见他挺身阻拦，隐约猜出些水深水浅来，于是也都笑嘻嘻地揭过不提。然而，方好的反应却令在场所有的人刮目相看，但见她固执地杵立着，语气里半是委屈半是豪迈地道："那个，关总，我，我能喝的呀！"

一双双探照灯般火热的眼睛充满了惊异，全都射向方好，她的面庞刹那间被映照得火红一片！

寂静过后就是噼里啪啦的掌声和起哄声，刚才一个劲劝酒的林经理庄严地起身，重新给方好斟了一杯，是刚才的两倍之多，向着关海波道："关总，看见没，这可是陈小姐主动要求的，巾帼英雄啊，这是！"

关海波坐在自己位子上，抱着膀子但笑不语，笑容里隐隐透出几分僵硬，陈方好小姐脑子短路也不是一回两回了，他下巴一抬，表示自己不再干涉。

方好如愿以偿地将杯中的酒悉数灌入胃肠，初时无甚异样，只觉得辣口，不就是50毫升液体么！放下酒杯，她很有气势地将目光朝在座的每一位掠了一遍，然后才慨然落座。然而，片刻之后，眼前便开始冒各种各样形状怪异的小星星，一颗颗黄灿灿的，烟花那样噼里啪啦地在眼前绽放，挥都挥不走，耳朵里更是嗡嗡地嘈杂个不停，周围的人在聊着什么，她虽然听得到，但脑子里全是凝固的水泥，怎么也搅不开来。

长茂一直是季杰手上的case，只因为前段时间长茂的李锋胡乱敲诈的事情闹出些不愉快，不得已，搬了关海波出来调解。

在商场上摸爬滚打了这么长时间，关海波深知，合理范围内的折扣无可厚非，毕竟，如今做采购而无灰色收入的人少之又少，但如果太贪得无厌，狮子大开口的话就不能姑息和原谅了。

言谈中，才发现李锋的问题很微妙也很敏感，他之所以如此肆意妄为，无非是背后有稳固的靠山罢了。但关海波对长茂内部的是是非非并无兴趣，他关心的是盛嘉的利益和稳定的合作关系。

长茂的几个代表对他的态度和立场深以为然，他们虽然没有彻底解决这个问题的权利，必须回去向高层汇报后再做商议，但缓和关系的目的还是达到了。

散席之后，没有进一步的娱乐项目，因为陈方好小姐基本上算是挂了，醉酒后她一直奄奄一息地趴在桌上，时不时举起脑袋向前来关心她的人奉上浅笑，面若桃花。

关海波拖着昏昏沉沉的方好出了电梯，又上了小车。

一路上，两人都不说话，一个铁青着脸，一个东倒西歪。

方好的脸色渐渐苍白起来，胃里翻江倒海地搅着，她死死咬紧牙关，不让那股风浪冲破喉咙。

关海波察觉到她的异样，立刻落下两边的车窗，顿时有风灌进来，呼呼吹着，她只觉得混一阵，沌一阵，好在就要进她住的小区了，再忍片刻就过去了。

"好些没有？"他扭头瞟了瞟她的脸色，白得更加惨淡，不觉蹙着眉沉声问。

虽然言辞不善，方好还是挺感激地朝他点了点头，她觉得喉咙那里的物质仿佛下去些了，于是开口道："好多——哇——"

一股污秽先于"了"字蹿出了嗓子眼，她于极度惶恐中迅速扭过脸去，可还是弄脏了车子，当然，殃及最厉害的还是方好自己，幸亏她那杯酒喝得早，几乎没吃什么东西。

满车子的酒味中，她忽然发现，老板的裤子上居然也被污染了一小片！方好没有勇气抬头去看他始终沉默的脸，大惊失色地嚷："对不起，对不起，我，我帮你擦擦——"她顾不得收拾自己，只是手忙脚乱地去抽餐巾纸给他，懊悔得恨不能一头撞死！

关海波已然刹住了车，一把夺过她手上的纸巾，沉声道："我自己来！"胡乱抹了几下，没什么大碍，倒是方好，满身狼狈，还在那里惊慌失措地抓瞎，他伸手格开她还要凑过来给自己擦拭的手，虎着脸道："你别动！"

方好被他喝住，满脸的歉疚，这才眼泪汪汪地看向他，只知道喃喃地说对不起。

"知道自己几斤几两么？没喝过酒你逞什么强！"到了此刻，他才爆发起来。

方好立刻低下头默不作声了。

关海波望着她那副楚楚可怜的模样，忽然失去了训她的欲望，蓦地叹了口气，声音里带了一丝倦意，"我先送你回家。"

经过这番折腾，方好的酒已经全醒了，只是浑身虚软。下了车，关海波挽着她的背部往楼洞里走，他的手臂坚实而有力，她不知怎么在心里升腾起一股异样的感觉，偷偷地将身体靠过去点，再靠过去点，然而他还是能托得住她，稳稳的。

方好的房子是一室一厅的，东西不多，收拾得还算干净整齐，房子是关海波给她找的，自从她薪水涨了之后，就由她自己付房租。

进了门，关海波就直接把她拎进了卫生间，嘱她把自己弄干净再出来。

因为有人在外面，她没敢多费时间，匆匆忙忙地完工，连头发都没吹干，只拿干毛巾揉搓着就走进了客厅。

关海波坐在沙发里，手边的几案上早已沏好了两杯绿茶，自己慢悠悠地啜着其中的一杯，见方好出来，眼神不由得呆了一呆。

两年前，他们还在老楼时，他有幸见识过方好沐浴后的妆扮，胸前印着硕大的卡通花仙子的睡衣，浑身上下裹得严丝合缝，他当时见了，在心里嗤之以鼻。

两年下来，她似乎没有多大长进，也不知道从哪里淘来这么一件款式怪异的睡裙，深墨绿色，依然是谨慎的圆口领，从上到下直不笼统，走不了一点光。然而，如此有安全感的衣服穿在她身上，他竟觉得有种说不出来的诱惑，她走动的时候，包裹在里面的身体若隐若现地撞击着平板的布料，引发星星点点灵动的褶皱，像水面上投了颗小石子之后荡漾开来的圈圈波纹，搅得人心里直泛痒痒。脸还是那张脸，在幽幽的墨绿的衬托下更显得白皙娇嫩，短袖管里露出两截雪一样刺目的胳膊，举着毛巾只管擦那湿漉漉的头发，水滴还是晶亮地流到面庞上，仿佛一株雨后的小荷，清新可人。

他眼里的戾气在瞬间灰飞烟灭，喉咙口发出轻微的咕噜声，一阵阵地发紧，连带心也紧紧地揪到了一起。

以前，陈方好对他来说就是陈方好，一个他想骂就骂的倒霉职员，然而此时，陈方好于他，似乎又多了一层含义——一个有着美丽容颜和成熟身躯的女孩——虽然她脸上的微笑一如既往地谦卑。

他有些懊恼，自己从前的定力都上哪儿去了，似乎从他对她动"邪念"的那一刻起，一切都开始乱套了！

方好心里很是过意不去，指了指他那条脏兮兮的裤腿，支吾着问："你……用不用也去洗洗？"

"……不必了。"他有点僵硬地回答，"你要没事，我……也该走了。"

孤男寡女共处一室，洗了澡出来……那还了得，光转到这个念头，他心里就燥热得厉害，几乎想立刻就走，如今他们可都是有主儿的人了！

方好没敢强留，等他走到了门口，才赫然怯怯地又喊了一声，"关总！"

关海波心头重重一撞，如果，如果方好留他下来，那么，他……

他僵直地转过身来，半眯的眼睛紧张地望向方好亮晶晶的眼眸，脚在刹那间也虚软下来。

方好咬着唇，仿佛下了很大的决心，终于鼓起勇气来开口问："以后，你……是不是不会再带我出去了？"

她的语气里难掩沮丧，今天出的丑简直够得上国际水平！

关海波脸上的表情仿佛冻住了似的，久久没有反应，饱涨热情的胸腔像被恶作剧的小孩戳穿的轮胎一样，瞬间干瘪，良久，才沙哑着嗓子沉声反问，"你说呢？"

Chapter 07

方好与旧爱狭路相逢

方好将那张邀请函正面背面反反复复查看了多遍,才问了关海波一个她认为至关重要的问题,"关总,到那天,我该穿什么呢?"

腾玖的慈善基金组织将于本周末举办一次以公益为目的的高尔夫球赛,募集到的赞助金和活动期间的酒水茶点等销售所得都将捐赠给市社会福利中心。能够被腾玖邀请到,可以说是莫大的荣幸,更何况是慈善活动,应者云集。

关海波正埋着头紧锣密鼓地查资料,于百忙中抬头瞄了她一眼,淡漠地回答:"随便。"

方好扫兴地鼓了鼓嘴,但她一向是经得住打击的,也没指望关海波能给出些什么实质性的建议来。

信函中写明,所有参赛者和球童都会由组织方提供统一着装,对于其他参与人员在服装上没有明确的规定。

但这毕竟是户外运动,怎么也得穿得矫健一点才行,方好想起自己的衣橱里有套白色的阿迪运动装,跟春晓一起逛街淘到的,是难得令她满意的运动服中的一套,只是她向来四肢不勤,偶尔跟沈亮出去打个球还是匆匆忙忙的,连衣服都来不及回去换,所以鲜有机会穿出来显摆,这次刚好能用得上。

方好于想象中揣摩着自己白衣胜雪的英姿，不觉得意地轻笑起来。

关海波听见她莫名的笑声，不觉朝她侧目，"很空么？要不要给你找点事做？"

话音未落，方好已经溜得无影无踪了。

高尔夫俱乐部建在S市远郊的山区，严格来说，是座独立的县城，依山傍水，城市里的人周末休闲放松的好去处。

球场出人意料地大而漂亮，起伏延绵的山坡，大片的绿草坪，外围有成片的茂密挺拔的水杉，正值初夏，放眼望去一派郁郁葱葱的盎然绿意，着实赏心悦目。等候比赛的队员虽然高矮胖瘦参差不齐，但统一的着装之下，也有种整齐美。

关海波穿着白色短T恤，浅灰色的休闲裤，头上顶着黑色棒球帽，极普通的打扮，却常能惹人回眸注目。

他站在练习场的一角手把手地教盛装下的方好打球。她总是不得要领，他也不介意，她什么时候一学就会，他反而会怀疑是不是被人调了包。

方好却对老板刮目相看，用崇拜的眼神望着他问："关总，你打得这么好，怎么不报名参加比赛呀？说不定能拿头奖呢！"

她在进门的时候看见主席台供着一小溜水晶奖牌，十分漂亮！

关海波把手里的球杆递给她，随口道："没时间。"他来的目的是广交商友，并不想把时间浪费在球场上。

方好却不明白，来都来了，怎么还没时间呢！她接过杆子，听他嘱咐道："你在这儿玩着，我去遛一圈。"

方好答应了，扭过头来一心一意地练习，她不能辜负了自己这身比她人还出色的行头。

关海波其实没走多远，练习场里有许多半生不熟的面孔，聊着聊着就称兄道弟了。他突然想起了什么，转身又向方好的方向疾步走来。

很短的时间里，方好已经觅得一个新教练，正练得起劲，额上起了一层薄汗，听到老板在身后叫自己，立刻回过头来。

关海波朝站在她身旁的那个殷勤的男孩睨了一眼，然后掏出一张卡递给她，"你想喝什么，可以去附近的点上挑，刷这张卡就成。"

"哦，好。"方好正觉得渴了，高兴地接过来，"你要什么，我给你带。"

"不用。"关海波说着已经走远了。

方好跟"教练"打了声招呼，拿小手巾抹了抹额上的汗，拖着球杆就往场外走。

这地方真气派，喝罐饮料都得刷卡，她要了罐椰汁，看看销售单上的数字不觉吓一跳，外面卖两块多，这里翻了十倍不止，也罢，募捐么！

"小姐，还要些什么？"销售人员明显也是义工，脸上的笑灿烂得过分，超市的收银员哪有笑成这样的，两天下来准保叫她面部肌肉拉伤。

方好想了想，又要了瓶矿泉水，关海波渴了就爱喝纯水。

一路呷着椰汁走过去，饮料琳琅满目，还有品种繁多的酒类，许多她叫不出牌子的啤酒、红酒，居然连人头马都有，她再一次困惑，打高尔夫能喝人头马么？

边上竖了两只橡木桶，贴着"生啤"的字样，方好走过去，笑着拍拍桶身，扑扑作响。季杰是个很会享受的家伙，他买过这种连桶装的生啤，一只的价格上万，这回她算见识到了。

"好好！"身后传来的这声召唤没能及时把方好羡慕的魂勾回来，她带着微笑转身，一个高大白净的身影，噙着与她同样温暖的微笑气宇轩昂地立在她面前。

方好记得，她最后一次见到闵永吉时他还没有像现在这样光鲜气派，同样的运动服穿在他身上，怎么就那么合身，那么让她看着这么的——不顺眼呢！

他一直喜欢穿白色的衣服，至今不变，衬得他本来就白净的肤色更加耀目。以前她总是笑嘻嘻地跟他开玩笑："永吉哥，怎么你总是这么白啊？你奶奶是不是天天在你出门前拿刷子把你刷一遍的呀。"

他听了会笑着过来捉住她，假意要撕她的嘴，而她只知咯咯瞎乐着躲闪，心里并不害怕，因为她知道他不会真的伤害她，那时候她多喜欢他啊，他笑起来两边面颊有淡淡的酒窝，说话时，声音不温不火，悦耳动听。

一根针穿过悠悠的三年光阴，针尖还是戳到了她毫无防备的心上，倍感刺痛。

方好的脸上在短短的时间里闪过所有的喜怒哀乐，最后定格在不知所措的愤怒上。

闵永吉瞅着她的面色，立刻解释道："不要怪你妈妈，她什么也没跟我提过，我……是在入场的签名簿上看到你的名字才知道的。"

她一向是个不难懂的人，而他们曾经在一起那么长时间。

方好知道自己木愣愣的样子傻极了，即使要走，也该大方得体地说句话再转身离开吧。可是她端着椰汁却什么话也说不出来。

一个跟闵永吉穿着情侣套装的女子款款地朝他们走来，带着笑扬声道："永吉，马上轮到你上场了。"

闵永吉等她在身边站定了，才道："我来给你们介绍。"他朝那女子笑了笑，然后对方好说："这位是我太太林娜，腾玖的名誉董事。"

方好控制不住地睁大眼睛去打量林娜，她是瘦高的个子，五官端正但并不出众，也白，然而，似乎是种不健康的白皙。可是，虽然她有种种不如意之处，方好不得不承认，她的气质是自己远远不如的，只是静静地往人前一站，就有种说不出的雍容典雅。

她是第一次见到闵太太，跟她想象中的那个人差得太远，又似乎——正是那么一个人。

就是这个人，最终打败了她，俘获了闵永吉的心！

闵永吉又指了指方好向他太太介绍："这就是我干妈的女儿，陈方好。"

在三秒的沉默之后，林娜微笑着走近方好："原来你就是方好，老听永吉提起你，你们两个……可是青梅竹马呢！"

闵永吉双手撑在球杆上，半垂了头，脸上带着一丝茫然的浅笑，方好分辨不清他的笑容究竟含着怎样的意义，她不由自主握紧了自己的球杆。

林娜继续亲热地对方好道："没想到你也在S市，真是太好了。以后我们可以常常联络，只是，我跟永吉都不能在这儿长住，总是飞来飞去的，唔……一会儿这里结束了我们一起用晚餐好不好？"

方好知道按着习俗自己该礼貌地叫声嫂子，可是她实在装不出大方来，勉强挤出了个笑，含糊地点着头道："我还有事，失陪了。"

也不顾他们是否尴尬，她就扭身快步跑开了。

方好在人群里穿梭着搜寻关海波的身影，自己也不清楚怎么忽然就这么急切地想要找到他，仿佛有他在身边，自己慌乱无措的心就可以安定下来。

她跑得急，一会儿就气喘吁吁，可还是没瞅到他的影子。腹部传来微微的绞痛，她只得停下脚步，一手撑在腰上，定定地喘息。

身边有人在接电话，发出暧昧的喈喈的笑声。

笨！怎么没想到用手机。方好在心里骂了自己一声，就从裤子口袋里把手机掏出来，拨给关海波。

熟悉的铃声从身后传来，方好蓦地回头，果然看见关海波就混在一群聊得

热闹的人堆里，离她一点儿也不远，只需要她转个身就能看见。

关海波低头看了看手机上的提示，又抬头四下望望，很快就退出热闹，朝方好的方向快步走来。

"什么事？"

方好有些愣愣的，她还没从刚才的怔忡中恢复过来，脸色苍白，额上布满了虚汗，惹得关海波拧了拧眉，"你怎么了？是不是哪里不舒服？"

他这么一说，方好才如梦初醒，就坡下驴道："嗯，我肚子痛，想早点回去。"

关海波一下子紧张起来，盯着她的腹部就追问："你刚才吃什么了？痛在哪个部位？靠近左腹还是右腹？"

方好被他一连串的质疑问得头晕，想了一想，很笼统地回答："都痛。"

比赛主场上有不小的骚动，大概是什么关键人物入场了。

果然，一旁持着酒杯的某人得意地对不清楚状况的同伴道："那位就是腾玖的新总裁闵总，旁边是他太太，康明集团林董的独生女，他们年初刚收购了腾玖……"

方好几乎是央求地问关海波，"能不能快点，我，我痛得不行了。"

关海波有些遗憾地朝那个焦点张望了一眼，这是难得的机会，可以跟腾玖最高层照个面，虽然不会有什么实质性的结果，但对将来的深入合作是个非常好的引子。

只是，他低头望望"痛苦不堪"的方好，只得放弃了打算，伸手扶住她，亦步亦趋地向出口走。

方好头歪在车窗上，心绪不宁，脑子里反复放映着刚才与闵永吉和林娜狭路相逢的画面。

"这位是我太太林娜，腾玖的名誉董事。"

"原来你就是方好，老听永吉提起你，你们两个可是青梅竹马呢！"

"没想到你也在S市，真是太好了。以后我们可以常常联络……"

她把头狠狠地朝窗玻璃上一顶，发出痛苦的呻吟。

关海波一手把着方向盘，一手探过来在她额上试了试，冰凉一片，还好，没发烧。

"很痛吗？"他关切地问，声音也柔和了不少。

"……好多了，已经不疼了。"她说好就好，立刻连身子都坐直了。

关海波有点糊涂，不明白她葫芦里到底在卖什么药，意味深长地瞟了她一眼，也没说什么。

车子拐了个弯，眼前豁然开朗，江湾到了。

天气好，许多人在放风筝，大声地叫嚷，隔着玻璃听不到声音，只能看见一个个亢奋的身影，张大了嘴，彼此交流着欢乐。

"等等，就停这儿吧。"方好忽然叫道。

关海波又是一怔，"这是桥上，不能停车。"

方好不死心，"那，在桥下停吧，我想下去走走。"

车子一刹住，方好就推门出去，在车外对关海波摆摆手，"你先回去吧，我一会儿自己打车走。"

"你确信自己没事？"他手肘撑着方向盘，一向锐利的眼眸中透出一丝困惑。

方好顿时有点心虚，朝他甜甜一笑，"没事，这里空气好，难得来，我想好好溜达溜达。"

她往江湾大桥上走，在最高处驻足，低头望下去，平静的江面上波光粼粼，偶有船只驶过，发出悠扬的鸣笛声。

她用双手握住栏杆高起的小桩，然后把下巴搁在手上，望着空旷的水域发呆。

其实已不剩什么悲伤，她哭过许多次，可年轻就是好，快乐也许无法长存，连悲伤也一样，时间一长，渐渐淡去。

然而，难堪总是有的，尤其看到他们像一对璧人似的伫立在自己面前，再一次映衬出她的失败，那么刻骨铭心，于是那种钝钝的痛便像久已封存的老照片一样，再次被翻了出来。

身旁有人故意清了清嗓子，发出惹她注意的声音，方好歪头看看，不觉笑了。

她一点儿也不意外，仿佛早就料到会是他。

"为什么又回来？不会是……怕我往下跳吧？"她心情好转，居然开起玩笑来。

如果想跳，三年前她就跳了。

可是，姑姑说过，喜欢吃土豆的人不会有轻生的念头，因为土豆是做通心粉的原料，而方好，最爱吃土豆。

关海波并不笑，慢慢地取出盒烟来，抽了一根，叼在嘴上，右手举着打火机，左手微拢，"啪"的一声点上。

他深深抽了一口，就将夹了烟的手搁在栏杆上，尽着它燃。

"什么事让你这么不开心？"他望着前面淡淡地问，"跟……男朋友吵架了？"

"……"

没等到回答，关海波侧头看看她，"怎么，不想跟我说？"

他沉着的声音仿佛有种魔力，让她不知不觉地放松下来。

想想其实也没什么大不了的，她努了努嘴，低声嘟哝，"不是……刚才，在球场……遇到了不想见的人。"

他不免多瞧了她两眼，她的脸上从来没出现过这样茫然无措的神色，他不难猜出是怎么一回事。

"那个人，伤过你？"他很直接地问。

方好苦笑，"算是吧。"

闵永吉说过，会照顾她一生一世，可他没有做到。

关海波情不自禁地举起手上的烟，用力抽了一口，又徐徐吐出。

"什么时候的事？"

她跟着他的这三年似乎没出过什么状况。

"……三年前。"

果然！他心里没来由地一松。

"那就忘了它。"他把烟头往江里一掷，是果断的神色。

方好有些愕然，忍不住别过脸来，他的眼里不再有冷漠和不屑，充满信任地凝视着她。

不过短短的几句话，方好忽然觉得，自己跟他从来没有像此刻这样接近过，近得让她心潮翻涌。

她的眼眸亮晶晶的，长久停留在关海波的脸上，他有些承受不了，转身面向江面。

从什么时候开始，他忽然就没有办法坦然地盯着她的眼睛了，他有些怀念以前自己怒目瞪她，瞪到她低下头为止的日子，而现在，似乎总是他无法坚持到最后。

方好慢吞吞道："你刚才……扔出去的烟头差点落在那个人的头上。"

关海波赫然低头望去，果然，江面上有艘船，船上一个彪形大汉正仰头气愤地瞪着他们，哇哇大叫，还作势要上岸来。

"快走！"关海波低声嚷道。

两人一溜烟地下了桥，直奔关海波的车，迅速地钻进去，喘息甫定，两人对视一眼，刚才的紧张立刻无影无踪，他们爆发出大笑。

方好笑得眼泪都出来了。

"回去吧。"关海波边笑边温柔地说。

"好。"

依然是喜多郎，却换成了欢快的《响宴》，一路伴着他们往市区方向驶去……

方好又开始狂热地加起班来，只是这一阵，她是跟关海波往外跑的时候多，似乎只要她愿意，每天都能找着可蹭的饭局。

当然，她也学乖了，不再傻头傻脑地主动要求喝酒，老板教了她在商界打拼的第一条也是最重要的一条法则——时刻保持头脑清醒。

像她这样，上来就把自己灌糊涂的实属少见！

因此，如今在饭桌上，方好总是谨慎地跟在关海波身旁，多听讲少开口，真要有酒杯递过来，她可以矜持地笑一笑，摆摆手——有老板替她挡着呢。

饭毕，她每每发出"原来如此"的感叹，仿佛已然抓到谈判精髓，关海波由着她感慨，偶尔瞟她一眼，那眼神里却充满了怜悯的意味，她要学的东西还实在多着呢！

自从江湾"谈心"回来，关海波对她的态度明显好转，基本恢复了闹别扭前的良好合作关系，甚至，还要好一些。

方好仍然没有胆子追问那次莫名其妙的"别扭"，知足常乐么，何苦自寻烦恼，有现在这样，她觉得已经很好了，每天时不时地哼哼小曲儿，心情愉快，尽管沈亮已经多次向她抗议，加班频率比他还高，两人见面的次数明显减少。

方好大言不惭地反诘："我是为了寻求更广更深的职业发展前景，现在正是上升期，马虎不得！"多崇高，多伟大的理由，沈亮哑口无言。

成天跟在老板屁股后面，心甘情愿地当着快乐的小尾巴，眼看关海波对自己越来越和颜悦色，方好欣喜之余，脑子却没有糊涂，她还没有狂妄到把他"良性转变"的功劳全算在自己头上，都说恋爱中的人发火指数会明显下降，看什么都是美好的，纵观老板的一举一动，那个幕后"英雄"才是真的可歌可泣啊!

　　方好曾听季杰说过,关海波的律师女朋友打小就德智体全面发展,实乃人中龙凤,跟老板简直是郎才女貌,那个门当户……

　　"磕巴!"舌头上突然传来剧痛,方好"哎呀"一声,龇牙咧嘴地伸手托住下巴,另一只手火速去抽屉里掏化妆镜,泪花已经在眼眶里疯狂打转!

　　镜子里,她的大半条舌头都浸润在鲜血中,那粒罪魁祸首的话梅核也已经被染成了血红色,看得连她自己都恐惧起来,赶紧将核吐在纸巾里。

　　真倒霉,吃这么美味的话梅也会出状况,邪门啊,邪门!

　　偏偏在如此狼狈的时候,老板悠扬的声音不合时宜地在她耳旁响起:"晚上国源有个合同要谈,你跟不跟我们一起去?"

　　她眼泪汪汪地仰起头来,大着舌头沮丧道:"去——不——了——了。"

　　关海波一怔,审视着她的面色,忽然快捷地伸手过来,一把捏住她的下巴,迫使她张开嘴来,方好下意识地"啊"了一声,整条舌头便血淋淋地伸了出来。

　　她有理由相信,此时自己的形象,基本上不用化妆就可以直接去演港片中的女鬼!

　　未及挣扎,关海波已经松了手,一眼扫到桌子上还剩了半瓶的话梅,一张脸顿时黑下来,冷冷道,"你还可以再多吃点呢——跟我来!!!"

　　方好不敢有半句废话,护着嘴巴,乖乖地跟在他身后往茶水间走。

　　关海波给她接了一杯冷水,面无表情地吩咐,"漱口!"

　　她连漱数次,漱口水的颜色才逐渐由浓转淡,一转脸,老板铁青着脸虎视眈眈地瞪着她。

　　"你多大的人了,还吃那种东西?!"

　　方好只敢在心里嘀咕,"公司的管理条文里又没有不准吃零食这一项!"

　　面上却是一副老实巴交的模样,强挤出个笑容,忍着痛,颠颠地跑到咖啡机旁,"我给你来杯咖啡吧!"想要转移他的注意力。

　　关海波皱着眉道:"我自己来。"

　　他当真不要她忙活,自顾自取了瓷杯在那里调制。

　　方好讪讪地退开,只觉得口腔里辣辣的疼痛,她手上还捏着化妆镜,于是趁势走到窗边的亮处打开来左右端详。

　　伤口还挺长,几处味蕾都翻出来了,隐约有血印气,看着触目惊心。

　　"也不知道要多少天才能好。"她苦着脸自言自语,这下吃饭都成问题了。

关海波饮了口咖啡，听见她的唠叨，冷言冷语道："用不用带你去医院缝两针？"

"啊？"方好呆住，她从来没听说舌头嚼碎了还要缝的，那得多恐怖！

"不要了吧！"她回答着转过身来，老板已经不在茶水间了。

等收拾干净了归位，方好发现桌子上的那罐话梅不见了，她坐在位子上想了一想，然后俯身一把将桌子底下的字纸篓给拽了出来。

果然，话梅原封不动地给掷在里面！

方好虚弱地呻吟了一声，这个二郎神，简直是暴殄天物啊！要知道如今这种纯手工腌制的奶油话梅市场上不太买得着，这还是春晓一同事上个月回家乡给她们带回来的，数量有限，只有要好的几个才有幸分得这一人一瓶呢。

好在字纸篓里尽是废纸屑，并不脏。她抽了几张纸巾，将话梅罐身擦拭了几下，又敏捷地朝总裁室方向溜了一眼，没有看到那个可恶的影子，她二话不说就把话梅塞自己手袋里了。

等舌头好了，在家里吃，嘿嘿！

下班时分，方好把几份完成的文件拿去总裁室交给关海波，却见他已经在收拾东西准备走人了。

"放这儿吧，走，我送你回去。"

方好很是意外，这搞得也太隆重了吧，她不过是破了舌头而已，又没手脚不便！

眨巴了两下眼睛，她问："你不是要去谈合同么？"

关海波一抬手腕，看看时间，"还早，送你回去了折过去也不迟。"

"哦。"她乖乖应了一声，心里还是有些小窃喜的。

老板真是越来越良善，是否，他把这个"事故"当成了工伤？！

舌头不爽，坐在车里他们没怎么多聊，快进小区时，关海波才突然道："晚上记得煮点粥，不要性急，等凉下来再吃。"

方好歪头瞅瞅他，什么时候他也变得这么婆婆妈妈起来了，但还是点点头道："哦。"

静默了一会儿，只听关海波又道："你会煮粥吗？"

"会啊。"方好奇怪地回答。

貌似他们"落魄"那会儿，他可没少吃她煮的东西，虽然一边吃还一边批评比猪食还难吃。有一次她实在是被惹急了，忍不住顶了他一句，"这本来就是喂猪的！"结果气得关海波瞪了她半天，没吃饱就拂袖而去。

听她如此回答，关海波便不作声了。

下了车，方好慢慢往楼梯上爬的时候，心里渐渐升起一股暖洋洋的情绪来，迷迷糊糊地想，原来咬破舌头也是件挺幸福的事！

整晚她的心情都不错，喝着凉粥，看着碟片，时不时傻笑两声。

突然，她被一个猛然间蹿进脑子的念头震得愣在当场！

如果，刚才他问她会不会煮粥的时候，她回答"不会"，那么——他会不会上来帮她煮？！

"磕巴。"

方好痛得低呼一声，竟然再次咬到！还是同样的地方！见鬼！

早上起床，又是个昏沉沉的阴天，入梅快一周了。

方好刷牙的时候还在思忖是否要带把伞，等在玄关换好鞋出门，才发现自己健忘症复发，忘记拿伞了。

抬头瞅瞅天空，乌云低压，但她还是心存侥幸，从小区到车站，也就十分钟的路，不至于这么巧吧。

今天是星期六，她得先赶去公司加半天班，关海波明天要出差，有一堆事要准备。下午还要去赴沈亮的约会，昨晚他郑重地给她打了电话，吞吞吐吐，欲言又止，仿佛有什么大事，令方好纳闷，来回盘问，他还是坚持见面再说。

和沈亮认识快两个月了，他开始褪去好好先生的外衣，偶尔也会抱怨方好打扮得过于朴素，不够性感，如此言论令方好暗暗心惊，敢情季杰的"教诲"不是没有道理的，男人，其实都差不多！

不过方好可不是固执己见的人，既然人家有意见，她就改呗，所以今天她特意穿了一身新购置的粉绿色洋装套裙，配上简洁的同色系窄头细高跟皮鞋，扭腰提臀地迈步在人行道的小方砖上，脚底咔咔作响，自己都觉得平添了几分妩媚妖娆。

想起了沈亮，心里不知怎么就泛上来一丝别扭。

事情的起因是在上周末，两人好容易凑在一块儿去看了场某名人的钢琴演出，会场里始终闹哄哄的，效果还不如一个人在家里放张碟子欣赏来得美妙，好容易挨到结束，沈亮像往常一样送她回公寓。

然而，他没像往常那样喝完一盏茶就拍拍屁股走人，却与她越坐越近，方好边跟他天马行空地瞎聊，边看台湾肥皂剧。

也许是她三心二意得过于专注了，所以当眼前忽然一暗，有张脸陡然放大过来时，她吓得当场往后一靠，骇然大呼："你要干什么?!"

　　沈亮本就紧张，被她毫无预兆的高分贝尖叫也是惊得浑身一抖，见方好一副恐慌加嫌恶的模样，顿时满脸通红，神色尴尬地往边上挪了挪，抬手抓抓后脑勺，有点不知所措。

　　方好渐渐明白了怎么回事，脸上也是红一阵，白一阵。

　　作为情侣，迟早有一天会有肌肤之亲，这个道理方好不是不懂，只是目前，她还完全没有做好心理准备。

　　她一直觉得跟沈亮像现在这样开开心心地下去就很好。

　　沈亮终究没有多坐，又耽搁了一会儿就讪讪地告辞走人了。

　　方好呆呆地坐在沙发里，面对电视屏幕上泪流满面的女主，怔怔地出神。

　　有些情绪虽然只是刹那而过，却异常清晰，在沈亮欠身过来的那一刻，方好无比清醒地意识到自己心头的抗拒之意竟是如此强烈！

　　细细回想，其实沈亮之前有过几次想要与她亲近的暗示，但都被她装傻糊弄过去了。

　　今晚，也许他觉得是个机会，想要有所突破，却依然以失败告终。

　　方好忽然感到苦恼，她并不讨厌沈亮，相反还有些喜欢他，可即便如此，她还是本能地排斥与他有进一步的发展，如此下去，她这辛辛苦苦坚持了两个月之久的"恋爱"该走向何方？

　　她觉得困惑，难道，她到现在都无法抹煞当年闵永吉刻在她心上的那一枚甜蜜的初吻？

Chapter 08

难熬的一天

那时候,她高二,闵永吉大三,暑假里,她借补习功课为名,成天往闵家跑,妈妈虽然明白她的心思,但对闵永吉很放心,所以就由她去了。

闵家住的是合院似的老宅子,长年疏于维护,木质结构的框架已是油漆斑驳,很多地方都被小孩用铅笔刀刻上了自认为很酷的留言,方好也干过,她在楼梯扶手的内侧曾经把自己跟闵永吉的名字并排刻在一起,以为这样就可以真的一生一世不分离。

廊道狭窄幽深,站在入口往里瞧,其实是黑洞洞的,有点阴森,然而,她每次跑进去的时候,心里却是亮堂堂的,因为马上就能见到从小喜欢的那个人。

老房子到了夏天反而阴凉,尤其是底楼,空调都不用打。

蝉鸣的午后,坐在树影晃动的窗前,喝着闵奶奶炖的绿豆汤,听闵永吉温润的嗓音讲解二项式定理,方好想象不出还有什么幸福可以与此时此刻相媲美。绿豆汤凉凉的,可是他的唇贴上来的时候,却带着火热的滚烫,像沸腾的焰,瞬间染红了方好的双颊!

只是那么唇对唇短而轻的一触,两人都是怦然心动,紧张不已,生怕被人撞见，又有种说不出来的欢喜！

闵永吉含笑搂过她的脖颈，在她额上又落下一吻，然后看看她因为激动而变得晶亮的双眸，忍不住低唤了一声："傻丫头。"

她把头抵在他胸前，脸上的笑意一路荡漾开去，怎么也收敛不住，心里更是溢满了甜蜜！

她觉得很安心，因为他是那样可以倚靠，有他在身边，她什么都不用愁，她就愿意当一个不折不扣的傻丫头！

隆隆的雷声在头顶滚过，天黑沉沉地压下来，要下雨了。

方好抽抽鼻子，强压下那一丝久违的酸楚，抛开纷乱的思绪，加快脚步向前走。

然而很快，黄豆大的雨点就毫不留情地砸落下来，砸在她松松挽起的鬓发上，砸在她粉嫩的套装上，她暗骂一声，再也顾不上体面地跑了起来。

可是那样高而尖的鞋子显然不是让淑女们用来跑的，她"哎呀"一声，在如注的雨流里把一只鞋跟给生生绊了下来。

心情一下子很糟糕，车站还要拐一个弯才能到，而她已经光荣"负伤"了，一瘸一拐地没走多远，身上的衣服已然湿透，连鞋子里也灌满了水，什么天哪，真是！

身旁的主干道上有汽车的鸣笛声，短促地一响再响，像急切的问询，方好撩开粘在面颊上的发丝，在滂沱的大雨里费劲地转头去打量。

车窗很快摇下，有人探出头来对她喊："好好，快上车！"

如此难能可贵的救援，她却蒙了似的杵着不动。

闵永吉见她一副愣头愣脑的样子，顾不了许多，猛地推开车门冲下来，不由分说就把她拽进了车里，然后自己又绕车半圈，迅速地返回驾驶座。

方好浑身上下已经湿透，像刚刚溺水一般，连眼神都有些呆滞，搞不清楚状况。

"擦擦吧，别感冒了。"他给她递过来一方干净的毛巾。

他永远都这么细心，可是现在，她不觉得享受，只是反感。

她没接，直眉瞪眼地问："你为什么会在这里？"

"先擦干了再说。"语气永远都是那么不温不火，他的身上也稍有淋湿。

他们分开已经整整四年，这是四年来两个人首次单独面对，以前，还可以隔着父母，隔着老人，作各种各样的猜测，朦胧的，或许是带着点诗意的凄怆。

方好从没想过会以这种方式与他再次相遇，也没料到一旦重逢，自己并没有如想象中那样痛哭流涕，用眼泪去谴责他的负心，居然，她可以十分镇定地面对他，镇定得连自己都惊讶，时间，绝对是医治创伤的妙药，电视里那些别后重聚的唯美镜头，都骗鬼去吧！

她迟疑了几秒，终于还是很现实地伸手接过毛巾，擦着头发上和衣服上的雨水，其实有点徒劳。

闵永吉侧着身子，目不转睛地盯着她。

他离开的时候，她还是个懵懂无知的小女孩，整天就知道咧着嘴傻乐，对未来不存一丝担忧；此刻，他看着她比从前更加圆润光洁的脸，依旧纯净的双眸，一切都是他所熟悉的，然而，他很清楚，在所有表象的下面，有些东西已经悄悄地改变了，她面对自己的时候，再也没有从前那样盲目而崇拜的眼神，她竟能如此镇静，坦然地坐在他眼皮底下。

他把目光转向车前方，雨依然下得很大，无边无际地笼罩下来，仿佛车里是唯一的庇护之处。

"我每天都会从这里经过，每天都能看见你。"他幽幽地说。

方好擦着雨水的手缓慢下来，"你什么意思？"

闵永吉没有回答，他仿佛陷入了自己的思绪，过了一会儿，才又扭头望向她，神色恢复了自如，"好好，我们能不能找个时间，坐下来谈谈？"

方好陡然间警惕起来，语气不免尖刻，"有这必要吗？你想知道什么，我现在就可以告诉你。"

闵永吉抿了抿唇，有点无奈，她的样子活像一只浑身竖起了刺的小刺猬，跟从前是多么不同，那时候，她在他面前，温顺得像只小猫，终日迷迷糊糊的，不带一点攻击性。

他也清楚，自己不可能再指望她仰着脸，甜甜的对自己一口一个"永吉哥"了。

"这些年，你过得好么？"他刚问出口就后悔了，虽然结婚后回国次数很少，对于她的消息，却并不匮乏。

方好没有立刻回答，只是把手上的毛巾仔仔细细地叠好，然后捧在右手上递回给他，终于朝他笑了笑，简洁地说："很好。"

关海波教她的第二条法则，面对"劲敌"的挑战，要沉着冷静，要微笑，要言简意赅，她都做到了！

车里一派寂静，唯有雨声沙沙作响，急一阵，缓一阵，方好太用力地保持镇定，反而有些心神恍惚，思绪胡乱地东冲西撞，她甚至想，这雨季要到什么时候才是个头？

闵永吉终于又低低地开了口，"为什么还是一个人？"

方好蓦地直视住他，他在她明晃晃的双眸里看到自己的身影，小，且卑微。

她的眼神很快就从愠怒中恢复过来，可是说话的声音却竭力压制住一丝细微的颤抖，他还是听出来了。

"你别以为我一直还想着你呢，我只是没遇上合适的罢了，哦，告诉你，我现在已经有男朋友了。"她从来没有像这一刻那样庆幸自己找了个男朋友。

"是吗？"他凝视着她，眼眸如一泓清水，恍如昨日，始终带着一抹浅浅的柔色，方好忽然觉得鼻子发酸，赶紧转过脸去。

他已经不是从前那个只会给她温暖的闵永吉了，他曾经，深深地伤害过她。

他有很多话想跟她说，可是，千言万语涌到嘴边，吐出来的却只有三个字："对不起。"

这三个字分量有多重，只有他自己知道。

方好想笑，可是眼里有什么东西在涌上来，视线终于模糊，她竭力地忍着，不让眼泪掉下来，时间已经够久了，她不应该再为他哭泣。

"他对我很好，我也……很喜欢他。"望着窗外迷蒙的一片，她喃喃地补充。

"……是吗？"他又反问了一遍，有点迷惘，有点不信。

这样的语气突然激怒了方好，她赫然间转头望着他，"你别这么阴阳怪气的好不好，我为什么不能喜欢别人？难道只有你才能给我幸福？可是，你给过我吗？"

她几乎张牙舞爪地要凑到他眼前，可是，他却忽然间对着她微笑起来。她总是这样喜怒溢于言表，这些年了，原来还是没有改变。

"那么，我应该恭喜你。"

方好没好气地别过头，不睬他，心里很是沮丧，自己终究沉不住气！

也许，在他面前，她习惯了这样直接，这样任性，因为，他从来都惯着她，想到这里，她更加觉得心酸。

他终于收敛了笑意，认真地说，"我找你，没有别的意思，只是希望看到你幸福。"

三年了,他忍着不来见她,以为她可以慢慢恢复,然而,他没想到她也有执着的时候,一个人跑到异乡,几年来,始终独来独往。

他明白,自己现在的行为是多么的没有意义,可终于还是忍不住,靠近她,希望能找个机会,给她一个解释,让她打开心结,尽管他并没有把握。

车子开了一阵,雨渐渐停了,窗外的景物依次清晰,她才想起来问他,"你要带我去哪儿?"

"找个清净的地方,我们好好聊聊。"他握着方向盘,并不看她,缓缓地说。

"不要!送我去公司,我还有事!"她斩钉截铁地说。

"今天是周六,你还加班?"他很意外,她有多懒他是知道的。

她不跟他多废话,一再坚持,他只得妥协,调转了车头。

到了聚林楼下,他看着她解安全带,悠悠地道:"我下个月得回美国,走之前,请你……哦,还有你的男朋友,一起出来吃顿饭罢。"

见她面呈不悦,闵永吉笑笑,又道:"怎么说,我也是你哥哥。"

居然拿长辈的一套来压她,方好推门出去前冷冷地回道:"再说吧。"

她实在不想拖着沈亮坐在闵永吉和闵太太对面精致地演戏,累!

"我会给你电话。"他在车里扬声对她道。

方好已经狠狠拍上车门,冲向楼内。

电梯缓缓地上升,方好的眼圈也渐渐红了起来,她以为自己可以坚持,可以满不在乎,却原来,还是会觉得难过!

他们曾经那样好,好得以为可以一辈子都这样下去,可终究是不作数的。

关海波跟季杰候在电梯门口,两人打着手势热烈地讨论。

"关键还是得查生产部,你一定要设法去现场看,不能光听他们嘴上讲,谁都不会主动把问题告诉你……"

"那是,我这就给他们蒋经理打个电话……"

"不,不要事先通知,我们直接过去!"

"叮"的一声,电梯门缓缓拉开,里外三人同时愣住。

抽抽搭搭的方好努力控制住哽咽,还知道朝门口目瞪口呆的两个男人点一点头,算作招呼,然后擦身过去,飞快地钻进了公司大门。

"小,小陈,这是怎么回事啊?"季杰张着嘴,望着方好的背影,难得结巴了一下,扭过头来又盯住关海波,"关总,您不会又……"

关海波有些烦躁地打断他,"你别胡扯,我没骂她!"心里一下子又乱乱的,这丫头,怎么三天两头哭鼻子?!浑身还湿透了,以为淋雨这么好玩么?

他犹豫了片刻,对季杰道:"你先过去了解情况,我等等就来。"

季杰连连点头,知道他一定是不放心方好。

要得,要得,如今的小姑娘都脆弱得很,为点小事就能想不开。

"估计是跟男朋友闹别扭了。"他忍不住热情地多嘴,完全忽略了老板的表情有短暂的僵滞。

方好用掉了整盒纸巾,总算把眼泪止住了,可身上还是黏乎乎地难受。

"又出什么事了?怎么淋成这样?"关海波走到她身边,皱眉问。

"没带伞。"她底气不足地回答。

"那你哭什么?"

"……"

关海波见她神色尚可,放下心来,没工夫与她啰唆,把一串钥匙丢在桌上,"我赶时间,马上就得走,你去我房间好好收拾一下,换身衣服,别着凉了,有事给我打电话。"

小套间里收拾得纤尘不染,跟酒店差不多,公司里的阿姨比钟点工敬业多了。

虽然近在咫尺,方好却不常有机会进来,今天难得可以好好观摩一下,可惜她根本没这个心情。

冲完澡,她换上了一件在储藏室里翻出来的搞活动剩下的广告衫,尺码很大,她晃荡着出来,坐在沙发里把自己那套可爱的粉绿套装给吹干了,下午约会还要用呢!

本来出门就晚了,这么一折腾,转眼已近中午,办公室里一个人也没有,她懒得下楼,打电话叫了份外卖。

跟沈亮约在三点,下午茶时间,方好怕误了点儿,边吃饭边赶作业,终于在两点多处理完了所有事宜。

她一边匆匆忙忙锁门,一边给老板打电话汇报。

关海波似乎很忙,听着她絮叨,也只是短促地嗯啊几声,很快就挂了电话。

直到坐在车里,方好才重新恍惚起来,刚才跟闵永吉的相遇太仓促,很多对话其实当时只是进了耳朵,却没有反应过来,此刻,终于又有了分析能力。

她一点点地回味他说过的那句话,"我每天都会从这里经过,每天都能看见你。"

他的语气仿佛有点怅然,可这是为什么呢?他已经结婚了,为什么还要对她这样?!

方好想着想着,时而愤慨,时而凄楚,一时剪不断,理还乱。

沈亮点了一杯咖啡,然而他一口也没喝,盯着黄澄澄的液面,终于艰难地开口道:"方好,我们……分手吧。"

方好怔了一怔,旋即低头,努力地吃冰激淋,冰冷的入口,化开,吞下,周而复始,有股子凉意顺着咽喉往下淌,直接灌进了心里。

沈亮虽然歉疚,可思路仍很清晰,用极谨慎温和的口吻向她娓娓地解释,"我要的是一个女朋友,而不是一个玩伴。我希望,我的女朋友将来可以成为我妻子,这个要求,不过分吧?"

方好仍是沉默,冰激淋却越吃越生猛。

"我觉得我们之间……只有友谊,没有爱情……对不起。"

一天之中,有两个男人跟她说对不起,一个三年前就不要她了,这一个,下一秒也即将转身,方好此时的心情唯有四字可以形容——欲哭无泪!

可是,她也清楚,她跟沈亮之间,的确错在自己。

沈亮一直希望带她回去见父母,一直想把她当一个正式的女友看待,是她自己在悄悄地退缩,躲闪,不明白为了什么。

他的要求不算过分,换作是她自己,大概也会受不了。

她渐渐地抬起头来,对他强笑一笑,才轻声道:"我没问题。"

沈亮松了口气的同时又叹了口气,毕竟有些无奈。

买单之后,他主动提出来送她回去,好歹是最后一次了。

"不用,我想一个人再待一会儿。"方好拒绝,又向他笑笑,表示自己并非赌气。

沈亮犹豫了片刻,没有强求,终于还是先走了。

其实也没什么可伤心的,他们之间,的确只存在友谊,所以可以分得这么干脆,没有暧昧的不舍和无谓的纠缠,他们甚至没有"做不成情侣就做朋友"的约定,一切都是这么干净利落。

可方好心里还是堵得慌,也许是因为早上遇到闵永吉的余波尚未平息,也许因为沈亮这样毫无征兆地提出分手刺伤了她的自尊。

就这样自怨自艾之间,她浑浑噩噩地吃掉了三个冰激凌,接着就觉得渴,嗓子眼里像被胶水黏住了。

于是要了杯红茶解腻,中午吃得匆忙,没怎么饱,顺便又点了道蜂蜜烙饼。

心里很空,她急切地想用食物来填满。

等到肚子里稀里哗啦闹成一片时,方好才赫然意识到不好,然而已经晚了。

从出租车里下来,还没走进医院的大门,她就吐得气喘吁吁,肚子里绞痛得厉害,仿佛有把刀在里面狠狠地剜来剜去,痛不可抑,她连腰都直不起来,跌跌撞撞地进了医院大门。

挂完号,就去门诊,等了好一会儿才轮到自己,医生诊断是急性肠胃炎,要住院挂水。

她痛得不行,医生仁慈地同意她先去挂水,住院费可以迟些来交,见她一个人,不觉皱眉道:"怎么没有家人陪着一起来?"

方好沉默,她可不想为了这事惊动妈妈,她一定会大惊小怪的。

忍着痛,她去注射室门口排队,一会儿工夫,就已经冷汗直流,渐渐的,她惊恐地发觉自己的舌头开始发麻,僵硬,平常总爱跟人开玩笑说自己痛苦得快"痉挛"了,可唯有此时,她才真切地体会到什么才叫做"痉挛",那种缓慢蔓延周身的麻栗的感觉真是恐怖极了!

她禁不住害怕得哭出声来,以为自己会就此一命呜呼。

多亏有位好心的阿姨,见她情况不妙,赶紧过来给她搭把手,搀着她到了队伍的最前面。

一针止痛针下去,方好才有所缓和,感觉自己又活了过来。

躺在床上挂着点滴,肚子里依然痛得漫无边际,她在瞬间变得虚弱不堪。

护士跑过来告诉她,住院要交押金。

"多少?"她吃力地问着,一只手去翻包。

"先交两千吧。"

方好的手顿住了,她哪来那么多现金?立刻去取吧,自己根本走动不了。

没奈何,还是先找熟人借吧!

在手机里已经搜到老板的号码了,刚要按下去,心里打了个咯噔,他下午好像很忙,自己这个样子把他召来,不是找挨骂嘛!

最终还是打给季杰,他反正有钱,而且也不会唠叨。

季杰嗯嗯啊啊地听着,身旁仿佛还有人在问着什么,他的声音时而飘远了,跟别人说上几句,又返回来心不在焉地听她讲,唉,都是忙人。

"好了，知道了，就来！"他终于答复她。

方好舒了口气，安心地躺好，空调开得低，她忍不住拽过被子来盖。

病房里有两张床，另一张空着，被子胡乱堆成一团，好像有人刚走，还没来得及收拾，白色的被套上几处肮脏十分醒目，不用检查，她也知道自己睡的这床好不到哪儿去，可她已经顾不上这些细节了，只要肚子能不疼，健健康康的，比什么都强。

在床上朦胧了一会儿，终于听到门外有急促的脚步声传来，心里一喜，救兵到了！

其实人在生病的时候最爱伤春悲秋，胡思乱想，尤其方好今天还经历了一连串对她来说不小的"打击"，这时候能看到一个对自己没有"危害"的熟人，不论是谁，她都会觉得很亲切的。

只是，她怎么也没想到，来的人竟会是关海波！

他的身影在病床前刚站定，就引起方好一阵慌乱，挣扎着要起来。

关海波似乎没心思责问她，一脸的焦虑，俯身按住她，又仔细看了看她的脸色，沉声问："感觉怎么样，还疼吗？"

"好多了。"她惨白着脸，努力淡化疼痛。

见她还说得出话来，他眉心略略舒展，"你先躺着，我去缴了住院费再过来。"

关海波拿着缴完费的单子先去见了方好的主治医生。

医生瞧他们两个年纪相仿，只道是方好的男朋友。

"你得好好管管你女朋友，肠胃能力那么弱，还敢这么瞎吃东西，这不胡闹么？"

"……她都吃什么了？"

医生翻开病历，照着上面的调查项给他读了一串，关海波的脸不由自主地铁青起来。

下午看到她失魂落魄的样子就猜着可能会有事，原本以为只是伤风感冒，没想到她竟能演绎得如此变本加厉！

回到病房，方好还是一脸怯怯的神色盯着他，防贼似的，他走到哪儿，她的目光就追随到哪儿，他终于忍无可忍，回头抛给她一句，"好了，别盯着我了，不骂你，行了吧？"

方好缩了缩身子，讪讪地收回了肆无忌惮的眼神。

他的电话很多，一个接一个地进来，坐在那里，根本没工夫搭理她，方好渐渐心安，又觉得愧疚，老板这么忙，还得为自己操心！

可是，她忽然回过神来，她明明是打给季杰的呀！然后，恍然大悟，她打电话时，跟季杰嘀嘀咕咕的人一定是老板。

心里不知怎么就暖和起来，苍白的脸上有了一丝红润，护士捏着一张单子进来的时候不觉打趣道："哎呀，你看起来好多了嘛，都有血色了。"

话锋一转，"不过，刚才的化验报告张主任看了，说还要让你做一次胃镜。"

仅仅这句话，就让方好脸上仅有的红晕褪却得干干净净！

小时候吃鼠药那一次，她被送进医院做的第一件事就是洗胃，两根又黑又粗的管子顺着鼻孔直插到胃里，因为哭泣和挣扎，还插了两遍，年纪小的时候，普通级别的恐怖也是能被放大数倍的，所以至今记忆犹新，一想到又要有东西扎进胃里她就怕得要命！

"可不可以不做？"她央求着护士。

"这个要问张医生的，我可做不了主，不过，建议你还是做一次。彻底查一查，有病治病，没病也好放心。"小护士说着，仰头看了眼点滴瓶，"等这瓶挂完我就过来领你去。"她放下单子转身离开了。

关海波走过来查看单子上的细目，却被方好一把拽住了胳膊，只听她带着泣音，不管不顾地嚷嚷："关总，你能不能跟医生说说，我，我真的不想做，我觉得不疼了，真的。"完全是一副小孩子耍赖的口吻，他顿时又好气又好笑。

可是，她眼里有莫大的恐惧，仿佛要上刑场，他看着竟莫名其妙地心疼起来，迟疑了一会儿，居然鬼使神差地松了口："……好吧，我去试试看。"

方好只差感激涕零。

谁知才刚开口，就被医生骂了一顿："你女朋友不懂事，你也不懂事？！这是为她好，又不是要害她！"

关海波被数落得有些灰头土脸，走出来时拿手狠狠地拂了一拂脑后的发茬，惊异于自己一时的鬼迷心窍。跟她在一起时间长了，迟早连智商也要下降的。

方好终究还是哭哭啼啼地去做了。

插管的时候，她紧张得几乎抽筋，关海波始终紧紧握着她的手掌，从头至尾没有放开半分，她的眼里溢满了惊恐，满脸任人屠宰的无奈，然而他再也没有一点笑她的心思，唯一的念头就是想给她安慰，让她觉得安全。

做完胃镜出来，方好被直接送去了住院部大楼，这里的环境比门诊那边要干净许多，关海波给她办的是单人病房，有独立的盥洗室。

在床上躺了好一会儿，方好还没有从紧张中缓解过来。

关海波坐在她身边，俯下头，很近很近地凝视着她，柔声道："已经没事了。"

方好渐渐觉得心安，腮边还挂着几滴未干的眼泪，她知道自己的形象很差，贪吃鬼外加胆小鬼，她有些羞赧地问："我是不是很没出息？"

关海波笑了笑，没回答，可是他脸上的神色柔和极了，让方好逐渐忘却了自己刚才丢人的言行举止。

心里的感动更是不在话下，连医生和护士都已经朝她那副熊样侧目了，一向刻薄的老板竟然没有流露出一丝一毫的嘲笑！

很快有护士过来，要给方好重新扎针挂水。

"哟，你们俩的手现在可以放开了吧，不然我这针往哪儿扎呀！"护士知道她刚做完胃镜转过来，扬着唇角，善意地笑着这对恩爱"情侣"。

方好这才发现，她的手至今还被关海波宽大有力的手掌紧紧包裹着，从检查室一路握到现在，几乎没有分开过。

关海波蓦地清醒，立刻松开了手，有些尴尬地干咳了两声，起身往窗边走去，方好自己的脸已经红得像熟透了的番茄，哪里还敢去打量他的神情！

小护士忙碌完又匆匆离去，病房里很快就只剩了他们两个。

方好眼睛盯着头部上方的点滴瓶，药水一滴一滴缓慢地落下，顺着细长透明的软管往她身体里输送，仿佛是很漫长的过程，可是她心里感觉不到以往的烦躁，有种她从未体验过的崭新的情绪悄悄缠绕住了她。她在枕头上小心地转过一点角度，望向站在窗边的关海波，他又在接电话，闲着的那只手插在裤袋里，背影俊挺，说话声音低沉和缓，仿佛没有什么事可以难倒他。

从前，方好一直当他是神，战无不胜，攻无不克，且总是高高在上，然而刚才的那一幕，让她忽然觉得这个"神"其实也蛮有人情味儿的。

接完电话，关海波转过身来，方好心里蓦地一跳，赶紧调转目光，收敛心神凝视点滴瓶。

关海波在她床边的方凳上坐下，脸上早已恢复了往常平静的"神"色。他抬头望望吊杆上悬挂的几瓶药水，估算了一下，至少还需要三个多小时。

方好见他有些心不在焉，主动提醒道："关总，你要有事就先去忙吧，我这里应该没什么事了，反正就是挂水，睡觉。"

关海波沉吟了一下，看看腕表，道："我六点半走，约了人吃饭，不会耽搁很久，然后再过来……唔，你有东西要我带么？比如……换洗衣服什么的？"

方好琢磨着自己一时半会儿大概出不了院，就把家里的钥匙给了关海波，告诉她要拿哪几样东西，只是提到内衣内裤的时候，措词有些艰涩。

关海波却神色自如，一一记下了。

其实两个人曾经在一起生活过一阵，对彼此生活的细节也颇为熟悉，只是那时候都是方好替他理东西。

方好毕竟累了，歪着脑袋，有点昏昏沉沉的，关海波靠在一边，默默地守着她。

他想起刚才被自己握住的那只手，柔软纤弱，时而因为害怕而蓦地揪紧，指甲深深嵌进他掌心，他没有觉得疼，反而有种被信任的喜悦。

那一刻，他的心上涌起如此强烈的渴望，真想把这只手一直包在掌心，再也不放开。

他无端地叹了口气，方好在床上立刻一动，轻声问道："怎么了？"

关海波有些意外，他还以为她已经睡着了。

"没什么。"他淡淡地说，"你睡不着？"

方好点了点头，她的作息一向很规律，此时正是晚餐前后，哪里会有睡意？但她的肠胃是彻底紊乱了，根本不觉得饿，医生也不让她吃东西。

太阳应该落下去了，窗外的天暗下来一点，但还是有光亮，方好不让他开灯，她喜欢这样的黄昏，柔和，静谧，有淡淡的欣悦在心上流过。

关海波突然想到了什么，蓦地梗起嗓门，粗声问道："你病成这样，怎么你男……朋友也不来看看你？"说到后面，声音低了下去，竭力压制住一丝酸意。

如果不是他问起，方好几乎要忘记自己是因为什么上的医院了，她咬着唇，吭哧了半天，终于嗫嚅道："他跟我……分手了……就是今天下午。"

方好觉得遗憾，此时此刻，如果能再配上几滴应景的眼泪，就更显凄美了，电视里不都这么演么？被人遗弃的女孩在病房的床上痛不欲生，落下滚滚热泪，可惜她心里有着难以名状的欢快，怎么也挤不出眼泪来。

关海波问她话的时候面朝着窗的方向，她看不见他的表情，过了很久，他才转过脸来向着她道："瞧你这点出息，分手了就跟自己的胃过不去啊？"

方好瞟了瞟他的脸色，在心里暗自嘀咕，这人怎么一点同情心都没有，人家都失恋了，他眉眼里居然还藏着笑，什么人呢！

可他的这句话却令她油然而生亲切之意，没有嘲讽，也没有探究，是一种怜惜的薄责。

医生说她目前只能进流质食物，所以关海波晚上过来时，特意给她带来一罐清粥，没几粒米，稠稠的粥汤。

方好仍然没有饥饿感，但还是很听话地尝试了，温润的，带着一点淡淡的清香，一下子唤醒了她薄弱的食欲，她畅快地喝掉了大半。

"这粥哪儿买的？7+7吗？"方好满意地抹着嘴，随口问了一句，医院附近就有家餐饮连锁，里面的粥很有名。

关海波正翻着一本当季的人物周刊，也没抬头，含糊地应了一声，她的观察能力一向差，盛粥的罐子明明是家用的。

"果然名不虚传啊，炖得不错，就是没什么味道，要是能加点糖就好了。"方好咂嘴评论。

关海波闻言，抬头睨她一眼，"医生说你可以吃糖了？"

方好用手比划了一下，笑嘻嘻道："一点点又没关系的咯！"

很晚的时候，季杰还打电话过来，这些人果真都是夜猫子，说话的口气，仿佛现在是上午十点，中气忒足。

无非是问问方好的病况，听说老板还在，他不由得大乐着开起了玩笑："小陈，你这回面子可大了去啦！关总待他女朋友都没这么上心啊！"

方好紧张地偷眼瞄了瞄坐在对面一米开外，沉浸在杂志内容里的关海波，这么安静的病房，季杰的嗓门又大，也不知他听到没有，心里却不厚道地美滋滋起来。

夜深了，关海波还没有要走的意思，方好虽然也有些舍不得，但她素来晓得凡事要以大局为重，他那么忙，被自己拖在这里多耽误事啊！

"你回去吧，我真没事了，再说还有护士在呢！"

连提了几遍，关海波没奈何，想着自己留下来她也不好睡觉，确实不怎么方便，于是没再坚持就离开了。

方好认床，胃里还总隐隐地犯疼，颠来倒去，到了凌晨才终于沉沉地睡了过去。可依然睡不熟，迷迷糊糊间，好像有人给自己披被子，还用手轻轻试探她的额头，掌心微凉，十分舒服，可她太累了，实在想不起来是谁，只觉得安心，那种感觉，真好。

醒过来的时候已经是第二天上午九点了，病房里空无一人，床边的柜子上有罐跟昨晚一样的清粥，勺子细心地用纸巾包着，搁在罐子盖上。

她在床上按铃,护士很快过来,先给她量体温。

"哟,终于下去了,昨晚上有点发烧呢!把你男朋友急得!"

"嗯?"方好没反应过来,沈亮什么时候来过?!

"他一个晚上都守在房间外面,我看他在椅子里缩着难受,让他进来躺会儿他都不肯,怕影响你呢!这不,一早上又跑出去给你弄了吃的过来!"小护士继续唠叨着,末了又羡慕地加了一句,"你福气真好,现在这么细心的男人还真不多了!"

方好等她走了好一会儿,才想起来吃粥。

这粥拿来的时候想必还是很烫的,此时罐身尚有薄薄的余温。

她一勺一勺缓慢地舀着,塞到嘴里,喝下去,齿颊留香,带着一丝微甜。

一个上午,方好都有些怔忡,点滴还继续挂着,她半靠在床头,无边无际地发呆。

关海波来的时候,已近中午,他显然是先去医生处问过了来的,语气轻快地道:"张医生说你恢复得不错,顶多再有两天就能出院了。"

他瞅了眼方好的脸色,过了片刻,忍不住又瞅一眼,"怎么了,还觉得疼?"

"哦,没。"方好收回失神的目光,舔舔嘴唇,"那个,粥很甜,谢谢啊!"

关海波睥睨着她有些奇怪的面色,过了一会儿才道:"不用谢。"

"关总。"方好心里藏不住事儿,实在忍不住,艰难地开口,"我,我有个事儿想问问你。"

"问吧。"他从容地在靠窗的椅子里坐下来,面对着她。

"刚才,护士跟我说……你昨晚上……一直在外面?"

她不知为何,觉得异常紧张,既怕他说是,又怕他说不是,心里有根弦越绷越紧,仿佛随时都会断裂,她有点承受不了。

关海波不由得深深地望了她一眼,她脸上有种说不出的紧张和悸动,他不禁猜想,如果自己说"是",她会不会就此晕厥?

"她看错了。"他淡淡地回答,没有多少迟疑,语气自然。

方好如释重负地舒了口气,所有的不适感在瞬间全部消失,狂烈跳动的心也随之安静下来,她不觉哑然失笑,这小护士眼神真差,怎么可能呢?

不过,好像还是有一点点的失望,悄悄地,不动声色地吞噬着她原本轻松愉悦的心情。

人,真是永远也不会满足的!

Chapter 09
老板的强吻

"海波,最近忙什么呢,连个音儿都没有。"

"我还能忙什么?就公司这点儿事呗!"关海波用手指捏捏鼻梁,对着电脑太久,眼睛有点酸涩。

"知不知道,有人找我投诉你!"秦志刚在电话里半开玩笑半认真地道。

关海波没表现出惊讶,仅是笑了一笑,"哦?投诉我什么?"

"说你死板,没有情趣,不解风情,简直像个老朽!"秦志刚越说越恨铁不成钢,顿一顿才狠狠道,"你知道顾律师现在的身价是多少吗?难得有人入得了她的眼,你怎么就这么不上心呢!"

关海波往椅背上一靠,呵呵笑了两声,缓缓道:"我跟顾小姐的事儿,还是算了吧。"

秦志刚在电话那头着实给噎了一下,半天没反应过来,"兄弟,你这人怎么这样?说都说不得?!"口气立刻软下来,"嗨,其实她也没怎么数落你……好吧,我承认,刚才那些话都是我瞎掰的,事实上是,前两天我碰巧遇上她,问起你们俩的事,她口气淡淡的,我一猜就是你不主动,你再不……"

关海波打断他,很认真地说:"志刚,我不是跟你开玩笑,我说真的。"他深吸了口气又道,"她人很好,只是,我们不怎么合适。"

秦志刚沉默了一会儿,却嘿嘿笑起来,"你没跟我说实话,你……是不是看上谁了,所以……嗯?"

他们从前是上下铺,又一直谈得来,对彼此了如指掌。

关海波也笑了,"胡说什么,没有的事。"

秦志刚一听他这口气,更加断定自己的猜测没错,不依不饶地追问:"快说说,到底是谁?也不枉我替你操心一场。"

有人敲门,关海波匆匆道:"不说了,我还有事,过两天找你喝酒。"

方好抱着一摞文件笑吟吟地进来。

今天是她病后第三天上班,她在家休养了一周,脸上终于又有了红润。

这一周多亏公司的阿姨每天过来帮她煮东西,收拾家务,她才得以不惊动家里,如果让妈妈知道,非杀过来不可,天天被她唠叨着可不是件好受的事儿。

来上班前,她做的第一件事就是用家里常备的健康秤称一下体重,看着指针抖了几抖终于偏向从前那个固定数字的左边,心里着实感到高兴,不过镜子里那张圆嘟嘟的脸倒是变化不大,她不免有点沮丧,她是天生有点婴儿肥的脸蛋。

交完作业,方好磨磨蹭蹭地不走,涎着脸问:"关总,董哥说你们今天晚上跟国源正式签合同,那个,我能不能……?"

因为肠胃炎,关海波一下子"封杀"了她所有的应酬,不管她怎么恳求,他都不肯再带她出去。

方好极其认真且严肃地表示,她不是嘴馋,而是去学本事的,老板同样认真且严肃地答复她:"我相信。"

可她心血来潮的时候根本管不住自己,摆乌龙前也从来不通知他。

关海波眼瞅着她一脸的馋色,忍着笑很干脆道:"能!"

方好惊喜过度,反而以为自己听岔了,愣着没敢动,"不好意思,我耳朵不好使,您刚才说的'能'字前面带'不'么?"

关海波啼笑皆非地睨着她,有些人是不能宠的,一宠就没上没下,可是,他却怎么也藏不住自己脸上的笑意。

"国源的合同小董一个人去签就行,今天晚上,我带你去吃好吃的。"他呷了口咖啡淡淡地道,这一阵她总是清汤米粥的对付,想必也憋坏了。

"这样啊!"方好有点怅然若失,不过,有得吃也不错,而且又不是自己买单，老板应该不会财到请她去吃大排档之类的吧？

她很快又两眼放光，"咱们上哪儿去吃？"

关海波已经重新坐下来，对着电脑随口道："你挑吧，你喜欢就好。"

"哦！"方好重重地点头，果断地转身要出去，她不会跟他客气的。

"等等！"关海波蓦地叫住她，略一沉吟，道，"还是订清雅阁吧。"

他有点不放心让她作主，天知道她会找个怎样稀奇古怪的地方，她的肠胃刚好没多久。

而他自己也有个倔脾气，哪里"跌倒"过就要在哪里爬起来！

方好一边出门，一边吐舌头，又是清雅阁！也好，也好，这回自己怎么也得睁大眼睛，再不能错过这大好良机了！

她整个下午心情都很好，嘴里哼着小曲儿，干活也特别卖力，能遇上这么个老板还真是不错，虽然脾气差了点儿，可知道她这个老员工失恋了，居然如此关怀备至，实乃吾等小职员的福分啊！

偶尔也会泛上来一丝困惑，老板好歹是有女朋友的人，怎么也不见他匀出时间去约会呢，倒是看他老在自己眼前晃荡？！

前一阵她生病，他天天往医院跑也就罢了，可出了院之后，每天再忙他都会抽时间光顾她的寒舍，陪着她聊会儿天……

虽然他们之间实在是没什么——他这么做，多半是看在这几年的"阶级情分"上，可她心里还是觉得有点怪怪的，如果她是老板的女朋友，老被这么冷淡着，非受不了不可！

方好为这个想法蓦地红了红脸，当老板的女朋友，那得多深的道行才成呢，自己三脚猫一只，也就是一辈子给他拎包的命。

不过方好深信知足常乐的道理，有这样，已经很好了！

她的好心情戛然而止于闵永吉打来的电话。

"好好，你几点下班？"

这似乎是他第四次打电话给方好了，他前几次打来，方好都是胡乱找个理由搪塞过去，没敢告诉他自己生病的事，他跟妈妈一样，从来都拿她当小孩，以前他们好的时候，她会觉得他的宠溺是一种享受，现在只会觉得心烦和累赘。

而且，告诉了他，就等于间接告诉了妈妈。

她跟闵永吉碰面的事还是让妈妈知道了，她乘机打电话来好言相劝，无非是让她要懂事，过去的事情就过去了，永吉怎么说也还是她哥哥呢！

越是劝，方好越是赌气不想理他，她就不明白了，妈妈为什么从来都帮着他说话，凭什么他说变脸就可以变脸，说回来自己就得笑脸相迎？有钱很了不起吗？

她没好气道："又是吃饭啊？我没空！"

"今天又有应酬？还是要加班？还是跟同事去逛街？"他一口气把她所有的借口都说了个遍。

"我约了人了。"方好不耐烦起来。

闵永吉呵呵一笑，"哦？约了男朋友了？"他的口气像大人哄撒谎的小孩，方好的气一下子腾升到半空，又迅速回落下来。

要是沈亮能晚两天跟自己 say goodbye 该多好，她一准毫不犹豫地带了他杀过去给闵大哥瞧瞧，自己可不像他想的那样——纯粹吹牛！

可是现在?!

"是男朋友，怎么样？"方好梗着脖子反诘，可是嗓音却蓦地低了，心里涌上来一股羞赧，咬咬牙，无声地向老板"忏悔"，"对不住，对不住，江湖救急呢！"

闵永吉也不恼，依旧笑意盎然地说："那好啊，大家正好出来见个面，你妈妈知道了一定高兴。"

方好有些气急败坏，"你少把我妈搬出来说事，我这忙着呢，没工夫跟你扯，就这样吧。"她啪的挂了电话，坐在位子上生闷气。

方好怎么也没想到，闵永吉竟会来她公司楼下等她。

下了班，方好跟着关海波一起下楼，他去停车场取车，她就乖乖地站在大厦的玻璃门外候着。

今天走得早，出来时太阳还明晃晃地挂在西边，已是六月了，气温开始不断爬升，即使傍晚，也不见凉快。

"好好，等人呢？"身旁冒出来的这个声音让她吃了一惊，一回头，闵永吉就站在她后面，离她不超过两米的距离，他的车驶过来时悄无声息，她竟没有注意到。

"你来这里干什么？"她恼怒起来。

闵永吉低头笑了笑，"你总不理我，我想不出其他的办法来。"

他的有些小动作一直没变，她看在眼里，只觉得心烦意乱，而他的声音依旧是那样沉静温柔，仿佛时间并没有将某些东西彻底阻隔，"好好，我只是希望能够跟你坐下来心平气和地聊一聊，有些话我一直没能跟你说清楚……"

方好有些愤恨，过去没有说清楚的事到了今天还说得清楚么？她不耐地转过脸去，关海波的车正朝这边驶来，方好急于摆脱他，决定将错就错。

"我没骗你，今天真的是跟男，男朋友约好了，喏，他的车过来了。"方好朝右手边缓缓驶来的那辆宝马努努嘴，舌头差点就跟牙齿打上架。

闵永吉有些讶异地顺着她所指的方向看过去，认真地打量起了那车，方好心头立刻一阵紧张，眼看车子就要到跟前，她撒腿就跑，可不能让他们碰着，要是穿帮了，她这张脸该往哪儿搁?!

"好好!"闵永吉突然大声叫住她。

他一直是温文尔雅的，尤其对方好，印象里，几乎没有对她大声说过话。

方好一震，不得不驻足，听到他在身后极缓慢地说："好好，你能找到幸福，我替你高兴!"

他的声音有如此浓郁的感伤，方好慢慢地转过身来，他的脸上有同样的怅惘，仿佛不舍，又仿佛解脱。

方好在这一瞬间，不知怎么忽然想起他从前的许多好来，小时候她打碎了爸爸珍爱的一只唐三彩，他毅然替她"顶罪"；大夏天，顶着酷暑，他偷偷带她去乡下采瓜果；她生病的时候，他陪在床边给她读书……

他对她是真好，很爱护，很宽容，可是，她始终不明白，他怎么忍得下心来说转身就转身了？这些年，她拒绝听到有关他的任何消息，除了愤恨，还有害怕，不管真相是什么，她都怕自己承受不了，所以宁愿逃开，学着忘记。

她的鼻子蓦地发酸。

就这么一怔忡，关海波已经下了车，朝她走来。

远远的，他就看到这两人颇为暧昧的对峙，心里陡地一紧，上次的小白脸刚解决，怎么突然间又杀出来个小白脸?!

"这位是？"

闵永吉很快恢复了成熟的神色，目光很自然地投向与方好并肩站着的关海波，这么沉稳内敛的一个人，倒是令他有些意外，顿了一顿，伸出手，坦诚地一笑，"你好，我是闵永吉，好好的哥哥，你……就是她男朋友吧？"

"好好？"如此亲昵的称呼让关海波心头闪过一丝别扭，他还从没听说方好有哥哥，她的履历上不是分明注着"独生子女"么？这哥哥是打哪儿冒出来的?! 而眼前这张脸，却似曾相识。

他迅速地瞥了一眼站在一旁拼命绞手的方好，她的面庞此刻已经成了猪肝色!

关海波没有承认也没有否认,短暂的间隔后,伸手回握住闵永吉仍停留在半空的手,微笑着道:"关海波,幸会,闵总!"

闵永吉愣了一愣,他没想到自己会被认出来。

关海波继续打着官腔道:"盛嘉今年刚开始跟贵公司合作,很多地方还要请闵总多多关照!"

盛嘉?关海波?他就是盛嘉的关海波?好好的上司?!闵永吉的眼睛微微眯起,仿佛醒悟。

方好早已慌窘作一团,竭力想拉开两人的手,又无从下手,"关,关……总,咳,咳,那个,我们要迟到了,还是赶紧走吧。"

两个男人矜持地做着场面上的寒暄,关海波婉言谢绝了闵永吉的邀请,最终各怀心事地分道扬镳。

关海波一心想达成的心愿——与腾玖的新老总会个面,终于在这个夏日的黄昏得到实现,只是,他没想到会是以这样一种方式!

坐在车里,方好早已慌出了一身汗,始终面呈酱紫色,脑子里更是混乱成了一片,她必须就刚才的"误会"给老板一个交代。

"关总,我刚才,刚才没表达清楚,所以他,他才会误会……"越解释越心虚,因为明知自己是故意的。

关海波稳稳地握着方向盘,目光直视前方,仿佛感觉不到她的尴尬,可是问出来的话却极为犀利,"他就是你不想遇见的那个人?"

方好一下子停止了所有处心积虑的措词,愕然向他望去。

"……嗯。"她没怎么挣扎就承认了,什么都逃不过二郎神的第三只眼!

关海波暗暗吁了口气,顿了一顿,有点费力地问:"你……还喜欢他?"

方好低下头,过了好一会儿,才轻声道:"他已经结婚了。"

车里陷入了长久的沉闷,谁都没有说话的欲望,仿佛有什么阴翳的迷雾在悄悄地弥漫开来,无声无息,逐渐笼罩在两人的心上。

菜肴依旧丰富,只是偏清淡了一些,左一道右一道地上,侍应生脸上的笑容与菜盘子一般精致。

关海波要了瓶红酒,方好眼瞅着他往自己面前的杯子里倾注,忍不住舔舔唇,"我,能不能也要一点?"

关海波睨了她一眼,终于扬手过来给她斟了半杯,"红酒养胃,但也不能多喝。"

"哦。"她握着杯子，先嗅了嗅，有淡淡的果香，啜一口，微涩，一如她现在的心情。

对面的关海波也举着杯子，慢悠悠地呷着，闲闲的口吻问她，"你们，怎么认识的？"

酒入愁肠，没有相思泪流下，仅仅是打开了话匣子，方好忽然有了倾诉的欲望。

"我们是邻居，永吉哥，咳，我是说……闵永吉他……很小的时候，爸爸就过世了，他妈妈跟奶奶关系一直处不好，后来又嫁了人，他就一直跟着奶奶过。

"他家境虽不怎么好，但从小就聪明，读书也用功，我妈妈是他小学时候的班主任。你知道，做老师的都有一个通病，喜欢成绩好的学生，闵永吉的身世又可怜，所以妈妈一直很疼他，后来还认了干亲……"

方好其实不胜酒力，半杯下去，红霞立刻爬满了面庞，她软磨硬缠，关海波才吝啬地给她倒了小半杯，她却越喝越觉得爽口，这一高兴，就说了许多许多，那些她三年来竭力想淡忘的记忆，一下子像过电影似的在脑海里一一掠过，清晰得如同昨日重现。

她还记得他读研一时申请到了那家美国知名大学的奖学金，她比他还高兴，又蹦又跳，而他却问了她一个相当奇怪的问题："要是我不回来怎么办？"

她当时愣了一下，但看到他脸上洋溢着逗弄她的微笑，立刻笑嘻嘻地回答："那我就去找你呗。"

那么单纯，那么傻，怎么可能会想到一语成谶！

他于是笑着道："你这么懒，考得过来吗？"

就为他这句话，她从此发奋图强，不管上什么课，桌上永远都摊开一本厚厚的词汇书，即使是打瞌睡，她也必定趴在那本书上。

他们最后一次见面是她上大三的暑假，他难得回来一趟，因为机票很贵。

短短的十天，她紧紧地黏住他，他到哪儿，她就跟到哪儿。连闵奶奶都忍不住向她妈妈开起了玩笑："玉珍，等好好一毕业咱就把事儿给他们办了吧，瞧瞧这两个难舍难分的样儿。"

妈妈只是笑，并没放在心上，她总觉得方好还小，懂什么！即使后来她为了闵永吉结婚的事哭得大门不出二门不迈，妈妈也始终认为她那是孩子气，迟早会过去。

闵永吉临走还再三叮嘱她，"好好念书，不许偷懒。"

她把头点成了鸡啄米。

就这样又过了半年,他的信突然少下来,她焦灼万分,连上课都心神不宁。

她至今还清楚地记得收到他最后那封信时她是多么欣喜若狂,对着那浅蓝色的信笺吻了又吻,才小心翼翼地打开来。

那上面没有长篇累牍,只有一句话,"好好,忘了我吧——我结婚了。"

方好浑身无力地趴在桌子上,有点迷糊,又有点清醒,面颊上湿湿的,可她分明记得自己没有流泪。

酒精的作用下,她觉得对面的老板忽然失去了往日的威严,他单手支着脑袋,另一只手则慢悠悠地来回晃荡着杯中的液体,不知在思索什么,脸上那些平日里紧绷的线条此刻全都熨开了,在柔和的灯光下,他若有所思的神情真是有种说不出的帅气,整张脸棱角刚毅,却带了一抹温柔的神色,她的心里竟莫名地动了一下,所谓"侠骨柔情"大概就是像他这样的罢。

方好忽然咯咯地笑出声来,她想自己大概真的醉了,连老板都敢拿来YY。

关海波在她的笑声中拨正了脑袋,凝视着她绯红的双颊,一对剪水般的眸子亮晶晶地盯着自己,却忽然飞快地闪过一丝狡黠,犹如一只佯装憨厚的猫咪。

"醉了?"他语气疏懒地问,心底却有某种欲望如潮水般悄然涌动起来,他蓦地转开了脸,无法正视她纯净无邪的双眸。

方好把下巴搁在手背上,努力撑直脑袋,恍恍惚惚地朝他的方向美美地笑了笑,"唔……好像是的。"醉了多好啊,至少此时面对着老板,可以不用再装出小职员的恭谨来,那个样子,真的很累。

她的笑声像一只柔软的小手,在他心上挠着痒痒,却是越挠越痒。

他有些烦躁,没来由地,想立刻就离开这里,可又有些舍不得,辗转犹豫间,却听她喃喃地问道:"老大……你说,钱……是不是……真的,真的会改变一个人呢?"

她口齿不清地想要跟他探讨一些一直以来都困扰她的问题,因为她很早就知道,闵永吉娶的妻子很有钱。

关海波怔了一怔,她的这个问题同样也曾困扰过他。

他沉下心来,静静地注视着杯中的美酒,良久,缓缓吐出来一个字,"会。"

他这样回答的时候,想到的却是施云洛。

她离开他之前,曾经哭着对他说:"如果你说要我留下,我就不走。"

他唯有苦笑,如果她跟着自己不快乐,留她下来又有何用?

从她踏上另一个男人的车,背着他去赴约的那一刻开始,在他心里,她就已经等于离开他了,尽管他知道真相的时候已是很晚。

关海波的心头也蒙上了一抹沉重的色彩,他对着酒杯,喃喃地低语,"很多时候,我们以为自己遇到的就是可以过一辈子的那个人,可后来才发现……其实不是。"

方好觉得困,关海波的声音异常低柔,仿如催眠,她费劲地琢磨了一会儿,才道:"我觉得,你说得挺有道理的,可是……到底,要什么时候……才能碰到对的那个人呢?"

她迷惘了一阵,才想起来对面的人并非跟自己同病相怜,他有个那么厉害的全能女友,比自己幸运多了。

"你应该……已经找到了吧?"她说话的口吻充满了羡慕和一点点自己都未察觉到的酸涩。

关海波没有回答,过了好一会儿,才轻笑了一下,道:"也许吧。"

他转过脸去看她,她却已经趴在手背上睡着了。

她的脸上有未干的泪痕,灯光下,折射出晶莹的光泽,恍惚间,他伸出手去,碰触到她净如白瓷的面颊。

三年来,他第一次接触她手以外的部位,指间传来软软的触觉,轻柔得如同羽毛。

他想起这些年他对她的苛刻,他把施云洛带给他的伤害间接地发泄到了她身上,只因为她比他快乐,他看不得她在他身边没心没肺地快乐。

直到此刻,他才明白,自己错了,她不见得比自己幸运,她的心底也藏着同样的伤痕。

也许,她不够坚强,不够聪明,可是,她并不怨天尤人,她很努力地想要过得好,也很努力地想让周围的人开心,所以,她可以在他不近情理的责难过后依旧保持微笑,默默承受他加诸她身上的那些不公平的愤懑。

他突然发现,自己曾经有多么残忍!

心底有柔柔的情绪慢慢攀升上来,也许是歉疚,也许是其他,越聚越浓,他的手指禁不住在她面庞上游走,她在睡梦里皱了皱眉,大概是觉得痒,但终究没有醒来。

他的手缩回来的时候，她面颊上的泪痕也随之干了。

方好醒过来时，天已大亮，她乍一睁眼又赶紧闭上，适应了好一会儿才缓缓睁开。

这一觉睡得很爽，她连梦都没有做。

身上有异样的紧绷的感觉，她低头瞅了瞅，居然还穿着昨天上班的衣服，原来她就这么和衣睡了一夜！

后脑勺隐隐作疼，她努力回想了一下，立刻惊得一骨碌爬了起来！

她的记忆成功地从闵永吉打来电话那段开始复苏，他亲自跑来公司找她，她为了摆脱他，自作聪明地"利用"老板作挡箭牌，后来她跟老板一起去吃饭，她还喝了酒！

再后来……她有点记不太清了。不过，用最普通的逻辑也不难推测出来，一定是她醉得人事不知，老板送她回来了。

方好伸手摸摸迅速滚烫的面颊，天！她是不是又犯傻了?!

手机不期然地响起，吓了她一跳，跑过去接，是春晓。

"小姐，你在哪儿？这都几点了，玩旷工是不是？"

"在家呀。"方好边说边满世界找钟来看，然后倒抽一口凉气，已经快十点了，她这只猪，果然能睡！

春晓打电话来是提醒她，她们公司日本总部过来的著名化妆师的讲座还有五分钟就开始了，这是方好期待已久的节目，枉春晓费尽心机帮她找了个名额，而她彻底给忘了。

方好期期艾艾地解释着缘由，为了平息春晓的怒气，不得不把昨晚喝醉的事情和盘托出。

春晓骤然直着嗓门嚷了起来，"陈方好，你作死啊！"

唬得方好面色大变，慌不迭地叱道："小点儿声，行不行？"她以为自己可是在公司啊！

春晓也醒悟了自己的失态，声音果然低下来，但口气之严厉有过之而无不及，"你居然跟男人去喝酒?! 而且还是你顶头上司!! 你完蛋了，酒后吐真言啊，小心有把柄落他手里！"

方好顿时也心虚起来，可她想了半天，一点也记不起来跟关海波都聊了些什么！

"我好像没说什么呀。"她软弱地辩解了一句，再说老板也不是那种阴暗的小人，怕什么！

春晓哼道："你平常在我面前抱怨得还少啊？这一喝醉，你还认得谁是谁？嘿嘿！赶紧过来，好好侦查一下波哥的动态，该认罪认罪，该伏法伏法！"

撂下电话，方好就杀到卫生间冲了个澡，接着，她仅用了二十分钟就赶到公司。其实她住的公寓离公司不远，当初选择租在这里也是贪图上下班方便。

一进办公室，她就傻眼了，自己的桌上赫然立着好大一捧玫瑰！

满眼尽是红到发紫的色块，在这炎炎夏日格外令人燥热，幸亏办公室里有冷气。

方好有点蒙，手袋都忘了放下来，站在玫瑰面前上下左右警惕地端详，神情一如拆弹专家。

唐梦晓刚巧沏完了茶经过，笑呵呵道："小陈也精明起来了啊，知道踩着点儿来，这都快吃中饭了。"

方好回头看看他，又瞅瞅忙碌的大厅，鬼头鬼脑地问："老唐，这花是谁送的？"

唐梦晓笑意更深，"哟，你都不知道，我更不知道了。"

方好见他笑容猥琐，撇撇嘴，甩下手袋，一屁股坐在了位子上。

"小姑娘就是吃香，这么快就有新男朋友了，别噘嘴，应该高兴才是啊！"唐梦晓飘走之前又感叹了一句。

什么跟什么呀！

方好思前想后，实在猜不透非年非节也非她生日，有谁会在这个时候给她送花？！还是如此正宗的红玫瑰，要多诡异有多诡异！

前台的实习生尚蓓蓓终于得空跑过来跟她唠两句，"哎呀，你怎么才来啊！上午可忙死我了……这花真漂亮啊！"

"知道谁送的吗？"方好立刻投过去遇到救星般的目光。

尚蓓蓓也是讶然，"啊？我不知道呀，早上来就看见摆这儿了！我还以为是你新男朋友送的呢！"

方好真想就此晕倒，她哪儿来的新男朋友？怎么她自己不知道呀！

"咦？你昨天打电话时不是这么说的吗？"

方好这才想起来，那是她蒙闵永吉的，她生生抖了一抖，敢情大厅里有这么多双八卦的耳朵呢！

想到了闵永吉，她突然灵光闪过，目光陡然肃穆起来！

这花，一定是闵永吉送的，除了他，再没有别人！求和不成，竟然来这么一招，以为她还是十六七岁不谙世事的丫头片子呢！

他现在是什么立场，什么身份，居然敢送这种颜色的这种花，当她是什么?!

方好越想越激愤，乘着身旁无人，一不做，二不休，拔起玫瑰三步并两步就朝洗手间方向奔，那里的角落有个超大的垃圾桶，能容纳得下这堆"垃圾"。

"啪"的一声，她很干脆地把花丢进去，合上桶盖，长吁一口气，志得意满地拍了拍手。

电脑还没完全启动，内线电话就响了，数字显示是来自老板办公室的，二郎神果然有三只眼，不用出门就能轻易掌握时事动态！

"刚到？过来一下吧。"老板的语气格外温和，听着就赏心悦耳。

放下电话，方好止不住微笑起来，心里踏实极了，自己昨晚要是讲了什么大不敬的话，他是不会有好声气的。

关海波站在窗边，手里若有所思地摆弄着一支签字钢笔，听见敲门，才转过身来，含着高深莫测的笑，定定地望住她。

他今天格外精神，理了个超短的寸头，干净清爽的白T恤和浅米灰长裤，英姿勃勃之余又增添了几分平易近人的亲切感。

他望着她的眼里有深深的笑意，"睡得好么？"

关切而温柔的口吻，令方好有些不好意思，"挺好……昨晚谢谢你送我回家。"

关海波凝视着她，她脸上又恢复了谨慎的矜持，十足乖顺的小职员之态，带着几分无所畏惧的坦然，大约早就忘记了昨晚醉酒后的放肆——与他勾着肩，亲热得恨不能称兄道弟！

从餐馆出来，他踌躇着是送她回家还是——把她带去自己那里，她当时那副模样，简直可以任人为所欲为！可他终究是个君子，最后狠狠心，还是放过了她，他不想在她糊涂的时候占她便宜。

"桌上的花，喜欢吗？"

"嘎？"方好的笑容立刻质变成标本，舌头在瞬间肿胀无比，"花，那个，它，它，是……是你送的？!"

这简直太令人难以置信了！

"啊，我送的。"关海波用"这有什么可奇怪的"的眼神望着她。

方好再次想晕倒！她扶着墙壁定一定神，忧心忡忡地问："你，你知道送这花代表什么意思吗？"

如果他想祝贺她病愈，或抚慰她受伤的心灵，是不是送康乃馨更合适？或者满天星？百合？剑兰？她摇摇自己有点混乱的头脑。

反正不应该是红玫瑰！

关海波听她居然是这样的口气，渐渐收拢了笑意，眉心略微一拧，仿佛思索了一下，突然举步朝她走过来。

人跟人之间的安全距离究竟是多少？一米外还是两米外？方好忽然不确定起来，不是得了健忘症，而是脑子开始不够使——关海波就站在她跟前，他们此刻相距应该不超过五厘米，她连呼吸都困难！

她颇为吃惊地退了几步，后背很快就遭到墙壁的抵抗。

她的举动其实毫无意义，因为关海波始终与她保持五厘米以内的距离，她退了多少步，他就进了多少步。

她有点吃力地仰头瞧着他怪异的神色，迷惑之间，隐隐嗅到了危险的气息，可是又不太能够相信，他们相处的这几年，他虽然言辞不善，可从来没动过她一根指头啊！

他这是想干什么？！

就这么一惶惑，他却忽然长臂一伸，果断地揽住了她的腰，顺势将她勾入怀中。

方好彻底惊呆了，面庞由红转白，又迅速被红色侵占，她扭动了几下腰肢，没能挣开，反而被迫踮起了双脚，身体与他紧紧地贴合！

他的气场太过强烈，她只觉得一颗心疯狂地跳动，仿佛随时能从嗓子眼里蹦出来，他一贯锐利的双眸近在咫尺，此时那眸中流动的却满是她难懂的神色，她于是更加慌乱，瞬间失去了语言的功能，连大气都不敢出，只顾戒备地、慌乱地，徒劳地瞪着他！

关海波望着她通红的面庞和惶惧交加的表情，突然唇角上扬，微笑了一下，很认真地回答她刚才的问题，"我就是怕自己搞错，还特意请教了花店的老板娘，她说——送这个虽然俗气，可是女孩子一看就能明白。"

她的思绪已经扭成麻花状，根本无法弄明白他这拗口难懂的言语。

究竟是什么意思？考验她的智商？！直说不就得了！

而他的唇已经没有半点迟疑地朝她压了下来！

方好的脑子里轰的一声就炸开了锅，连带身体也像被投进了一锅滚烫的热水里，周身的血液都沸腾起来！

　　有一丝淡淡的清甜的体香，若有似无地飘进他的鼻息，恍如催化剂，诱使他无法停下来，手上微一用劲，将她搂得更紧，辗转反复，只想与她无休无止地缠绵下去……

　　方好惊颤之余终于想到了要反抗，然而，她的手仅仅在空气里无力地挥舞了几下，她完全不知道该怎么办！

　　手掌掠过他胸前的时候，她像溺水的人抓到了救命稻草似的一把揪住了他衣服的前襟，可身子仍然颤抖个不停。

　　为什么才刚觉得他慈祥了一点，他转眼就变成了狼？！

　　他抽过烟或者喝过咖啡后喜欢嚼一颗薄荷糖，唇齿之间带着一点清凉的气息，借着炙热的呼吸传递过来，方好再次尝到了"痉挛"的味道，只是这一次，不是胃里，而是全身！

　　她感到震惊，她从不知道接吻竟然可以是这样的，不是斯文柔和的双唇相触，竟然类似于野蛮的掠夺，掠夺她的呼吸，她的血液，她生存的空间！

　　她脚底发软，几乎要站立不稳，不得不用尽力气抓住他的衣襟来支撑住自己不倒下去，再后来，她不知怎么竟昏头昏脑地将双臂环绕上去，吊住了他的脖子，她终于稍稍觉得安心，这下总算不会摔倒了。

　　可是，他究竟要到什么时候才能停下来？！

　　他放开她的时候，她仍然沉沦在无边无际的晕眩中，耳边唯有自己急促的喘息声，空气如此稀薄，连呼吸都成了奢侈。

　　望着方好如同煮熟的明虾一般通红的面颊，关海波满意地笑了笑，她的眼睛水汪汪的，像染了一层朦胧的薄雾，分外楚楚动人。

　　他微笑地俯头凝视她，然后在她耳边慢声低语，"现在……明白了，嗯？"

　　方好的身子仍保持着向上迎合的姿势，她的手还牢牢地勾着关海波的脖子，眼神迷离，仿佛做了个惊险荒唐的梦，没来得及醒过来。

　　有那么一刹那，她都没搞明白这个跟自己近到几乎脸贴着脸，始终笑望着她的人到底是谁？！

　　眼前的景物依次清晰，天花板上方的吸顶灯散射着明亮的银色光芒，左手边的文件柜里，靠角落有个小鸭子的摆设，是她偷偷放在那里的，再往前，就是关海波的办公桌，他的笔记本、签字笔架，五色的文件夹一字排开，上面有密密麻麻的标签……

　　这些冷静的、没有情感的东西提醒着她，帮助她恢复记忆——终于，她明白了过来!

方好赫然发出"呀——"的一声低呼,惊慌失措间,下死劲推开他,朝着门外仓皇逃窜!

没有提防的关海波仅仅微怔了一下,怀里的兔子就已经逃得连影子都不见了,但他旋即轻笑起来,他知道,她跑不了多远。

只顾低着头横冲直撞,突然听到正前方传来季杰的声音,远得像从天边飘来,"嗨嗨,撞了,撞了啊!"

方好这才刹住了慌乱的脚步,仰起脸来,季杰睁大眼睛瞪着她,"小陈,什么事想不开,搞得要撞墙?又挨训了?!瞧你这脸,怎么跟在水里煮过似的——哎,你跑什么呀?!"

方好差点就绊倒在路上!

季杰是去找关海波谈一个棘手问题的,岂料关海波由始至终心情都不错,时不时地抿起唇,若有所思地微笑,令季杰摸不着头脑。

稍顷,他明白过来,不免在心里同情起方好来,想必她今天被训惨了,瞧老板这副爽歪歪的样子就知道了!

可怜小姑娘出门的时候,羞愤得头都恨不能藏到胳肢窝里去!

Chapter 10
恋爱开始

"小陈,这花,你真不要了?"保洁员阿姨将方好一路拖到卫生间,指着她从垃圾桶里抢救出来的那一大束火辣辣的玫瑰,用不相信的口吻大声问她,"早上,是关总亲自问我要了花瓶插在你桌上的呢!"

阿姨感到震惊,敢如此践踏老板的"好意",在盛嘉可谓前无古人,后无来者,独方好一人尔!

方好慌得只差扑上去捂她的嘴,"嘘,嘘,阿姨你轻点儿声嘛!要,谁说我不要了!"

她脸上写着如此明显的惊惧,让阿姨意识到这大概是场误会,关海波的脾气在公司无人不晓,温顺如方好哪有胆子去惹!

两人顾不得盘问与解释,手忙脚乱了一阵,终于在关海波从办公室出来前把那束花又鬼使神差地"变"回了方好的桌子上。

方好着实松了口气,幸亏没被他发现,否则……后果不堪设想!

唉,但愿老板不会察觉这束花比之前"消瘦"了整整两圈!

然而,这一天方好是注定无法平心静气了,她坐在电脑前,却敲不出半个字来,眼前晃来晃去尽是老板那张似笑非笑的脸,还有他吻上来时浑身麻栗栗

的感觉……

她的脸一而再，再而三地泛起红潮，没完没了，她不得不尽量往格子间里缩，唯恐被人瞧出端倪。

周围的电话铃声，同事们的交谈声不绝于耳，可又仿佛与她隔着一层什么，怎么也无法被她接收，脑子里始终浑浑噩噩，像发烧后的感觉，整个人虚飘飘的，无法着落到地上。

一过十二点，尚蓓蓓就开始噼里啪啦地收拾东西，她下午有课，得赶回学校去，临走把一堆没做完的事拣巴拣巴都推给了方好，在她提出异议之前已经手脚麻利地朝她挥手道别了。

方好毫无感觉地瞄了一眼手边摞得相对有点高的纸堆，努力定下神来，没脾气地拿起最上面那份文件，开始埋头处理。

其实是一份项目介绍资料，版本旧了，需要更新，她思索良久，终于记起来自己电脑里应该有底稿，用检索很容易就找到了那份文件，打开来，准备静心修改。

"这个来不及做就明天吧，反正也不急。"老板的声音如鬼魅一般在身旁响起，"走，我们先去吃饭。"

方好心头立刻一阵人仰马嘶，好不容易平息下去的慌乱无措重新涌了上来，打耳根处开始不争气地又泛起红晕，稍顷就蔓延了整张脸。

她根本不敢抬头看他，低着头轻声嗫嚅："我不去。"

只要稍一联想到刚才那"香艳"的一幕，她就止不住脸红心跳，哪里还可能与他心平气和面对面坐着进餐？！

"你减肥？"他扬声问。

方好的脸顿时白了一白，这才艰难地仰起头来，"我很胖吗？"

目光刚一触及他温柔带笑的戏谑眼神，立刻又火烧火燎地低下头去。

"不胖！"他回答得极其顺溜，一点也不拖泥带水，继续发出邀请，"那么，一起去吃饭？"

"不去。"嗓音虽低，却倔犟地坚持。

隔了有好一会儿，突然觉得静悄悄的，方好不觉弱弱地抬头朝左手边打量了一番，哪里还有关海波的影子！

发了会儿怔，她莫名地怅然，帅哥怎么都这么没耐心啊，就不能容她矜持一下么？

既失落又轻松地转过脸来，不觉吓了一大跳，季杰趴在右边的隔栏上，正笑眯眯地注视着她。

"你想干嘛？"她受惊地拍拍胸脯，今天自己脆弱着呢，可不能再受什么刺激了！

"小陈，其实道歉的方式有很多种，请你吃饭也是一种请求和解的途径，你可别指望关总跟你直白地说出'对不起'这三个字来，那是奢望！怎么说人也是老板啊！"

方好瞪着眼领教了他半天"教诲"，如坠雾里，"莫名其妙！"

季杰顿时脸一绷，直起腰来，一边收拾东西准备出去用餐，一边唠叨，"小丫头别不知足，要懂得见好就收，小心到头来弄巧成拙！"

什么跟什么呀，这都！

知道她脑子不够使，还这样为难她！

午餐时间，同事们陆陆续续地出去就餐，偶尔也有人招呼她一起去，但不甚热心，知道方好素来喜欢跟春晓搭伙，女孩子们讲起悄悄话来，总是嫌身边人多。

可是春晓还在那个动人的讲座上，之后据说还要陪着大师去吃大餐，所以，事实上，她今天连个陪着吃饭聊天的人都没有。

哦，倒是有一个主动请缨的，可是，对着他，她恐怕会消化不良！

快快地从洗手间出来，大厅里的人已经基本走光，她不自觉地往总裁室的方向溜了一眼，门紧紧地闭着，里面的人大概也早就离开了。

虽然方好一点食欲都没有——适才的那个"意外"足以颠覆她整个内分泌系统，但为健康着想，饭还是要吃的，她于是坐在椅子里为午餐犯愁。

经济餐厅里人太多，她现在就烦人多的地方；去茶餐厅，又怕碰到关海波，那不是自投罗网么？

左思右想，还是决定叫个外卖，躲到茶水间里解决了事。

她翻开自己的联络簿，随便选了一家，就抓起听筒，就着上面的信息开始拨号。

"别打了，我已经叫外卖了，在我办公室。"老板不知又从哪里冒了出来，威风凛凛地在她身后发话。

方好听筒没捏牢，一下子砸在了桌上。他怎么能总是这么恐怖地出现在她身边?!

关海波挨近她，伸手细心地替她将电话搁好，又俯下身去审视她簿子上花花绿绿的笔记。

凑得那样近，她能清晰地闻到他身上散发出来的气息，很清爽，混合着很浅淡的一丝烟草味，其实他甚少抽烟。

　　刚才他吻她的时候，她就是被这样一股他独有的气息所笼罩，此时重温，不免唤起了她惊心动魄的记忆，脸上顿时热辣辣的，她局促而窘迫地往里面让了一让，她再傻，也不至于会以为老板真的对她记录的联络号码感兴趣。

　　她有点过于紧张地戒备着，握笔的一只手攥得紧紧的，他的余光瞥见，不得不忍住笑意。

　　欣赏够了，关海波终于直起腰来，悠然道："你说不想出去吃，所以我叫了外卖，名典的商务餐，是你喜欢的，嗯，打了三颗星呢，走吧！"

　　方好蒙蒙地望向他，她刚才表达的好像不是这个意思呀，她只是不想跟他一起吃饭！

　　可惜，她本来就非伶牙俐齿之辈，今时今日之下，只有更加木讷，既然怎么都逃不了，那就不逃了！跟"强恶势力"对着干，只会死得更惨。她听天由命地跟在他屁股后面尾随进了总裁室。

　　饭菜很香，是她最爱的烤鳗鱼，可惜她心情太过纷乱激动，根本食不知味。

　　关海波见她恹恹的，不觉道："不好吃么？要不要尝尝我的铁板牛肉？"他说着就要把自己盒子里的一块牛排给她夹过来。

　　"不用，不用。"她憋得面色酱紫，忙不迭地摆手，为了避免他再度发善心，她只得认命地低头努力扒饭。

　　关海波看着她乖乖的样子，不觉无声地笑起来，眼里充满了溺人的温柔，可惜方好始终低着头。

　　"觉得很突然，是吗？"他温言发问。

　　方好嚼着满口的菜蔬缓慢下来，没接话茬。

　　岂止是突然，简直有天翻地覆的震愕！

　　这些年来，虽然她对老板景仰有加，可从来就没起过"贼心"，她知道彼此之间的差距，不是一般的大，所以始终老实本分地在自己的轨道里运行，不敢有半分差池。

　　孰料一夕之间，天地轮转，她的世界整个儿地被颠倒了过来，要她如何心安理得地相信这一切都是真的，而不是他开的一个玩笑？！

　　见她闷不吭声，关海波估计她是被吓着了，于是想缓解一下气氛，遂笑道："其实也没什么突然的，你昨天……不是已经跟人隆重介绍过我了吗？"

方好再一次羞红了脸，她无法保持缄默了，期期艾艾地回道："我，我那是开玩笑的！"

他忍不住想逗她，假意正色道："开玩笑？我不是早就告诉过你说话要谨慎么？"

方好听着，觉得她活像自己给自己下了个套，结果被他渔翁得利，心里顿时别扭不堪。

"可是，我觉得我们不合适。"她终于鼓起了勇气，给出了自己的意见。

差距太大，难成良偶！她最崇拜的姑姑一再正告她，像她这样胸无城府，脑子单纯的姑娘一定要找个实心眼儿，老实可靠的男人当老公，商人滴坚决不要！所谓无商不奸呃！

所以那时候他们都看好闵永吉，虽然只是无伤大雅的玩笑，却在潜移默化中一点一滴地坚固了方好的痴心。

"你觉得，是你配不上我，还是我配不上你？"

如此直接的问题令方好暗暗撇了撇嘴，商人果真是商人，什么都要追究得一清二楚。

"就算我配不上你好了。"她盯着眼前香喷喷的鳗鱼嘟哝道。

关海波轻哼了一声，"听你这口气，还是我配不上你咯？"

方好彻底缴械投降，就她这智商，跟他斗嘴简直是自取其辱！

关海波这才收敛起玩笑的神色，他在桌子上的一只手朝方好伸过去，有力地包拢住了她的左手，用极为正经的语调道，"从今天起，忘掉从前，开开心心地过日子，接受我对你的好，也要对我好，可以吗？"

不管方好心里有多么抓狂与纠结，然而，这样动人的话语从老板的嘴巴里流出来，灌进她耳朵，怎能不令她心潮澎湃！

此时，他在她面前，不再是高高在上的老板，冷峻的关海波，只是一个想对她好的男人。

她闷着头没敢吭声，始终觉得像在梦里！

他却没有逼她，很快松开了她的手，换了轻快的语气道："没关系，我可以给你时间适应，但是，别让我等太久，好吗？"

这天晚上，方好破天荒在自己的床上失眠了。

心里不是没有喜悦的，毕竟，被这么一个优秀的又如此英俊多金的男人表白，任谁都会感到虚荣心膨胀，更何况这个人还一直是她所景仰的，有魄力，有胆识，还有他带给她的战栗的感觉，到现在都余波未了……

只是方好天生就不是个贪心的人，别人施与的一点小小的恩惠她都能感恩戴德很久，而老板的示好就这样如海潮般铺天盖地地席卷而来，一点前兆都没有，她不由得被那个巨大的疑惑所困扰，关海波，究竟喜欢上她什么了？

春晓这阵子很忙，方好连着几天都没能碰上她的面，当然，她自己也忙，忙着被老板"差使"。

关海波所谓"给她时间适应"不过是个华丽的托词，心理医生给病人开的安慰药方——从前她还能挤出点时间匀给自己闷头消遣一下，如今，关海波只要在公司，真恨不能时时刻刻让她傍在身边。

方好在窃喜和郁闷中徘来徊去，她始终不明白，自己买彩票从来没中过大奖，刮发票顶多只有五元，怎么会突然撞上"狗屎运"让老板这么个极品给盯上了?!

她承认自己在他面前是有些底虚的，他曾经那样看不起她，甚至不分青红皂白地奚落她，挖苦她，虽然她面上没表示怨愤，可心里其实都记着呢！

她很早就在自己跟老板之间划清了界限，他再出色，也只适合远观，彼此井水不犯河水了三年，如今要她转个一百八十度的大弯，接受他做自己的"男朋友"，她怎能不心存错愕和质疑——凭什么于万千人中，单单挑中了没出息的她?!

她现在的心态不亚于天上砸下来一大馅饼，正中她的天灵盖，除了晕菜，还是晕菜！

再说了，她也没心理准备啊，老板这个人……俗话说得好啊，伴君如伴虎！

方好一直没有给老板定论，接受还是不接受，他也从来不问。

其实她在心里界定接受还是不接受又有什么区别呢？他不是照样我行我素地待她?!

心里有个秘密憋着实在不是件舒服的事，开始时她很想找个人，比如春晓，来诉说一下，然而未得，后来这秘密逐渐在心里发酵，沉淀，冷静下来，她又觉得还是不讲出来为妙，毕竟这是自己的事儿，别人也帮不了多少忙，况且门对门的，她要一透露，没准就给平凡的生活添点儿津津乐道的谈资，她可不想当调味料。

所以当春晓兴致盎然地约她一起吃饭时，她把嘴闭得牢牢的，唯恐自己憋不住,溅出来一星半点。有点过于谨慎了,以至于春晓很诧异地问:"你怎么鬼鬼祟祟的,干什么坏事了?话都说不连贯。"

方好心一虚,掩饰着低头吃饭,好在春晓也不过是随口一说,她最近在潜心钻研化妆技巧,吃饭都不忘带上一沓宣传资料,据说是那位知名的化妆师"安贵子"临走前留下的独门秘方。

"怎么样,够酷吧?今年夏季流行的色彩,与日本地区同步上市。"春晓只顾得意洋洋地介绍。

方好瞄了几眼,一张张排列整齐的妆后脸蓝的蓝,紫的紫,跟鬼似的。

"你懂什么?这叫前卫!"春晓对她的土劲儿嗤之以鼻,突然盯住她的脸久久打量,"哎,能不能借你的脸来用用?"

方好闻言吓一跳,"你打算怎么借啊?"

"下午让我练练手,给你化个妆,怎么样?"春晓笑嘻嘻地道,"喏,这些脸谱你随便挑。"

方好连忙摆手,"你饶了我吧,我还想见人呢。"

"怎么,不相信我的手艺啊?放心,我不会照搬全抄的,怎么也得符合国情,我保证尊重你的意见,化到你满意为止。"

春晓是最会变猫变狗的主儿,见方好死活不松口,立刻换了张脸,推心置腹道:"跟你说实话吧,我想转行当化妆培训师了,老这么做特助,什么时候才有出头之日啊!"她又悄悄凑近方好的耳朵,"有个内幕消息透露给你,林美人九月份就要调去日本了,她那个位子一空出来,几个人争呢,我也申请了,你怎么也得帮帮我才行啊!"

"啊?美人要走了?"方好倒是很意外。

"嗯,留在这里还有什么意思,再往上的职位全是日本人占着,况且波哥那里也没什么戏,人家现在估计已经软玉温香抱满怀了,美人在旁边看着,徒惹伤心。"

说者无心,方好脸上蓦地一热,防线一溃,经不住春晓软磨硬缠,高帽疯戴,而且今天老板不在公司,她行动比较自由,终于点下了头。

"那就两点钟以后吧,等我忙完手头几件活儿。"

毕竟在化妆品公司混了这么几年,春晓的基本功算是扎实的,粉扑打得又细又匀,颜色搭配也十分和谐自然,方好眼看着镜子里自己犹如蝉蛹似的一点一点蜕变,又不显得离奇夸张的容颜,忍不住对春晓赞誉有加。

然而,当定完妆,方好站起来照全身的时候,问题就来了。

"春晓,你觉不觉得这妆适合上舞台?"她左右摇晃着脑袋观摩镜中的自己,怎么看,自己那张脸都跟通身的打扮脱节,仿佛戴了张面具。

春晓关心的只是自己的杰作,息事宁人地拍拍她的肩,"不错,挺好的。过两天,我再给你换一个。"

方好极其不自然地回到自己公司,刚准备往洗手间去把"假脸"清理掉,保洁员阿姨不期然地从里面出来,跟她撞了个满怀。

"呀,小陈,你上哪儿去了,关总回来了,到处找你呢。"

方好立刻慌乱起来,脚步匆匆往里闯,"是吗?什么时候呀?我过一会儿就去。"

阿姨催促道:"赶紧啊,我看他找你几次都不见,脸绷得紧紧的,只怕又要发火。"

方好是公司里众所周知的出气筒,连阿姨都一清二楚。

她对着镜子小心地用纸巾擦了几下,也不知春晓给她用的什么化妆品,忒牢固,她不敢多耽搁,自认为淡一些了,就急匆匆往总裁室赶。

关海波对着桌子上的合同轻轻哼笑了一声,带着点儿莫名的畅快。

今天跟季杰一起去的腾玖,酒足饭饱之后,合同签得也很顺利,油品代理增加了两成,还接了一批刀具进口的单子。

他没想到闵永吉会要求见他,诧异之余,又有些心领神会。

闵永吉的办公室大而敞亮,但装饰简朴,而他本人也颇为随和,温润如玉,谦谦君子一个。如果关海波不知道他跟方好之间的事儿,很难对这样一个高高在上又没什么架子的年轻总裁产生恶感。

只是,这样一个看起来学识、素养都不差的男人竟会"始乱终弃",大概,真的是人不可貌相吧。

一番寒暄与商业用语过后,话题自然而然就扯到了方好身上。

"好好跟我是一块儿长大的,跟亲妹妹没什么两样,这几年,她在关先生手下很受照顾,我还没来得及谢谢你。"

关海波浅笑着承让:"闵总太客气了,她既是盛嘉的员工,为公司出力,该是盛嘉谢谢她才对。"

"关先生跟好好合作了三年,应该也知道她的脾气,她从小没吃过多少苦,时常有些孩子气的任性,一定给你添了不少麻烦。"

关海波暗想,果然是青梅竹马的情谊,对方好可谓了如指掌。面上却似笑非笑地回答:"我的看法刚好与闵总相反,事实上,陈方好是个很能干,也很踏实的员工,她帮了我许多,在盛嘉很受重视。"

闵永吉只道他客套,微笑着点头。

两人打了一会儿太极,闵永吉终于先沉不住气,"那么,关先生跟好好之间……"他略略停顿,斟酌着措词,带着笑意继续道:"那天的情形,呵呵……我知道,你们其实不是那么回事。"

关海波自然明白他所指为何,他一直冷静地候着他,果然拐了几个弯,还是转到了这个敏感问题上。

他当下淡淡一笑,"闵总,我一向把公事私事分得很开,如果你对方好的工作表现感兴趣,我可以负责任地告诉你,她是个好员工;至于我跟她是怎么回事儿,嘀,真不好意思,那是我们之间的事情。也许……等哪天,她愿意亲自告诉你。"

闵永吉没想到他会这样软中带硬地给绕了过去,不觉怔住,一时想不出下文。

正在此时,门很优雅地咚咚响了两下,未等闵永吉开口,已经有人推门进来,纤弱的身材,苍白而瘦削的面庞,却是一脸笑意。

"永吉!"她刚叫了一声,就发现有客人在,立刻怔了一下,对关海波微微颔首,滞在门边没继续往里走。

闵永吉仿佛有一丝慌张,站起来,仓促地问:"Catherine,你怎么来了?"走过去,压低了嗓音,带着嗔责又道,"医生不是不让你乱跑嘛。"

林娜也是微笑低语:"我一个人在家里闷得慌……"

关海波坐在位子上没动,那夫妇两人细声慢语地说着什么,他不宜旁听,交握着双掌作沉思状。

过了好一会儿,闵永吉才重新回来。

关海波扭头,瞥到林娜最后一眼,她依旧带着笑,可他忽然觉得她的笑容里含着一丝无奈的哀怨,很奇怪。

闵永吉看了看表,"真不好意思,马上有个会要开。"

关海波立刻会意,很合时宜地站起身来,"既然闵总有事要忙,那我先告辞了。"

闵永吉朝他歉然一笑,"好,改天有时间一定再约关先生好好叙叙。"

两人握手言别,关海波突然出其不意地伸手在他臂膀上用力拍了一下,换了较为轻快的语气道:"闵总大可放心,我一定会好好照顾——你妹妹!"

后面那三个字故意拖得老长,掩不住一丝讥诮,闵永吉的笑容顿时显得有些虚弱。

走出门来，关海波止不住想，人最不应该干的事情就是回头看。

当着人面，回头看到的尽是眼前的繁花似锦，春风得意，不由得让人羡慕；然而，背着人，单单面对自己的时候，回头看到的却全是现在的不如意，悔与怨也油然而生。

"关总，你找我？"门口传来方好怯生生的声音。

自从捅破了那层窗户纸，她对自己就一直是这样一副老鼠见了猫的声气。

关海波从思绪中挣扎出来，抬头瞟了她一眼，然后愣住。

方好走过去，把怀里的一摞文件一一递到他桌上，自动自觉地开始汇报流水账，"这是几份文案初稿，还有你要我准备的投标材料也好了，这些是合同复印件……"

下巴蓦地被他用手指轻轻捏住，那种似曾相识的又酥又麻的感觉顿时又从心底蔓延上来，她有些羞窘，不知所措地瞥了他一眼，又飞快地垂下眼帘，密而长的睫毛不安地扑闪着，仿佛飞得晕头转向，开始绝望的蜜蜂。

这些天来，虽然他常常会出其不意地亲吻她，简直防不胜防，但在谈公事的时候还是很正经的，也没在办公室里逾矩过——除了那惊心动魄的第一次。

他把她的脸扳过来，正对着自己，玩味地欣赏。她想往边上闪过一些，却反而被他钳制得抵在桌沿上，整个人向后仰着，不上不下。

他逼得很近，她不看他都不行，只觉得难堪不已，心里直怨春晓，都是她惹的祸，这下好了，老板肯定以为她是在他面前卖弄了，他眼神里的意思分明写着："女为悦己者容。"

唉，没办法，误会就误会吧，他对她误会得还少吗？

只是这样暧昧的四目相对，紧密贴近实在太令人窒闷了，连周围空气的热度都在渐次上升。

关海波终于慢吞吞地开了口，"你以为，往脸上抹一层油彩，我就不敢亲你了？"

啊？！什么意思？方好再次蒙住！为什么她的思路总是跟老板的拧着来的？

下一秒，他已经俯下头，果决地攫取了她涂得亮晶晶的唇瓣，毫无顾忌地辗转吸吮！

他从来不惮于迎战任何形式的挑衅！

方好被吻得昏天黑地，她在意识尚且清醒之际发出无声的哀叹：窦娥是怎么死的?

冤死的!

周末,关海波因为要谈一个客户去了深圳。

盛嘉的生意越做越大,几个老将明显开始玩不转,招聘的工作已经在交猎头公司着手进行,但远水解不了近渴,关海波不得不亲自上阵,跑外联,好在他本来就是做这个起的家,重操旧业也是得心应手。

方好轻松之余,竟然感到了一丝落寞,做起事来也是没精打采的,常常会对着桌上的话机发呆,蓦地惊觉,自己居然是在企盼老板的来电,顿时暗暗心惊,难道,她这么快就已经陷进去了?

虽然方好平时乐呵呵的,什么都无所谓的样子,可在一些关键问题上,她是极其顶真的,比如,老板为什么会舍弃他的优秀女友,转而看上她?

她想破了脑袋也没整明白。

有一回两人一起出去吃饭,面对面坐着等上菜,方好踌躇再三,忍不住想开口问他,问题已经到了嘴边,被他炯炯有神的目光一凝视,就又给吞了回去。

羞涩是一回事,然而,她忽然发现,老板从来就没说过喜欢她!

他送了她一束花,吻过她数回,可是,他从来没对她有过明确的表白,他开始得那么理所当然,方好却只觉得恍惚而不真实。

Chapter 11

丈母娘看女婿

下班时间早就过了,方好还痴痴地咬着笔头胡思乱想,越想头脑越乱,她不得不沮丧地承认,自己在他面前,有些自卑。

手机响起来时,她直觉以为是关海波,心跳连连加速几拍,抓在掌心一瞧,判断错误,竟然是母亲大人!

"好好,你下班没?我再有半个钟头就到你公寓了,你手脚快点啊,我没你钥匙!"

方好顿时头疼不已:"妈,你怎么招呼也不打就跑来了?"

李玉珍正忙着上的士,匆匆道:"我是你妈,来看看你还要事先递申请不成?赶紧回来!"

方好撇撇嘴,偃旗息鼓,老太太教语文的出身,又当了近十年的教导主任,一直很彪悍。

她赶到家时,妈妈还没到,方好站在客厅中央,拿母亲的眼光审视了一下四周,正待撸胳膊清理一番,门铃旋即悦耳地响了几声。

得,临时抱佛脚的机会也错过了。

开了门,老太太的洪亮嗓门如期而至。

李玉珍其实并不显老，方好那一身白皙娇嫩的肌肤就是从她那里遗传来的，只是她天生性格直爽，很容易让人忽视她的性别，而纯粹将她当成领导来景仰。

　　"哎呀，好好，快帮忙搭把手。"妈妈的手里拎着满满两塑料袋吃的，不用问，她也知道，铁定是爸爸准备的。

　　她一直觉得爸爸比妈妈疼她，妈妈多年来成天跟半大的孩子混着，养成了一种"我看你瞒得过我什么"的精锐部队的眼神，方好打小就有点怵她。后来因为闵永吉的事儿，妈妈对她一下子和气了不少，但方好总觉得跟她不如跟爸爸来得亲。

　　"瞧瞧这天热得，还让不让人过了。哟，你这屋子怎么这么乱啊？你平常收拾不收拾？我不是一直跟你说，女孩子最重要是整洁，你看你——"

　　方好认命地看着她妈从这个房间转到那个房间，对所有物品的现存状态评头品足，她决定放弃歉疚心理，往沙发里一坐，对妈妈的埋怨置若罔闻，埋头检点爸爸的爱心。

　　当初她选择来S市，妈妈是坚决不同意的，家里明明已经帮她谋好了工作，她偏偏不要，跑去陌生的城市瞎闯，最后还是爸爸站出来替她说了几句："现在的孩子个个衣来伸手，饭来张口，什么都给安排好了，跟个木头人有什么分别？难得她这么有志气，愿意独立，就让她去闯闯嘛！"

　　其实对方好的意气用事，谁不是心知肚明？！在那样的情绪和心境之下，爸爸深知，不能逼得太紧，要给她一个适当宣泄的窗口。

　　李玉珍的牢骚终止在了卫生间，方好蓦地发觉耳根清净，她踮着脚尖挪步过去，稀奇地朝里面打量，旋即闭了闭眼睛。

　　卫生间里，妈妈在帮她擦浴缸，又顺手地把墩布、软脚踏往水桶里投，哗哗地放水。

　　温暖和心烦同时侵袭着方好，家长就是这样，不分青红皂白地把他们的关怀塞给你，也不管你要不要，连多年奋战在教育工作岗位上的妈妈也不例外。方好刚在S市稳定下来，妈妈第一次来看她，在那栋破破烂烂的大楼里，方好瘦得像褪掉了几层皮，到底是自己的女儿，在家里十指不沾阳春水，妈妈怎么可能不心疼！唠叨归唠叨，当下二话不说，就帮她把积攒了几天的衣服全给洗了。如果不是她死命拦着，妈妈非给她请个钟点工不可。幸亏那天关海波不在，否则方好估计能被他活活羞辱死！

　　之后，方好总是很自觉地把当天的衣服都当天洗掉，绝不留着过夜，但仍不放心，为了避免妈妈再度热心地杀过来当保姆，方好不得不加强回家的频率，定期向父母汇报近况，附带给铁道部门作了不少贡献。

李玉珍三下五除二地把浴缸擦了一遍，直起腰来，一回身，看到方好鼓着腮帮子无奈地瞪着自己。

"妈，您这么大老远地跑过来，不会就为了给我打扫卫生吧？"

李玉珍斜了她一眼，"你这孩子，会说话么？我刚一放假就跑来看你，你还不领情！"

方好这才想到已经进七月了，学校正放暑假呢。她立刻殷勤地搬了两张小凳进去，跟母亲一人一张，面对面坐着，又伸手去水桶里捞拖把，准备帮着绞干。

李玉珍拿满是肥皂泡沫的手推开她，"你别沾手了，好好坐着陪我说说话就挺好。"

方好便没再坚持，洗了洗手，重新坐下来，撑着脸，看她有一下，没一下地捣鼓。

妈妈一向很能干，在家里时就闲不住，角角落落都被收拾得纤尘不染，都说"勤劳妈妈，懒女儿"，方好觉得冤，因为她根本没机会锻炼。

"本来要晚两天才过来，正好永吉派车去接闵奶奶过来住几天，我就跟着一块儿来了。"

方好无动于衷地听着，也不吭声。

之前她听妈妈提过，闵永吉一直想把奶奶接来S市一起住，但老人家恋旧宅，怎么劝也不肯。

"我们其实上午就到了，在永吉那里吃了顿饭，又坐了会儿。他坚持要送我过来，被我回绝了，永吉这孩子，跟从前真是一点都没有变。"

方好最听不得妈妈夸闵永吉，当下脸拉得有点长，李玉珍看在眼里，不觉嗔道："你呀，就是这点孩子气，都这么长时间了，还瞎较真，也不怕让人笑话。"

方好手指拨弄着衣服上的扣子，半天才问了一句，"闵奶奶身体还好吧？"

不管跟闵永吉怎么样，他奶奶对方好那是没话说的，她哭得要死要活的那一阵，闵奶奶还特意找人打了电话过去，把向来当心头肉的孙子狠狠骂了一顿。

"好着呢，七十几岁的人，走路比年轻人还带劲儿。唉，就是老叨叨抱不上重孙子。"

方好怔了一下，闵永吉结婚也有几年了，的确没什么音讯，方好的面前不觉浮起林娜那张苍白的脸来，她咬着唇，终于问："妈，你说那个林娜……是不是有什么问题啊？"

李玉珍正自悔失言，要紧堵她一句，"胡说什么，人家好好的，能有什么问题。"

方好翻了翻眼睛，也懒得追根问底。

李玉珍手上用劲地搓着，天热，额上很快就有汗淌下来，方好看着她眼角很深的鱼尾纹，还有耳朵边微微泛灰的鬓发，没来由地感到心疼，不觉探手过去替她捋了一捋。

李玉珍瞟了一眼如花似玉的女儿，也有些感叹，"妈妈是不是老了？"

方好立刻笑嘻嘻道："哪里呀，妈妈年轻着呢！你跟爸爸一起出去，是不是经常被人误会是父女啊？哈哈，我爸娶了你，真是拣了个大便宜。"

马屁一拍完，方好就成功地看到妈妈咧了嘴开心得直乐，"这孩子，什么时候也会贫嘴了？"

方好顿时得意起来，小时候妈妈老嫌她笨头笨脑的，不像别人家的孩子那么机灵，直到爸爸用"大智若愚"来开导她才好受了些。

可见，人是会变的。

如此轻松的氛围下，妈妈不露声色地嗔笑着继续道："跟男朋友学的吧？"

"呃？"方好先没在意，略一咂摸，立刻卡壳，脸上的笑也僵成了冰块，诧异地瞅着妈妈狡猾的面色，一阵慌乱，很快正了正神色道，"你瞎掰什么呀？"面庞上却暗暗绯红一片。

李玉珍很不以为然道："有男朋友不是很正常的事？约来我瞧瞧，也能替你把个脉。"

如果妈妈跟关海波见面，那会是个怎样的情形？以关海波的脾气，怎么也不可能低声下气地去讨好一老太太啊！方好想都不敢想。

但是她很快恍悟过来，顿时脸一沉，"你听谁说的呀？不会又是闵永吉吧？"

越想越有可能，他们今天上午还在一起吃饭来着。

方好愤懑不已，口不择言地嚷起来，"他怎么这么无聊啊！什么事都管，你也是，凭什么他说什么你都相信？他是你生的，还是我是你生的？"

李玉珍又好气又好笑，"哎，我说你急什么呀？妈妈就随便问问你，又不是什么丢人的事儿，你都这么大人了。"

方好红头涨脸地回道:"不是有人都告诉你了嘛,还有什么好问的?"

李玉珍也不恼,呵呵笑道:"我要都知道了,还跑过来问你干吗!"

方好被她噎得够呛,一赌气扭身回了客厅。

她其实不是跟妈妈置气,而是烦闵永吉,男人这么多嘴饶舌的,多恶心啊!

李玉珍忙完了手上的活儿,又去厨房忙吃的,并不急着去搭理她,她的女儿,她最了解,什么事都是三分钟,三分钟之后就会神奇地恢复,除了对于——闵永吉。

吃过晚饭没多久,关海波的电话还是进来了,方好一看那号码,赶紧手忙脚乱地要往阳台里躲,李玉珍看在眼里,只觉得好笑。

阳台上很热,夏日的热风更是带着灼热的气息席卷过来,方好的脸也被熏得红彤彤的。

"在家里?"他那一头很安静,也许是在宾馆,而他的声音带着一丝淡淡的倦懒,但是很好听,有点跟平常不太一样。

"嗯。" 方好一边留神听着,一边还要防着她妈,李玉珍站在离阳台很近的地方,时不时瞟上她一眼,神情专注。

关海波果然在宾馆,他告诉方好一会儿还得出去会客,事情有点棘手,可能要下周一才回得来。他的语气里充满了遗憾。

一个人有了牵挂就会被绊住,但谁能说这种牵绊不是带着甜蜜的呢?

"你没什么要跟我说的?"关海波蓦地问她。

方好憋了半天,讷讷道:"你在外面,要注意身体。"话一讲完,脸又红了,自己说话怎么这么老土呢,忒没水平了,真是!

关海波轻轻笑了一笑,很温柔地道:"会的。"他突然清了清嗓子,声音压得有点低,含着一丝喑哑,"想我吗?"

方好的脸更红了,心底有热乎乎的东西在冒上来,冲刷着原本郁积在心头的各种惶惑和矛盾,她有许多种措词可以用来回答,矜持的,优雅的,活泼的,搞笑的,纠缠在喉咙口,打着架,可是还没等她拿定主意该上哪一种,就听到自己嗓子眼里很果断地吐出了一个字,"嗯。"

唉,她想自己大概真的没救了!

她旋即听到关海波朗朗的笑声从电话里悠扬地传过来,他笑了很久,仿佛很开心。

他最后说:"我会尽量早些回来的。"

接完电话,方好对着尚在闪烁中的手机屏傻笑,又使劲用手去掐自己的脸,转过身来,才发现妈妈隔着玻璃门,正虎视眈眈地盯着她那张通红的脸。

她举步维艰地进客厅,李玉珍摆出一副"我什么都不知道"的神情,笑眯眯道:"好好,你爸爸给你挑了些绿豆,我一会儿炖上一小锅,晚上咱们当夜宵,天热,败火。"

每逢节假日,方好都有睡懒觉的好习惯。

唐梦晓说得好,能睡得着懒觉的人,说明还年轻,像他这样"上了年纪的",甭管多晚睡,每天早上六点钟准能可恨地醒来,生物钟比闹钟还准。

其实也不光是他,公司里一帮挣大钱的,都是夜无好眠的主儿,工作压力太大,节奏过快,可是,人在江湖,身不由己。

方好是没有那么多心思的人,工作方面,虽然关海波也给她压力,但相比销售,她的那点牢骚简直不敢轻易拿出来在他们面前抖露。

她的睡眠质量一向很好,将近七点的时候,她醒过来了一下,躺在身边的妈妈早已不在,大概忙早饭去了,她在家里大抵就是这样。

方好很快又沉沉地睡了过去,可是这一次没有睡熟,因为有个奇怪的梦意外降临。

梦里,她执意要去一个地方,可是被什么人拦住了,那个人不断地对着她说:"对不起,好好,对不起……"

她似乎是急着去赶火车,还有人在等她,于是很焦急,可是又摆脱不了,急得一脑门的汗!

恍惚间,她却又成了一个旁观者,得以看清那个紧紧拽着她胳膊不放的人——居然是闵永吉!他执意要留她下来,只是那样心痛的,愧悔地注视着她,喃喃地赔罪。

方好被他缠得心乱如麻,挣扎着,嘴里只顾胡乱地嚷:"你放开我,你已经结婚了,快放开我……"

突然,她的视野里闯进来另外一个身影,熟悉的轮廓令她心头突突直跳,紧接着,她看见他回过头来,果然是关海波!

他正对着她,方好只觉得口干舌燥,一时说不出话来,他却忽然对她露齿一笑:"陈方好,我跟你开玩笑的,你不会以为我是真的喜欢你吧?哈哈,太有意思了……"

他大笑着扬长而去,方好又惊又怒,心底渗满绝望的冰凉,她出了一身冷

汗,就这样突然醒了过来。

躺在光溜溜的席子上,她怔怔地盯着天花板,犹自体会梦里那种强烈的绝望的情绪,只觉得鼻子里涌上来一股酸楚,心绪纷乱。

门外有笑声传来,清脆爽朗,仿佛很欢快,是老妈。

方好吸了吸鼻子,有气无力地翻身下床,趿了自己的拖鞋去开门。心里纳闷不已,大清早的,谁会这样无聊,跑来跟她娘聊天?!

门一拉开,睡眼惺忪的方好立刻就蒙住了。

客厅里,坐在沙发上与妈妈相谈甚欢的关海波听到响动,率先仰起头来望着她,然后李玉珍也扭过脸来。

"好好,愣着干嘛,还不快去换衣服,海波在这里等你半天了。"妈妈笑嗔着道,眼里却盛满精光。

这声亲昵的叫唤让方好鸡皮疙瘩掉了一地,忍不住偷眼去瞄关海波的反应,他却连眉头都没皱一下,始终笑吟吟的表情,亲切又不失分寸地道:"阿姨,没关系,都等到现在了,也不着急这一会儿。"

方好望着眼前这和谐的场景,开始怀疑到底哪个才是梦境。

她回房换着衣服,妈妈却借故晃荡进来,还悄悄把门带上了,神色一敛,很严肃地望着方好。

"好好,这么个大活人在那里坐着,你还有什么好说的?"

方好一边往身上套衣服,一边鼓着腮帮子默不作声。

从小就是这样,只要被妈妈逮到她"犯错误",她基本都不辩解,怎么辩都没用,还不如省省力气呢!

李玉珍却忽然风向一转,陡然变出张笑脸来,"不过,妈妈真没想到你眼光这样好。"

方好有点吃不消地睥睨了她一眼,风云不改地继续穿长裤。

"海波这孩子学识、教养都好得很,人也沉稳,我们谈了这么一会儿,妈妈可全都替你考察过来了,嘀嘀!哦,人也细心,他一来我就说要去叫你,偏拦着不让,说让你多睡会儿呢。"

方好难以想象,二郎神还有被人唤作"孩子"的时候,幸好是她自己这彪悍的妈。

李玉珍意犹未尽,"哎,他说是你同事,我怎么以前没听你提过啊?这两年新来的?"

对于方好的独立闯荡,爸爸妈妈虽然没再反对,却始终心存担忧,怕她吃亏，怕她遇上坏人，所以，当初为了打消他们的顾虑，也省却不必要的麻烦，她谎称自己的老板是一女强人。爸爸才略微放心一些，这几年下来，发现她过得还不错，也时常赞那"女强人"两句，热情起来，还提过要跟老总会个面，而方好总是以老板不喜欢见生客为由搪塞了过去。

因此，妈妈跟关海波素未谋面，也不知道他究竟是何底细。

方好以不变应万变的含糊其辞对付着妈妈，好在她也没工夫继续盘问，一阵风似的又卷了出去，唯恐怠慢了这位中意的"准女婿"。

方好在妈妈和老板热情洋溢的谈话声中慢条斯理地咽着早点，眼看着妈妈如此兴高采烈，方好心里不知怎么有点憋气。

当初闵永吉突然宣布结婚，妈妈虽然也安慰过她，可对闵永吉，她连一句责怪的话都没有，还反过来替他说话，方好为此生了她很长时间的气。对于自己恋爱的事儿，她总觉得妈妈是跟闵永吉串通好了，巴不得她早点找个归宿，他们就可以对她放下歉疚的心理，然而，越是这样，她越是不肯让他们称心。

关海波笑声朗朗地跟李玉珍聊着什么，目光却时不时睃向方好，李玉珍看在眼里，忍不住对过于沉默的方好道："好好，你怎么不说话呀？"

方好歪头看看他们，没精打采道："我吃早饭呢。"又竭力做出很淡然的样子问关海波，"你怎么提早回来了？"

关海波对她的突然转变多少有些意外，不免多刮了她几眼，方好纸老虎一般撑着，却只敢瞧她妈。

"事儿办完，就回来了呗。"他淡淡地回答，盯着她的目光微微眯起。

李玉珍始终笑眯眯地看着他们俩，忽然想起来什么，把茶几上的一个精致的糕点盒提到方好面前，"这是海波给你带回来的绿豆糕，要不要尝尝？"

方好瞟了一眼盒子："先放着吧。"低头继续喝粥。

目光再度与妈妈的眼神撞上，没想到老太太眼里仍旧溢满欢喜，她无语地翻了翻眼睛。

李玉珍一直担心这个女儿太憨厚老实会遭人欺负，现在看起来，嘿嘿，还可以啊。

方好用过早点，李玉珍乐颠颠地抢着收拾餐具，"我来，你们两个聊。"

客厅里就剩了两人，关海波脸上的笑显得有些诡异，伸手朝身边的空位拍了一拍，对方好一扬下巴："坐这儿来。"

方好坐在餐桌前不动，心虚得要命，兀自嘴硬："我坐这儿挺好的。"

"过——来——"老板拖长了音调。

她无法，极不情愿，小心翼翼地挪了过去，屁股还没沾到沙发，就被他一把拽住摁进了沙发，他整个人都笼罩在她身体上方。

方好满脸通红，紧闭着嘴，根本不敢喊叫出来，妈妈如果看见他们现在这个姿势，非当场晕倒不可！

他凑近她的耳朵，压低嗓音咬牙道："陈方好，你行呃，我深更半夜赶回来，天一亮就跑来这里，你对我就这态度？！"

方好自知理亏，结结巴巴地想解释，"那个，我，我没有……不是……"

关海波一动不动地瞪着她，耳边是清脆的餐盘叮当声，李玉珍在厨房里哼着小曲儿，心情倍儿愉快。

"你放开我，好不好？"方好紫涨着脸苦苦低声央求，"我跟你说对不起好了。"她放弃抵抗，彻底投降。

关海波扑哧一声笑起来，手一松就放开了她，方好立刻机灵地一跃而起，先离他三丈远，然后方才谄媚地问："要不要来杯咖啡？"

关海波的咖啡才喝了一口，李玉珍就从厨房出来了，她麻利地解掉身上的围裙，对他们两个道："你们该上哪儿上哪儿，不用管我。"

方好当然不干，妈妈好不容易来一趟，哪有把她撇在一边自己去逍遥的道理？

李玉珍拗不过她，只得道："其实我今天也该回去了。"

方好诧异："怎么才来就要走？你又不急着上班。"

"哎呀，留你爸爸一个人在家，我不放心，他又不会煮煮弄弄的，谁知道在家里吃成什么样儿呢？反正你这里也没事。"

虽如是说，方好倒有些舍不得妈妈起来，拉着她的手道："也不急着一大早就走啊，对了，你昨天给人买的结婚四件套不是嫌料子不对，说要去换嘛，你忘了？"

关海波立刻也道："是啊，阿姨，吃过饭再走吧，上午我们陪您逛逛，把该办的事都办完。"

李玉珍思忖了一下，当下眉开眼笑道："也好。"

乍一见到关海波那辆车，李玉珍还是着实愣了一下，方好浑然不觉地钻进车里，跟她妈并排坐在后面。

关海波习惯性地放了点儿音乐出来听，音响效果很好，环绕感强又不扎耳。

音乐声中，李玉珍凑近方好，用蚁语问她，"这车得六七十万吧？"

方好眨巴了一下眼睛，点点头，好像是，她对庞大的数字通常都有一种排斥感，所以记不甚清，没想到妈妈还挺懂行情。

然而，她接下来听到的那句话却不亚于当头被雷劈过，"你这同事挺有钱的嘛！他该不会……就是你那位'女强人'老板吧？"

方好用惊悚的目光望着她妈，实在想不明白，为什么同一种DNA能造就截然不同的两种人，她怎么就没有遗传到妈妈的精明？！

她旋即挺了挺腰杆，故作没听明白，车里不止有她，还有关海波，妈妈再好奇也不至于撕下脸来盘根问底。

李玉珍突然伸手过来在方好的手背上轻轻拍了几下，她没敢扭头看她，也不知妈妈是什么意思。

其实这么热的天，再没什么比在凉风习习的商场里逛着更舒心惬意的事儿了。

李玉珍走在最前面，用犀利的目光在产品的质料和价格之间寻求最佳的平衡点，方好跟关海波缓缓地跟在她身后，两个人的心思都不在挑东西上，只是这样并肩走着，就有幸福的感觉在静静地流淌。

在李玉珍跟店员就"全棉"面料问题争论不休时，关海波乘着混乱，若无其事地抓过方好的手，紧紧握在自己掌心，方好心头一热，习惯性地低头，掩饰掉一丝不自然，当她抬起头来时，妈妈刚好转过身来，目光赤裸裸地投向他们交缠在一起的双掌，方好有点尴尬，挣了几下，却没能挣开，关海波反而大方地拉着她走向李玉珍，很认真地听取她们的争执，适当给出自己的意见。

毕竟是常年做销售的出身，比起只知道用干巴巴的言辞搪塞顾客的店员要有说服力得多，而他态度温文尔雅，那店员竟也不好意思太过强词夺理。最终双方各让一步，皆大欢喜，李玉珍直笑得眉眼弯弯，对关海波的喜欢溢于言表，忍不住又陪着多逛了几圈。

经过服装区时，关海波出其不意地一把搂过方好的肩，将她"挟持"到一面镜子前，左右端详。

方好诧异地仰头，用目光询问。

关海波略略低下头，突然朝着镜中的两人露齿一笑，慢悠悠地道："我觉得，我们俩挺合适的。"

那笑容，跟方好早上梦中所见简直一模一样，她顿时愣住了。

熙熙攘攘的候车厅里，李玉珍一扫轻松玩笑的嘴脸，拉起方好的手，郑重地交到关海波手里，语重心长道："海波，好好以后就交给你了。"

方好仰起脸来，无语地望着天花板上的出风口，是不是所有的教育工作者都这么矫情啊？跟演电视似的！

关海波先是一愣，旋即微笑着道："阿姨尽管放心。" 搂住方好肩膀的手又紧了一紧。

方好眼睁睁地看着他们像"托孤"一样郑重其事，蓦地明白了一个道理——小时候没有作过主的人即使长大了，也是一样收不回主权。

李玉珍又转向方好，眼里是一派慈爱之色："好好，记住妈妈跟你说的话。"

方好不以为然地抿了抿唇，然而，鉴于两双眼睛同时凝视在自己脸上，她只得无奈地点了点头，其实不甚情愿。

中午在餐馆吃饭，李玉珍乘着关海波离席之际，很正经地对方好道："女孩子找归宿，身家好不好倒在其次，关键人品要正，妈妈看人一向准，海波真的很不错，对你也上心，你跟他以后可要好好的，不能再胡乱任性，知道吗？"

妈妈的话让方好很自然地联想起台湾作家三毛关于择偶的那句经典之言："看得不顺眼的话，千万富翁也不嫁；看得中意，亿万富翁也嫁。"

她有些怀疑，当初妈妈是否因为闵永吉娶的是个有钱人而竭力赞成？！

从车站出来，已经下午四点，关海波开着车一路驶去，方好有点累，也许在妈妈面前太紧张的缘故，此时靠着椅背，思绪缥缈，好半天一声不吭。

关海波感觉到了她的沉默，不禁扫了她一眼："你怎么了，不舒服？"

方好惊醒过来，遂笑道："没有。"望望窗外，有些迷糊，"咱们去哪儿？"

"超市。"

"哦，你要买什么？"

"买菜，今天在家里做饭吃。"

方好讶异地看向他，"你还会煮饭呀？"

关海波斜睨她一眼，"当然是你煮。"

方好瘪瘪嘴，身子略略一缩，又团拢了回去。

关海波看看她瑟缩的样子，有些好笑，"你妈妈刚才跟你说了些什么？"

"……也没什么。"

"是吗？"他不信，扭头睨向她，"是不是跟我有关？"

方好知道瞒不过，含糊道："说你好呗。"

关海波闻言，轻声笑起来。

结果，方好刚把菜洗干净，关海波就把她从厨房赶了出去，"你是煮猪食的专家，我可不想再做一回猪。"

方好暗暗吐了吐舌头，他竟然还没忘记自己那次对他的抢白，原来也是个记仇的。

他给她指点了饮料的方位，就关上厨房门忙活开了。

他的公寓方好来过几次，但都是因公而来，不是递东西就是找他签字，每次均来去匆匆，关海波很排斥把员工请到家里来，这里是属于他私密的空间，包括总裁室相邻的小套间，他也很少让其他人进去。

公寓要比她的大好多，装饰也很有特色，宽敞的客厅里，家具摆设多为深色或金属色调，泛着硬气的冷光。几扇房门紧闭着，她没好意思推门进去，盘桓了一圈就往阳台上走。

流线型的观景阳台，大而华丽，四面都落下玻璃，客厅里开了空调，冷气蔓延过来，倦意也随之涌起，她一时恍惚，不知身在何处。

她在阳台上站了很长时间，似乎想了很多事情，然而，千头万绪，犹如满头的短发，却扎不成条理清晰的小辫。

也许这一阵发生了太多不可思议的事情，而她鲜有时间和心情去细想，模模糊糊地走过来，有些事情仿佛自己还没明白，就有尘埃落定的感觉，她感到不踏实。

她倚在窗边向下看，楼下是一大片草坪，几个花匠正用着水枪往植物上洒水，激流喷薄而出，形成广漫的水雾，扑向如饥似渴的绿意，酣畅淋漓。旁边，一群放学的小孩叽叽喳喳地嬉闹，有人还往水雾里冲，引来大人的呵斥。

方好的身心逐渐放松下来，望着这一幕忍不住微笑，想起小时候，自己也曾有过相似的顽皮。

"在想什么？"关海波的声音在离她很近的地方响起，与此同时，方好的身体已经被他拥住。

她微微扭了两下，对他的亲昵之举依旧觉得羞涩和不习惯，痒酥酥的感觉又悄悄地从心底爬上来。

他炙热的呼吸吹拂在她的耳根和面庞上，引起她阵阵微麻的战栗，她掩饰着尴尬，故作镇静地问："你……已经煮好了？"

关海波把她的身子转过来，与自己面对面，继续追问："为什么要叹气？"

他在她身后站了有一会儿了，可是她在自己的思绪里陷得太深，竟没察觉。

方好不知道怎样回答他，因为有些东西她自己都没弄清楚。

关海波望着她迷茫的表情，皱皱眉，"跟我在一起你觉得不开心？"

方好连忙摇头，"不是的。"她的确没有不开心，只是不敢相信而已，早上的梦境历历在目，她直觉得忐忑。

"关总，你，你到底喜欢我什么？"她终于鼓起勇气，把连日来纠缠在心头的疑问丢给了他。

关海波神色微怔，他没想到她会问自己这个问题。

从一开始，他就把她作为志在必得的目标来追逐，虽然经历了一点波折，但结局还是圆满的，然而，即便现在怀里拥住了她，他也从来没有想到过这个问题。

是呢，他喜欢她什么呢？

他旋即失笑，女孩子总是喜欢考虑这些虚无缥缈又不切实际的东西，"喜欢就是喜欢，哪有那么多为什么。"

他握着她双肩的手掌，缓缓上移，然后捧住了她的脸。

方好一下子呼吸艰涩，再也无法正常思考，她感到他的气息正一点点地包拢过来。他终于吻了上去，带着思念的饥渴，寻找她身上熟悉的印记……

她在他狂热的侵袭下几近窒息，而他忽然短暂地抽离，喘息犹促，却紧盯住她通红的脸，沙哑地问："是不是从来没人这么吻过你？"

她正昏乱，疲于思考，只是机械地点了点头，关海波顿了一下，忽然将她的头按在自己怀中，她的耳朵紧贴着他的胸腔，只听到他闷闷的笑声，低沉地，放大了数倍地传递到她耳朵里。

好一会儿，他才附在她耳边，带着浓浓的笑意，慢声低语，"来，我教你。"

这一次，他温柔了许多，吻得轻柔细致，让她有时间细细体味，慢慢解悟，接吻，其实不是单方面的掠夺，而是双方面的享受与交流。

她一点一点地从中吮到了甜蜜的滋味，而他的怀抱是这样的坚实有力，她真切地倚靠着，只觉得如她所向往的那样。

晚餐简单清爽，一条清蒸的鱼，一盘素炒西兰花，一个尖椒牛柳，另用砂锅炖了个菌菇鸡汤，方好从没见过他下厨，谨慎地举筷分别尝了一遍，然后很服气地点头，"真不错，比我烧的强。"

关海波笑道："我比你强的地方多了去了。"

方好嘟了嘟嘴，"那你以前怎么不烧，我做了你还老嫌不好。"她想起那段铿锵岁月就忍不住泛怨言，当他的免费保姆不说，还老是挨剋。

关海波不以为然道："我做大事的人，怎么能轻易下厨房？"

也许觉得有点太强硬了，瞥她一眼，又温和地道："以后你什么时候想吃我做的菜，告诉我，我给你煮。"

方好不觉在心中低语，"每天，行不行？"

面上却乖顺地点了点头，有这样，她已经很满足了。

吃过饭，方好负责洗碗，关海波去书房收邮件，处理掉一些公文。

她一个人在厨房里待着，轻松自在，目光活泼地四下张望，厨房虽然纤尘不染，却也不是崭新的模样，原来老板一个人在家也会自己开伙，她感到十分新奇。

把餐具洗净，她才想到不知道该放哪个柜子，又不便为了这点小事跑去问他，于是一个橱门一个橱门地打开来看。

关上某一扇门之前，余光扫到什么，她略略一怔，顿了片刻，又重新打开来看，一摞保鲜盒从大到小整齐地码着，有几分眼熟。

方好过了小半天才直起腰来，眼睛有一点酸，也许是瞪得太大的缘故。

也许她在厨房待得太久了，关海波纳闷地进来，"洗好了没？"

"哦，好了。"她慌忙把台板上的餐具一股脑儿地往柜子里放。

他瞧了眼她局促的脸色，又抬手看看腕表，"我还得有一会儿呢，你要是无聊了，自己去找片子看吧。"

方好轻轻地"哎"了一声，脸上旋即有甜甜的笑荡漾开来，看得关海波心里痒丝丝的。

他的碟片排了整整两个大架子，方好一一翻过去，只觉得兴趣了了，不是BBC的纪录片，或是"环球地理杂志"DVD版，就是枪战片，从《X战警》到《国家公敌》，还真符合她给他的定位。好容易找到一部比较文艺的片子，还是一关于吸血鬼的——《惊情四百年》。

这部电影方好曾经在大学时期看过，很被德库拉伯爵的痴情所感动，历久弥新。

看到动情处——米娜流下的眼泪在伯爵的掌心中化为光芒四射的水晶时，方好再一次唏嘘不已。

爱情，永远是吸引女孩子最致命的武器，明知难得，依然无限渴望。

关海波处理完公事走出来，见方好眼睛一眨不眨地盯着屏幕，浑然忘我。他走过去，紧挨着她坐下，陪她看了一会儿，终于有些不耐烦，"有这么好看吗?"

"嗯。"方好很郑重地点头,继续沉迷其中。

她颈间的肌肤白而细腻,他的目光久久流连在那里,猝然低头吻了下去。

方好一惊,神思终于从剧情里转到了现实,在她脸上的第二轮红潮涌上来之前,他已经轻易攥住了她的唇。

她穿着无袖的针织衫,他的手滑过她娇嫩的肩头,也许天的确太热,她能感觉到他掌心的滚烫。

他越吻越深,手也开始在她身上肆意乱游,体内赫然腾升上来一股不可控制的蛮荒力量,且愈演愈烈,他的面色令她觉得陌生和惶恐。

她所有魂游物外的注意力都被集中到那一点热烫上,感觉它正一点一点的向她的腰间滑去……

方好似乎明白了他想干什么,开始挣扎,用双手使劲将他往外推,又急又慌地胡乱嚷道:"我,我要回去了。"

为什么她总是跟不上他的步伐?!

他的眼里溢满了情欲,容不得她拒绝,吻势逐渐凶猛,铺天盖地,仿佛到处都是他的手,他的嘴。

"留下来。"他喃喃地哑声低语。

"不行。"她拼命地摇头,几乎要哭了。

他骤然而降的热情让她惶惧,这一切来得太过突然,她根本没办法消受。

他的狂热在她浅而低的啜泣声中缓慢下来,最终把头伏在她颈间,久久地静止不动。

方好由他伏着,一动也不敢动,连抽泣也隐忍地收住,唯恐惊动了他。

关海波终于仰起脸来,面色微青,而他只是对她强笑了笑道:"好,我送你回家。"

Chapter 12

闵太太——林娜

下午刚吃过饭,关海波就出去了,大厅里因此气氛和谐轻松。

方好手头的事一做完,就忍不住翻开层层叠叠的文件夹,把深埋在无数级子目录下的几个残存游戏打开来玩。

董其昌坐在位子上嘟嘟哝哝,对面的季杰被他的牢骚搅得有点烦躁,蹙眉道:"你哪来那么多废话,关总让你去就去呗。"

"唉,我这刚出差回来没两天,在家连个囫囵饭都没吃着,本以为今天晚上没事了,得,又来了这么一出,我女朋友非跟我翻脸不可。"

唐梦晓笑呵呵地拿手指着他道:"你呀,也就这点出息,谈了有五六年了吧,还没把女朋友混成老婆,你这辈子算捏她手里了。"

董其昌不示弱地扬起脖子,嘿嘿笑着反驳道:"老唐,别光顾说我啊,你最近是不是沙发睡得少,忘本了?"

唐梦晓眉头都不带皱一下,保持着笑意道:"可不么,我正争取睡地板呢,沙发哪比得上地板啊,睡沙发容易骨头疼,躺地板上多好,还能健身呢,是吧,小董?"

一办公室的人都跟着呵呵地乐。

董其昌有一回说漏了嘴,抱怨睡了一晚上的地板,头昏。结果惹来众人的浮想联翩,他再怎么解释都已经是水洗不清了。

季杰适时地截住两人的拌嘴,正色地对董其昌道:"别的应酬你想推掉倒也罢了,商联的酒会,我劝你还是得去,能碰上多少精英啊!别说你了,这次连小陈都得去。"

董其昌立刻扭头问方好:"哟,真的呀,小陈?"

方好正为这事烦恼,懒懒地哼唧了一声,并不热衷。

经过一段时间的"实战",她发现自己实在不善于交际,每每看到人家风度翩翩,寒暄得宜的谈吐,她就止不住地怯场,虽然季杰偶尔也安慰她,什么都是练出来的,习惯了就好了,可她终于还是放弃了向前冲的打算,难度太高,她怕夜不能寐。她承认自己就是烂泥扶不上墙。

关海波对她的变卦不置可否,他本来就没指望她能有一番建树,清醒是迟早的事儿,说明她至少还有些自知之明。

只是今晚的酒会,不知为何,他执意要拉她同往,方好万般无奈,只能硬着头皮上。

季杰笑道:"小陈如今正努力向我们看齐呢,这阵子跟着关总到处跑,前两天我还建议他,新的销售可以少招一个,直接提拔小陈得了。"

方好抽空白了他一眼,瓮声瓮气道:"季哥少拿我开涮好不好?"

董其昌也只是发发牢骚而已,老板特别点了名的,哪好意思临阵开溜?

"既然如此,我一会儿得跟关总打声招呼,早点回去,换身行头才行,唉,也不早说。"

季杰经他这么一提醒,倒想起了什么,转身对方好道:"小陈,晚上的酒会得穿礼服,你有吗?"

方好歪头看看他,想了想,然后摇摇头:"没有。"

她低头望望自己穿的那一身,不解道:"穿这个不行吗?"

季杰笑起来,"也没什么不可以,我是怕你到时候会很忙。"

"为什么?"

"人家多半会当你是茶水妹,让你跑腿啊。"

方好先是呆了一呆,这才狠狠瞪了他一眼,季杰只顾仰着头哈哈大笑。

窘归窘,方好心头倒是一振,酒会要穿晚礼服?她没有,是不是意味着可以就此逃过了,一念至此,一下午低落的情绪又迅速饱涨起来。

她也不急着声张,心里定定地继续玩游戏,只等临出发前跟老板汇报一声，打他个措手不及再乘机溜之大吉。

临近六点，关海波才赶回公司，他走路向来脚步飞快，经过方好身边时，只看见她手忙脚乱地关窗口。

关海波觉得好笑，故作没看见，对着季杰他们扬声道："大家赶紧把手头的事情处理掉，十分钟后一起走。"

紧接着又压低声音对方好道："你过来一下。"

"哦。"方好刚刚完成"毁尸灭迹"的工作，心虚地应了一声，等扭过头来，只看见他匆匆的背影，手上仿佛还提着什么东西。

方好慢吞吞地收拾着东西，想到自己策划好的那个"计谋"，止不住在心里嘿嘿一笑。

她进门的时候，关海波正站在窗边，举着矿泉水瓶子大口喝水。

天气越来越热，即使到了傍晚，暑气还是很难消散，弥弥地团拢在地面，把城市当成了砂锅，慢条斯理地用文火来炖着，是一种缓慢而无止尽的煎熬。

"关总，酒会上，女宾是不是要穿晚礼服啊？"

关海波转头睨了她一眼，平静地点了点头。

方好小心地遮掩掉嗓音里的愉悦，用遗憾的眼神望着他道："可是我没有哦。"

如果他此时脸上出现懊丧或气馁的表情，方好一定很有成就感。

关海波在她满怀"期待"的注视下微微一笑，拿手一指桌上的纸袋，"那儿有一件，你去试试，看合不合身。"

方好杵在原地没动，使劲甩了甩脑袋，努力清除掉眼前的"ZUMA"幻象。

"愣着干嘛，快去啊！"

她彻底没脾气了，瘪着嘴走上去拽了袋子就往外走，唉，老板要做点什么事，向来考虑得周到，不留后路，她还能说什么。

"去哪儿？就在里面换吧。"关海波出声止住闷头向外走的方好。

她叹了口气，转身进了小套间。

方好平时买衣服不是粉色，就是紫色，她喜欢那些闪亮的，阳光般明丽的色彩。所以，当看到纸袋里这条黑色的长裙时不觉顿了一顿，不过细想想，礼服的颜色好像都是这么隆重而端庄的，如果有人穿粉色的礼服上场，大概会被人嘲笑卡哇伊。

应该是刚买的，标签都还没摘，她对着那个品牌和下面显示的价格伸了伸舌头，好在她是为公效力。

礼服其实很漂亮，裁剪简洁，肩膀处是细细的两根带子，裙摆是向里收的款式，到了末端，又陡然放开来一小截，宛如鱼尾。滑不溜手的质料，也许是冰丝，有一点弹性，所以很贴合身体，仿佛整个儿包在了身上，而她穿着不大不小，刚好。

她觉得遗憾，关海波的套间里没有落地穿衣镜，于是只能跑进盥洗室，那里也不过是一面挂壁镜，照不到全身的，她打量着自己两只光洁的肩膀，觉得有些别扭，她习惯了掩藏自己，此时不觉下意识地抬手抱住双肩，徒劳地想遮住点什么。

她的头发入夏时刚剪过，险险地擦着肩部，平常一直是披着的，这两天嫌热，给挽了起来，配上礼服的效果，倒也相得益彰，脱胎换骨一般，成熟了许多。

出来时，关海波还坐在电脑前。

方好故意清了清嗓子，他的目光立刻调转过来望着她。

"这样子，可以吗?"她的声音里有一丝不确定，头一回穿得这么隆重，自己都觉得陌生和别扭，仿佛换了个人。

关海波只是凝视着她，半天没说话，目光像熨斗似的从上到下一点点卷过去，她于是更加觉得没底。

"那个，不然……我还是去换下来好了。"她有点沮丧地说。

"不用了，挺好的。"他说着，迅速地将愈渐灼热的眼眸调转开去。

那晚他的失控搞得两人均很尴尬，随后的几天，方好见了他都有些闪。他也知道自己有点操之过急，为了避免再度刺激她，近来在她面前刻意地斯文了不少。

"真的?"难得听到老板的夸赞，她迟疑地审视他的脸色，欲辨别真伪。

关海波再次转过脸来看她时，那眼里就只余了欣赏，朝她笑了笑，肯定地点头道："很不错!"

他把握得很准，刚刚在服装柜一眼就相中了这件，穿在她身上，果然再合适不过，陈方好是块璞玉，稍加料理，便能发出夺人的光彩，当然，她还需要一点自信。

他眼里毫不掩饰的赞美渐渐感染了方好，她于是不再觉得拘束扭捏，施施然向前跨了两步，今天的鞋子也是很细巧的一款，跟礼服配着甚为搭调，迈起步子来，婀娜而轻盈，而脸上的笑依旧是恬静纯美的。

就连季杰等人乍一见她，也是相当地惊艳。

董其昌更是朗声笑道："小陈好样的，失恋了也不消沉，赶明儿哥哥再给你介绍个好的。"

方好不禁偷偷瞄了瞄关海波，他面色如常，无动于衷。

其实两人的关系并没有刻意避人，但关海波天生不喜张扬，方好又正羞涩，虽然已经逐渐接受"现实"，但心头的一丝疑虑仍然时不时溜出来拜访她一下，总觉得像做梦，眼一睁，就会发现其实是在自作多情，这样的状态下，又怎么可能会主动去向旁人挑破？

盛嘉的员工一进公司见识到的就是他们"主仆"二人奇特的相处模式——错误"屡训屡犯"的方好和骂得再凶也从不踢人的关海波，也许一开始大家还有些困惑和猜疑，时间长了，也就见怪不怪了。关海波是个完美主义者，容不得半点瑕疵，方好这样的小杂役如果入得了他的眼，旁人反而能把眼瞪出来，他留着她，无非是向其他员工昭示，他不是忘恩负义，不讲道义的老板。

商联的酒会历来很受业内人士的重视，不仅可以了解最新的行业信息，交流时事动态，更有一些行业翘楚及相关部门的要人出席，因此一向搞得生机勃勃。

季杰等人显然也是酒会的常客了，各自熟门熟路地去找人聊天，方好紧绷着一根弦，小心翼翼地跟随在关海波身边，在眼花缭乱的宾客间穿梭，寒暄是老板的事儿，她只需要不停地点头，微笑，保持微笑即可。

每当出席这样的所谓大场面，她都会觉得紧张和不适应，如果这时候有人让她选择是上厅堂，还是下厨房，她铁定会很没出息地选后者，虽然她的厨艺也没多少特色。

出门的时候没吃什么东西，一通走秀下来，她就开始脚力虚软，肚子里咕噜咕噜叫得极不雅观，幸亏人多，有很稳定的音波盖着，不至于让人笑话。

关海波偶然间回头，目光在她脸上掠过，倒是发现了端倪，"是不是饿了？"

她很老实地点头。

"饿了你不早说？"

方好眨眨眼，没吭声，看他那么投入地跟人聊，她怎么好意思开口败兴。

关海波脚下拐了个方向，领着她朝自助餐区域走去，"先去吃点东西。"

酒会上放了一些自助食物，也有可供休憩就餐的桌椅，两人各自挑了一盘，随便找了个靠墙的位子落座。

仍然不时有认识的人过来打招呼，方好一边慢慢地吃，一边同情关海波，

坐下来都快十分钟了,他盘子里的食物就没怎么动过。

远远的,一个胖胖的老头大步流星地往这边走来,目光贼亮地盯着关海波,脸上是将展未展的笑容。

关海波没有像对待其他人那样,等着对方慢慢走近再适时地起身、微笑,而是立刻放下刀叉站起来,热情地迎了上去。

两人在距方好五米远的地方驻足谈话,神态亲密友好,看得方好好奇不已。

她估计这人来头不小,从老板脸上那五星级的笑容和诚恳的表情可以轻易判断出来,只是方好以前从未见过这个人,应该没来过盛嘉,而他们说起话来也是高一声、低一声的抑扬顿挫。

她津津有味地注视着老头,没承想老头的目光忽然电光一样向她扫来,她立刻讪讪地对他笑笑,低下头去,耳朵里却能听到他朗朗的询问声。

"难得见你带女宾来啊,那位是?"

方好正拿叉子去叉一片牛肉,闻听老头的疑问,立刻也竖起了耳朵,如果人的耳朵会像兔子那样自由摆动,那么她现在的双耳铁定是立得笔直。

可惜关海波的声音远没有老头那样硬朗高亢,压得极低,仿佛交心一般。

她很快地仰起头来再度看过去,老头却忽然爆发出极大的笑声,"果然郎才女貌,海波,可喜可贺啊。"眼里却没有多少祝贺之色。

方好心里涌起一股热浪,翻腾来翻腾去,直觉得有点轻飘飘的。

不用琢磨,都能清楚老板是怎么跟人介绍自己的了,这好像还是他第一次在外人面前公开两人的关系。

她在心里美滋滋地想,其实,当老板的女朋友感觉还挺不错的,虚荣心的迅速膨胀使她脸上的甜笑久久无法褪却。

关海波重新归位,见她若有所思,笑靥如花,很是意外,"想什么呢,这么高兴?"

方好这才惊觉过来,立刻收起花痴嘴脸,手上又恢复了叉牛排的动作,掩饰着问:"刚才那个人是谁啊?"

"商联的主席汤震。"

方好一吐舌头,恍然大悟,这名字,如雷贯耳啊,难怪老板这么恭谨了。

见过了汤震,关海波才算真正放下心来,专注地吃东西。

方好大概怎么也不会想到,关海波这趟来的目的竟然就是侧面向汤震"展示"一下她。

汤震对行业里的后起之秀一直很留意，也很支持，对关海波更是赞誉有加，逢人就爱夸他几句，从来不掩饰他的爱才之心。

前不久，关海波偶然听说汤震有意要拉拢他与自己的某个侄女，他在商界里混了这几年，很明白面子的重要性，如果等汤震向他开了口自己再拒绝，多少有些驳人家的面子，他不愿意得罪这位重要人物，所以才想到了这一招。

只要不是汤震本人开口，彼此之间自然就无尴尬可言。

酒会进行到一半，陆陆续续地还有宾客进来，既然是向行业内开放的，那么，在酒会上遇到闵永吉夫妇就不是什么值得惊讶的事了。

腾玖在S市的机械制造行业可以列入前三甲，且参与社会活动历来积极踊跃，市社会福利中心还专门设立了以其命名的慈善基金，用于救助残疾孤儿，在S市名闻遐迩。年初被海外的康明集团收购后，因为是优化并购，对公司内外部均未造成大的负面影响。

康明集团是一家在海外上市的实业集团公司，由华裔富商林健南于上世纪七十年代一手创建，以金融起家，没几年就在华商中声名鹊起，后来也逐渐发展实体工厂，做得如火如荼，几十年来长盛不衰。

从九十年代开始，内地逐渐成为投资圈钱的热土，早期来华投资的探险家们经过短短几年的努力，尝到了丰厚回报的甜头，纷纷回去大力宣传，一贯对内地投资持谨慎观望态度的林健南终于也动了心，深思熟虑后，以重金买下了无论口碑，运营都十分良好的腾玖，有心要借这块牌子打入内地市场。为此，他专门派了爱婿亲自前往督战，而非仅仅雇佣一个职业经理人来打理公司，可见其对腾玖的重视。至于他在美国的其他产业，则由自己的两个儿子分别管理。

回国，对闵永吉来说不是件难受的事，相反，他一直渴望回来，只是，既然已经结婚，就不得不处处为妻子着想，他是众所周知的模范丈夫。

初来S市，闵永吉总觉得与商界的沟通交流远远不够，所以频繁地在各种场合露面，增进影响力，林娜身体状况良好的时候，也会跟他一起出来散散心。

腾玖名声在外，而康明集团虽然是海外公司，但行业内也鲜有人没听说的，这次又是携巨资进驻S市，自然颇为惹人注目。

闵永吉一如既往地矜持沉稳，带着和煦的微笑，与来往的人士攀谈，林娜依旧苍白着一张脸，虽然薄施脂粉，却难掩病容。

方好从看见那两个人走进来开始就浑身不自在起来，不停地看表，眉心悄然间揪到了一起，关海波看在眼里，不觉紧抿双唇。

他不是不明白，有些事情，说起来容易做起来难，自己也有过类似的经历，因此，虽然心里隐隐地不舒服，他还是尽量保持大度，故意忽略方好的坐立不安。

还是无可避免地要碰面，由双方的代表闵永吉跟关海波先行握手，寒暄。

"方好也在啊？今天晚上真漂亮！"林娜的赞美溢于言表，方好在她眼里看不到半点虚假做作，也许是自己道行不够深。

碍着人多，方好也无法给闵永吉脸色看，只含糊点了个头，而那声"永吉哥"是即使杀了她也不肯叫出来的。

盛嘉正与腾玖合作，自然有许多话题可以聊。不久，季杰也颠颠地跑来，他是腾玖项目的主要负责人，正好乘着这次机会与腾玖的高层探探口风，他们的成品油采购还有一部分没有脱手出去，加上一条扩充的生产线上所需各类加工刀具，是一笔不容小觑的采购数目。

闵永吉对盛嘉还是比较肯定的，尤其是售后的沟通方面，可谓顺畅快捷，比起其他一些大的代理商，无论问题大还是小，都要按投诉流程走上冗长的一遍，或者是某些直接供货的外方厂家的大爷态度，盛嘉的效率无可挑剔，虽然代理服务费也收得相当可观。

四个人的言行举止无一不得宜，唯有方好，不苟言笑，也没有多少话，只在不得已的时候应答两句。

林娜对她仿佛有一种特别的关注，眼神总是若有似无地往她身上瞟，有时被她撞上，也不过朝她点头一笑。

方好不知道她对闵永吉跟自己的故事究竟了解多少，闵永吉会告诉她吗？有这个必要吗？即使知道了，她也不介意吗？

不过，该介意的那个人好像应该是自己！

她发现自己越追究越深，这些问题其实以前有机会可以得到答案，从妈妈那里，从闵奶奶那里，或者她可以直接去问闵永吉本人。

可是她不愿意那么做，她情愿当鸵鸟，如果可以，她一辈子都不想见到这两个人。

然而生活就是这么兜兜转转，以为可以永不相遇，没想到还是会狭路相逢，且一逢再逢。

话题的主动权一旦落入季杰掌中，旁人基本就可以歇着了，插科打诨，热闹非凡，他一个人足以撑起一台场面。闵永吉始终含笑听讲，在恰当的时候点缀几句，他柔和关切的目光间或会投向林娜，有时，她还没开口，他就已经知道她要什么，很自然地递过去，两人会心一笑。

季杰忍不住羡慕地赞叹："闵总跟太太感情真好，看得我们这些单身汉眼热不已啊！哈哈！"

在众人善意的笑声中，方好很僵硬地低下了头。

只有她知道，闵永吉一直都是个细心的人，很会照顾女孩子，以前跟她在一起时就是这样。如今，他的这些柔情蜜意都用在了别人身上，虽然已经隔了三年，虽然方好已经决心要将他划为路人，然而，那么多熟悉的细节映在眼里，她还是觉得胸闷气堵。

她始终溜边坐着，他们的话题她插不进去，也不感兴趣，终于觉得落寞无聊，乘着谈话停顿的空当儿站起来："对不起，我去趟洗手间，你们慢慢聊。"

关海波睃了一眼她拉得有点长的面容，略一迟疑，还是身子一侧，让她过去了。

季杰只当她是闷了，也没在意，其他人，包括闵永吉在内均是神色如常，唯有林娜的脸上浮起一丝尴尬，仿若歉疚跟不安。

方好谁也不看，就这么扬长而去。

然而，随着她的离开，气氛无形中低落下来，只有局外人季杰还在痴缠代理问题，一副志在必得的气势。

闵永吉遂为难地一笑："虽然跟盛嘉合作很愉快，但是我们也不想坏了公司的规矩，况且，这件事一直是葛经理在负责，你们如果有意向，具体细节找他谈会比较合适。"

季杰立刻见好就收，"那是，那是，得按流程办事。"

闵永吉又补充道："盛嘉的售后有口皆碑，这个我们是知道的，不过，在选择代理商方面，腾玖仍然会以质量为最基本的前提。油品这个东西，要么不出事，一出就是大事。所以，无论是选择还是考核供货商，我们都会非常慎重。"

关海波深以为然地点头："这个闵总可以放心，我们代理的是德国DP公司的全进口产品，素来以性能稳定著称。"

方好从洗手间出来，找了个角度远眺关海波那个方位，见他们依然兴致勃勃，她撇了撇嘴，不想继续回去像木头人一样杵着，四下寻摸，找了个僻静的角落躲了进去，先偷会儿闲再说。

正好对面有个液晶电视,在放不知名的歌曲,长发美女临着海,神色痛苦地翻腾来翻腾去。她在附近搞了点儿饮料,假装看得津津有味,不至于招人侧目。

不久季杰晃过来,见了她,很是惊讶:"小陈,跑这儿来猫着啦?"

方好仰头望他一眼,又瞅瞅远处,隔着层层叠叠的人,其实什么也看不见,"谈完了?"

"没呢,他们还在侃,我就先撤了。唉,小陈啊,电视在家看就行了,来了这里,怎么也得好好见识见识啊,走,我带你溜一圈去。"

方好抵死不从,刚才跟着关海波逛了那么一大圈,已经够她受的了,又要微笑,又要保持优雅的风度,难度跟海的女儿上岸差不多——步步都是走在刀尖上呢。根本她来这种地方,就是找罪受!

正好有认识的人经过,攀着季杰的肩聊得热乎,她乘机溜之大吉。

换个角落,继续蹲点,只是这一次,没电视机看了。

关海波左等右等,不见方好回来,不免有些焦虑,这丫头一向没有方向感,别是转迷路了。

对面的林娜刚巧也在跟闵永吉低语:"我们是不是可以走了?"

闵永吉瞥了眼她的面色,点头道:"好,那你坐着,我去跟汤先生回个话。"

他又朝关海波微笑道:"麻烦关先生陪我太太坐一下,我去打声招呼就来。"

关海波笑着答应了,待闵永吉走远,他掀了掀眉,问林娜:"闵总这么赶时间,难道还有别的应酬?"

林娜道:"不是,我身体不太好,在这种环境里坐久了会不舒服。"

关海波心里一动,她的脸上有种似曾相识的东西,他没有追问,心里却隐隐地猜测着什么。

闵永吉跟汤震等人打过招呼便往回走,目光却有意无意地来回穿梭,隔着人群,他还是看见了方好,独自一人,呆呆地缩在角落里,面前是一杯果汁。

他在原地踌躇了片刻,终于还是举步朝她的方向迈去。

方好眼前蓦地被一个身影挡住,她迷茫地昂起头,见是他,便绷起脸来没搭理。

面对面了,闵永吉却不知道该说些什么,尤其她还是这样一副态度。

"怎么一个人坐在这里?"他终于问,语气柔和。

方好别转了脸,瓮声瓮气道:"不用你管。"

还是那样孩子似的赌气,可是她却没有像前几次那样一看见他就逃开,闵永吉低头笑笑,情不自禁在她身边的椅子里坐下,"好好,你还在生我的气?"

"……"

"有些事,我不知道该怎么跟你解释……"他这样说着,心里还当真为难起来。

如果一句两句就能说得清,也许他三年前就告诉她了。事实上,他现在的确没法解释,没有任何对他来说合适的立场。

方好没好气道:"不知道就别说,我又没逼你解释,你走吧,小心你太太追过来。"

"她不是那样的人。"他的口气很无奈。

"我管你们是什么人呢,你知不知道我很讨厌你?"她难得的声色俱厉,还好厅里人声鼎沸,没人注意。

闵永吉一贯风云不变的脸终于白了一白,但他很快克制住了,张张嘴,还想说些什么,方好的手机却响了起来,如救星一般,她急忙去接,是老板。

"闵总跟你在一起吗?"他沉声问,带着一丝不稳定,难得这样。

方好不知怎么有点心虚,但还是"嗯"了一声。

他顿了一顿,才道:"让他赶紧到三号会客室来,他太太出事了。"

会客室的沙发上,林娜奄奄一息地靠着,脸色白得像一张纸,闵永吉扑过去就在她随身的手袋里翻找,他始终低着头,没人看得见他脸上是什么表情。

关海波在他身后冷静地开口:"你在找硝酸甘油?如果是,我已经给她服过了。"

闵永吉赫然停下来,顺势跪在沙发前轻轻地呼唤林娜,声音里满是焦灼。

林娜终于动了一下,咳嗽了几声,缓缓睁开眼睛,闵永吉大舒一口气,扯松了领带,脑门上冷汗密布。

"怎么这么不小心?"他低声地嗔责,语气里却全是庆幸。

林娜还无力开口,只是歉疚地望着他,说不出地楚楚可怜,关海波替她解释道:"她等你不来,说觉得胸口闷,想出去透透气,没走两步就摔在地上,幸亏走廊上没人。"

门是关着的,方好始终靠在门背上,没敢近前,对眼前的一切目瞪口呆,怔怔地说不出话来，而关海波的目光向她瞥来时，那眼里有种异样的深邃，她不觉攥紧了手掌，心乱如麻。

闵永吉的脸僵硬无比，牢牢地握着林娜的手，也不转过头来，哑声道："谢谢！关先生真是细心！"

关海波淡淡道："闵总不必客气。"

闵永吉旋即打电话给司机。

关海波等他交待完，便道："既然没事，我们也该走了。"

闵永吉这才站起来，转过身，与他握了握手，再次表示感谢，目光掠过方好时，有短暂的停顿，却终究什么也没再说。

方好有些机械地跟着关海波出来，依旧在喧哗的厅里盘桓，但神思缥缈，失魂落魄。

关海波见她状态不佳，没多久也领着她告辞了出来。

季杰等人都还在兴头上，酒会后大概还会有别的节目。

坐在车里，方好依旧魂不守舍，游荡在自己的思绪中，关海波也不打断她，专注地开车。

"林娜……得的是什么病啊？"方好突然间开口，打破了车内的沉寂。

关海波握着方向盘的手微微紧了一紧，漠然道："心脏有问题。"

"……你怎么知道的？"

"我大伯也是这个病。"

"那她……严重吗？"

"不清楚。"

方好垂着头又不说话了。

关海波扭过脸来，意味深长地瞥了她一眼，又转回头，继续向着前方，慢悠悠道："你是不是在猜想闵永吉为什么会娶她？"

"……"

关海波轻轻哼笑了一声，面庞却有些僵硬，"其实不难猜，或者是为了利益，或者是因为同情，或者……兼而有之。你希望是哪一种？"

方好深深地吸气，吐气，依旧沉默。

关海波再开口时，声音便不再那么轻扬，沉沉的，有点震慑，"如果，是你希望的那一种，你就能原谅他？即使你原谅了他，意义何在？"

方好不禁顺着他的思路想了想，点点头，又摇摇头，只觉得迷惘。

的确没什么意义，可人有时候在意的，往往就是一些没有意义的东西。

一路沉闷地开到方好的公寓楼下，车子一停，她就默默地解开安全带，准备下去。

她的心里很乱，仿佛有人硬塞给她一堆东西，推又推不掉，可是又必须想办法处理。

如果闵永吉真的是因为林娜的病而娶了她，方好不会觉得惊奇，他是个好人，心地善良，她从小就知道。

然而，她怨了他那么久，忽然发现她恨的这个人其实也很可怜，这种心情，让她茫然失措。

关海波在她推门前的一刹那抓住了她的左手，她回过头来望着她，眼里有种迷路孩子特有的惶惧，他看在眼里，只觉得心疼。

"记住，一个人，要向前看，别回头，也别为难自己。"

方好定定地听，良久，点了点头，可眼里并没有十分的释然。

他看着她下车，走远，穿着黑色礼服的身姿渐行渐远，终于隐没在楼洞的昏暗之中，他莫名地怅然若失，心里空落落的，仿佛她不是下了他的车，而是直接从他心里走出去一样。

怔怔地发了会儿呆，他不觉自嘲地笑笑，有些涩然。

即使他的初衷只是想找个伴儿，他还是没办法不在乎她心上始终耿耿于怀的那个人，虽然他对她一直存着很自私的想法，而他自己，也并未从一开始就打开心扉真诚待她。

可感情的事，一旦开始，根本就不能潇洒地说停就停，而现在，他已经有了陷进去的感觉。

有一股从未有过的情绪正在悄然笼罩上来，淡淡的，却挥之不去，他隐隐感到了妒意。

Chapter 13

没有哪个女人是省心的！

方好急匆匆地赶到电梯口时，秦志刚跟春晓正吵得如火如荼，确切地说是春晓一个人正吵得有滋有味，而秦志刚只是抱着膀子洗耳恭听，一手在下巴上拂过来拂过去，满脸看好戏的表情，春晓于是更加怒不可遏。

"怎么回事呀？"方好人还没走近，已经急切地问开了。

地上散乱着粉扑、眼影盒、唇膏、睫毛夹子、剪子、小刷子等细碎的化妆工具和材料，有些小瓶子都破碎了，流了一地亮晶晶的液体，难怪春晓急红了眼。

秦志刚赫然扭头，看见了她，脸上立刻换了副别样的神色："呵呵，陈方好，很久不见了啊！"

几年前，秦志刚还在企业里朝九晚五的时候，颇为游手好闲，有事没事就喜欢往关海波的公司里蹭，顺带地调侃方好几句，后来他开了酒吧，一下成了大忙人，就很少来了，更多的是关海波去找他。

春晓正控诉得带劲，没想到他竟然认识方好，不觉瞪着她问："这人哪儿的？"

"他是关总的老同学。"她见春晓仍然一脸的气愤，扯扯她的衣服，息事宁人道,"算了,别吵了,再闹下去,满大楼的人都给你们招来了。"

春晓指了指一地的狼藉,"那这些怎么说?"

她只觉得心痛不已,精心准备了一上午,要去参加实战演习——在某商场做现场化妆讲座,据说还有人给打分,作为竞争"培训师"的有力砝码。

谁知兴冲冲地赶路,竟与从电梯里冲出来的秦志刚撞了个正着,一下子狼狈不堪。

秦志刚在一旁向方好道:"我先纠正一下啊,我可一句没跟她吵。"

他先还挺绅士地帮忙给她捡着地上的东西,后来看她不分青红皂白地撒泼,便索性袖手旁观了。

春晓一下又来火了,"你以为我愿意跟你吵?你走路长没长眼睛啊?"

秦志刚望了望天花板,嘀咕一声,"又来了。"然后扬起嗓门道,"哎,我也不是故意的。"

"哈,你不是故意的你就有理了?"

"那你想怎么样?我赔钱给你你又不要。"

"有钱你就跩啊?你以为钱能买到一切呀?"

"比如——"秦志刚好笑地望着她,这女孩子有点意思,吵架还不忘上纲上线。

"你能买来时间吗?!"春晓痛心疾首,要准备这么多啰里啰唆的东西一时半会儿哪够,而且她把每件物品都按使用的先后顺序排好了位子,虽说只是画一张脸,本质上跟医生做个手术没什么区别,复杂细致着呢!

秦志刚慢悠悠地讥讽了她一句,"我看你时间挺充裕的嘛!"

方好乘着他们唇枪舌剑的工夫已经把地上能捡的东西都捡了起来,眼见火苗又噌噌地往上蹿,顾不上别的,把袋子往春晓手里一塞,一个劲地推她回公司,"快去收拾吧,再耽误下去,真要赶不上了。"

春晓横眉立目地又瞪了秦志刚一眼,远远地指着他嚷,"我今儿要是没过关,回头再好好找你算账!波哥的同学是吧,很好,跑得了和尚跑不了庙!"

方好对着直翻白眼的秦志刚尴尬地笑笑:"她人其实挺好的,可能今天太紧张,你又不巧,撞在枪口上了。"

秦志刚睥睨着她:"陈方好,你还挺善良的么。"

方好腼腆地笑着走在头里,领他进盛嘉,"关总等你小半天了,老不见你上来,才让我出来瞧瞧。"

秦志刚嘻嘻一笑,压低嗓音道:"哟,还叫'关总'哪,是不是得改改口了?"

　　方好顶怕他口没遮拦的打趣,顿时有些无措起来,好在关海波的办公室已经到了。

　　关海波一见他就笑吟吟地问:"跟人吵架了吧?"

　　秦志刚挑挑眉:"你是顺风耳还是千里眼?这点小破事都瞒不过你。"他边说边走上去兜胸给关海波来了一拳,"这阵子又在忙什么,我那儿连脚都不去沾沾,是不是给谁缠住了?"然后又朝方好瞥了一眼,哈哈大笑。

　　方好怎能不明白其中的喻义,脸微微地红了起来。

　　关海波把手头的文件等物往边上一推,笑着让他坐,又问:"喝什么?咖啡还是茶?"

　　"绿茶吧,咖啡那东西喝多了伤身体。"秦志刚边说边向准备出去忙活的方好追加了一句,"谢谢啊,小嫂子。"

　　方好窘得夺路而逃。

　　关海波笑道:"你别逗她了,她脸皮薄。"

　　"嘀嘀,这么快就护上啦?我记得你以前训起她来可不是这么温情脉脉的么,到底不一样了呢!"

　　关海波只笑不语。

　　两人没扯几句,秦志刚烟瘾就犯了,从口袋里掏出一包烟,甩了一根给关海波,又自行点上,吸一口,缓缓地吐出一个完美的烟圈,一边四下观望,"还是你这儿好,清净!"

　　关海波啼笑皆非,"你早年不也挺清净的?怎么哭着喊着无聊呢,得了便宜跑我这儿卖乖来了。"

　　"我呀,是没你那水平跟毅力,不然,咱也开个什么软件公司,物流公司,贸易公司,总之开什么都比我那酒吧档次高啊!"

　　关海波也把烟燃上,他难得在办公室抽,但老朋友来了例外,"你少在这儿寒碜我,租子收着没有?"

　　秦志刚有钱后在几处地方置下了房产,专门出租给人家当办公室用,最近闹了点儿纠纷,他亲自上门去解决,刚好那地儿跟聚林离得很近,不超过三百米,他就顺道来看看关海波。

　　"嗨,也是一横的,谈了没十分钟,差点跟我掐起来,回头我就找顾律师帮忙开战去。"

　　他嘴里的顾律师正是关海波的前女友顾司琪,关海波听着,低头笑了笑。

秦志刚歪头嘬着烟，眼睛眯成了一条线，"海波，你别怪我说话不中听，我还真不明白了，这顾律师哪点比不上陈方好？要相貌有相貌，要资历有资历，要背景有背景的，你跟她发展，将来能省多少事呢？哎，你到底喜欢陈方好什么呀？"

关海波四处找烟缸，总算在文件柜旁边的矮几上摸到个不锈钢的，擦得亮晶晶的，他两指一夹运过来，摆在二人面前，同时将自己的烟从唇边拿下，顺势在里面掸了一掸，抬起头来时，见秦志刚还目不转睛瞅着自己等答案。

关海波知道他跟顾律师关系不错，踌躇着，不知该怎么措词好，想了半天才淡然道："谈不上喜不喜欢，她比较让人省心。"

秦志刚让烟呛了一口，咳得眼泪都出来了，但他一边咳，却一边哈哈笑着道："关海波，你算是活明白了！嗨，想通了也是，女人啊，什么家世，资历，都他妈扯淡，找个条件比自己好的，你还得回过头来看她脸色！累不累啊！就说从前那个施云洛吧，你把她哄上天了，结果可好，人拍屁股就转枪头！我对你真是失敬啊，海波，赶明儿我也找个老实单纯的，将来让她伺候我！嘿嘿！"

关海波被他这通诠释搞得有点发怔，似乎是那么回事，可又不全是，一时只得干巴巴地附和着笑上两声。

一根烟抽完，秦志刚的茶还没上到位，他不免嚷嚷起来，"你这小媳妇手脚可够慢的，这么半天了，炖个鸡汤都差不多了吧？"

关海波也有些纳闷，起身打算出去看看动静，刚把半掩的门拉开，尚蓓蓓就端着一杯茶进来了。

"方好呢？"关海波皱眉问，什么时候她也学会转差使了？

"我不清楚，她刚刚把这茶给我，让我端进来的。"眼见老板脸色微变，忙补充一句，"大概去忙别的什么了。"

关海波走出门口两步往她位子上看，果然是空的。

"关总，三点的会还开吗？"尚蓓蓓小心翼翼地问，又瞅了眼里面坐得踏踏实实的客人。

"开。"他说，皱一皱眉，又道，"一会儿你把陈方好给我叫来。"

"哎。"

秦志刚摸着早已经变温的茶杯，不明所以，起身道："海波，那你忙吧，我也该回去了，麻烦事儿多着呢。有空去我那儿放松放松。"说着又促狭地挤挤眼睛，"带她一块儿来。"

关海波有点心不在焉,也没多留他,应和着就送他出门,目光四下里睃着,却怎么也见不到方好的影子,面色逐渐阴霾。

到了电梯口,秦志刚扫了眼已经打扫得干干净净的地面,想起刚才那一幕,情不自禁地咧嘴一笑。

直到会议开始,方好也没去老板办公室"报到",关海波实在不明白她哪根筋又没搭对地方,就算是害羞被秦志刚说笑了几句,也不至于要这么大反应吧?!

他手头一堆的事儿,无暇顾及方好,窝着一肚子火,到了点儿,就匆匆往会议室赶。

一踏进门,却见方好端坐在老位子上,垂着头,正钻研摊在面前的记事簿,状似很认真,看不出任何异样。

关海波把手上的资料往投影仪旁重重一撂,低沉着嗓音质问:"你怎么回事?上哪儿去了?没人让你来我办公室吗?"

方好置若罔闻,连眼皮都没抬一下,表现出对关海波空前地漠视,他的脸开始泛黑,又发作不得,开会的人陆续进来了。

权当她没听见自己说什么吧!他只能这么安慰自己。

"小陈来得真早嘿,刚我还说要问你拿份文字介绍呢,找你半天没找着。"季杰不由分说,拉开方好对面的椅子就坐下来。

方好把手边一份仅两页纸的文件递给他,还朝他笑了笑:"是这个吧?"

季杰接过来,翻看两眼,点头,"没错!你真细心啊,呵呵。"

关海波顿时气苦,原来她没聋,听力正常着呢!

人已经到齐,数双眼睛充满期待地盯视在他脸上,关海波按捺住心头的愤懑,专心开会。

他这一趟深圳没白跑,又带回来几个投标项目,今天的任务是讨论可行性方案并将这些项目分配出去。

每逢此类会议,方好是钦定的记录员,因为之后的投标书制定她都有份参与。

关海波开会有个习惯,喜欢让方好在电脑里即时记录下会上讨论出来的结果或是有益的意见和建议,省得开完会再靠回忆和简单的笔记重开炉灶,既费脑子又费时间。

方好做这一套已是熟门熟路,可是今天却屡屡失手,不是调错文档,就是录入错误，有一次还差点把关海波的一个重要文件给误操作删掉了。

眼看老板的脸色越来越难看，众人纷纷替方好捏了把汗，孟庆华有点看不过去，他就坐在方好旁边，此时探身过来，对方好低语："要不，我来帮你敲吧。"

方好纹丝不动地坐着，却是一脸的倔犟，低声道："不用，我可以。"

好在接下来她果真收敛了心神，没再出什么错。

会议一结束，关海波就押着方好去了自己办公室，门一关，他顿时脸一沉，"陈方好，你到底是怎么了？无缘无故就消失，开会也没心思，你给我好好说清楚！"

方好把脸别向一边，始终一声不吭，神情倔得像头小驴。

她在他面前很少这样。关海波忽然觉得心里沉甸甸的，她这个样子，八成又是那姓闵的惹上她了，也只有闵永吉能让她情绪波动如此强烈。一念至此，他心里竟涌起一股凉飕飕的酸涩，如果真是这样，他非疯了不可。

"你说话呀！哑巴啦？"他抬高嗓门朝她轻吼了一声。

方好终于转过头来，她脸上的神情非同寻常，再也不是唯唯诺诺的小媳妇样儿，显得异常端凝和郑重，关海波心里一紧。

"关总，上次我问你的问题你还记得吗？"

"什么？"他被她没头没脑的话问得愣住，迷惑不解地瞪着她。

她一字一句地重复："你——究——竟——喜——欢——我——什——么——？"

关海波一怔，他没想到她竟然还在纠缠这个问题。

他不是傻子，明白这种情况下什么样的答案可以让女孩子满意，张了张嘴，可是甜言蜜语怎么也吐不出来，尤其此时，被她冷冷地盯着，好似被胁迫一般。

"现在是上班时间，你问这个干嘛？"他纠结了半天，终于还是没有勇气突破，找了条小道妄图抄个近路。

方好过于郑重的脸上忽然闪过一丝微笑，可是她的眼圈旋即就红了，她不想让他看出来，迅速转过脸去。

一直以来，关海波习惯了方好在自己面前憨憨傻傻，打不退、骂不倒的牛皮劲儿，忽然之间这样不苟言笑，仿佛换个人，他一下子适应不了，竟有些怔忡。

"你……究竟怎么了？"

她再次望向他的时候，关海波能明显感觉她面庞上的肉在微微抖动，而她竭力克制着。

"还是我来替你回答了吧。"她的声音颤抖而不稳定，他听在耳朵里，只觉得自己的一颗心也跟着摇摇晃晃起来。

"你'喜欢'我，是因为我傻，好糊弄，对不对？你'喜欢'我，因为我让你省心，对不对？你'喜欢'我，因为你说什么我都不敢反对，总会心甘情愿地伺候你，对不对？！"

方好的眼泪终于毫无顾忌地倾泻下来。

她欢欢喜喜地端着茶准备去孝敬秦志刚，刚到门口，正好听见秦志刚问出了那个同样困扰她的问题，于是收住脚步，没有进去。

她知道偷听是可耻的，可她真的渴望知道，关海波也许不会在她面前表露什么，可是对着他多年的同学加好友，总能透露些许心理活动吧？！

他接下来的回答和秦志刚的诠释像一盆凉水将她从头浇到脚，所有的困惑都有了顺理成章、合情合理的解释！

在得不到答案的那些时间里，她有过各种各样的猜测，也曾大着胆子幻想老板也许真的是爱上了自己，而当这个念头涌上心头时，她有种偷吃到蜂蜜的甜甜！

而现在，所有现实的、不现实的，合乎逻辑的、不合乎逻辑的猜测通通被推翻，只余了她耳朵里灌进来的这一个！真实却也残忍。

原来老板也曾被人伤过！原来他找她不为别的，只是图个省心！那一刻，方好只觉得心碎欲裂！

她咄咄逼人的一连串问号把关海波彻底震慑住了，他有足足十秒钟没反应过来，等明白过来，他赫然皱眉，不相信似的喃喃追问，"你刚才……在外面偷听？"

可是，现在去追究她的行为是否"道德"是一点儿意义也没有的，方好已经像一阵风似的朝门口卷去。

关海波错愕之下，飞扑了过去，用力拽住她的胳膊，"方好，别冲动，你听我说！"

方好使劲地甩着手臂上的束缚，她心灰意冷，什么也不想听，突然觉得很伤心，为什么她喜欢的男人总爱打着自以为是的小算盘？

难道爱情，真的是只有女人才会相信的乌托邦？！

她如此决绝的神色与举止让一贯沉稳的关海波也慌了手脚，因为她从没有过这样的狠劲,他一点防备都没有,而他的解释又是那么疲软和苍白,"你误会了,方好,不是你认为的那样……那些话都是秦志刚开玩笑的,你也当真?!"

方好哪里肯信,拼命地想挣脱他的手掌,嘴里胡乱地嚷着,"你放开我!从今天开始,我谁也不想伺候了!"

关海波听她连这样的话都说出来了,顿时又急又怒又心疼,却也无可奈何,狠狠心,一把将她按在墙上,吼道:"陈方好,你冷静点,行不行?"

方好被他突如其来的怒吼给蒙住了,果然安静下来,两个人相对瞪视着彼此,气息咻咻。

门却在此时被推开,满脸焦灼的季杰闯了进来,一眼撞见这令他瞠目结舌的情景,从来都是半敛着的双眸一下瞪得老大,连眼珠子都快凸出来了!

老板竟然——调戏陈方好?!

"你出去!"关海波狼狈不堪地对赤裸裸盯着这边的季杰低叱一声。

季杰咽了口唾沫,回过魂来,职场规矩,非礼勿视,非礼勿听,他忙不迭道:"哦,好!好!"一边往外退,一边还不忘加一句,"我刚才敲过门的。"

关海波扭过头来望着怀里的方好,她眼睛通红,神色悲愤,此时又不听话地挣扎起来。

"你别这样,我们,我们好好谈谈。"关海波从来没有像今天这样无力过,几乎语无伦次。

方好执拗地扭动身子,十分不合作。关海波还没来得及劝说,门再一次被推开,还是季杰!

他刚才已经出离震愕了,此时方清醒过来,抢在头里嚷道:"关总,出大事了!"

"什么事?"关海波头疼欲裂。

"我们给腾玖代理的成品油出了问题,他们整条生产线都停下来了!"

手机一刻不停地响,再悦耳的铃声听多了也是一种恼人的煎熬。

方好坐在沙发上,双臂环抱住膝盖,直眉瞪目地盯着脚边唱得欢的手机,嘴里犹自嘟嘟哝哝,"你还打来干什么?无非是想说那些话不是真的,可我就是相信,你再怎么解释也没用!告诉你,我受够了,你甭以为几句糊弄人的话就能让我回头……"

这几年来所受的种种"不平待遇"就像河泥一样全翻腾上岸,越想越觉得

自己比小白菜还可怜。

她只顾对着电话发牢骚，却不敢伸手去接，因为明知说不过关海波，他是谁？两年来，顺利攻下客户无数，如果有"谈判高手"的评选，他绝对挤得进前五名，而自己，不过是小小的一枚幕后杂役，根本不是一个重量级上的，她才没有傻到去硬碰硬呢！

手机终于精疲力尽，停止了叫嚣，方好这才长吁一口气，脑子里还余音袅袅，微微发胀，她长这么大，还从来没像今天这样大吵大闹过，想想刚才在他办公室里的情景，伤心之余，又觉得面颊发热，自己长久以来努力保持的淑女形象算是毁于一旦了。

唉，管不了这么多了！

她瞄了瞄客厅墙上的钟，快七点了，不禁猜测，他这时候打来，难道腾玖的麻烦已经解决了？

想想不太可能，这次的事件好像很严重，不然关海波也不会听完季杰的陈述就火烧火燎地撇下自己就走。

做了数次面部处理后，方好才低着头，眼睛通红的从老板办公室走出来。

没有人对她的异常表现出该有的关注，一则对她这副样子同事们基本已经司空见惯，更重要的是，大家的精力全被眼下这个棘手的大麻烦给牵制住了。

方好临下班前还听到孟庆华在给德国的供货方挂电话，一遍遍地老没人接，悠闲的欧洲人大概还在餐厅里享用美食，气得他几乎要摔话机。

油品代理没了事小，但腾玖的一条生产线全部停下来，若要论起损失和修复费用，那才是天价，如果处理不当，盛嘉非再次跌到谷底不可，这次关海波的压力一定很大。

方好发现自己又在不自觉地替老板操心了，顿时扬起手，狠狠敲了敲自己的脑瓜，暗骂自己一声，真没出息！

关海波和盛嘉前景如何，已经跟她没关系了，在偷听到那令她伤心欲绝的"真相"的一刻，方好就已经下定决心要逃开了，就像当初为了闵永吉而从家乡逃出来一样。

她承认自己不勇敢，也不坚强，遇到麻烦的第一个念头总是逃，可天性使然，她也没办法，仿佛唯有这样，才能保护自己不受伤害，全然没想过撤离的同时，早已是伤痕累累了。

可是，即便如此宽慰自己，心情还是低落得无以复加，她从来没像今天这样生气过，伤心过，好像长久的期待一下子落了空。

一旦意识到自己的这种情绪，她又有些惶惧，自己真的期待过吗？

自从关海波向她"表白"以来，她似乎就没踏实过，仿佛一脚踩在云端里，随时都有可能摔下来。

现在终于着地了，踏实了，心里却撕扯得生疼。

吃着泡面，电话再一次响起，她的胃明显揪搐了一下，迟疑片刻，还是撂下碗过去查看，这一次，却立马接了，因为是春晓打来的。

"在干吗呢？"春晓轻快地问她。

"吃泡面。"她回答得有气无力。

"这么惨？！那赶紧出来，我请客，在欣同乐！还有我们一帮同事都在！"

"……你中奖了？"

"没啊！不过也差不多了，你猜，我今天下午的现场讲演得了第几名？"电话里，春晓的声音每个字的音调都是上扬的，傻子都听得出来她很兴奋。

"不会是第一吧？"她闷闷地问。

"Bingo！"

"那恭喜你哦。"

方好的落寞跟春晓的神采飞扬形成了鲜明的对比，春晓察觉了，收敛起欢快，谨慎地问她，"你怎么了，听上去像蔫萝卜似的，谁欺负你了？"

方好抽抽鼻子，梗着嗓子道："哪有，我……感冒了。"

"哦，这样啊！"春晓复又笑起来，她今天心情太好，话也多，"哎，波哥的那个同学，叫什么来着，呵呵，我刚才对他是那个什么了点儿，你下次见着他，替我跟他说声抱歉哈。"

春晓就是这样的火筒脾气，急起来能举刀子跟你拼命，可是一旦意识到自己错了，也从来不惮于承认和低头。

方好含糊地应着，心里却恨恨道："骂得没错，骂得好！"

一想起他哈哈大笑着说出的那些混账话，她就怒不可遏，句句都像刀子似的扎在她心上呃！

"说这么半天，你到底来不来啊？"

"不了，我累，想睡觉。"方好什么兴趣也提不起来，一口回绝了。

春晓以为她真的身体不好，遂未勉强，干脆道："那你好好休息吧，记得多喝点水，睡一觉就没事了。"

挂了电话，方好继续没滋没味地吃面，泡面微辣，吃着吃着，不知怎么就把眼泪给呛出来了，一串串断线的珠子一般落入汤碗，她唏嘘着再也咽不下去，抛下还剩了一半的面就去把电视打开，赶走一些空旷的寂寥和烦闷。

可是，电视也吸引不了她的注意力，眼前晃来晃去尽是关海波那张黑黢黢的脸，一会儿对着她微笑，一会儿沉着脸训她，可更多的，却是他搂着她时，方好所感受到的那种飘飘然，好似荡秋千，摇来晃去，虽然有点险，却心情飞扬。

脑子里各种相冲相克的念头横七竖八地掐着架，乱糟糟地闹作一团，天这样热，烦躁起来，心情的低落指数简直可以用乘方来计算。

她终于受不了，用沙发靠垫捂住自己的脸，拼命憋住气，恨不能就此将自己解决了，从此一了百了。

为什么她会生就这样优柔寡断的性格？为什么她就不能随她妈，杀伐决断那叫一个嘎嘣脆。

她正自己跟自己激烈地交战，门铃赫然间叮咚响了两下，紧随着又是两声，很急促。

这一天是注定不得安生了。

方好一个人住，向来谨慎，在猫眼里向外张了两眼，看到一张轮廓分明的脸，布满了焦虑，她一下子慌张起来，双手来回地绞搓，急得像热锅上的蚂蚁一样在门内团团转。

"方好，快开门，我知道你在里面。"门外传来关海波低沉的声音。

老板的眼睛是有透视功能的！

方好没辙了，且大热的天，把人挡在外面的确有点不厚道，咬咬牙，手搭在门把手上，又迟疑了几秒，终于旋开。

关海波手里拖了个箱子，神情略显疲惫，见了她，仿佛陡然松了口气，拉着箱子就跨进门来，方好紧抿双唇，在他身后把门关上，默默地随着他走进客厅。

空气里弥漫着泡面的香味，关海波闻着，不觉皱了皱眉。

方好朝他手上的箱子瞟了一眼，垂着头一声不吭，可是，也没有了刚才在他办公室里的那股子猛劲儿。

关海波没有坐下来，立在客厅中央定定地望着她问，"为什么不接我电话？"

她的手机还在沙发上躺着，很显眼的红色，她无言以对。

关海波不知道该说她什么好，如果他当她只是自己的员工，也许一切就好办了，可是现在，她于他又有了另一层含义，作为他的"女朋友"，他竟然不知道该怎样对待她才是合适的。

也许,他一直就不了解女人,尤其是像方好这样的——他一直认为她是最省心的,也许头脑简单了点儿,但对自己向来言听计从,无需操心,却怎么也没想到她竟然也会爆发,而且是为了一个在他看来相当莫名其妙的理由!

都说女人是情感动物,以前不甚在意,今天他彻底相信了。

省心?!他想到自己轻飘飘说出的这个词语,真恨不能嚼下自己的舌根。

事实上,没有哪个女人是省心的!

关海波终于轻轻叹了口气道:"就为那几句玩笑话气成这样,你觉得至于么?"

方好耷拉了脸,梗着脖子,仍然保持沉默。

至于,当然至于!

也许男人找女朋友,可以持无所谓的态度,甚至很随便,为了某些难以启齿的理由——她想起那天在他家沙发上他对自己迫不及待的样子,顿时又羞又恼,仿佛再一次证实了什么。

可是对女人来说,接受一个男人,首先是他对自己要真诚,其次还要自己喜欢。

如果他找自己纯粹是为了解决那种事情,那她跟xx有什么分别?!

她无意识地扳弄着自己的手指,终于开了口,声音很低,却异常清晰:"关总,你能看得上我,应该算我的荣幸,可是,我仔细想过了,我们俩,真的不合适。"

她说这些话的时候,尽量让自己的声音不含有赌气的成分,证明她是经过深思熟虑的,她也的确是这么想的,虽然他很好,她很容易就能喜欢上他,也许,她早就已经喜欢上他了,可在感情面前,她是个较真的人,她不希望自己成为任何人的替代品,或者退而求其次的选择,她要的是百分之百的真心相对。

如果不是这么执着,她不会在三年前为了闵永吉的负心而跑出来披荆斩棘地闯荡。

关海波没有给过她必需的安全感,她在他面前除了接受和服从,似乎别无其他选择。

虽然,这样说的时候很豪迈,方好还是感到有一丝懊丧和不安浮上心头,如果他对她的"分手宣言"没有异议,他们之间就当什么都没有发生过,那她会不会因此而后悔?

可是既然已经说出来了，就容不得她后悔，她可以不聪明，可以不能干，但绝不能丢失尊严，她不想从一个被老板呼来喝去的职员再变成他呼来喝去的"黄脸婆"。

关海波却久久没有作声。

心里不是没有震动的，她的话仿佛击中了他某些阴暗的心理，他也这么以为，自己能看上她，是她的荣幸，一种恩典，只要他开了口，她不会有问题，这样说的确恶俗不堪，可传统心理就是如此！

也许，换个其他的女人，高兴还来不及，而她，竟然因为他的一句随性之言而拒绝了自己。

这还是那个什么都不在乎的陈方好吗？

而当她这样清晰地说出这番话来的时候，他的心里除了难堪，还有一点抽痛和深深的惶恐，就像当初在他落魄的时候，她提着行李向他道别，转身离去的那一刻，他心上泛起的感觉一模一样。

那时，他坐在桌子面前，狠命地抽着烟，望着她的背影离自己越来越远，心也随之被一点一点地抽空，此刻，也是一样，而且，失落的情绪更加强烈！

原来又笨又傻的陈方好并非可有可无，三年的相伴，她已经深深地扎进了自己的心田！

他不能很清楚地把握自己对她到底是怎样的感情，他也不敢说自己真的就已经爱上了她，因为爱情，早在几年前就已经彻底远离他，他再也不愿相信。

可是，他日益感觉到自己在精神上对她的依赖如此明显，也许，这种依赖只是基于一种长期而来的习惯，他却很清楚地知道，如果陈方好离开，他会无法忍受，仿佛原本完整的心缺了一只角。

他伸手搭在她肩上，哑声道："抬头看着我。"

方好缓缓地仰起脸来，目光一接触到他的眼眸，就止不住地想逃开，而他却把她的脸拨过来，正对着自己，"如果我说……我是因为喜欢你才想跟你在一起呢？"

如果？方好在心里苦笑，说得如此牵强，这又何必。

她无言地把他的手从自己肩头拉下，神情执拗，她不需要他的施舍，不需要任何人的施舍。

关海波只觉得眼前这个人很陌生，她脸上的坚毅与她平日的乖顺是那样的不相称，令他惶惑不安，不得不猜想道，"是否因为她还惦记着那个人，所以可以这样轻易地推开自己？"

这个理由一经涌起就变得如此可信，仿佛她所有怪异的言行都有了顺理成章的理由，他的脸逐渐泛青，心里一阵阵地涌起凉意。

的确，他不过是想找个伴儿，可是，最起码，这个伴儿对自己要有一些真心吧！

如果她的心永远都系在别人那里，他执着地要把她留在身边岂不可笑又可怜？

他需要走到那一步吗？

难道，他已经没有别的选择了？

两人就这样默默地对峙，似乎都找到了自己可以依托的那个理由，然后逐渐心灰意冷。

又有电话进来，是关海波的，他看了眼号码，眉心略拧，立刻接了。

他讲电话的时候，方好紧绷的神经才稍有放松，听得出来，应该是季杰打来的。

"嗯……好，你直接去机场，在2号门等我……我已经出来了，半小时以后能到……好，一会儿见。"

这个电话来得正是时候，提醒他现在还不是考虑儿女情长的时候，有更紧迫的事情等着他去处理。

关海波深深吸一口气，恢复了常态，对方好道："我得去趟德国，马上就要动身，腾玖那边的事还没解决，有些问题在电话里谈不清楚。"

方好见他神色凝重，也有些紧张，轻声问他："会有麻烦吗？"

关海波转开脸去，望着外面完全黑下来的天色，心情并不轻松，半晌，才闷声道："还不清楚，去看了才知道。"

他脸上的沉重令方好深深地不安，如果连一向稳操胜券的他都没有把握，盛嘉能否逃得过这一劫？

她不知不觉中又开始拼命绞手。

关海波低头时无意中瞥见她这个熟悉的小动作，心头蓦地柔软下来，她一紧张就会这样。

原来，她终究还是替自己担心的。

他放缓了声音道："我们的事，先别急着下结论，我离开的这几天，你再好好考虑考虑，一切等我回来再说，好吗？"

有浅微的凉慢慢地渗进方好心里，他的语气如此冷静和理智，跟在谈判桌上订一份合同没什么区别。

她是对的,没有人可以撼动得了关海波,没有任何事可以让他失态,更何况是自己?!

　　但是,她毕竟不愿意在这个时候让他烦心,还是顺从地点了点头。

　　陪着他走到门口,关海波脚步滞了一下,并不回头,淡淡地嘱咐她,"少吃点泡面,那东西防腐剂太多,对肠胃不好。"

　　方好稍稍一怔,心里略微回暖了一下,轻轻"哎"了一声。

　　一到门外,他立刻变得脚步匆忙,全然没了别的心思,只顾提着箱子往楼下赶,他的背影果敢而绝然,方好突然有种预感,他会没事,公司也会没事。

　　可是,看着他一点一点地离自己远去,直到消失,都没再回头望她一眼,她忽然觉得鼻子里酸酸的。

　　小时候,她在路边的草丛里捡到过一串水晶项链,真假就不提了,反正很漂亮,虽然从小老师和家长都教育小孩子要拾金不昧,可她实在喜欢,于是起了私心,将它东藏西塞,又怕被大人发现之后要挨骂,结果整天提心吊胆,心神不定。直到有一天把它重新扔回了草丛,才算找回心安。

　　后来她逐渐明白,不属于自己的东西就不要觊觎,否则只会自找烦恼。

　　曾经,她以为闵永吉是属于她的,谁知最后连这点自信都落了空,她于是更加不敢贪心。

　　关海波于她就是那串项链,虽然华丽,却没有归属感,反而成为沉重的拖累,唯有丢弃,才能找回原来的平静。

Chapter 14

陈方好叛逃

第二天早上醒过来,方好又开始纠结,到底还要不要去公司上班?

虽然昨晚上已经前思后想,痛定思痛,要跟关海波斩断"情丝",洗心革面,重新做人,可现实的问题还得面对。

她的房子是租的,她还要吃饭,所以,当务之急,她要找到一份新的工作。

其次,她跟关海波的事情是经过妈妈"御审"的,老太太还相当满意,回去之后,自然会跟左邻右舍一番炫耀,那她该怎么跟她妈交待?

这些问题比她拒绝关海波还令她头疼,况且也不是一时半会儿就解决得了的。

仰天长叹一声,方好还是老老实实地起了床,洗漱过后,像往常一样往公司赶。

慢慢来吧,反正老板也不在公司,她有的是时间继续纠结。

腾玖的事远比方好预料的要复杂。

因为季杰跟关海波一起去了德国谈判,公司这一头就由董其昌全权代理,其他同事也都紧张地待命,孟庆华甚至全天候猫在腾玖以静观变。

腾玖那边的生产线停了一天后,就有国外的专家专程赶过来对机器进行修复,损失尚在估算中,不用问,也知道数目庞大,这笔巨额费用究竟由谁来承担,或者说承担比例是多少,这个艰巨的谈判任务就落在关海波和季杰的身上了。

两人在斯图加特跟德国佬扯了两天,查验了若干检测报告,勉强将责任归属大致定了一定,但对于赔偿数额,仍然没能商量出一致的结果。

方好每天跟在大家的屁股后面忙碌,其实也帮不上什么大忙,无非是替人跑跑腿,然而,一旦投入到紧张团结的气氛中,她就把自己那点烦恼暂时抛诸脑后了。

一有风吹草动就会紧张地蹦起来问:"怎么样?怎么样?"

董其昌本来就心烦,见她如此神经质,不耐地对她挥挥手:"你烦不烦,有你这么老问老问的嘛?去去,给我倒杯冰水来降降火。"

方好顿时有些讪讪,给董其昌弄饮料的时候,自己顺便也灌下去一杯,她觉得自己的神经绷太紧了,随时容易断裂。

吃饭的时候,连春晓都说她这阵子憔悴了:"唉,哪个老板用到你,真是三生有幸,瞧你这副上心的样子,你犯得着嘛?其实,要我说,波哥这次如果真的趴下了,以你现在的资历出去找份工作,那还不是易如反掌的事?"

方好闻言脸色赫然一变,想都没想,就扬起手上的筷子朝她头上敲了一记,"快闭上你个乌鸦嘴!瞎诌什么!"

春晓没料到她一下变这么凶狠,吓得本能地往后一缩,嘴里胡乱嚷嚷道:"你怎么回事啊,陈方好,什么时候也学会使用暴力了?你变性了是不是?"

盛嘉是方好看着一点一点起来的,虽然三年来,她对公司的贡献基本可说是隐形——既没有带来销售收入,也没有在后勤部门有突出贡献,可若论起感情来,还是很深的,这是她毕业后的第一家公司,也是迄今为止唯一的一家,况且,因为关海波的缘故,它对她的意义,还远远不止于这些。

所以,即使她跟老板的"感情"无法继续发展下去,她也不能容忍任何人咒盛嘉。

想起了关海波,立刻又是五味杂陈,他出去了两天,却没有给方好来过一个电话,也许,他是想给时间彼此冷静思考,可方好平时就缺乏理性的逻辑思维,更何况感情这东西本身就是没办法拿尺子丈量之后得出结论的,所以这两天的时间对她来说算是白费了。

他并不知道,与其给她时间思考,还不如给她打个电话更具有实际意义。

从餐厅回来，方好立刻发现了办公室里异样的气氛，几个同事在最大的会议室里进进出出，有嗡嗡的说话声不断从那里飘出来，断断续续，不怎么清楚，却甚为热闹。

方好精神陡然一振，直觉以为是关海波回来了！

立马又觉得紧张，他说过，等他回来，再谈两个人的事情，虽然她已经单方面地拿定了主意，可是，如果他坚持，她不一定是他对手，而且，她隐约觉得，自己好像是希望他坚持的……

脑子里纷乱了一阵，她突然又清醒过来，不免纳闷，老板上午不是还在斯图加特么？这么快就到公司了，难道是雇了火箭飞回来的？

正胡思乱想间，唐梦晓的身影出现在会议室门口，对她扬了扬手，高声道："小陈，快去沏杯茶来，记得，要龙井！"一脸兴奋之色。

尚蓓蓓下午不在，所以跑腿仍旧成为方好义不容辞的差使。她一边答应，一边也直着嗓子问："谁来了呀？"

"救兵！"唐梦晓说完，又闪身进门了。

救兵？！

方好琢磨了一下，没猜出来会是谁，但既然救兵来了，总是好事，她嘴巴一咧，高高兴兴地跑去茶水间，没几分钟，一杯热气腾腾的上好龙井就端了出来。

走到一半，看看那泛着袅袅热气的绿茶，她不禁想，这么热的天，喝滚烫的茶不是受罪么？眨眨眼，重新回去，又调制了一杯冰的柠檬水，这个好，提神醒脑啊，打仗用得上！

她为自己的细心沾沾自喜，颠颠地扭着小蛮腰又往会议室走。

会议室里有个专门开电话会议用的八爪鱼，一群人围着桌子，正认真地听讲。

董其昌一边汇报情况一边刷刷地做笔记，在他对面，坐着一名穿白色套裙的陌生女子，背对着门，只看得见她白皙的颈脖和秀挺的身形。

因为是免提，方好能听出那个隔一会儿就若有所思"嗯"上一声的人是关海波。他的声音隔着千山万水，遥遥传来，方好听在耳朵里，心跳莫名地加快。

思念如水，悄无声息地涌上心头，原来，所有刻意的规划都是枉然，都敌不过此刻听到他声音时所感受到的悸动。

唐梦晓无声地用手指了指那女子，方好会意，蹑手蹑脚地走上前，把那杯冰柠檬小心地搁在她手边。那女子向前斜倾着身子，尽量凑近话机，仔细地聆听着，随着方好的靠近，很自然地瞥了眼那杯饮料，遂仰头朝方好友善地笑笑，算作感谢。

方好这才看清了她的容貌，竟也是眉清目秀的一张脸，画了淡淡的彩妆，很耐看，眉宇间流露出干练的神色，一对美目顾盼生辉，犀利又不失亲切。

这类女性，不用多问，方好也清楚应该就是俗称的"白骨精"——白领，骨干，精英的集合。如今俨然成了盛嘉的救兵，方好顿生景仰之心。

呈毕饮料，她极为恭谨地退开几步，却舍不得离开，于是站在门边旁听，虽然听不太明白，这个女子满嘴的专业术语，仿佛是个律师，但她清楚，他们一定是在谈腾玖的那个麻烦。

而她开口说话时，声音也是极柔和悦耳的，跟方好想象中的律师出入甚大。

听关海波的口气，德方可能因为索赔的金额过大，意欲反悔之前的承诺，以便减轻自己的损失，而引起这次事故的原因也极其复杂，涉及到制造，灌装，使用方法等多个方面，每个环节都有引发问题的可能，他们很容易找到借口来推脱。

电话里，关海波再三沉吟之后道："顾律师，麻烦你再好好看看我们的那份代理合同，是否有什么不利于盛嘉的因素，赔偿方面的约束写得的确有点含糊，尤其是油品质量问题的性质描述，没有标得太清，因为之前从来没有发生过类似的事故。"

方好眨巴了几下眼睛，目光再次投向那个被唤作"顾律师"的女子，总觉得这称呼有点耳熟。

顾律师？顾律师？？

惶惑之间，顾律师淡然一笑，"海波，那份合同昨晚上我研究了两遍，条约里规定得很清楚，不管损失大还是小，一旦确定了责任的归属，那么责任方必须全额赔付。现在的关键问题是要查清楚这批货的问题究竟是DP工厂在灌装的时候发生的，还是腾玖在使用的过程中处理不当造成的。我建议你好好对比两家提供的数据，并找专门的检测机构做一个详细的分析，只要责任确定了，接下来的事就好办了。"

方好的脑子里轰然劈开了一道口子，她乍然清醒——这个顾律师，莫不就是老板原来的女朋友？！

讨论还在如火如荼地进行，方好却已经开始神游，乘着唐梦晓再度向外跑，她立刻紧随其后出来，用试探的口吻问他，"老唐，这个顾律师是哪儿来的呀？以前没见过嘛！"

唐梦晓头也没回，"她你都不认识？关总的女朋友呀。"

方好胸口一窒，有点结巴地道，"他，他女朋友不是，不是已经……"突然就说不下去了。

是呃，关海波从来没跟人说过他跟前女友分手的事啊，就连在自己面前，他不也从来没提过么？

难道，自己跟他之间的一切，真的只是一场荒诞的梦，而现在，她只不过是初初醒来？！

唐梦晓终于翻出来要找的文件，抓在手里又急煎煎地返回会议室，却见方好神情呆滞地立在走道中央，不觉皱眉道，"咦，你站在这儿干吗？别挡道啊！"

方好迟钝地往边上闪了闪，脑子里有点空白，一时想不起来自己刚才出来是要干什么的。

她不由自主地晃了晃脑袋，还是跟在季杰身后往会议室走，回自己位子上坐着，一样的心神不宁，还不如站在前沿阵线上旁听。

不过出去了这么一小会儿工夫，电话前的一圈人不知何故此时都展露出笑意来，连关海波的声音都轻快了不少。

"海波，你放心，这个case，我对你有信心！"顾律师面带微笑，信誓旦旦地如是说。

她脸上那自信坚定的意味令方好有些瑟缩，那正是她最为缺乏的东西。

方好似乎听到一室的人在顾律师的这句话说完之后都情不自禁舒了口气。

纠结告一段落，气氛稍显轻松，有人开始向电话那头的两人询问德国现在天气如何，关海波回答很舒爽，常温21度，引得大家发出羡慕的啧啧声，这里室外温度已经飙到37度了。

方好倚在门口，孤零零地置身于谈话圈之外，听大家会心笑着，她却怎么也挤不出笑意来，嗓子里有些哽咽。

她的眼睛直勾勾地盯着话机，关海波的电话还没挂断，她多么希望能听到他询问自己一声，听他提一声自己的名字，哪怕就是一个很简单的问候也是好的。

可是，没有，一次也没有。

他最后说的一句话是："谢谢你，顾律师！"语气真诚。

方好无限失望地看着他们收线，纷纷起身，看着每个人微笑地从自己身边经过，没有人注意到她，他们簇拥着顾律师往外走，热烈地交流细节，听取她的意见和建议，仿佛她是那个高高在上的主宰，操控着命运的生杀予夺之权。

桌上的那杯柠檬水顾律师一口都没喝，原封不动摆在那里，杯身上沾满了水，有些水滴承载不住重量，滚落下来，恍若泪痕。

方好知道自己不应该妒忌，不应该存小人之心，毕竟顾律师给盛嘉带来了高涨的士气，可她却怎么也控制不住涌上心头的难过和委屈。

她甚至无法控制自己不去想，其实顾律师才是老板的良人，虽然下这个结论的时候，她有种想哭的冲动。

她近乎失魂落魄地回到位子上，呆呆地坐着，什么也看不进去，脑子里混混沌沌的，胸口更是像塞了团棉花一样呼吸困难。

大门口再次传来喧嚣的人声，送顾律师的同事们又回来了，兴致勃勃，高谈阔论。

"这个顾律师人真不错，有本事，难得还这样亲切大方，小范，以后找女朋友就得找这样的。"

"我啊，呵呵，还是省省吧，我可没那么深的道行！到底是关总噱头好，能镇得住人家。"

"以后咱们有了顾律师的鼎力支持，什么麻烦都不用怕，哈哈。"

董其昌笑道："你们当人顾律师是什么？你家听差的？想请就能请得来？"

"咱们请不动，有人请得动啊，听说昨晚上一接到某人的电话，今天就立刻跑来了。"

"某人？哪个某人……"

方好再也坐不住，呼地站起身来，引得那一干正经过她身边的人都被她冲动的举止吓了一跳。

"小陈，你，你想干什么？"

方好努力忍住即将涌出眼眶的泪水，低头哑声道："上洗手间。"

她转身抢在他们头里往前走，身后的一帮人继续说笑，隐约传到她耳朵里。

"这丫头，老这么冒冒失失的，呵呵，得让她跟顾律师学学，人家没比她大几岁，多稳重啊！"

方好一头扎进盥洗室，狠狠推开小隔间的门，进去，然后将把手锁住，一屁股坐在抽水马桶上，再也无法控制地恸哭起来。

她知道自己哭得很莫名其妙，很任性，很不应该，可她控制不住自己，心里的某个地方一点点地撕扯着，很痛，很难受。

原来，关海波远比那串项链重要，当她决定放弃的时候，感觉到的竟然不是轻松，而是满心的沉重和难以割舍。

也不知哭了多久，门突然被人咚咚敲了几下，同时传来阿姨关切的询问声："小陈，是你在里面吗？小陈，出什么事了？"

方好立刻噤声，努力掩住抽抽搭搭，扯了些厕纸胡乱抹眼泪。

"到底怎么了呀？你别吓我啊！"阿姨再度嚷道，"你再不出来，我叫人啦。"

"不要！"方好慌忙出声阻止，这才发现嗓子都有些哭哑了。

一边拭着眼泪一边出来，眼睛通红，她明知瞒不了哭的事实，只得主动交待，"我，我……钱包丢了。"

谎扯得有些低级，但对付善良的阿姨已经足够了，她立刻焦急地询问细节，又说要帮她去找。方好赶紧说不用，不是在公司丢的，她乱七八糟胡扯了一气，自己都不知道说了些什么，又千叮咛万嘱咐，让阿姨不要声张，总算勉强遮掩了过去。

往外走的时候，都不敢怎么抬头，直接走到位子上，埋头一坐，反正大家都忙着，没人会注意她。

她一向就是可有可无的，不是吗？

"小陈，刚才你电话老响，我帮你接了。"斜刺里传来小范的声音。

方好赫然仰起脸来："谁打来的？"

小范诧异地瞪视她的蜜桃眼，"你眼怎么肿成这样？"

"没，进了灰尘……你快告诉我，谁打来的呀？"她迫不及待地想知道，心里又重新燃起希望。

"嗨！晚了一步，没接着。"

方好泄气地重新坐下去。

真是的，没接着你说什么呀！

她忽然很后悔，当初为什么没申请一个有液晶屏带来显的电话，如此一来，至少不用像现在这样整个黄昏都惶惶不安地期待着什么。

可是，直到下班，那个她一直等待中的电话都没有打来。

她失落地回到家里，无精打采地继续泡面来吃，隔一会儿就要去查看一次手机，看是不是有未接电话，耳边老有幻听，总觉得手机在响。

即使上床睡觉，她也小心翼翼地将手机放在枕边，若在平时，她是绝对不会这么干的，据说手机辐射强度也不低。

等到心里凉透，也始终没有回音。

那一晚，在困得不行的凌晨，方好终于流下了失望的眼泪。

那个网站是方好久未访问过的，但她一直存着，和大多数打工者一样，她也不相信会在一个公司待一辈子，心情不好的时候——尤其是挨过重剋之后，她会偷偷上去溜一圈，看看有什么适合自己的活儿，作为缓解压力的宣泄方式。

当然，多数时候，她浏览着眼花缭乱的职位，总会给自己寻找这样或那样的理由证明自己目前的状态还是可以的，最起码，性价比高呢。

可是，这一次，她看过之后心情没能如期顺畅，她无法再像以前那样轻易说服自己接受目前所拥有的，不管好或是坏。

从那天在电话里听到关海波的声音算起，又过去了整整两天，他依然没给她来过任何只言片语，她知道他忙，可是，从同事的口中得知，他给唐梦晓打过电话，给董其昌打过电话，当然也给顾律师打过电话。

即使他们之间的通话纯属公事，她依然有嫉妒的感觉，她不能忍受这种冷落。

有一次，在给总裁室进行常规整理时，她久久盯着他桌上那部具有国际长途功能的话机，终于忍不住抓起了听筒，手往下按的时候，才想到自己连他住处的号码都不知道。

而他的手机号她是背得滚瓜烂熟的，心跳得狂热，她闭了闭眼，飞快按下那一串数字。

等了好一会儿，才听到一声闷闷的长音，通了。

一下，两下，三下……等待的时间是如此煎熬，她的心在胸腔里毫无规则地跳动，失控地想要跃出嗓子眼，连手心里也捏了把汗。她用力等待着，也许下一秒他就会接听……

方好突然紧张到窒息，伸手"啪"地将电话摁掉，双手撑在桌子上大口喘息，虚弱到极点。

她不得不再次沮丧地承认，自己很懦弱，很没出息，连主动面对的勇气都没有。

鼠标轻轻一点，简历"嗖"地一下就发了出去，她暗暗吁了口气，仿佛如此一来，就可以摆脱折磨。

现代科技，方便快捷，处理事务的速度远胜于人脑的思维。

一个上午，她于神不知鬼不觉中投出了三份简历，没人知道她已经生了"叛变"之心。

孟庆华一回来就四仰八叉地仰躺在自己的椅子里，长吁短叹："可累死我了，总算刑满释放了。"

腾玖的生产线经过近一周的紧张维修，终于恢复正常，如今已经换了其他品牌的油，正在试跑中。

董其昌哂笑道："不至于吧，小孟，闵总那个人我是见过的，面和心善，而且对咱们盛嘉也一直很照应，难道会对你恶语相向？"

孟庆华望着天花板，俨然也算一代功臣，懒洋洋道："说得轻巧，你怎么不去试试啊？！我哪有那么大面子见着闵总，人家是大忙人！可怜我天天对着葛经理那张气势汹汹的老脸，恨不能把我撕了油煎，要不是我还算机灵，差点就回不来了。"

尚蓓蓓花枝招展地给孟庆华奉上了他要的冰水，孟庆华指指桌子："搁那儿吧。"

小姑娘乖乖地依言行事，孟庆华一下子很有感觉，忍不住卖弄起来："据说，闵总上个周末就陪夫人飞美国了。"

唐梦晓心细，忍不住插口道："这个节骨眼上，他们居然还离开？不会是……出什么事了吧？"

始终坐在一边闷不吭声的方好闻听此言，心里不觉"咯噔"了一下。

孟庆华挣扎着坐起身，呷了口冰水，龇牙咧嘴道："那谁知道。"他脑袋一歪，瞟了瞟安静的方好，似笑非笑地问，"小陈，你知道不？"

方好微愣，抬眼瞧瞧他，嘟哝了一句："笑话，跟我有什么关系？"

孟庆华低低吹了声口哨，"我可是听说，你跟闵总挺有渊源啊！"

董其昌眼睛顿时一亮："什么渊源？快说来听听。"

方好暗暗心惊，盯着显示屏头也没回，表情却极不自然，"你……听谁说的？"

孟庆华得意道："我是谁？都深入虎穴了，还能空着手回来？不过小陈你也够可以的，居然瞒着我们。"

方好忖度他的口气，不像是空穴来风，着实纳罕谁会漏出这样的口风来，闵永吉？林娜？想想都不太可能。然而，一家公司的领导层总是最惹人注目的，即使当事人瞒得滴水不漏，但天下毕竟没有不透风的墙啊！

她不欲多争辩，这种事向来只有越描越黑的趋向，于是绷着脸含糊其辞，急欲遮掩过去，"没什么特别的，以前是邻居而已。"

孟庆华看不得她的谦虚，从旁补充道："不是这么简单吧——他不是你干哥哥么？"

方好还没想好怎么应答，董其昌已经绕过几张办公桌跑到她跟前，虎视眈眈瞪着她，"是嘛，小陈？你们还有这层关系？怎么不早说，咱可得好好利用！"

办公室的几个人顿时都来劲了，一窝蜂涌到方好面前，她根本来不及辩解，耳朵就迅速被七嘴八舌的主意塞满。

小范嚷嚷道："我赶紧打电话给关总，他最擅长搞关系，得赶紧让他拿主意，这么好的资源，别浪费了！"

方好这才急起来，不管不顾地一把揪住小范的胳膊，叫道："别打！关总……他知道！"

吵吵的声音这才静下来一些，唐梦晓若有所思地点了点头："看来，关总是拉不下这个面子。"语重心长地对方好，"小陈，盛嘉这次搞得很被动，关总还在跟德国佬谈着，具体的原因也都没查明，不能排除腾玖也有责任啊！但腾玖毕竟是我们客户，它如果以势压人，到头来不肯买账，咱们一点办法都没有，除非真不想跟他做了。这种时候，大家要有一分力出一分力，你觉得呢？"

数双眼睛凝视在方好脸上，充满了期待，她嗫嚅道："我去说也没有用的。闵永，闵总也不是小孩子，哪有那么好骗。"

董其昌急道："这怎么能叫骗呢，咱们跟他有理说理嘛！"

"……我，我都不知道该说什么，再说，他不是回美国了嘛。"方好一味想着推托，她压根不想蹚这浑水，也不相信自己出场就会有用。

董其昌又道："这你不用担心，只要你跟他打个电话，唠唠家常，把感情搞得热络起来了，我再趁热打铁跟他谈，技术方面的事儿，一点都不用你操心。"

方好听着异常别扭，眼看大家都在摩拳擦掌地给自己鼓劲，且把每条退路都给她堵死了，一副她非去不可的架势，逼得她羞恼起来，竖起脸来，负隅顽抗，"我不去，这本来就不是我的事儿，凭什么让我去收拾残局！"

此言一出，众人都意外地愣住。谁也没想到平时那么好说话的陈方好固执起来竟然是这样一副脾气。

董其昌气坏了，先冷下脸来道："你还算盛嘉的员工不算，我们都在这儿想办法，你倒好，不帮忙也就算了，还说出这种没良心的话来，你除了让关总不省心，你还能干什么？"

一番声色俱厉的言辞把方好的眼圈都训红了，她正在情绪极不稳定的阶段，当下也没多想，咬着牙，狠狠点头道："对，我让他不省心！我，我让你们每一个人都不省心，是不是？？好，我走！我走还不行吗？！"

她稀里哗啦拖出自己的手袋，强硬地关掉电脑，在瞠目结舌的一干人的眼皮底下冲出了大门。

余下的人面面相觑，谁也说不出话来，半晌，唐梦晓才谨慎出声："刚才那个，还是咱们认识的陈方好吗？"

方好一奔出聚林大厦就后悔了，天热得要命，太阳明晃晃地在当头照着，正是午餐前后，肚子里空荡荡的，她抬手在前额搭了个凉棚，茫然朝四下望望，不知道该往哪个方向去。

这是她进盛嘉以来第一次这么冲动，这么——不讲道理，有种绝然地豁出去的感觉。

站在晒得能溶化任何物体的街头，她依然没太明白自己为什么会有如此举动，一种孤独的、被晾在一旁的情绪深深困扰着她。她不再像以前那样，为自己是盛嘉的一分子而感到快乐。

这究竟是因为众人的压力和指责，还是仅仅因为——那个顾律师的出现？

她无暇细想，微一扬手，拦住一辆经过的的士就直接回了家。

方好的生活一直都挺简单的，上班，下班，吃饭，睡觉；朋友或同事有娱乐节目的时候偶尔去助助兴，仅此而已。

她虽然也算是个80后，却并不像通常人想象的那样前卫时尚，她害怕改变，抗击能力差，遇到麻烦的本能反应就是躲和逃，而非勇敢地面对，进而去想办法解决。

这样的性格注定了她很容易就被某个无论大小的挫败搞得心情沮丧。

她就这样脑子里揣着一团糨糊回到公寓，随便找了点东西喂饱自己后，仰面躺倒在沙发上。耳边没有了叽叽喳喳闹心的嘈杂，她连日来紧绷的弦稍稍放松了一些。

她觉得有必要好好理清思路，虽说简历投了出去，然而，能不能重新找到合适的单位，新公司的环境是否令人满意，还有，关海波回来之后会有怎样的反应，这些问题她都必须在发生之前一一想清楚。

今天当着这么多同事发脾气，等于一下子把自己逼上了绝路。她再也无法心平气和地回去上班了。

可惜，还没等她想出妥善的办法来，就不知不觉睡着了，这几天晚上始终提心吊胆，胡思乱想，都没睡上几个好觉。

唤醒她的是手机铃声。

屏上一串陌生的数字让她不明所以，接听了一会儿才精神振奋起来。

"您，您是吴中集团?！嗯……对，我今天上午投过……是，应聘销售助理……明天上午？哦，好，没问题没问题，我上午10点一定到。"

挂了电话，方好犹自不敢相信，怎么简历刚一投出去，下午就有回音了，难道，她真的时来运转了?！

吴中集团是国内数一数二的通信基础设施公司，也是当地政府的首选供应商，实力不可谓不雄厚，以待遇优渥、福利健全而著称于世。方好很早以前就关注过这家公司，也曾投过数次简历，但均是石沉大海，这一次，没想到竟然会有转机。

真是应了那句话："情场失意，赌场得意。"

连日来沮丧的心里终于洒入一缕阳光，她找回了一些自信。

整个傍晚，方好连晚饭都没心思讲究，老老实实趴在桌前，埋头准备可能的考题以及自认为完美的答案。

她实在太看重这次面试了，仿佛一旦成功，她就能在所有人面前抬起头来，证明给大家看，自己并非一无是处！

是谁说过，压力都是自己给自己施加的，如同那句古诗："菩提本无树，明镜亦非台，本来无一物，何处染尘埃。"

可现实中又有几人能勘破，就像方好，绞尽脑汁跟自己过不去的时候，心头也有一句老话在萦绕："人争一口气，树争一张皮。"

第二天，她顶着两只青肿的熊猫眼，满脑子问号和感叹号，理所当然旷了工，前去吴中面试。

路上，接到孟庆华的来电，方好踌躇了一下，还是接了，凄凉的心头拂过一丝暖意，毕竟还是有人惦记着自己的。

孟庆华跟她年龄相仿，平常也还算谈得来，他说话的口气不像董其昌那样咄咄逼人，相反还有几分推心置腹的味道："小陈，怎么班都不来上，你真打算一走了之啦？"

方好还没消气，声音耿耿的："你们都解决不了的问题，丢给我，算什么意思？我不走，留着给你们当枪使呢？"

"嗨，那不是董哥狗急了跳墙，拿着死马当活马医嘛！也怪我不好，嘴欠，提了你跟闵总那档子事，给你惹了这麻烦，真对不起啊！"

方好这才心里舒服了一些，笑笑道："不怪你——你在哪儿呢？这么安静？"

"厕所。"

"呃。"方好恶心了一下，听他继续道："小陈，我知道你在公司挺受委屈的，干了这么几年，还元老级别呢，结果谁都当你是小厮，爱怎么使唤怎么使唤。你真要走，也没什么大不了的。但我劝你最好等过了这阵风头再离开，董其昌他们几个对关总可是忠心耿耿，你现在走，非被他们的唾沫星子淹死不可。"

他说得不无道理，可是方好心里有些不是滋味，她的本意不是要叛逃，如果纯粹从员工的角度论起忠心来，她不会比那几个当中的任何人差。

可惜，事情有越弄越拧的趋势，她无奈之外，也很无力。

忍了一忍，她终究没有告诉孟庆华自己去面试的事儿，只道："谢谢你，我知道了，上午出去办点事儿，我一会儿就回公司。"

Chapter 15

关海波的旧爱与新欢

面试远没有她想象的那么恐怖,坐在对面的主考官仅一名,女性,姓秦,年纪跟方好差不多大,所问的问题也基本落在了方好自己圈定的范围内,诸如教育背景、工作经历、主要特长、为何离职等等,考官无论语气、态度都相当和善,方好渐渐消除了紧张感,按着自己准备的答案有条不紊地应对。

秦小姐应该做招聘多年了,具有一定的洞察力,对于要求不高的职位,像方好这样的乖乖女其实是很受欢迎的。因此,在该了解的都了解之后,秦小姐很坦白地总结陈词,"其实,你应聘的这个职位是新设立的——我们今年刚新增了一个项目,预计为期一年。原本计划从各个业务部门抽调人手出来做,完成后他们仍会解散回各自部门。但目前看来,人手显然不够,项目负责人研究后才决定招用2—3名助理。刚才跟陈小姐聊得挺开心,整体看下来,我也是觉得陈小姐做这份工作会很合适。"

方好眼前闪过一串美丽的小星星,努力憋住胜利的微笑,矜持地保持坐姿,虔诚听讲。

"不过——"对方话锋一转,方好没提防,心头打了一个趔趄,有些张皇地盯着她,唉,中国人讲话的方式总是这样,让人先喜后悲。

秦小姐见她顷刻间脸色都变了，倒被惹得轻轻笑了一笑，"你不用紧张，我是想说，因为这是个临时项目，所以……我们这一次所招用的助理在体制上都属于编外人员，也就是说，正式员工的某些福利是享受不到的。"

方好在她的陈述中目光迅速黯淡下来。

临时？编外？这跟她的预期相差太远，她是希望能在吴中养老的——如果能够被录用的话。

方好的失望全写在脸上，秦小姐看在眼里，遂安慰道："即使是编外，我们这里的薪水也比其他公司同类职位要高出5—10个百分点。而且，"她顿了一顿，脸上露出亲切的笑容，"我可以很自信地告诉你，在吴中工作过的人去别家公司应聘，会更有竞争力。当然，如果你做得好，也不是没有留下来的可能，但我现在不能承诺你什么。"

然而，无论秦小姐再怎么解释，哪怕她立刻拍板要了方好，方好的喜悦也好似打了折，再也没法志得意满了。

临结束前，秦小姐恢复了考官的矜持道："我们还有一些候选人要看，一周后再行电话通知，是否会安排你参加第二轮面试。你正好也可以考虑一下，毕竟找工作是个双向选择的过程。不过，话说回来，即使是这样一个职位，申请的人也在排长队呢。"

方好怏怏地走出会客室，在长长的走道上缓慢挪动，心里纠结得不行。

公司名声和待遇，究竟哪个重要呢？

为什么她就不能顺顺利利，痛痛快快，毫无遗憾地得到满足呢？

拐了个弯就到电梯口了，斜刺里突然飘过来一阵香气，如清新的茉莉，让人心头一振，与此同时，一个美丽的倩影身姿绰约地与她擦肩而过。

方好隐隐觉得此人面熟，不禁扭转头去看，孰料那女子也正驻足回望。

方好的目光与她撞了个正着，那女郎索性朝她走了过来，方好困惑之际，却听她笑吟吟地问："你是……盛嘉的吧？"

方好吓了一跳，本来面试这种事情在心理上多少有些偷偷摸摸之感，让人认出来了，更是有小偷被当场擒获的惶恐，她僵硬地回了个笑脸给对方，没敢接茬，心里立刻有人物脸谱飞快晃过，——检索，这张脸，绝对在哪里见过。

女郎忖度她的面色，就明白自己猜对了，露出矜持而肯定的微笑，"我见过你，在清雅阁那次，你跟……你们关总在一起，不记得了？"

方好恍然大悟，一下子全记起来了，莫名其妙的三八妇女节，关海波又是请她吃饭，又是送她礼物的那天，在餐馆门口遇到的可不就是这位漂亮的神仙姐姐么！

她没想到自己竟然还有幸被美女姐姐记住，顿时有些受宠若惊："啊！你是……"她张大了嘴，才想相认，却发现连对方的名字都不知道。

女郎淡淡一笑，接着她的话说道，"我叫施云洛。"

"嘎？"方好立刻蒙得头晕脑涨，像被施了定身术，无法动弹和回应。

施云洛？

施云洛！

施云洛对她的反应流露出浓厚的兴趣，微笑着盯住她，嘴上却淡淡地问："你怎么会在这儿？"

方好还没从惊愕中清醒过来，瞪着眼睛，吃力地回答，"我，那个，我来……面试的。"在别人的地盘上，她编不出谎来。

施云洛楚楚动人的眼眸里闪过一丝复杂的神色，很快又恢复到最完美的微笑状态，"是么？那……来我办公室聊聊吧。"

方好脚下凝滞，迈不开步子，她吃不准这位老板的前女友葫芦里究竟在卖什么药。

见她迟疑着不动，施云洛回眸笑道："怎么，你对吴中没有兴趣了？"

方好尴尬地捋了捋鬓发，内心挣扎了几个回合，最终好奇战胜了犹疑，一咬下唇，就跟着走了上去，甭管她想干吗，先看看再说。

吴中果然是大公司，光一个楼层的办公区域就顶得上两个盛嘉，蓝方格子里坐着密密麻麻的员工，像工蚁似的团团忙碌着，一派盛况。

施云洛是有独立办公室的，很大，很豪华，方好从这点上判断，她在吴中的地位绝对不低。可惜，她只顾小心地紧随其后，仓促之间，错过了辨认一下办公室门上那块标志头衔的铜牌。

她的办公室里点缀了不少稀奇的摆设，很多看着像国外带回来的，方好没来得及仔细琢磨，就听到施云洛开口问她，"你叫什么来着？"

"哦，陈方好。"

施云洛点点头，指了指对面的皮椅，示意她坐。

新一轮面试开始。

"为什么不想在盛嘉做了？"

这个方好有现成答案，略一回顾，就像背书似的把刚刚讲过的一番冠冕堂皇的话又复述了一遍，无非是职业前景，个人发展之类的措辞，估计施云洛这类话听多了，脸上的表情无动于衷。

等她流利地表述完，施云洛直截了当道："我听说，盛嘉最近遇到些麻烦，你的离开不会是跟这个原因有关吧？"

方好的脸一下子憋得酱紫，像被人当场踩住了尾巴，嗫嚅地说不出话来，有羞愧从心底升起，被人这样猜疑，即使她跟关海波之间什么都没有，心里也很不是滋味。

施云洛一直很注意她的神色，此时不免笑着道："我并没有要指责你的意思，现在都什么年代了，人才流动是再正常不过的事。呵呵，其实，我一直以为，你跟关海波……"她失笑一声，没再继续说下去，仿佛那原本就是个笑话。

施云洛的脸上带着一种富家太太特有的矜贵之气，又不失平和，分寸把握得极准，"说说看，你来应聘的是哪个职位，看看……我能帮你点儿什么？"

还沉浸在矛盾与惭愧中的方好有点不敢相信自己的耳朵，她们素昧平生，她凭什么对自己这么好啊？

难道，她对关海波心怀愧疚，所以……想在自己身上弥补？！还是，爱屋及乌，觉得关海波的员工就一定是好员工？！

她被自己的逻辑搅乱，想破了脑袋都没猜得出对方的"动机"。

见她迟迟没有回复，脸上更是难掩错愕与惊诧，施云洛明白她心里在想什么，很自然地解释道："我跟你们关总以前是……很好的朋友，他有多挑剔我是知道的，你能在他身边干这么长时间，可见你本身就是个很有能力的员工。"

一番话说得方好五味杂陈，既有被误解的尴尬，也有被肯定的喜悦。谁不喜欢听好话呢，即使不完全对，也足以让她的面色和缓下来。

抿了抿唇，方好终于合作地回答："我投的是一个销售助理的职位，刚刚跟人事部的秦小姐聊得也挺不错，只是……"她把编外体制的遗憾说了出来。

施云洛很认真地听了，思忖片刻，直击重点，"这么说，你看重的其实不是工作性质，而是能否成为吴中的正式员工，对吗？"

方好眨巴了几下眼睛，点点头，又摇摇头，这个权衡她还没来得及作出选择，到底哪个更重要一些。

可是，她向来对工作没有太大期许和野心，只要安稳，薪水又足够吸引自己，就可以了。于是，在施云洛持续探究的目光下，方好又点了点头。

施云洛眉心一舒，浅笑着道："我这里刚好有个空缺的职位，拖了很长时间，如果你有兴趣的话，我可以给你个机会。"

方好心头立刻不规则地咚咚直跳，这等好事来得如此之快，让她措手不及,又感觉如坠梦里,近来她似乎总被不切实际的梦困扰。

"那……具体做些什么呢?"她的右手情不自禁按住了胸口,无限期待地倾身问道。

"工作细节方面,到时候会有人专门向你交待,应该……跟你目前做的事差不太多,我相信你能够胜任。至于待遇,"施云洛朝她绽开迷人的笑容,让方好有瞬间幸福的晕眩,而她的话语掷地有声,"不会比你现在的差。"

有人敲门。

进来的是个戴眼镜、扎马尾辫的女孩,模样朴实无华,对坐在里面的方好没有流露出一丝好奇,静静地朝施云洛汇报,"施部长,副总说今天的例会要提前,10分钟后就开始。"

施云洛的脸微微绷起,慢慢点了点头,青葱般纤长的手指从桌上的水晶盒里抽出一张自己的名片递给方好,口气却一下子变得漫不经心起来,"那就先这样吧,我得去开会,你考虑清楚了,尽快给我回音。"

方好立刻识趣地站起来,道了谢,捧着那张香喷喷的名片如梦如幻地告辞出来。

"行政部——施云洛——部长。"她边走边默默地念出声来。

唉,又是行政部门,看来她这辈子跟打杂是脱不了缘分了。

对施云洛的头衔又着实有些咋舌,想不到老板的前女友们个个都是厉害角色,年纪轻轻就已经爬到这么高的位置了,自己跟她们比,简直……这样一想,对自己的抉择酸楚之余又多了几分庆幸,她到底还是明智的,与其有一天让老板踢掉,还不如自己主动滚蛋来得洒脱一些。

不能想,不能想,一想怎么鼻子又酸酸楚楚起来了呢?

这么好的机会摆在面前,方好却拿不定主意,去还是不去?

毕竟,这不是靠自己努力争取,公平竞争得来的,不管施云洛到底是怎么想的,方好知道,很大的原因还是因为关海波。

她一心想摆脱老板的影响,没想到最后还是无形中搭了他的顺风车。

如果,她有志气一点,就应该很干脆地拒绝,再靠自己的真本事去另觅一份工作,然而……她想到那些诱人的待遇,想到吴中响亮的名气,还是情不自禁咽了口唾沫。

欲望与尊严交战,在现实生活里,往往是前者占上风,尤其当尊严显得有些隐性的时候,她完全可以忽略她知道内情的事实,就事论事地思考——她应聘吴中，然后，被录用了。

踏进盛嘉大门前的那一刻，方好已经做好了充分的心理建设。

昨天的争执言犹在耳，她不自觉地把头昂得高高的，想着吴中这个后盾，面上就呈现出"你们能奈我何"的傲然。

"小陈，来啦！"头一个跟她打招呼的是唐梦晓，面色和祥，语气亲昵。

方好愣了一下，不得不挤出一丝微笑来，回应了一句。

紧接着，孟庆华，小范，尚蓓蓓都跑过来跟她热络地攀谈，对昨天的事却只字不提。

同志们和善的态度，亲切的笑容像秋风扫落叶一样把方好心头的郁闷清扫得干干净净。

她为自己的小人之心感到脸红。

回到自己坐了三年的位子上，头一回觉得那么柔软和舒坦，心情还荡漾在春天般的温暖中，撇开种种客观因素，她不得不承认，主观上其实自己很愿意一直留在盛嘉，陪着熟悉的同事们，过跟以前一样没心没肺的生活。

心里的天平不知不觉中开始倾斜，吴中，被偷偷置在了翘起的那一头。

而董其昌的一番诚挚道歉更是让她感动得差点当场落下泪来。

坐在小会议室里，董其昌一脸愧色："小陈，昨天的确是我不好，把你给气着了，回头想想，那么强逼着你也是没道理的，唉，我也是着急上火，没办法，你说这事老悬着，拖一天咱们得耗进去多少精力呢！"

方好早已心软下来，面色比董其昌还要愧疚："董哥，你别这么说，我也不懂事，不帮忙还乱发脾气……"

董其昌连忙正色道："不能怪你，这本来就不是你该承担的责任，更何况，你跟闵总以前，咳咳……什么也不说了，董哥今天在这里给你道个歉！"

方好有点蒙，"你，你什么意思啊？"

"没什么意思，嗨，昨天把你气走之后，我们几个进行了深刻的反省，怎么琢磨，你也不是那种小肚鸡肠的女孩，所以想着，这里头一定是有原因的。"董其昌笑眯眯地向她一挥手，眼里迅速闪过一丝同情，"反正，过去的事就过去了，你也想开点儿。"

方好脸上青一阵，白一阵，隐约猜到了什么，可她却无法替自己辩解，这群人果然个个是人精，顺藤摸瓜，竟然也能歪打正着，也怪自己反应太激烈了点儿。

她咬着唇不吭声儿，突然仰起脸道："董哥，其实你们误会了，我跟闵总没什么的。"

董其昌暗暗好笑，她这是典型的此地无银三百两。

方好仿佛下了决心，"要不这样吧，我现在就给他拨个电话，然后你跟他谈，能不能成，全看你们自己。"

董其昌摆摆手，"不用那么麻烦啦！"他脸上露出畅意的微笑，往后一仰，舒服地靠在椅背上。

方好心头也随之一松，紧接着跃起施施然的喜悦，"已经……解决了？！"

"没那么快，不过也差不离了——昨天晚上，顾律师飞斯图加特了，嘿嘿，有她在身边，关总可以高枕无忧咯！"

董其昌自己先放出一副高枕无忧的姿态来，悠然感叹，"什么叫患难见真情？这就是了。搞不好，他们两个就在德国注册完了回来也说不定，哈哈，若真是那样，咱们又有得忙了。"

他说得高兴，全然没注意到一旁的方好早已是脸色煞白。

中午，由董其昌作东，留守公司的全部人马在聚林附近的一个川菜馆痛痛快快吃了一顿，席间一扫连日来笼罩在大家头顶上方恼人的阴霾，唐梦晓甚至还跟小范拼了回酒。人人情绪饱满，仿佛已经有了得胜的消息，唯有方好，神思恍惚，时不时作赫然惊醒状，沉默得几乎没有话讲。

人人都以为是昨天的纠纷牵扯出了她心头的情愫以及随之而来的哀怨，于是个个自觉地不去打扰她，由着她借酒凭吊自己逝去的爱情。

然而，董其昌却没想到，临下班时分，方好竟会给他递上来一份辞职书。

"你，这，这是怎么回事啊？"董其昌彻底结舌了。

上午不还聊得好好的嘛，女人咋就这么善变呢？！

方好这一次却显得很平静，没有太大的情绪波动，仿佛真的是深思熟虑之后的结果，在他一再地追问下，也不过说了句："找到了更好的单位，如果错过了，会觉得可惜。"

这几天，她的心情犹如坐过山车一样，忽上忽下，千回百转，最后连自己都厌烦透顶，不想再反复，再折腾。

"再怎么，也得等关总回来再说吧。"董其昌左右为难，辞职，在员工人数本来就不多的盛嘉来说，算得上是件大事了，他可做不了主。

"不必了，我明天开始就不来了，该赔多少违约金，我赔就是。"她难得也洒脱了一次。

他让她想不明白的事情太多，困惑也多，为什么他会跟顾律师分手？为什么他会找上自己？

当她尝试去揣摩他的心理时，发现其实也没有想象的那么困难。

两个同是很优秀且要强的男女，偶尔的一个误会，谁也不肯低头，然后渐行渐远……

现在，一个磨难又将那两人捆绑在一起，接下来的剧情一点都不难猜，毕竟，与他共患难的人是顾律师，而不是她陈方好。

她害怕那样的结果，害怕等到最后，只不过等来关海波的一句"对不起"。

方好承受不了再一次的心碎，既然如此，那就直接脚底抹油，逃吧！

"海波，真对不住，给你捅这么大一娄子。"秦志刚举起手中的啤酒瓶跟关海波手上持着的酒杯一碰，"来，我干了这瓶，权当给你赔罪。"

关海波苦笑两声："说这些干吗，跟你没关系。"

"怎么没关系？要不是我这张嘴管不住，跟你胡扯那几句玩笑，你跟陈方好也不至于搞成现在这样，唉！总之呢，这次千错万错，都是我的错。"秦志刚沉痛忏悔，仍觉得不够，眼睛一亮，又道，"不如这样，我把她约出来，亲自跟她道歉，你觉得还会不会有救？"

秦志刚一边说一边已经快速将手机掏了出来，"她号码多少，我打给她。"

"别！"关海波忙制止他，摇着头道，"没用的，你别费劲了。"

陈方好同志固执起来，比犀牛还倔犟一百倍，关海波刚从她那儿碰了钉子回来，伤疤犹在，可不想再挨这么一下。

他闷闷地喝着酒，下巴的胡楂隐隐泛青，有点不修边幅，这一趟德国之行把他折腾得够呛。好在问题还算差强人意地解决了。

在德国近半个月的时间里，他每天跟季杰一起疲于奔命，被一堆麻烦缠绕着，无暇顾及其他，唯有收敛心神专心处理，他很清楚，自己在走钢丝，差池了半分，盛嘉也许就看不到第二天的太阳。

有几次，他真的很想给方好打电话，不为别的，哪怕只是听听她的声音，对自己来说也是一种安慰。可一想起临别时的情景，就很不是滋味，陈方好的心，游来荡去，终究没有落到自己身上。

况且，他说过，给她时间考虑，说到就要做到，他不想出尔反尔地去干扰她，给她施加无形的压力，他要看看她最后究竟会有怎样的选择。

一直以来，关海波都习惯于商场上谈生意的那套思维模式——结果为导向，过程、手段统统可以不管，只要最后能把单拿下，就是一场胜仗。

然而，这一次，他却更注重过程，哪怕最终他也许真的会用强硬的手段将她留在身边——这半个月的煎熬让他清楚自己多半会这么做，但无论如何，在此之前，他希望看到她主动表态，他想探明她的心意，到底自己在她心中占据多大分量。

明知这样做是在冒险，且万一结果不像他想象的那么完美，他等于是自己把自己陷入纠结的泥淖，可是，如果不追究清楚，他就无法心安理得。

因此，她的选择，对他意义重大。

坐在回程的飞机上，虽然十多个小时的航行很累人，然而一想到马上可以见到朝思暮想的那个人，身上的疲倦立刻减轻了一半。

身旁的季杰也彻底放松下来，因为累，话并不多，对于关海波跟陈方好的事，他不是没有疑问，然而，不该问的不问是他恪守的原则，也深知，即使问了，关海波也不会对自己说什么，他一向很注重个人隐私。所以，在漫长的飞行过程中，季杰选择了埋头睡觉。

枯燥的航行，思绪缥缈，最后凝聚在心头最坚实的感受竟是思念，如炖汤一般，越熬越浓烈。

下了飞机，正是阳光火辣的下午三点。

一边等出关，关海波一边把手机打开，思量再三，终于决定还是先打个电话给方好，既然已经回来了，她迟早要面对自己，先打过去，摸摸底也好。

响了很久却没人接，关海波有点不高兴，满心的期待被迫降温，想想又不甘心，于是换她的座机号码再拨。

这次有人接了，却不是方好，而是尚蓓蓓。

"关总，你们回来啦！"尚蓓蓓用迎接英雄的口吻欢快地问。

"方好呢？"他没心思理会其他，语气含着一丝惯常的不耐。

"呃？那个，那个……你等等啊！"

听着电话里尚蓓蓓慌乱地在问身边的人该怎么办，关海波有些愣神，心本能地往下一坠，难道……方好出事了？！

"关总。"听筒里很快传来董其昌的声音，带着为难的口气，谨慎作答，"小陈她，她……旷工都快一周了。"

方好的辞职书没有老板的签字，不算正式离职，董其昌虽然领了代理的权力，但并非全部，他很有分寸，知道在老板面前措词要留意。

关海波闻言，眼前猛地黑了一下，嗓音都控制不住地有些颤抖，"怎么回事？她去哪儿了？报警没有？你们为什么不早说？！"

董其昌一听他连声音都失态了，立刻明白他误会了，"不，不是，关总您别着急，小陈她没事儿，她只是……跳槽了。"

电话那头没有一丝声响，董其昌惴惴不安地又解释道："这一阵你们都忙着应付大事呢，我就没敢告诉你。"

关海波努力平息心头的不稳定，短短两分钟，心情上下波动了好几回。

陈方好，有你的！

"她跳哪儿去了？"嗓音恢复了波澜不惊，只是有丝疲倦。

董其昌这才放下心来，虔诚地回答，"吴中集团。"就差说出下面那句，"她没给您丢脸。"

一听这个名字，关海波心里早已淡化的一根刺蓦地扯动了一下，天下竟还有这么巧的事儿？！

撇开反感不提，他怎么也不会想到陈方好业绩平平，没有任何长人之处，背景靠山什么的就更别提了，竟然有能耐进得了吴中？！

百思不得其解之际，答案很快送上门来——还没等他联络到方好，却先接到了施云洛的电话。

关海波把酒杯往吧台上重重一顿，沉着嗓子道："你说她把陈方好招进吴中，还耀武扬威地给我打电话，这算什么意思？"

秦志刚立刻不怀好意地笑，"那得看她跟你说什么了？"

"她能跟我说什么，无非是告诉我，她挖到了我的墙脚。"

秦志刚摆弄着酒瓶，斜眼望向关海波，"海波，我觉得这事儿可不简单。"

关海波皱皱眉，"怎么讲？"

秦志刚凑近他一些，"我听说她嫁的这位太子爷借口老婆生不出孩子，在外面胡天乱地也有一年了，差点没把施云洛怄出血来！嘿嘿，你这位前女友可不是省油的灯，又虚荣又要强，别是看你这两年做得风生水起的，想跟你再续前缘吧。"

关海波啼笑皆非，"你还真能掰啊！"

秦志刚也呵呵笑起来，"不是我能掰，是我了解女人的心理，当初她离开你，你一副丢了魂的样子，任哪个女人看在眼里都会恋恋不舍的，况且你迟迟没有结婚的迹象，我估计她八成是以为你还惦记着她呢！"

关海波狠狠饮了口酒，那段往事，不堪回首，不提也罢。

秦志刚拉长声调，"所以，她现在正好借陈方好那个傻妞为由，对你试探一番。"

关海波盯着面前蓝绿酒瓶上花花绿绿的外文标签，耳朵里却回响起施云洛夹缠着幽怨的那番话来，"海波，外人都瞧着我风光，可这里头的酸甜冷暖只有我自己知道。这些话，其实我最不应该告诉的人就是你……"他心里一下子烦躁不堪。并不为别的，而是担心，如果施云洛真的如秦志刚所言有心要跟自己搅和，那方好夹在中间，恐怕会越搞越混乱，她辨别真伪的能力有限，误会一出来，两人岂不是得越走越远？

"怎么，你后来没去找陈方好谈谈，就由着她'羊入虎口'进了吴中？"

"找了。"关海波闷声道，"我们吵了一架。"

既然她不接他电话，他就去她公寓门口候着。

他们认识了三年，关海波对她的生活习性了如指掌，知道她下了班也很少有娱乐活动，通常会早早回家，尤其是有心事的时候。

果然不出他所料，不到七点，就见她背着个双肩包蹦蹦跳跳上楼来了，行头换了，气色也不错，敢情过得挺好，这下子把他气得不轻。

方好跨上最后一级台阶的同时，本能地仰起脸来朝自家门口望了一望。

这一眼差点没把她吓得就此滚下楼去。

关海波抱着膀子，虎着一张脸，横眉冷对地站在她家门前注视着自己，仿若一尊不请自来的门神。

其实这一天迟早总要到来，方好也是早有准备了，因此，惊吓过后，她还是强迫自己镇定下来，收起习惯性的小媳妇嘴脸，露出一个成熟的微笑，虽然唇角微微有点抖："关总，你……回来啦？"

关海波鼻子里哼了一声，废话一句，没回来还能这么站在她面前不成？！

两个人面对面杵着，再无一句可说的话，简直就像武林盟主对决气功，方好到底紧张，额上还爆出几滴碎汗，刚才爬楼爬得太急了点儿。

"怎么，不准备请我进去坐坐？"他朝她一扬眉，笑容显得有些阴森。

方好不觉攥紧了手心，很艰难地咳嗽一声，鼓起勇气来道："有什么事就在这里说吧。"

她没胆子把他往里让，一怕自己心软，二怕他动粗。

关海波眼里有鸷气在堆积，连屋子都不让他进了！她这个态度所代表的意思其实已经很明显，一颗心顿时坠到谷底，他重重地点了点头，"好，很好。"

他的口气里听不出半点好的迹象来，倒像是——山雨欲来风满楼，方好不由得胆战心惊。

关海波嗓音低沉，语气苛厉，仿佛她犯了极大的错误，"我临走怎么跟你说的？好好考虑，有什么事等我回来再说，你不会这么快就忘了吧?!"

方好不敢直视他咄咄逼人的气势，低下头去，轻声道："没忘。"

"那你现在是什么意思？一声不响你还学会跳槽了，嗯？"他气得头发昏，平生最痛恨的就是先斩后奏，奏完还若无其事！

方好声音虽然低得像蚊子，可说出来的话他还是觉得扎耳，"我为什么不能跳槽？"

他被她堵了一下，又开始点头，"能，你当然能，可那么多公司你不跳，为什么偏偏跳去吴中？你存心跟我赌气是不是？"

一提起吴中，关海波心里就憋得发慌，吴俊良当年在自己面前趾高气昂的样子他至死难忘。有很长一段时间，他看见吴中的招牌都是绕道走的。

方好在他声色俱厉的训斥下却已经没有了多少愤激，也许，他的反应早在她意料之中。

他对她终究还是这样一副神气，因为他始终把她当成呼之则来、挥之则去的陈方好，见不得她有半点自己的想法和与他相悖的意见。

虽然他能来找自己，喻示着对于两人的关系他还是希望继续下去，然而方好已经想得很清楚，一个闵永吉已经让她伤了半条命，只因为她把什么都依托在对方身上，完全没有了自己，这一跤才跌得这样惨。所以，在关海波面前，她不能一味地唯唯诺诺，失去主动权。且不说他这趟出去跟顾律师进展如何，即便两人之间什么也没有，方好也不能保证将来不会再出来一个张律师、王律师那样的厉害角色，牵引他的视线，惹自己紧张。如果自己托付终身的人是始终让她提心吊胆的那一个，那她情愿放弃。

说到底，他们的关系没有根基，他们之间从来就没有真正平等过，这才是两人的问题所在。

面对他咄咄逼人的质询，方好终于抬起头来，神色平静，"我选择吴中，没有任何想气你的意思，只是因为它不错，待遇好，作为一份工作，它让我满意，仅此而已。"

她的态度称得上不卑不亢，哪里还有半分从前柔顺的影子，关海波只觉得胸口堵得慌，像被人狠狠揍了一拳。

她变了，变得让他不认识了，变得仿佛坚强了，可是这坚强却像玫瑰上的刺,扎得他疼痛难忍。

到底,这一切是从什么时候开始的?

他忍了再忍,还是没能忍住下面的那句话,"你总不至于……还在等着闵永吉回头吧?"

方好乌溜溜的眼睛赫然间放大,瞪在他脸上,仿佛不相信自己的耳朵,而她的面色迅速转为苍白,竭力控制住声音里的一丝颤抖,她指着楼梯对他扬声道:"请你立刻,马上从我这里消失!"

紧接着,她一分钟都没耽搁地开门,进去,将意欲跟进来的关海波狠狠往外一搡,大门轰然关闭,关海波就这样瞠目结舌地被拒之门外。

他头一次见识到了陈方好的彪悍!

秦志刚笑得趴在桌上直不起腰来,笑够了,才将脑袋就着胳膊拨拉过来对郁闷的关海波道:"嘀嘀嘀,想不到你还有被人赶出来的时候!居然还是陈方好,不容易啊!"

关海波一点都不觉得好笑,郁郁寡欢地灌着酒,心中涩然。

其实他那句话刚一说出口就已经后悔了,自己被妒忌吞噬了理性,才会吐出这样混账的话来,一点都不像一个身经百战,已届而立之年的所谓成功人士说出来的话,充其量,就是个初坠情网的毛头小伙子,眼里容不得沙子,碰到逆势就开始现獠牙。

还有什么比说出与自己年龄身份不相称的语言来更让人感到挫败的事呢?!

"你呀,就是实心眼儿,喜欢上谁了,眼里就只有谁,一点都不懂得技巧。"秦志刚手里已经夹了根烟,袅袅地燃着,不以为然地数落他。

关海波不睬他,神色不屑,在感情方面,他俩的确很不相同,秦志刚比他油得多,从来只有他甩女人。

"海波,听我一句劝,这女人哪,是永不知足的,不能宠,不能对她太好,就得远远晾着,若即若离,让她猜你的心思,而不是你替她费神。这样一来,她哪里还有精力琢磨别的,你要早听我劝,施云洛估计现在都成你老婆了。所以呀,对陈方好也一样,别太宠,看你紧张得这个样子。"

关海波眼神一黯,旋即摇头,"不,她不一样。她跟施云洛是完全不同的两种人,至少……她从来没骗过我。"

当初,施云洛向他提出分手时他简直不敢相信自己的耳朵,以为是在做噩梦;而方好,她也许不能让他觉得骄傲,时不时还犯点儿傻气,却总能击中他心底最柔软的一块地方,时不时牵引得他心疼,只要她一流泪他就会坐立不安。

她所有的心思他都能读得一清二楚，包括她对闵永吉的余情未了。可是，这究竟是好还是不好，他自己也说不清楚，因为在这样的她面前，他连自欺欺人都办不到，只能无言地苦笑。

"干脆，你还是跟顾律师凑合着过得了，人多好啊，又没有施云洛那样满肚子的鬼心思，也不像陈方好这么别扭。你那么拒绝人家，她还老说你人不错呢！这次也多亏了她，你才扳回了局面，你可欠她，还有，欠我一大人情啊！"

关海波失笑，"你少跟我装蒜，你想要好处费，找顾律师要去吧，这一趟她赚得不少。"边说边又哼道，"她要真对我有心，咨询费怎么还收这么狠。"

秦志刚啧啧叹道："亏你还是搞公司的，在商言商你总该懂吧！你们俩要真好了，这钱不就等于左口袋进了右口袋——还是你的！"

那天两人聊到很晚才回去，关海波有点喝高了，但神志尚为清醒，秦志刚其实也醉得不轻，但执意开车送他回家，"回头你要有个好歹，连累了陈妹妹，我还活不活了？"

车子一路打飘，倒也是有惊无险。

秦志刚不忘谆谆教诲满心失意的关海波，语重心长对他道："你也别太灰心，陈方好能有这么大反应，说明她心里还是有你的，你呀，先晾她一晾，正所谓，穷寇莫追，让她有时间冷静冷静，想想你的好处，搞不好，过两天她就主动上门来找你了。"

关海波靠在后座上闭目养神，无动于衷地听着。

他不敢奢望陈方好能主动来找自己，可至少给她点时间冷静一下不失为一个好主意，那天他真的是把她气得不轻。

"对了，等过一阵，我找个理由把她约出来——她不是有个小姐妹，在你们公司对面么，姓冯是吧，我上回刚好跟她闹了点儿误会，就借口给她赔罪，正好给你们俩创造点见面机会。"

关海波也不睁眼，过了一会儿才闷声道："你小子，不会又打上人小姑娘的主意了吧？"

秦志刚被他一下子戳穿，也不尴尬，嘻嘻笑道："就许你吃嫩草，我就吃不得？"

Chapter 16

仇人相见，分外眼红！

生活其实很简单，过了今天，就是明天，之所以会复杂，只是有人将它复杂化了。

方好在吴中供职两周，才发现跟自己想象的出入太大，每天要干的活儿仅占上班时间的四分之一，还不如她在盛嘉活得充实。就她现在手头负责的那点事儿，部门里随便哪个小姑娘一兼，这职位基本上就可以省了，难怪在她之前空缺了半年也没哪个领导皱一皱眉头，根本就是人浮于事。

虽然活儿不多，可办事流程冗长着呢，甭管大事小事，都要写请示，头头脑脑的跟批奏折似的过一轮堂，即使跟他没关系，也要花个三五分钟盘问一番，因此，大家都小心翼翼，轻易不跨部门做事，能在部门内部消化的统统要在内部消化。

偏偏有些事也不是本部门就能做得了主的，比如方好接了个差使，要在内部网站上新添加一版内容。

跑去问IT部门怎么走流程，人啥也不说，手一扬，眼前轻飘飘落下一张纸，先填张申请表吧。

方好坐在IT部的一个帅哥跟前，由他手把手教自己填完整张烦琐的表格，刚想舒口气，目光往下一走，反而又倒提了口气，密密麻麻一串批准人还等着审核签字呢！

帅哥笑眯眯地朝门口指了指，温柔地说："你先去找人把字签了再来，我等你哈。"

这一通签字跑得她出了一身汗，最后一栏是运作部的吴副总签，她握着拳，一路给自己鼓劲，又一路经人指点寻过去，结果还吃了闭门羹，吴副总外出了，要下午四点才会回来。

方好气喘吁吁地回到自己的一亩三分地上，同部门的小姑娘刘原已经在四处找她去吃饭了。

从前在盛嘉，什么事直接跟关海波汇报一声，他十秒钟之内准能给你拿定个主意，哪像现在这么麻烦！

难怪人说：大公司做人，小公司才做事呢！

不过这样也好，轻松自在，老板们一个个都猫在办公室里等闲不出来，见了面也都笑吟吟的，挺客气，哪像以前，上班像打仗似的，稍微一个疏漏，就被训得灰头土脸。

在餐厅遇到人事部一个管招聘手续的女孩，催促方好尽快把原单位的离职手续办妥，把档案移交过来，老这么拖着，跟吴中这边的劳动合同都签不下来。

方好答应了，却暗地里犯愁，如今盛嘉的旧同事基本个个不给她好脸色看，都当她是忘恩负义的小人——在公司最困难的时候离开！她要想顺利地把资料调出来，其难度不亚于白娘子盗仙草！

关海波就更别指望了！自从那天被自己拒之门外后就再也没来找过她，也是，堂堂一个公司老总，怎么可能受得了小职员的气，这下子两人算是真完了。

她现在的心态是能拖一天是一天，实在不行，拼着之前的履历都不要了，工作经历从吴中这段算起，譬如重新做人。

她心事重重地吃着饭，偏有人还笑嘻嘻地跑来跟她亲热搭讪，"哟，方好啊，吃得这么素怎么行，来来，尝尝我刚让师傅开小灶炒的，味道不错。"

方好的"不"字还没来得及叫出口，盘子里已经被拨进来一小堆青椒炒鳝丝，亮晶晶地泛着油光，她尴尬地抬起头来，蒋荣光含情脉脉地坐在对面望着她。

方好一见到他那副神色，头一下子变得老大。从她头天正式进吴中报到，不知撞了什么晦气，就被这位设施部的副经理给盯上了。

　　蒋荣光没有一般中层管理干部的矜持，跟谁都是天生自来熟，也是个什么都喜欢显摆在脸上的主儿。他长得不算难看，面容也称得上俊气，只是常常会流露出浅薄的笑容，一下就露了馅。早年应该在运动场上风光过，身形健硕，可能因为停止锻炼很久了，微微有些发福，所幸尚未走形。据说今年也靠三十了，女朋友换了一拨又一拨，老找不着满意的。直到看见陈方好，好似一道闪电劈过，蒋荣光的天空一下子被照得透亮，原来自己寻寻觅觅的另一半就是她了！

　　方好还没怎么着呢，刘原已经速战速决地吃完了饭，手在桌子底下拉拉她衣角，轻声道："我先走了。"然后站起来，看都不看对面的体育健将一眼，拂袖而去。

　　方好暗暗叫苦不迭，不会吧，这样一来她还脱得了身么？连个早撤的借口都没有！

　　结果这顿饭差点吃到餐厅关门，方好往外走的时候，胃里基本没有饱的感觉，都消耗得差不多了，这人可真能侃呢！

　　"过两天我带你出去吃，这附近有几家馆子，味道还可以，比食堂强多了。"临分手，蒋荣光喜滋滋地如是说。

　　他盯着方好迅速远去的背影满面春风地想，一回生，两回熟，等把她约出去吃上一顿，再侃个把小时，他跟陈方好这事儿基本也就七七八八了，瞧瞧，小姑娘被自己迷得晕乎乎的，转弯还差点绊了个趔趄！

　　方好回到办公室，刘原还一副冷冰冰的样子，她丈二和尚摸不着头脑，自己好像没得罪她呀，难道她跟蒋荣光以前好过?！

　　乘着下午刘原去库房理文档，方好借口帮忙，也跟着一起过去。

　　行政部的库房足有一百多平米，里面置放了数排货架，分门别类地放着历年来的存档文件，横幅、标语，还有搞活动多余的礼品，宣传画册等杂七杂八的东西，应有尽有。

　　每个月行政部的小职员们轮流负责清理库房，检索出一批需要报废的物品，腾出空间挪作他用。

　　方好显然是醉翁之意不在酒，一边帮忙，一边频频跟她东拉西扯。

　　刘原当然明白方好的意思，她本来也不是什么奸佞小人，只是平常为人比较谨慎，不太多言是非，但自从方好来了之后，居然一拍即合，倒也有说有笑，相处得甚为融洽，两人都是没什么上进心的那种，有个安稳日子过，比什么都强。

然而这半个月下来，刘原总觉得方好为人处事太过和气阳光，一点自卫意识都没有，每一步踩下去都是险险的，随时可能会引爆地雷。这里没有旁人，她也就放下了戒心，叹了口气道："你以后少跟那姓蒋的来往吧，花花公子一个，不是什么好人。而且，小心让我们施部长看见了，生你的气。"

方好大吃一惊，委屈地辩解不及："我没跟他怎么着，你也看见了，是他老来找我。"

刘原毕竟比她早进公司两年，此时见她一副什么都拎不清的无辜样子，不觉推心置腹道："你大概不知道吧，蒋荣光是采购部吴部长的小叔子，吴部长跟咱们施部长是这个。"她两手一对，做了个"掐"的手势，声音低下去一点，"你别看施部长平常笑呵呵，很好说话的样子，发起火来，连吴副总都得让她三分，更别说咱们这些小喽啰了，在这里走路，可要时刻小心脚底下才行。"

方好吐了吐舌头，感觉自己像进了某个情报机构。

话匣子一打开，刘原忍不住就给方好细细讲解起了吴中集团复杂的组织架构以及内部微妙的党群关系，方好听得极认真仔细，这些东西可不是新员工培训课上听得着的，可又绝对比那些虚浮的玩意儿实用，这点她懂。

吴中集团的最高领导人吴衡董事长育有两儿一女，长子吴俊才，现为吴中的总经理，次子吴俊良，也就是施云洛的丈夫，在运作部当头儿，另有一女吴雅婷，在油水最多的采购部把关。

外界的传言是，吴董最钟意的是次子吴俊良，但碍着中国素来"长幼有序"的传统，还是由长子当了吴中的家，对次子则从各方面进行补偿。

然而这样的结果并未让两个儿子满意，吴俊才觉得自己吃辛吃苦为公司卖命，没有功劳也有苦劳，但父亲很少说他好，工作方面也颇为苛责，有了好处偏偏总是想着弟弟；吴俊良则一肚子怀才不遇的秀才情结，认为是大哥挡了他的路，不就比自己早生几年么，能力又不如自己，凭什么占着那个位子不肯让贤？

家庭内部战争逐步演绎渗透到商界的纷争上，又历经几年的分分合合，两大成熟的阵营终于在吴中崛起。

作为姐姐的吴雅婷，也是因为看不惯父亲对小弟无原则的宠溺，毅然站在了吴俊才一边，她性子直，脾气又颇为暴戾，学不来大兄弟那套阳奉阴违的路数，有什么说什么，尤其看不惯弟媳施云洛花枝招展，八面玲珑的娇俏样儿，私下里和公众场合都有过几次冲突。施云洛又岂是好惹的，忍了几回，便不肯再让，梁子于是越结越深。

儿女间的这场党争令吴董头疼不已，他再长袖善舞，游刃有余，在家庭内部也没办法做到一碗水端平，令每个人满意。

方好津津有味地听着这出新"豪门恩怨"，不忘评点一句，"孩子生多了就是不好，要是独生子女，什么都是一个人的，不就没这么多麻烦了嘛！"

刘原笑道："要都像你这么想，那很多事就容易多了。不过男人一有钱吧，就事儿多。"压低了嗓门轻声轻语，"吴董这三个娃可是不同的三个妈生的，你说这事儿能简单得了吗？"

方好咋舌，又摇了摇头，有钱人真能折腾啊！当下暗暗下定决心，誓死不嫁有钱人！

毒誓刚一发完，心里又打一咯噔，因为想起了关海波。

关海波算不算有钱人呢？

应该算吧。虽然他有多少钱，方好并不清楚，但一定很多，比自己，比季杰他们都多……如此一来，她刚才发的那个誓……

可是，跟吴中这样的大公司比起来，他顶多算一个做小买卖的倒爷，那点钱比上不足比下有余，若搁旧社会，充其量也就是一富农吧……

方好纠结了半天，蓦地惊醒，忍不住朝自己脸上轻轻拍了一巴掌，想什么呢？自己跟他不是都已经完了嘛！

许久，微红的脸又隐隐烫起来，耳边仿佛还传来关海波轻轻的嘲笑声，她顿时浑身打了个激灵！

四点钟，方好又向吴副总的办公室进军。这次，皇天不负有心人，总算让她给堵到了。

这位传说中的二太子顶多只能称得上五官端正，个子不高，微胖，鼻梁上架副眼镜，于是添了几分书卷之气，可跟关海波比，那后者绝对称得上英姿飒爽，丰神俊秀了！方好暗暗撇嘴，施部长的眼光实在有点那个……

很爽气地签完字，吴副总把表格递回给她的同时，眉心蓦地一挑，赫然问道："你原来是盛嘉的？"

方好想不到自己名气已经响到如此程度，连高高在上的运作部副总都对自己的背景了若指掌，顿时受宠若惊地连连点头。

然而，她没有在副总的脸上看到任何猜中后的得意表情，他的面色愈见阴沉。

晚上回家吃着自己煮的难咽的饭菜，方好无法遏制地联想起在关海波家吃的那几顿他烧的拿手菜，情不自禁咽了几口唾沫。

其实冷静下来想想，他那个人还是挺不错的，虽然不浪漫，却很细心，一起出去吃饭总是挑她爱吃的菜点；她出了纰漏，他嘴上不肯饶人，可过后还是肯指点她；她随口一提的东西，他记得比她还牢；虽然从不曾慷慨激昂地承诺过什么，可答应她的事都会做到……

还有他那天嘲讽她的那句关于等闵永吉的无稽之言，虽然很伤她的心，但是，仔细琢磨，是不是也意味着……他在吃醋呢?!

方好咬着筷头，为这个新的发现感到一丝羞赧的颤栗。然而，这也的确不是没可能的事啊!

再说了，如果他真的跟顾律师有了什么，还会那么紧赶着来找自己吗?

大概人都是这副德性，激动起来，好像全世界都欠自己似的；如今冷静下来，发现其实是自己计较太多。

懊悔吗? 好像是有那么一点点吧。可是，这世上哪有后悔药买来吃啊! 再说了，如果他真的只是纯粹为了凑合找上了自己，那她不是太亏了?

方好在这两周的时间里，已经一点一点地发现其实关海波早已在她心中占据了绝对不容忽视的位置。

是呃，那么优秀的一个男人，整整三年在自己眼前晃荡来晃荡去，方好又不是柳下惠，说不动心那是假的，之所以有那么强的定力麻痹自己，无非是不敢生"贼心"罢了。

新环境的复杂让方好愈加怀念从前简简单单的生活和同事间濡睦的相处，她隔三岔五找些借口给春晓打电话，拐弯抹角地把话题往盛嘉跟关海波身上引，哪怕只是些只言片语的无聊信息，听在耳朵里也觉得弥足珍贵。

这期间，妈妈还打过几次电话来，一提及她跟关海波的事，方好就开始支支吾吾地扯，一向精明的妈妈这次却会错意，只当她是女孩子家羞涩，所以也不甚追逼，怕把她惹毛了，好不容易到手的准女婿就此泡汤。

周三，方好接到春晓的电话，兴高采烈地告诉她自己正式荣升"培训师"了，一定要请方好出来吃饭。方好也替她高兴，前一阵春晓忙得翻天，两人也好久没见面了。

约在一家吃杭帮菜的小馆子，两人像暴发户似的叫了满满一桌，其实也没点几个菜，但这家馆子上菜速度快，没吃几口，点心都已经上桌了。

方好自然贼心不死，琢磨着怎么乘这个大好机会多套点含金量高的内容出来，虽然她也知道自己不在盛嘉了，春晓也鲜有机会打听新鲜消息——她从前的那点底子不还是自己在的时候给她铺垫的！

孰料这次老天都帮方好，没等她开口呢，春晓已经主动发话了："我星期一跟波哥他们出去吃晚饭了。"

口气说得轻描淡写，方好的一颗心却怦怦地激烈跳动，连夹菜的筷子都伸得很谨慎，唯恐听漏了什么。

"他们都还好吗？"她故作不在意地随口问。

"挺好啊！个个欣欣向荣，我本来想跟他们提议把你也请出来，后来想想还是算了。"

春晓欲言又止，方好不难猜出他们在饭桌上怎么"诋毁"自己呢，心里一阵难过，却听春晓道："主要是你的接班人也在，他们逗她逗得开心，你要是来了，估计也高兴不起来，从来只见新人笑，不闻旧人哭啊！"

没想到春晓也会拽两句词，可方好没心思给她歌功颂德，直眉瞪目地追着她问，"新人招到了?！这么快！男的，女的？什么样儿啊？"

陡然紧张起来，莫名其妙的。

"当然是女的啦，长得可水灵了，听说也是个刚毕业的。他们都开玩笑说，波哥这回不是招秘书，是给自己找老婆呢，呵呵！"

方好心里顿时泛起一股浓浓的醋意，酸都泛到喉咙口了。

"你猜我们在哪儿吃的？"

"我怎么知道。"她整个人浸润在醋海里，哪还提得起旁的兴致来。

春晓忽然狡黠地一笑，"量你也猜不出来，就是波哥那个同学，他叫什么来着，秦……秦志刚，对，就这个名字，瞧我这记性，老是记不住，他新开一饭馆儿，非要请客，还特别邀请了我，你说奇怪不奇怪，真是不打不成交啊，呵呵……"

方好根本没在意她说了些什么，沉思半天，没头没脑冒出来一句，"他跟他那个女……女朋友到底怎么样了啊？"

春晓尝着一条西湖醋鱼，皱眉向她，"你说谁？"

"顾律师呀！"方好极不情愿地吐出这个名号，手上的筷子来回拨弄一块玉米烙，反反复复，让它不得安生。

"哦，你说波哥的前女友啊，早吹了！"

"……谁说的?"

"谁都这么说,不信你去问季杰。"

"那她还飞德国去替他打官司?"方好不死心地一追到底。

春晓斜了她一眼,对她单细胞生物似的分析能力嗤之以鼻,"我说你怎么总是这么一根筋呢?分手了就老死不相往来了?人家收钱的,有钱为什么不赚啊?"

方好一时高兴,一时又泄气,这旧的刚去,新的又来了,她岂不是空欢喜一场。

心里一下子就来气了,前不久还对着自己搂搂抱抱的,一转头,竟然又瞄上更年轻的了,男人,果然个个不是东西!

她手上一用劲,竟把块玉米烙戳了个对穿过。

春晓瞪了她一眼,"这是吃的,不是给你练功的,别暴殄天物好不好?"

吴俊良从施云洛办公室走出来时,面色是铁青的,脚下像拴了千钧雷霆,重重地朝前跨步,方好刚巧抬起头来,与他如霜般的目光撞了个正着,顿觉又惊又寒。

这一眼把方好的心一下子提到了半空,且久久下不来。

未几,刘原从与施云洛办公室紧邻的复印室出来,也是意味深长地瞟了眼方好,待她坐下来,QQ头像闪个不停,方好早已按捺不住了。

"怎么回事啊?"一张哭丧的小脸。

刘原沉吟了一下,遂也噼里啪啦地敲开了字。

"你想想,有没有什么地方得罪过副总?"

方好当真仔细回忆,她统共就跟吴俊良见过一面,自问那一面举止还算得宜,态度也极为恭谨,于是无辜地敲回:"没有。"

"这就奇怪了,我刚刚进去送材料,在门口正好听到他在要求施部长让你离开吴中呢!"

方好暗暗心惊,慌忙反问:"为什么?"

"我也不知道,其他什么都没听见,就这一句副总是直着嗓门喊的,好像很生气。"

方好开始惶惶如丧家之犬。如果她清楚自己做错了什么,那还可以有的放矢地想办法弥补,可像现在这样,人家已经要痛下杀手了,她连门都没摸着,岂不是死得很冤?!

忽然想到吴俊良阴森森地问自己的那句:"你原来是盛嘉的?"

想来想去问题也只可能在这儿了。

如果因为施云洛过去跟关海波的关系让副总猜忌,这倒也不是不可能的事儿。

若真是这样,还真应了那句"成也萧何,败也萧何"了。

方好心里有些凄惶,副总都发话了,自己在吴中大概也好景不长了,可怜她入职手续都还没办妥,这下也可彻底省心了。

唉,离开了也好,这里终究是一个是非之地。

正自艾自怜间,刘原又敲了一串字给她,"你也别急,这事儿全在我们部长,她要不肯放人,副总也拿她没办法。你自己小心着点儿,别有什么事让她不高兴。"

方好虽然心里已经不抱什么希望了,但能挨一时是一时吧,她重新找工作也还得费些时间呢!

然,树欲静,而风不止。

十二点刚到,蒋荣光就晃晃悠悠过来了,径直走到方好位子前,熟门熟路地开口笑道:"走吧,今天我带你出去吃。"

刘原嫌恶的目光朝他身上一瞟,又迅速转开,唯恐玷污了自己的眼睛。

方好慌了神,忙不迭地回绝:"我不去,我没时间。"

"咦?咱们不是说好的嘛,你不记得了。"他不禁扬起嗓门。

方好结舌,"……我什么时候跟你说……"

然而,她忽然发现蒋荣光杵在这里实在惹人注目,况且,施云洛随时都可能从办公室里走出来,要让她逮个正着,自己真是跳进黄河也洗不清了。

她立刻停止争执,撂下手头的东西,不由分说引着蒋荣光往偏僻的安全出口处走,刘原惊异的目光一直追随着她,她也顾不上回应解释。

出了安全门,就是楼梯口,方好这才转身正色地对蒋荣光道:"蒋经理,真对不起,我之前确实没有答应过你什么,我想你可能弄错了。"

蒋荣光手里转着车钥匙,也不生气,笑呵呵道:"弄错了也没关系,我现补一个——能不能请陈小姐赏光,跟我出去吃个饭,这样行不行?"

"不行。"方好很干脆。

"为什么呀?"在公司里,蒋荣光鲜有被女同胞如此直白地拒绝的经历,脸上顿时很不自然,但是没多久,他又高兴起来。

他对方好是认真的,以他的火眼金睛来忖量,这种女孩子娶回家做老婆最合适不过,如果她太随便了,也就不值得他费这一番心思追求了。

　　方好咬了咬唇,选择打开天窗说亮话,"我对你没那个意思。"一说完,脸就微微发红。

　　她还是第一次这么干脆地拒绝别人,主要也是被他缠得有点后怕,不如速战速决。

　　蒋荣光一看她这个样子,心里更喜欢了,逗着她道:"我也没说跟你那个呀。"

　　这话听在耳朵里实在是要多暧昧有多暧昧,方好却没往别处想,说明白了对大家都好,她朝他点点头,"既然这样,那最好了。"她看看表,转身欲走,"我得回去了,刘原还等我一起去吃饭呢。"

　　蒋荣光这才急了,一把拉住她的胳膊,"哎,你等等。"

　　方好吃了一惊,使劲甩开,"你想干什么!"

　　蒋荣光立刻也松了手,这种女孩子只能慢慢来,如果吓着她了,以后就难办了,还是得打攻心战。

　　他快步过去,拦在她面前,语气诚恳,"方好,我是诚心诚意请你吃顿饭,真没别的意思。你知道,吴中这个地方是个大染缸啊,有许多灰色地带,初来乍到的人根本不清楚,一个不小心,就可能惹祸上身。"

　　方好被他拦住去路,心里一阵惊慌,她没有多少对付"色狼"的经验,今天要真在这里发生什么不堪的事,岂不饮恨终身?情急之下,手一伸,先搭住了安全门的把手,他只要一逾矩,自己就不管三七二十一逃出去再说。

　　然而,蒋荣光并没有进一步的动作,而他说出来的这几句话的确也是在情在理,正好撞上了困扰她的疑虑,手搭在门手上,却迟迟没有拧开。

　　蒋荣光趁热打铁继续道:"我第一次看见你,就觉得你跟别的女孩子不一样,没有心机,特别单纯,可是这样一来,更容易犯错误,得罪人。我想来想去,与其等你出了问题再提醒你,还不如早点跟你说清楚为妙。"

　　几句话竟然都说到方好心坎里去了。她扭头望了蒋荣光一眼,后者脸上布满诚挚,没有丝毫虚情假意。

　　有丝羞愧油然而生,她刚才真是小人了!

　　可是……

　　"你……为什么对我这么好?"刘原的那些警戒也句句留在她心上呢,方好不能不疑惑,但脸上的表情明显缓和了许多。

蒋荣光明白自己的话已经开始奏效，他咧嘴笑了笑，"我承认我对你有好感，所以愿意帮你，也很希望能跟你交个朋友，你知道，其实，在这种公司，多个朋友也是多条路。当然，如果你没兴趣，我也不会逼你，但我还是心甘情愿地会帮你。"

方好从小就没怎么被糖衣炮弹"攻击"过，以前跟闵永吉在一起，他虽然对方好呵护有加，但两人太相熟了，许多话只需一个眼神、一个笑容就彼此了然，无须废话，且多数时候，闵永吉都是拿她当小妹妹来哄，很少像情人那样卿卿我我；跟沈亮更是与同学间的相处没什么分别；而关海波，就更难从他那里得到一星半点的柔情蜜意了，他是再死板不过的一个人，对自己也根本没费多少心思，即使他肯费心思，方好也很难想象甜言蜜语从他嘴巴里流出来会是什么样子。

而眼前的这个人，虽然口碑不怎么好，而且也不是方好钟意的那一类帅哥，可是，当他面含真诚地说出这样一番情真意切的话来时，她还是被悄然感动了。

方好并不知道蒋荣光在情场上也是身经百战的人物，知道对付什么样的女孩该用什么样的手段，这种以退为进的方式是最能打动方好这类性子憨直的姑娘的。

方好虽然已经软化下来，却仍有疑虑，她毕竟还在施云洛手下，虽然前途未卜，也不愿这火是自己点燃的，想了再想，还是摇头，"你的好意我心领了，但饭我就不吃了。"

蒋荣光自然明白她顾虑什么，又是一笑，"你是怕你们施部长知道吧？其实也没什么，同事之间吃个饭，联络一下感情再正常不过的事啊，如果施部长连这点肚量都没有，还怎么在吴中做下去？退一万步说，她真的因为你跟我吃了顿饭就把你给辞了。呵呵，"蒋荣光脸上露出笃定的微笑，"吴中并不是她一个人说了算的。你从哪个门出去，我还可以让你从哪个门进来。"

方好惶惑之际彻底犯了难，眼前的人是志在必得，怎么推托都不行，可她真要向前迈一步，会不会就此一脚踏进水深火热之中？

蒋荣光却由不得她拒绝，伸手在她肩上拍了一下，"走吧，走吧，我位子都订好了。不就是吃个饭嘛，你想得也太复杂了。"

等方好彻底清醒过来，她已经坐在蒋荣光的车里了。

也是，不就吃个饭么，要以后都这样，不得累死。还是走一步算一步吧。

蒋荣光在她面前刻意地温文尔雅，没再作出令方好反感的举动，闲闲地跟她扯一些吴中的经典趣闻,满足她的八卦心理。

车子一停,方好朝餐馆的招牌看了一眼,立刻有些紧张,"你不是说在公司附近吃嘛,怎么一下跑市中心来了。"这里离聚林大厦实在太近,方好一下子又起了高原反应。

蒋荣光笑道:"头一次请你,怎么也得像样点儿吧,这里环境不错。"

这间餐馆的特色是主打东南亚口味,做的几道招牌菜味浓醇正,同时又结合了S市本土人士的喜好,也提供一些清爽素淡的苏南家常菜。

盛嘉是这间餐馆的常客,一来餐馆离公司近,二来关海波本人很喜欢,因此,只要来了客户,中午的用餐通常都会选择这里。

方好低着头,跟在蒋荣光身后,目不斜视地走在古色古香的回廊上,回廊底下是大堂,餐桌林立,中午就餐的客人不少,语声喧哗。

她总觉得无形中有一双眼睛在虎视眈眈地瞪着自己,心里一阵阵发紧。

服务生领他们安然无恙地进了小包厢,方好才长长吐出一口气,想想自己也是犯傻,关海波他们如果来这里用餐,铁定也是要包厢的,怎么可能拉着客人在大厅里凑合?

蒋荣光打量她的神色,关切地问:"你很热吧?我把空调调低点儿。"

方好无可无不可地点头说了声谢谢。

蒋荣光虽然订了位子,可菜还没点,此时拿了老大一本菜谱热情地让方好点,她再三推托不过,随意要了几个,只想早点吃完了回公司。

蒋荣光又加了几个菜,方嘱咐服务生,"先这样吧,不够我们再要,麻烦上快一点儿。"

方好终觉坐立不安,看看时间,一点还没到,也就是说关海波他们还是有可能光顾这里的,她一会儿得掐着点儿走,避开他们进来或出去的时间。

"还在担心被你们部长骂啊?"蒋荣光见她神色犹疑不定,抿了口茶,善意地取笑。

方好也端起茶杯,掩饰地喝了一口,又放下,方找到个借口,"不是啦,刚才出来都没跟她们说一声。搞不好现在正在找我呢。"

"打个电话回去不就得了。"

方好这才发现自己手机忘带出来了,她本来没想到会真跟着他出来吃饭的。

"拿我的打吧。"蒋荣光主动把自己的手机递过去。

方好赶忙摆手,"不用,不用。"又乘势道,"咱们早点回去就好了。"

菜陆陆续续地上来,蒋荣光热情周到,嘴巴又甜,可方好还不习惯被一个认识没几天的男人这么细心地伺候着,总觉得浑身不自在。

"其实你在行政部干着也没什么意思,施云洛人又挑剔,很多小姑娘都被她骂哭过。有没有想过往别的部门调?"

方好把一块咖喱鸡小心地往嘴里送,没敢接他的茬儿,心里却翻了几个个儿,施云洛有这么严厉吗?好像没看出来呃。

蒋荣光貌似漫不经心道:"你要有兴趣,采购部倒还有两个位子空着,都是干实事儿的,等将来资历上去了,还有望顶个一官半职。比你现在强多了。"

他其实也是在心里打着小算盘,如果自己真跟陈方好对上眼了,她继续留在施云洛那里就是个麻烦,出来是迟早的事儿,不如未雨绸缪。

方好却想不了那么多,施云洛对她也有知遇之恩,怎么能她还没怎么着呢,自己反倒先釜底抽薪了。

抬起头来,含糊地对蒋荣光笑笑,"谢谢蒋经理,还是……等以后再说吧。"

"对对,咱们来日方长,不急,不急。"蒋荣光打着哈哈笑道。

水果一端上来,方好又开始看表,两点都过了,再不走,真的有可能要撞车了。

蒋荣光听她要走,知道她心里惦着事儿,万事开头难,今天能把她约出来已经是成功了大半,于是没再坚持,很快就结了账陪她出来。

方好只求能速速离开这里,脚下走得飞快,蒋荣光拔腿跟上,无奈之余,恨不能挽住她的手,但毕竟不敢造次。

"谢谢光临,欢迎下次再来。"门口的侍应生甜甜地打着招呼,替他们将门拉开。

还没来得及走出去,外面一帮人马先呼呼啦啦地闯了进来,有说有笑,旁若无人的样子,方好不由得往旁边让了一让,几乎快贴到蒋荣光身上去了,他乘机抬起手臂,极轻地兜住了她的腰。令他暗喜的是,方好竟然没有拒绝,纹丝不动地站着,腰背挺得笔直。

他站在她稍后的地方,当然看不到方好此时的眼里已经迅速堆满了慌乱,只顾一眨不眨地应付着如探照灯一样射过来的数双眼睛!

季杰,董其昌,唐梦晓……一张张熟悉的脸在面前一一晃过,连尚蓓蓓也在里面,当然,少不了关海波,伴在他身边的应该就是传说中的那位"新人"

吧，长得的确清甜可人，难怪关海波这么快就对自己放手了！

方好的目光没在"新人"脸上多加停留，只怕自己看久了，对方的细皮嫩肉上会留下一道灼伤的疤痕，掌心悄然紧握，胸口又开始难言地窒闷起来。

每个人都注视着她，眼里是单纯的讶然，唯有关海波，目光从方好跟她的"同伴"脸上掠过，然后准确地锁定在蒋荣光揽住她腰的手上，眸中阴鸷渐深。

"陈姐，你也来这里吃饭呀！"唯有尚蓓蓓心直口快地开了口。

其余几个都唯关海波马首是瞻，见他神色凛然，完全当陈方好空气一样，脚步不停地往前挪动，纷纷冲方好马虎地点了个头就匆匆追了上去，一群人很快烟消云散。

这正是"仇人相见，分外眼红"！

蒋荣光有些好奇，"他们是谁啊？"

方好跌跌撞撞往外走，无力地回答："以前的同事。"

真是怕什么来什么，方好在心里仰天长叹，自己这点儿掐得——可真准哪！

孟庆华给在座的每人都把酒满上，这才举起杯子，率先道："那个，咱们先请关总致欢迎辞，怎么样？"

大家噼里啪啦地鼓掌，关海波脸上的肌肉尚未从僵硬中恢复过来，但仍捏着杯子站起来，调匀呼吸，方挤出一丝笑缓言道："不好意思，这顿饭让大家久等了。"又朝满脸喜气的新秘书扬了一扬杯子，"难得今天凑这么齐，来，我们先欢迎小李加入盛嘉！大家干了这一杯！"一扬脖，就把半杯子白酒给灌下去了。

众人都有些傻眼，今儿不是招待客户啊，自己人吃饭，用得着这么着心着力地饮嘛！可没办法，老大已经先干为敬了，大家只能硬着头皮上，纷纷龇牙咧嘴将杯中的美酒饮尽，同时都在心里埋怨孟庆华，倒酒也不知道适可而止点儿，不要钱就这么大方是怎么着儿？

这顿饭盛嘉大大小小都盼了很久了，既是欢迎新人，也是迎接新的开始，盛嘉在腾玖油品危机的问题上，险险过关，虽然不用赔偿高额误工费，但继续油品代理显然已经不可能了，所幸与腾玖其他的合作项目并未受此影响而被砍掉，这完全要归功于闵永吉对盛嘉的鼎力支持，这位温文尔雅的儒商因此在盛嘉人的眼里更加高大光辉，唯有关海波，面上也是多次呈谢，心里却不是滋味儿，他岂能不清楚，闵永吉这么照应盛嘉，实在是看谁的面子。

不过在商言商，关海波从来不拿生意负气，更何况眼下盛嘉的确需要更多有力的支持。

无论处得多么低调，对盛嘉的声誉不可能不造成负面影响，因此，接下来的路走得会较之前吃力一些。但关海波并不因此而回避这场危机，任何挫折对他来说都是难得的一次经验和教训，他要做的就是从这次事件中深刻总结和反思，而不是单纯地将它应付过去了事。

本来很开心的一顿"辞旧迎新"午餐因为陈方好的意外出现而变了些味道，主要是关海波老阴沉着一张脸，仿佛很不顺心。

也是，陈方好怎么说也是盛嘉的"叛徒"，早不走，晚不走，偏偏在盛嘉最困难的时候离开，难怪老板见了她堵心窝子！

唯有季杰，从关海波的脸上读出了浓浓的醋意。

菜仅上来了四分之一，关海波拾起餐巾抹抹嘴角，站起身来，"你们吃吧，我有点事，要出去一下。"

又回头叮嘱季杰，"四点以前我要是赶不回来，你自己去世华谈，少说多听，看他们要什么样的条件。"

季杰连连点头。

他一走，大家就七嘴八舌地议论开了，季杰伸手平息众人激动的八卦心情，淡淡道："吃你们的，管那么多闲事干什么。"

他当然知道关海波急着离席是为了什么。

关海波一边朝外走，一边已经耐不住地给方好拨电话。走到门口，仍然无人应答，他气得狠狠咒骂了一声，恨不得当场把电话摔在地上。

陈方好果然是越来越能耐了，敢不接他电话，还这么快就踏上了新船，泰然自若地相拥着出入公共场所！

关海波突然发现自己犯了个很严重错误，他不该听从秦志刚的建议，给对方时间去冷静和思考，看看人家拿这个缓冲时间都干了些什么，滋润着呢！

他如果接着沉默下去，再过个把月，是不是就该接到她的喜帖了?!

思忖片刻，他重新拿起手机，搜索到一个号码，仅仅迟疑了几秒，就果断地按了下去，然后举靠在耳边，几声长音后，听筒里传来施云洛娇软的声音："你好，哪位？"

"我是关海波。"他深吸了口气，很平静地自我介绍，电话里，能听到施云洛浅微地不稳定的呼吸声，顿了一下，他才道："半小时后，我到你们公司。"

Chapter 17

抓捕陈方好

回到公司，方好心中因为见到关海波而引起的震撼犹未散尽，她脑子明显慢半拍，刘原望向她的目光忧心忡忡，她无言以对也无暇顾及，默默地在自己位子上坐下来，对着电脑屏上漫天飞舞的公司 logo，愣了半天神，才慢吞吞解开屏保。

刘原已经发了一串留言给她。

"你去哪儿了？"

"中午等你，怎么半天都不回来。"

"真跟姓蒋的出去吃饭了？"

方好抬起手臂，懒洋洋地敲回："嗯。施部长知道吗？"

刘原的头像沉默了良久，才重新闪动，"她没留意，不过你……唉！"恨铁不成钢的口气。

方好心里也有些歉疚，她天生是耳根子软的人，所以成不了什么大事，一向也很有自知之明，但如果拖累好心为她着想的同事，她会觉得过意不去。

两人没再继续聊下去，因为方好很快就被施云洛的一个电话叫进了办公室。

"坐吧。"施云洛拿笔点点对面的椅子,精致的脸蛋上看不出一丝波澜。

方好毕竟有些忐忑,自己刚做了件似乎挺"对不起"她的事儿,现在被叫进来对簿公堂,她的"被告"心理一下就建立了起来。

施云洛十分干脆,开门见山地问:"蒋荣光,是不是在追你?"

尽管方好已经有了一定的心理准备,但如此直接的问题还是让她张口结舌,她喉咙口被什么东西哽了一下,局促地回答:"没,没有的事。"

施云洛犀利的目光长久地停留在她脸上审度,虽然唇角含着笑,那眼神依然称得上肃杀,方好突然明白为什么刘原她们始终那么小心谨慎了。

"没有最好。"施云洛点了点头,放缓声调,"我并非要干涉你的私生活,但我一直认为同一家公司的两个人谈恋爱不是什么好事,容易招惹是非。"

话说得很在理,方好却不由得想到她自己不是还跟吴副总在一起共事么?这样想着,她诚惶诚恐的脸上便藏不住一丝不以为然,施云洛显然捕捉到了,不禁皱了皱眉,这年头阳奉阴违的人实在太多,她也是看着方好人挺老实才招她进来,如果她背着自己干坏事儿,那反倒是弄巧成拙了。

施云洛修理得完美无瑕的一双玉手搁在桌上,饱满圆润得如同贝壳一样炫亮的指甲轻轻点击着桌面,雪白的手腕上,一根点缀了紫水晶的白金手链也跟着她的手势微微晃动,方好看得出神,这双手不去做铂金首饰广告实在是可惜了。

"你了解蒋荣光这个人么?"施云洛压低嗓音,语气含着不悦。

"嗯?"方好轻轻晃了晃脑袋,把仰慕的目光从施云洛的手上挪到她稍显严肃的脸上,眨巴了几下眼睛,老实地答复,"不了解。"

施云洛瞧她回答得如此坦白,且一脸无辜的样子,竟被她逗得轻轻笑了起来,气氛顿时有所缓和,方好应景地随着她展颜。

"不了解你还跟他一起出去吃饭?"她说这话时,虽然是嗔责,但因为带着笑意,更像女人间讲私房话。

方好却悚然惊心,不是说她不知道的嘛,怎么⋯⋯双手在桌子下面紧张地绞握在一起。

施云洛的手边是一杯清茶,青花瓷的杯子,乳白色外身,上面印有很喜气的图案,明明是俗艳到家的一件物品,她拿在手里,却堪称完美。

她端着杯子,很斯文地啜了一小口,复又放下,继续刚才的话题,"他是靠什么关系进来的我就不说了。"她的脸上难掩轻蔑,"不过,他喜欢在公司里追逐漂亮姑娘也不是什么新鲜的事儿了。你既然是我招进来的,我就必须对你负责,我不希望哪天你跟别人一样哭哭啼啼地来找我。"

方好望着面前这个雅致动人的精英女子如此轻描淡写地抨击自己的对手,只觉得胆战心惊,一阵阵汗颜,她确确实实尝了一把"刘姥姥进大观园"的滋味,再一次在心里感叹,这公司,复杂,真复杂!

才来了两个星期,是非惹了一大通,方好明显有玩不转的感觉,她那颗原本跃跃欲试的喜悦之心不禁瑟缩地往后退了一退。也许,她只适合在盛嘉那样的小公司里猫着,虽然琐碎点儿,没地位点儿,毕竟简单啊。

只是,眼下的情形,也只能先遵循"既来之,则安之"的法则了。

她在心里酝酿了一番,决定还是要替自己辩解两句,一味的沉默只会让施云洛误解自己是心虚,她跟蒋荣光,那是根本不可能的事!

张了张嘴,正待发话,施云洛桌上的电话却先于她的发言响了起来。

施云洛立刻向方好摆手制止,然后接起电话,听了片刻,很简短地"嗯""哦"了两句,"请他稍等一下,我马上派人去接。"脸上逐渐泛起明艳的笑容。

平心而论,这个美女笑起来真的很好看。

这个美女,曾经是关海波的女朋友……

"你先出去吧,我有个客人要过来。"施云洛赫然下了逐客令,结束了她们之间这场看似挺重要的会议。

方好怀着一点莫名其妙的酸意站起来,还未转身,又被她叫住。

施云洛手上拿了一个黑色的文件夹,递向方好,"你把这些文件拿到文控室去跟小周对一对,她上回在会上说咱们的版本已经过期了,现在就去。"

"哦,好。"方好接过来,无意识地翻了翻,再抬眼,却见施云洛在整理桌子上并不凌乱的文件,眉心间攒着一股紧张。

那种因期待而不安的心情方好并不陌生,她满心好奇,不知道什么样的客人能让这位美女领导如此重视。

打开门向外走,听见施云洛在电话里交待刘原,声音压得有点低,"……对,马上,在底楼休息室……等等,你带他走4—2室旁边的那部电梯……"

方好暗暗咋舌,连路线都要规定好,大公司就是规矩大!

手一松,门在身后自动合上了。

出来时,刘原已经不在,方好还是先回了趟位子,这通谈话虽然时间不长,也够要命的,搞得她口干舌燥。

站在办公桌前大饮了几口水,顺手把摊在电脑旁的一摞资料拿上,都是要复印的,资料室旁边有个影印中心,很方便。

目光不经意间掠过手机，随手拿起来看看，屏一亮，提示有数个未接来电，她怔了一怔，有种强烈的预感在心底升起，迫切地翻开来看。

整整六个电话，全是关海波打来的！

方好顿时心跳加剧，放下电话先让自己镇定一下，生怕是幻觉，又重新拾起来查看，这一回确定了，的确是他，时间显示应该是自己离开餐馆不久，她的手机没带在身上，所以没有接到。

一时说不清是悲是喜，他竟然还会给自己打电话，为了什么？

尽管方好无数次告诫自己两人之间的关系已经终结，可某些时候，她还是会无法控制地想到他，对于他这一阵对自己所持的不闻不问的态度也充满了怨愤，她不得不承认，这段日子，其实自己对他一直是有所期待的；而刚才在餐馆的狭路相逢更是让她看清了自己的"虚伪"，嘴上标榜划清界限，可看着他对自己视若无睹的样子和身旁亭亭玉立的"新人"，她那一刻简直沮丧得无以复加。

紧握手机，揣着一脑子乱糟糟的想法，她慢吞吞地往资料室方向走，一边还继续神游。

资料室在二楼，方好想都没想，就往右手的窄廊里一拐，窄廊转两个弯，到了尽头就是电梯。

事实上，从这里走，反而是绕远道，但方好每天上下班都选择的是这条路，也仅熟悉这条小径，有时候刘原带她从人声喧哗的直道下楼，她还觉得挺别扭，那么多双眼睛盯着她们两个，仿佛走秀一样。这条小路就不同了，在整个行政大楼的最边缘，曲折费劲，除了保洁员，仓库运输工，很少有人往这里走。

某些时候，她有着蛮不讲理的固执。

方好忽然想到一个关键问题，自己没接关海波的电话，以他那个大爷脾气，说不定现在已经暴跳如雷了！况且，刚才她是跟蒋荣光在一起，他见到了十有八九要误会。难道，这就是他给自己打电话的原因？！

要真是这样，是不是表明他还在乎自己，如果他什么感觉也没有，也不至于这么急着联络自己了。

这样一想，淡淡的喜悦和不安同时涌上心头。

接下来又开始天人交战，要不要给他回个电话呢？

方好犹豫起来，矜持了这么久，要一下子打破，面子上还真有些过不去。

可是，好歹是他主动先打来的，自己纯粹作为回应打过去，应该不算丢脸吧?

  方好在打与不打之间摇来晃去,甚至没有数一下在走廊上转过了几道弯,今天这条走道仿佛特别长,怎么也走不完似的。

  她心里的天平最终倾斜,她给自己找了个完美的理由:连续六个电话追杀过来,估计是——出大事了!

  手指一起一落,就果断地回拨过去,手心里渗出密密的汗,她竟然紧张至此。

  远远的,不知哪个角落传来很好听的手机铃声,如高山流水一般清冽,舒畅。

  关海波用的就是这种铃声,她跟他那么长时间,听得耳朵里都起腻歪了,他也总是不换,此时再度映入耳朵里,却有说不清的亲切。

  方好有点蒙,难道,她开始出现幻听了?

  惊诧地循着那声音望过去,整个人立刻就僵持在了原地,像冻住的冰雕。

  走廊那一头,刘原领着气宇轩昂的关海波正朝这边走来。

  关海波远远地就看见了心事重重的方好在廊上低着头蜗牛一样前行,他嘴上简单应付着刘原的客套,不露声色地接近目标。

  待到看见方好打电话的动作,而自己的手机在同时间唱响时,他怔了一下,立刻心领神会,嘴角难以抑制地勾起了一抹笑意。

  他没有接起来,手指按下拒听键。

  当与目瞪口呆的方好擦肩而过时,关海波脚步略滞,稍稍凑近她一点,低沉的声音宛如在她耳旁低语:"过得不错呃,陈助理。"

  刘原讶然地望着他们两个如此暧昧的情状,还没来得及开口质疑,关海波已经接着朝前走了。

  方好什么话都说不出来,嘴巴半张,怎么也无法单纯靠技术力量将它合拢。

  原来,施云洛要见的客人是他?!

  白玉一般晶莹剔透的骨瓷杯上刻着年代久远的细腻图绘,如同说不尽的繁华与苍凉的故事,杯口白雾缭绕,带来一缕清淡的茶香。

  "海波,我记得你一直很喜欢喝绿茶。"施云洛坐在会客的小沙发上,笑吟吟地望着斜对面的关海波软声细语,"这是一个朋友从峨眉山带回来的特级竹叶青,你尝尝,味道可好?"

关海波没碰那杯茶，淡淡道："很多习惯都会慢慢改变，我现在已经不喝茶了。"

施云洛脸上略略一僵，复又笑道："哦，是吗？我倒是……"面前的人脸上的表情太过淡漠，她便没有把那句话说完整，换了一副笑容，带着浓重的职业气息，也许是出于自卫，话锋转过，语调依旧柔软，"我没想到你今天会过来。"

关海波双手交叉相握，稳稳搁在自己的膝盖上，淡然一笑，"我也没想到。"

施云洛捉摸不透他的心思，一贯沉稳的心境在他面前一点一点打破。

都说富贵如浮云，转眼即烟消云散。施云洛也终于发现，那些曾经深深吸引了自己，她始终仰慕的遥不可及的繁华其实不过如此，华丽的背后尽是怨怼，计较，争夺，算计，置身其中的人挣不脱，也逃不开，只能无休无止地周旋。

夜深人静，当身旁空无一人，对着窗外皎洁的明月，她何尝没有过怨悔。

想要得到，就必须付出代价，这真的是一条至理名言，她无数次苦笑过，也嘲弄过自己，然而到头来，还是于事无补。

她承认，自己对关海波，有着交缠不清的感情，歉疚，惜悯，懊悔，留恋……在自己婚姻不如意的这两年里尤甚。那些本该淡化的情感随着她对丈夫、对吴家的不满与日俱增，浓烈地煎熬缠绕着她，焚烧着她的内心。

可她毕竟还有理智，不会贸然地主动与关海波联系，且不说吴俊良会怎么想，即使是关海波这边，她也没有把握和自信：只要自己转身，他就一定肯回头。

他是个骄傲的人，她不是不知道，骄傲到可以为了面子舍弃自己；也因为要赢回骄傲，抛开专业，背水一战，终于打开了一片属于自己的天空。

发现陈方好，对施云洛来说，既是一个偶然，也是她期待已久的契机，所以，她毫不犹豫地留用了她。不管陈方好可能会给她带来什么，她都不愿放弃这个天赐良机—— 她拥有了一个可以顺理成章接近关海波的理由。

如果真如她猜想的那样，关海波对自己旧情难了，她愿意立刻放下吴家的所有，义无反顾地回到他身边，弥补曾经的伤害，也还自己一份普通人的快乐。

现在，一切如她所愿，关海波现身了。

"海波，你……还在怨我吗？"她终于艰难地切入心中期许已久的那个正题。

关海波赫然将脸转开，不去打量她面庞上浮起的歉疚，或是幽怨。

他用心爱过她三年，倾注了自己的全部心力，对于那段过去，他无法抹煞，而此刻她脸上的这些表情，在他看来，是对自己曾经珍视的美好的一种玷污。

施云洛看不到他的反应，他没有任何尖刻的回应令她以为他在动摇，"其实……这些年，我过得……并不好……"她在他面前无需演戏，既然他为自己而来，无论如何，她都要赌一把。

关海波无动于衷地听着，他当然明白，这些话能够从高傲而精明的施云洛嘴里吐出来，是很不容易的一件事，她想借此传达什么样的信息他心中亦是了然。

他及时打断了她，没心思听她忏悔，也不想误导她，"对不起，我今天来，是想请你帮个忙。"

施云洛正沉浸在自己的思绪里，毕竟也是有头有脸的人物，话不能说得太令自己不堪，她盘算着该如何婉转地表达才能既让对方明白，自己又不失分寸，而关海波的这个转折让她有些始料不及，"……哦，什么事？你说。"

关海波换了个姿势，身子往前一倾，手肘撑在膝盖上，依旧保持双掌交握，半低着头，浅笑了一声才道："我来，只是想见见陈方好。"

施云洛坐在位子上不动，半天没有回应。

女人的第六感是极其灵敏的，如果之前她没想到过，只能说是因为她太自信了。

心境一落千丈，但她也是经历过大场面的人，收起脸上淡淡的一层凄楚，挤出一丝笑容，有些僵硬地问："为什么？"她的思维从来都很清晰，"你要见她，私下里都可以，为什么要跑来我这儿？"

关海波挺起腰往后仰去，他无意刺激施云洛，但她这次利用陈方好的行径还是惹到了自己，他无法对她继续保持宽容的姿态，在把陈方好"抓捕"回去以前，他有必要让施云洛清醒一下。

"我们之间闹了点儿误会，她乘着我出国，赌气离开了公司，至今不肯见我。她的小孩子脾气发作起来，我也拿她没办法。"他缓缓地诉说，无奈与宠溺溢于言表，情真意切。

短短的几句话，足以让施云洛花容失色，他们曾经在一起三年，他是个什么样的人她一清二楚，再怎么变，她也知道，他从来不会拿感情的事来开玩笑。

关海波仰起脸,朝仍在呆怔中的施云洛露出一个意味深长的笑容,"能否麻烦你请她过来一下,她好面子,当着你的面,我想,她不至于给我脸色看。"

施云洛在这一刻,心里的煎熬简直可以用五脏俱焚来形容,然而,脸上的痛楚不过一闪而过,她扬了扬眉,不失大将风度地回报以一个同样饱满的笑容,"没问题,你的事,我总是要帮忙的。"

她优雅地起身,返回高高在上的座位,纤长的手指在话机繁杂的键盘上略略停顿,找到属于方好的那一个按钮,摁下去,指尖冰冷。

响了很久,没有人接,这才想起来,方好被她派去核对资料了。换了刘原的号码,从容地告诉她,去找方好过来,尽快。

"谢谢!"关海波依然坐在沙发里,远远地向她致谢,客气得仿佛路人。

"不客气!"她亦如是,矜持地微笑,始终没再从高位上下来。

室内死一般的寂静。

门毫无征兆地被推开,没有敲门和事先预告,施云洛不忘皱一皱眉头。

进来的不是别人,却是吴俊良。

"云洛,今天晚上钱秘书长那里,你必须跟我……"他的话在见到关海波的那一刻戛然而止。眼神立刻转向深邃凛然,仿佛有些不相信:"关……海波?"

关海波颇有风度地欠了欠身,却并未站起来:"吴副总记性不错。"

彼此见面次数虽然不超过三回,但对方长什么样,早已清清楚楚地铭刻在各自心中。

吴俊良迅疾地扫了一眼面无表情的施云洛,心情陷入浓重的阴霾,上午的争执言犹在耳,想不到下午她竟公然把人堂而皇之地请进了公司!她够狠!

暗暗冷笑两声,面上还是浮起笑容,他迈步过去,挨着关海波坐下,话却是对施云洛说的:"云洛,这就是你不对了,老朋友来吴中,怎么不事先告诉我一声,咱们也可以好好款待啊!"

施云洛阴沉着脸,半晌才道:"你想款待,现在也为时不晚。"

吴俊良看似亲切的客套,却是句句带刺,让施云洛的一颗心不觉沉了一沉。

为了个陈方好他就已经耿耿于怀地为难了自己半天,如今关海波赫然坐在面前,岂不是更让他觉着抓到了把柄?!心里顿时窝了一肚子火,破釜沉舟搞得丈夫醋意大发,可惜,她枉担了这个虚名。

不过她并不在乎，吴俊良在外面的那些"事迹"她也早有风闻，碍着面子睁一只眼，闭一只眼，可他别以为自己真的就是傻子，今天借关海波也可挫挫他的锐气，想到这里，她不觉略略昂起了下巴。

吴俊良岂能读不出她的用意，脸上的笑容微微僵滞了一下，没有接茬儿，折过脸来，向着关海波，语气颇为关切："听说，盛嘉最近惹了点儿麻烦？"

关海波眉心一跳，轻声笑道："是啊，好在解决了。"意味深长地瞥过去一眼，"吴副总对盛嘉真可谓了如指掌啊！"边说边伸手端起茶几上玉雕般华美的瓷杯，呷上一口，清香直沁心脾，果然好茶！

关海波口气里的揶揄显而易见，吴俊良修养再好，也按捺不住满心的酸意，干笑几声又道，"据我所知，盛嘉跟吴中好像没什么业务往来，关先生今天来，是为了拓展生意，还是……来找云洛叙旧？"冷冷的目光直射向施云洛，后者的眸中亦是冷如坚冰，毫不畏惧地迎视着他，良久，他无奈地避过那锋芒，寒气和怒意夹击着从脚底直蹿上来。

他在施云洛面前永远都无法做到理直气壮，只因他令她丧失了做母亲的权利。

最初的两年里，他理所当然地把问题归咎在她身上，于是逐渐在外面放肆，然而，依旧是音讯寥寥，这才着了慌，秘密地去做检查，才被当头棒喝！

这种事瞒得了别人却瞒不了自己老婆，施云洛坚决要离婚，他苦苦哀求，就差下跪，实在丢不起这人。

施云洛最终只能妥协，荣华富贵再累人，没有动力的作用下，鲜有人主动放弃。

关海波未及回答，门怯怯地响了两下，然后小心地被推开。

方好一脸紧张地走进来，一见办公室里坐着的这三个神人，顿时倒吸一口凉气，站在门边死活不敢再挪步子。

关海波见了她，不免一笑，站起身来，掸一掸衣服上的褶皱，缓步踱向方好，"既不是谈生意，也不是叙旧，我是来——找人的。"说话间，他已经走到方好跟前，抓起她的手，十指相扣，紧紧握着。

吴俊良既惊且愕，望着关海波对方好如此亲昵的模样，忍不住又扭头去看施云洛，她的脸绷得如同一块刚出炉的铁板。

关海波扬起与方好相缠的那两只手，微笑着对吴俊良道："我来给你介绍，这位是我的未婚妻，陈方好小姐。"

余下的三人同时呆住，方好通红着脸，快速瞥了一眼关海波，不知所措，心底却有欢喜的泡泡怎么也压不住,先是一个个,再是一群群地冒上来。

"打扰两位这么长时间,真是不好意思。人我已找着,得先走一步了。哦,施部长,我替她请半天假,没问题吧?"

施云洛连笑都笑不出来,僵硬地点了点头。

车子在环城道上飙飞了近半小时后,拐了一个弯,越行越偏,方好双手死死捏住缚在身上的安全带,直到此时仍有喘不过气来的紧张感。

关海波像押犯人似的一路拽着她的手从施云洛的办公室大步流星地出来,穿过众目睽睽的大厅,人来人往的步行梯,紧张忙碌的前台……最后被他硬塞进车里。

方好忐忑不安,又隐约感到一丝喜悦,因为,他是为自己而来。

然而,他这样蛮横地"劫持"了她,却自始至终没有跟她说过一句话。

方好从他绷起的脸上能判断出来他是在生气,而且是生自己的气。

她下意识地往车门的方向让了一让,唯恐他毫无征兆地发起飙来,自己没有防备。以前,每次惹到他发毛,她心里就有种冷嗖嗖的瑟缩感,已经成了职业习惯,随时随地等着把头和四肢一缩,躲到龟壳里,然后死猪不怕开水烫地接受他的炮轰。

畏惧到极点,她却反而赫然醒转,他们之间,现在既非上下级关系,亦非情侣关系,自己再像从前那么怕他就没道理了,怎么说,她也是独立自主的陈方好,领土早已分毫不差地收回,怎能再长他人志气,灭自己威风?!

理清了思路,她不觉正了正身子,又清清嗓子,鼓足勇气开始盘问:"你,你要带我去哪里?"

关海波根本不睬她,自顾自专注地开车。

方好开始来气了,他这算什么态度?谁还求着他来了不成?!费那么大劲把自己拖出来,就是为了让她来欣赏他这张臭脸?

她才不干呢!

"停车。"她振作精神,发号施令。

命令无效。

"停车!"她抬高嗓门,口气也陡然横了一些。

关海波似乎轻哼了一声,继续无视她,车子稳而飞速地前行。

如此明显的轻蔑摆在她面前,是可忍,孰不可忍?方好再也顾不得淑女形象,侧过身去,气势汹汹地瞪着他,怒不可遏地叫道:"我叫你停车!听见没有！"

　　忽然豁出去了，古时候的奴隶还知道揭竿起义呢！更何况是她80后青年陈方好！她早就说过不伺候了，他还想怎么的，玩绑架？！

　　"快停车，我要下去！"她的分贝已经没办法再高了，完全是声嘶力竭，她是真的恼到了极点。

　　这个男人，即使再出色，再属意于自己，她也受不了他这股子目中无人的嚣张。

　　车速骤然减缓，又向前滑行了一小段，关海波猛然间一踩刹车，车子终于停在了路边。

　　关海波扭头讥诮地望着她，眼里的意思很明显：你要下车，请便！

　　方好瞅了瞅外面，气势一下子萎靡下去三分，正是骄阳似火的下午三四点钟，火辣辣的阳光毫不吝惜地洒向地面，柏油路被熏蒸得烟雾缭绕，看那架势，如果是赤脚踩下去，大概脚底能立刻就烤熟了。

　　可是，说出去的话泼出去的水，已是无法收回，她陈方好再渺小，也是有自尊的人，太阳再猛再大，也只能认了。

　　这个鬼地方，人迹罕至，也不知道能不能打到车。方好狠狠地腹诽着身后这个可恶的男人，硬着头皮，把门打开。

　　才刚启开了一半，立刻有只大手探过来，迅雷一般将门拉上。

　　方好愕然，扭头望他一眼，关海波昂然迎视着她，对刚才的行为没有任何解释的意思。

　　方好的倔犟被逼到了角落，如同惹急了的牛犊抵在一角蓄势待发。她猛地转身，用力一扳把手，再次把门打开，还没将脚提到门口，又听到"砰"地一记关门声。

　　她被彻底激怒了，逗我玩儿是怎么着儿？一下子发了狠，咬牙猛扑过去，意欲突破那只尚挡在门把手处的大手，夺回主控权，一场无声的厮杀拉开了帷幕。

　　腰间忽然一紧，低头看时，原来身子出其不意地被他用另一条手臂兜住了。

　　她急怒攻心，拼命去扳搂住自己的胳膊，"放开，你这个坏蛋，快放开我！"

　　根本无济于事，她很快就被仰面搂到他怀中，他的脸沉沉地压下来，与她相互瞪视，近在咫尺！

几秒的短路之后，她重新挣扎，手足乱舞，妄想从他怀里突围，脑子里警报齐鸣，这场奴隶起义看来不揭竿是不行的了！

关海波一手紧拽住她，杜绝了她逃脱的可能，另一只手很轻易地钳制住她乱挥乱抓的双臂，他嘴边噙着一丝揶揄的笑意，满眼猫捉老鼠的不屑。

方好因为愤怒和求胜心切而涨红的面庞艳若桃花，没有丝毫防御地袒露在他面前，他看着看着，眸中戏谑的神色逐渐褪去，眼神深邃得近乎诡异。

这个神情方好并不陌生，她突然意识到了什么，张了张嘴，想要发出几句警告，然而一切都是徒劳，他早已迅捷地俯下头来，在她的抗议冲破喉咙之前有力地堵住了她的嘴。

被他如此贪婪地攻城略地，所有的血都在往头里涌，她只觉得羞愤难当，像被网住的鱼一样胡乱扑腾，心里更是沮丧到绝望，她的起义，还没打响，就被彻底攻陷了！

可是，他带给她的颤栗如此剧烈，与以往的每一次一样，让她无法抗拒，只能狼狈承受。他强悍的侵袭恍若一阵热风席卷而来，经过的每一寸地方都如同着了火，方好被炙烤得昏天黑地，逐渐忘却挣扎，终于一点一点地软化了下来……

关海波辗转在她香软的唇上，她身上产生的每一丝细微的变化他都能清晰地感受到，当她的手情不自禁圈上他的脖子时，他呼吸渐促，吸吮得更深，托住她身体的手往上抬了一抬，将她整个人拱起一些，以便跟自己贴合得更紧密。

他的唇舌始终没有离开过她，这个吻对他来说相隔太久，每一分甜美都如烙印一般铭刻在心上，而不管他怎样反复索取，仿佛都无法满足心中的焦渴。

在这一刻，萦绕在两人心上所有的猜疑、委屈、愤怒和幽怨都化作一声喟然的叹息，在相互缠绵之中如青烟般袅袅飘远，留下的，只有最真切的思念和彼此拥有的真实之感。

关海波终于明白，自己是彻底被怀里这个看似憨憨傻傻的小女人给征服了。不管她怎样逃避自己，漠视自己，也不管她怎样惹他生气，他都无法再放开她的手。因为，拥她在怀里的感觉如此温暖，又如此美好……

他的吻从最初的霸气逐渐转为温柔的怜惜，方好感觉到了，顿时百感交集，她能从中读出他对自己的渴求和珍视，还有一丝明显的歉意，也许，任何动听的语言都远不及如此情深意浓的一个吻更有说服力。心中的怨怼逐渐淡去，她本就不是心肠坚硬的人，唉，没出息就没出息吧！

呼吸骤然间一松,她娇喘咻咻地睁开双眼,他的脸仍离得很近,放大了数倍,笼罩在她视野的上方。

她双颊绯红,鲜唇娇艳欲滴,眸中张牙舞爪的气势早已消失得无影无踪,水雾迷漫,眼波流转,说不出的楚楚动人。

他的目光恋恋不舍地停留在她脸上,四目相对,柔情似水,无声地流淌而过。

激情渐渐平复,手臂上即有轻微火辣的触感传来,他余光一扫,一道七八公分长的抓痕妖娆地爬过,带出细细的红线,他顿时眉头微皱。

方好不解,顺着他的目光追随过去,立刻也是僵住。

"失敬啊,女侠!"他带着浓重的鼻音开了腔。

方好羞窘交加,讪讪地抚了抚凌乱的头发,声音低得像蚊子叫,"谁让你欺负我的。" 她嘟着嘴,那张霜染似的脸上先发制人地含了一丝愠意。

她的样子像只充饱了气的皮球,圆滚滚的,仿佛踢一脚就能蹦出去老远,可爱极了,令他怎么也生不起气来。

他放弃追究,直起腰来,将她扶正,松开了手,方好暗舒一口气。

"刚才那个,是什么人?"他嗓音暗哑,然而,仍能嗅得出浓烈的醋意。

"你说谁?"方好无辜地望着他,完全不知所谓。

关海波鼻子里哼了一声,真不知道她是真傻还是装傻,极不情愿地提醒她,"餐馆门口,站你旁边那位。"

方好迟钝的脑子转了两转,终于清醒,"哦,他呀……同事呀。"

关海波颇为怀疑地审视她,"同事?就这么简单?"

方好故作坦然地点头,暗暗汗颜,怎么事先没准备好答案,就知道他是为了这个吃醋。

"他为什么只请你一个人吃饭?"盘问仍在继续。

方好只得玩起了脑筋急转弯的游戏,抓抓头发,灵机一动,"不是啦,是我请他吃饭,他是我们部门的老前辈,我有好多问题请教他呢!"

谁说她傻?她也聪明着呢!

关海波将信将疑,喘了口粗气闷声又问:"那他搂着你干什么?" 一想到揽在她腰间的那只手,他就恨不得把牙关咬碎。

这回轮到方好吃惊了,"有吗,你……不会是看错了吧!"

她眼里的惊异没有丝毫掺假,关海波久久地瞪着她研究,似乎明白了什么，不觉哀然长叹，这个傻姑娘，给人吃了豆腐，自己竟还蒙在鼓里。

一颗悬着的心却终于放了下来。

他轻轻一声叹息，伸手将她重新揽入怀中，把下巴搁在她头顶上，心里有种踏实的宁静，有她在身边的感觉，的确很好。

良久，他低低一笑，附在她耳边道："我收回之前说过的那句话。"

方好正沉浸在温柔乡里，他热热的呼吸喷在她耳朵周围，令她有些意乱情迷，好一会儿，才喃喃地张口反问："你说过什么了？"

关海波拉长了声调，慢吞吞道："其实——你一点儿也不省心。"

方好骤然间杏目圆睁，眼里重新燃起怒火，关于"省心不省心"的这句话实在是伤透了她的心，想不到他哪壶不开提哪壶，竟然一点也不顾她的感受！

然而，她还没来得及发作，就已经被他紧揽在胸前，能听到他闷闷的笑声从胸腔里传来，忍得很辛苦的样子，她愈加生气，想也不想，抬手就狠狠往他胸前捶去。

"哦哟！"关海波故作吃痛地嚷了一声，眉头紧锁。

方好吓了一跳，从他怀里挣脱出来，紧张地察看，看他表情不似作假，顿时懊悔不迭，"打在哪儿了，很疼吗？"

关海波终于没能忍住，扑哧一声笑出来，这个老实孩子，怎么这么好哄？

方好情知上当，赌气转身不理他了。

关海波从身后揽住她的腰，柔声道："是我不对，别生气了，好不好？"

他在她面前还是第一次这么低声下气，方好的心即使是铁打的，也禁不住被泡软了，她扭动了几下身子，嘴角渐渐爬上笑意。

关海波没有放开她，两人就势互相倚靠着，谁也不再说话，享受这一刻的静谧幸福。

"我以为你不会再来找我了。"她说话的口气不无幽怨。

"怎么会呢？你那天那么凶狠地推我出门，我只是……想让你多点时间冷静。"关海波轻轻地抚弄她的头发，软而柔顺，一如她的人。

方好想起了那些日子自己的憋屈，心里顿时有些酸酸的，"你去德国，给那么多人打过电话，偏偏不给我打，你还跟顾律师……"越说越委屈。

关海波听着她愤懑的控诉，再也抑制不住笑意，把她的脸扳过来，正对着自己，他收起笑容，盯着她的眼睛，严肃认真地道："我跟顾律师之间，就是很简单的合作关系，打涉外官司是她的强项，秦志刚力荐她给我，事实证明，我们都没有看错人，这次的麻烦幸亏有她，才顺利过关。但是，除此之外，我们之间再无其他。"

他的面色缓和下来,"至于没有给你打电话这件事,的确是我的错,我高估了你,也高估了我自己,结果让两个人都受罪。"他谐趣地笑了一笑,"不过,你要知道,再聪明的人也有犯糊涂的时候。"他说完在她面颊上轻触一吻,低声道:"以后再不会了。"

方好的脸上浮起最醇美的笑容,所有的疑虑都如阳光下的白雪,一点点地融化,成为最透明纯净的流水。

他想起了什么,突然道:"其实,我给你打过一次电话的,你没有接。"

方好眼珠子连连转动,想起了自己哭得水淹七军的那天,原来果然是他打来的,顿时嘟起嘴嗔道:"我不接,你就不能再打第二次嘛!一点诚意都没有!"

关海波抚了抚她的脸,笑笑,"本来就不打算给你打的,那次没忍住,后来一忙就忘了。"

他话锋一转,"我带你去个地方。"

"去哪儿?"她很好奇,这样的口气,肯定不会是她以前去过的场所。

关海波已经兴致盎然地重新发动了车子,抿着嘴笑道:"到了你就明白了。"

Chapter 18

告 白

近一个小时的车程之后,他们来到了F大。

东郊的大学城因为F大而享誉全国,虽然在S市待了三年之久,方好却从未来过,这所名牌大学对她来说,仅供远瞻。

正值暑假,学校里基本没什么人,两个校外人士贸然闯进去,保安自然免不了一番盘查,关海波只简单提了几个人的名字,保安就心领神会地笑着给他们让道了。

盛夏的F大被枝繁叶茂的浓密绿意庇护着,已是傍晚时分,阳光渐渐转为金色,广袤的球场上,稀稀落落地有群学生挥汗如雨地在踢球。

两人手挽着手,漫步走向球场边的绿荫里,偶有风过,拂动枝叶无声地摇摆,一切都是如此惬意明快。

方好不禁嫣然一笑,仿佛回到调皮的学生时代。

关海波指指球场对面的钟楼,那是F大的标志性建筑,低头对她道:"这里是我的母校。"

方好点头,"我知道呀。"她见过他对外的履历。

他又补充,"我还在这里教过两年书。"

"是嘛!"这个方好还是头一回听说。

她感到很意外,笑嘻嘻地打量他,置身学校让她感到轻松自在,也开始口没遮拦,"我最喜欢老师了,以前还暗恋过给我们上经济学的助教呢!"

关海波啼笑皆非地睨了她一眼,"小花痴!"

也因为她这句话,心里的感慨油然而生。

"施云洛……曾经是我的学生。"他终于缓缓地吐出了缠绕在自己心上的那个结,他想告诉她,自己曾有的过去。

方好眼睛瞪得老大,八卦心理完全被调动了起来,大气都不敢出,生怕他不讲下去。

关海波找了处树荫下的石凳,拉方好一起坐下,自己则靠在身后粗大的树干上,他迎视着一点一点西坠的落日,光线柔和,不再那么刺目,这样的场景熟悉得如同昨日重现。

这里是天然的看台,右手边的足球场上曾经有他流下的汗水、怒吼和欢笑。那时候,总有个白肤胜雪的女孩,会坐在这里,捧着毛巾和水,笑吟吟地等他下场……

他闭了闭眼,往事如烟,忽忽悠悠已经三年多过去了。

自从与施云洛分手,他就再也没有来这里有过片刻的停留,那一场风花雪月在他心里结下的坚冰令他无力碰触。

缓缓睁开眼睛,面前是方好纯净如水的眼眸,她没有施云洛那样令人惊艳的娇美,她是山间静静流淌的小溪,不经意地从你心上经过,就再难忘却。

"怎么不说了?你们后来……为什么分开?"

关海波凝视着她温暖而安宁的眼眸,已能平静地诉说,"她嫁给了吴俊良。"

方好的眼里有疑惑在堆积,"她……难道……不爱你了吗?"

关海波苦笑,"很多人的爱都是讲条件的,如果,有人能给她提供更好的条件,她的爱就会转变。"

方好默然,她在这一刻,很自然地想起了闵永吉,他也说过喜欢她的,可是,到头来,他还是娶了别人。

似乎,每个人长大了,都在改变,一成不变的那个人,注定是受伤的一方。

"她离开后的那一阵我很痛苦,曾经是自己全心全意对待的一个人,就这么容易跟你挥手道别了,我真的很想不通。他们结婚那天,我还是去了,我要

看看吴俊良到底有什么地方那么吸引她。"

"然后，我看到了一场很隆重的婚礼……在当时，大概我穷极一生，都无法给她那样的排场。我突然明白，我不是输给了吴俊良，而是输给了支撑在他身后的那个庞大的财势集团。所以，从那天起，我就只有一个念头，我要赚钱，赚很多钱，然后砸在她脸上，让她后悔当初的选择。"

方好默默地听着，虽然他脸上不起波澜，可她依旧能体会他曾经经历过的伤痛，那些伤痛，她同样有过，她都懂。

她也终于明白，为什么这三年里，他会如此执着地不苟言笑，一心一意扑在生意场上，对周遭的其他事情充耳不闻。

他是个长情的人，他爱过，被伤过，就不会那么容易忘记。

方好轻轻地伸出手去，握住他的，她想给他安慰，虽然太迟。

关海波反手将她柔弱的手掌包裹住，她的善良让他心暖，可他已经不需要这样的安慰，三年的历练与捶打，他已足够坚强。

况且，有她在身边，他觉得没有什么可遗憾的。他甚至想，也许，上天让他经历那次打击，无非是为了最后把他引到陈方好身边，因为，她才是最值得自己珍惜的那个人。

关海波忽然向她笑了笑，又道："其实，当我终于有了点钱的时候，才发现自己当时的想法实在幼稚，我真的把钱砸在她脸上又能怎么样？她也不可能再回到我身边，即使她回来，我也不会再爱她。"

他说得如此淡然，可不知为什么，方好只觉得鼻子里酸酸楚楚的，有热热的雾气在萦绕，那是一种怎样无奈的怅然呢。

"我一时负气，放弃了自己的专业，辜负了老师，一心想去证明自己最终会赢。其实，现在想想，我还是输了——我输掉了这几年的自己，活得不知所谓。"

"你……后悔了？"方好望着他问。

关海波思索了片刻，释然一笑，"已经走到了这一步，就没什么好后悔的，每种经历都有它存在的价值。"他紧握她的手，语气浅柔，"况且，我很幸运，在这条路上能够遇见你，这是任何财富都比不上的。"

方好感动得无以复加，泪水终于没能忍住，从面颊上跌落下来。

关海波眼里柔情更深，他轻声叹息，继续道："你一直问我，为什么喜欢你？这些天，我也老在问自己这个问题。"

方好抽了抽鼻子，努力控制住激动的情绪，听他接着往下讲，他说的话虽然不华丽，可是每一句，都能准确地拨动她那根心弦。

"感情这种东西是在一点一滴中积累起来的，我无法确切地告诉你到底是在什么时候，心里开始有你……也许，就是你说要走的那次，那时候我真的已经走投无路，手上做的几个生意，没一个顺的。好不容易要到了点儿债回来，却连你也要离开我，我很灰心，觉得自己也许真的不是做生意的料。当时我就想，如果你走了，我也不干了，仍然回学校教书去。可是心里是很无奈，也很难过的，我不习惯接受失败，从小到大都是这样……"

方好也想起了那段艰难的岁月，他们共同面对的每一个难关，走得那样跌跌撞撞，可是因为与对方相互扶持着，竟也闯了过来，回忆里，所有的艰辛也都沾染了温馨与甜蜜。

"你不知道，你的留下，对我的意义有多重大，从那以后，我常常会告诉自己，不能认输，不能放弃，因为，我还有个叫陈方好的员工在眼巴巴地等着我给她发工资。"

方好破涕而笑，泪光点点中，她看到关海波将她的手举到自己唇边，轻轻地吻了一下，然后抬头，深情地注视着她，"方好，我爱你。"

方好本已收势的眼泪喷薄而出，她呜咽着，任他把自己揽过去，搂在怀中。他伸出手来，耐心细致地替她抹去脸上的泪痕，然后，伏在她耳边，缓缓地道："从今往后，我们都得为自己活着。"

他的话里含着多少深意，方好都懂，她哽咽得说不出话来，只会重重地点头。

方好的心里一直有个缺口，这么久以来，都没有填补上去，她以为那个缺口是因为闵永吉，可是现在，当她偎依在关海波怀中，却发现，心上的缺口神奇地消失了，一颗心满得好似要溢出来。

"给我个机会，我们重新开始，好吗？"

方好抽抽搭搭地抹着眼泪，好容易止住泣音，断断续续地说，"那你以后不准对我凶。"

"没问题。"他盯着她孩子气的脸，忍着笑答应下来。

"不准动不动就骂我笨。"

"好！"

"不可以随便对我乱发脾气。"

"OK。"

"要尊重我的意见。"

"我保证！"

"不可以强迫我做自己不喜欢的事情。"

"行！"他顿了一下，小心地提醒她，"这个，是不是跟'尊重你意见'那条重复了？"

"你！"方好拿眼瞪他。

关海波立刻举手投降，"好，依你，我收回……还有吗？"他耐性很好地询问。

方好仰头望向树顶，咬着唇苦心在脑子里搜索，多好的机会呃，过期也许就作废了。

可是……

"想不起来了。"她快快地说，又不甘心地问，"以后要是想到了，还能补吗？"

关海波掀了掀眉，"可以啊！"

方好甜甜地笑起来。

"没了？"

"暂时没了。"

关海波重新靠到树干上，悠然问她，"你觉得，我答应了你这么多要求，你是不是也该回报我一两个啊？"

方好十分警惕，"你想要什么？"

"不多，就一个。"

"是什么？"

"你先答应我。"

方好笑起来，"哪有这样的事，我都不知道就答应你，你真当我傻呀？"

关海波也笑了，"你不傻，为什么这些年一直跟着我？"

他直起腰来，扳住她的肩，很诚恳地说，"对不起。"

为过去一切的岁月。

同样的三个字，从他嘴里说出来，却是如此不同，没有酸涩，没有苦闷，方好感觉到的只是无尽的甜蜜。

有鲜花在两人心底悄然绽放。

"你说吧，是什么要求？"方好是禁不住糖衣炮弹的。

关海波狡黠地眯了眯眼睛，"你答应我了？"

方好谨慎地点头，她相信他不会蒙自己，又小心地提醒，"只能一个啊！"

"就一个。"他伸手抬起她下巴，郑重而缓慢地说，"嫁给我。"

"嘎？"方好震惊，完全没有料到，向后缩了缩，"不，不会吧？"

"你答应了我的，不许反悔。"

"可是，这，这也太快了吧？"这就算他的求婚？没有前兆，没有预示，她觉得自己又上当了，怎么这么容易就把自己给"卖"了？！

"我觉得一点儿也不快，你看，我们在一起都三年了……"

方好气愤地反抗，"可是这三年我们压根什么都没有嘛！"她才刚刚找到恋爱的感觉，就要被他拉进婚姻的牢笼？！

关海波俊眉一掀，"反正也是迟早的事，结了婚，我一样会对你好。"

"我还没考虑清楚呢。"方好纠结地嘟哝。

他退一步，"……也行，你先好好考虑，考虑完了再答应，我也能接受。"

方好松一口气，"哦，那好。"可隐隐还是觉得哪里不对，还想辩驳几句，关海波已经起身，拉着她往回走。

"不早了，回去吧，今天我煮晚饭给你吃。"

坐在车里，方好仍在纠结，"我觉得，好像还是不对。"

"哪里不对？别想了，先弄东西吃，一边挨饿一边思考很伤身体的。"

"……"

方好在吴中待的时间不长，属于她的物品很少，整理完了打包，也就一马夹袋。

她拎着袋子默默地跟随陪同的保安走下楼来。

经过盥洗室时，刘原恰巧从里面走出来，方好知道，她其实是故意在这里等自己的。

自从那天关海波把她从这里带走，施云洛便将她视作了洪水猛兽，没两天就找了个由头请她走人了。

刘原不知道她跟部长等人之间究竟发生了什么，也不敢多问，对方好却是存着恋恋不舍的心绪，这么温润似水的女孩，以后也许再难碰到了。

两人没说上几句话，保安便有些不耐烦地催促起来，方好对刘原笑笑道："你有我电话，有空的时候，记得给我打。"

话虽这么说，彼此心里却都明白，如此简单的一个约定，其实也很难兑现，时间会淡化此刻的难舍，还有对诸多现实的考虑，刘原要想在吴中继续立足，就不能跟方好来往过密。

然而，离别的时候有这样一缕淡淡的牵挂，也是令人怀念的东西。

方好怀着难言的感慨，一路走到行政大楼门口。

"陈方好，陈方好，你等一下！"身后忽然传来蒋荣光急切的叫唤。

她在玻璃门外的檐下驻足回身，蒋荣光已经气喘吁吁地跑近，他刚刚得到消息就马不停蹄地追过来，跑得急，连工牌都甩到了背后。

"你别忙走，我们先找个地方谈谈。"他不由分说就要拉方好回去。

方好赶忙往旁边闪过，神色尴尬："蒋经理，我现在已经不是吴中的员工了。"

蒋荣光讪讪地攥紧被她甩脱的手掌，有些无奈，但仍不甘心，瞥了一眼旁观得津津有味的保安，把眉头一皱，对他道："你先走吧。"

保安怔了一怔，吞吞吐吐，"蒋经理，这个恐怕……"按照规矩，他要把人送到厂区门外才算尽职，况且这一次，还是吴副总亲自交待了他的。

蒋荣光不耐烦地打断他，"一会儿我送陈小姐出去。"

保安还是杵着不动，一脸为难之色。

蒋荣光觉得颇没面子，粗声粗气对他嚷，"要是有人跟你啰唆，就说是我的主意，让他来找我！"

语气如此豪迈，保安也没辙了，蒋荣光虽非吴中的嫡系，但官位绝对比自己大，又是吴雅婷的心腹人物，他权衡再三，得罪不起，反正陈方好已经不在行政大楼里面了，只要她不进来，自己偷偷地网开一面，应该不至于惹什么麻烦。

门的那一边，冷气呼呼放送，冷得有如冰窟，而门外，上午的阳光正晒得如火如荼，方好乍一曝身在烈日下，热浪扑涌而来，有刹那的温暖。

蒋荣光的道歉倒是情真意切，"真对不起，我没想到还是连累了你。"

方好知道他误会了，可是个中细节又不便明说，只得含糊道："蒋经理，真的不关你的事，不用放在心上。"

"我不信，她这么做，摆明了就是冲我来的。你别急，我这就去找人，过两天一定让你风风光光地回来。"

蒋荣光显然高估了自己，但方好是个知恩识礼的人，不管他为人如何，对自己却堪称尊重友善，此时见他仍为自己的事情挂心，更加觉得过意不去，诚心诚意道："蒋经理，你的好意我心领了，只是，我确实不太适合吴中……不过,虽然这么快就离开,我还是要谢谢你这段时间对我的照应。"说到最后,她面含感激地微笑向他欠了欠身。

几句话听得蒋荣光骨头都酥了,抓耳挠腮,激动得不知如何是好,"那个,方好,你这么说就太见外了,我其实……我希望能跟你……"

方好转头眺望厂区外的空地,关海波的车早已静静地泊在那里,她立刻心不在焉,无心继续逗留,对仍在结巴中的蒋荣光匆忙颔首道:"不好意思,我该走了,我男朋友在门口等我呢!"

蒋荣光一下子卡壳,舌头大大地打了一个结,"男……男朋友?你真的,真的有男朋友?"

刚开始听闻方好被人"劫持"的消息他还不信,他自认看人一向很准,尤其是女孩子,没想到这一次居然会走眼!

他愕然地瞪着她远去的背影,半晌才悻悻地在肚子里咒骂了一声,敢情他忙活半天,竟是一场空,这要让人知道了,不成吴中的一大笑柄?!

方好哪里知道他翻天覆地的心思,浑然不觉地往门外跑,到了关海波车前,喜气洋洋地拉开早已开启的车门,一头钻了进去。

"你到得真准时,我打给你的时候,你不是说还在收拾东西吗?"方好刚在副驾上坐定,就开始叽叽呱呱地说话。

有男朋友的感觉真好,尤其还是自己喜欢的那个人。

"那人怎么又找上你了?"关海波却满脸不高兴,锐利的眸中折射出精光,"你确定他对你没什么猫腻?"

方好眨巴了几下眼睛,嘻嘻一笑,"怎么会呢?关系还行的同事,走之前大家道声珍重嘛!"

关海波哼了一声,保留意见,始终觉得没这么简单,如果真的没事,干嘛要拉拉扯扯的?还有在餐馆那次,那男的都把手摸到她腰上了……

不知不觉中,脸再一次绷起。

方好凑近他,脑袋歪来歪去地端详他的面色。

关海波被她盯得不自在,横她一眼,闷声道:"看什么?开车呢!"

"你……不会是吃醋了吧?"她幸灾乐祸地问。

关海波立刻"哈"地怪笑一声,僵硬地咧了咧嘴,"我的样子像吗?"

方好睁大眼睛仔细研究,然后斩钉截铁道:"像!"

"……这么说,你刚才是故意的了?"

方好翻翻眼睛,"你太抬举我了,我哪有心情逗你玩啊!"她长叹一声,"唉,没想到这么快就失业了。"

关海波用力一抿唇,很不以为然,"回盛嘉不就结了?"

方好没吭声,一脑门子心思,关海波瞟她一眼,轻哼了一声,"怎么,在大公司待上瘾了,小庙容不下你了?"

方好慢吞吞地问:"我要是回去,你新招的秘书妹妹怎么办?"

如此酸溜溜的诘问,关海波听得心里直乐,勉强忍下嘴角的一丝笑意,不动声色道:"你要是回来,我就让她走呗。"

方好听他说得轻飘飘的,把脸一扭,向着车窗外嘟哝了一句,"你就知道欺负新人。"

"我怎么欺负新人了?"

"人家刚有工作,你就让她走。"

"那不也是为了你嘛!你要是因为她,回头又给气着了,再来个不告而别什么的,我不是连老婆都丢了,不能因小失大啊!"他居然也开始油嘴滑舌起来。

方好有点气恼,在嘴皮子上,她总是争不过他,琢磨了一下,回过味儿来,才羞涩地嗔道:"咦?谁说我要嫁你了?"

关海波爱极了她那一脸粉红色的赧然,忍不住学着她的腔调道:"咦?难道你还没考虑好?!"

方好不知该如何回应了,只顾望着窗外,默不作声,心里却是热热的,结婚,嫁人,多么美好的词语,只是,好像来得太快了,她一时有些晕晕乎乎的。

窗玻璃上映出一个很淡的影子,是她的脸,可以看见自己忽闪忽闪的大眼睛,小而挺的鼻尖,轮廓清晰的唇线,唇边泛着甜甜的笑,仿佛随时都会有奶油流淌下来。

她吭哧了半天,终于红着脸,吞吞吐吐地说:"就算……要……嫁你,也得……等我找到新的工作才行。"

找工作是一方面,更重要的是,方好还没作好嫁人的心理准备,都说婚姻是爱情的坟墓,结婚之后,他还会不会像现在这样重视自己,她可不敢担保,即使最终她会心甘情愿地往"坟墓"里走,私心里,她还是偷偷地希望能多恋爱一阵。

虽然她言辞艰涩,可这前半句话等于就是允诺了他,关海波心神激荡间,竟感到一丝幸福的晕眩。

曾经，他以为陈方好于自己来说，触手可及，她一直就在那里，只需要他伸手，她就会乖乖跟着他走，直到此刻，他才赫然清醒，那个一直痴痴等在一边的人其实是自己，等她转身，等她看见自己。

方好见他久久不语，以为他因为自己不回盛嘉而不高兴，心里有些忐忑，她扳弄着自己的手指，踌躇再三，还是鼓起勇气来告诉他自己心里的想法，"其实，从刚毕业找工作开始，我就一直希望能进外企，结果……到现在都没能如愿。"语气无限怅然。

关海波探出手掌，一把握住她左手，用力捏了一捏，又朝她鼓励地一笑，"做你自己想做的，我没问题。"

方好本已紧绷的心弦蓦地一松，欣喜和感激油然而生，这些日子里，她发现他变了，变得讲情理，也宽容了，她并不知道其实他的这些变化，多数是她的功劳。

关海波一本正经道："我想过了，两个人在同家公司确实不太好，不能在一棵树上吊死，将来我要是破了产，还指着你养我呢！"

"瞎说什么呀！乌鸦嘴！"方好慌张地嗔道。

关海波见她一脸迷信的惶恐，立刻抓过她的手掌，在自己脸上贴了一贴，朗声大笑。

车子一路开到聚林楼下，关海波打开后备箱，取出自己的行李，下午四点，他要飞北京。

出于习惯，方好再自然不过地走上前帮他拖起了箱子。

关海波停好车，返身看见方好已经自动自觉地拉着行李箱走在前面了，他似乎怔了一下，长腿一迈，几步就上去把箱子抢了过来。

方好错愕地望他一眼，他已经伸臂揽住了她的肩，拧了拧眉，仿佛有些郁闷，"我以前……真的这么没风度？"

方好一愣，立刻会意地抿嘴笑起来，"还用我说么？"

盛嘉的众人对方好的出现没有表现出一丝讶然，平静得就像她昨天还在这里上班似的。

唐梦晓笑呵呵道："你跟关总，那还不是迟早的事儿么？"一副未卜先知的了然情状。

其他人也都跟着边乐边附和："是啊，我们早看出来了，就等这一天呢。"

方好觉得自己的思维一定出了问题，否则怎么会听不懂他们说的话呢？

她的位子关海波还替她保留着，阿姨天天给她擦桌抹凳，纤尘不染。新来的李秘书坐在她后面的空位上，早已殷勤地捧了热茶过来放在她桌上，一口一个"小陈姐"，一向只有她服侍别人的命，孰料还有今天，方好受宠若惊。

董其昌遗憾地叹道："哎呀，小陈啊，以后再也喝不到你泡的咖啡了。"

方好闻言，扭身就往茶水间方向走："董哥，你等着，我这就给你去泡。"

香浓的一杯咖啡刚摆在董其昌桌上，他脸上得意的笑犹未褪尽，恰逢关海波出来，见状肃了肃脸，拿手里的文件朝董其昌一指，半开玩笑半认真道："以后不许欺负方好。"

众人纷纷掩面偷笑，董其昌尴尬得不行，低声对方好嘀咕，"你最好找供应商去印个标签贴在脸上——版权所有，偷用必究。"

方好这一趟回来，美其名曰是"带新人"，谁知正事没干，光顾着找旧相识们聊天了。

春晓见了她，已经不会说话，对着她一迭连声地咋呼："哇咔咔，哇咔咔！"仿佛除了这些叹词再无其他语言可以表达她的心情。

方好对她这些网络惊叹号十分过敏，"你就不能说点正常的人话吗？"

春晓这才把夸张的嘴巴闭上，语调沉痛，"唉，陈方好，想不到——你还是被波哥给吞了！"

等方好终于想到该给李秘书好好上课的时候，却发现她正跟季杰猫在接待室里看电脑，两人的头凑得叫一个近，方好还是头一回听见季杰这么柔声细语地教女孩子："你看，点这个下拉框，再按复制副本，不就可以了吗？一点都不难，来，我关掉了你再试试……"

方好羡慕得眼睛都红了，都是职场菜鸟，怎么别人的待遇就那么好咂？！

接下来的几天，方好窝在家里，面壁思过，关海波临走嘱咐她，不要急着找工作，想清楚了再行动，行动前先定好目标，有的放矢地准备，别到处乱撒网，临时又抓瞎。

方好这一闭关沉思，顿时发现了自己很多的不足，她的英语听说能力太差，临场的表达也够呛，越准备越心虚，最后决定先突击几天英语再说。

买了李阳的《疯狂英语》，下载了几十兆的听力资料，反正天热，无处可去，就在家里修炼吧。

妈妈再打电话来时，方好就告诉她自己辞职打算另找工作的事儿，妈妈劈头就问："海波什么意见？"

方好心里委实憋屈，怎么她在妈妈那儿永远跟个附属品似的！想想还是不跟她争了，天热，心烦，况且年纪大的人早已思维定势，争也是白争，索性回了她一句："他没意见！"

"那就好！"李玉珍放心地笑了。

聊来聊去，又聊到了闵家，妈妈告诉她，闵奶奶在犹豫要不要办张护照去美国。

方好也觉得意外，"她都这么大年纪了，还折腾什么呀？"

"我也是这么劝她。"语气略顿，又道，"主要是因为……林娜怀孕了。"

李玉珍说得很小心，也很注意方好的反应，方好觉着了，滞了几秒，才轻轻笑道："哦？那是好事儿啊！"

她终于不再感到别扭疙瘩，因为她的幸福已经跟闵永吉无关了。

只是，心里还是起了一丝小疑惑，心脏病人，可以怀孕吗？

李玉珍似乎特别高兴，方好终于成熟了，再也不像从前那样，提起闵永吉就发脾气了，她就说嘛：海波那个孩子，她看着放心！

Chapter 19

风　波

　　周末的下午，方好蜷缩在沙发上，对着一篇某名人的英文演讲稿昏昏欲睡。
　　关海波却在这时给她来了电话："方好，我刚上飞机，三个小时后抵达，你准备准备，晚上去你那儿吃晚饭！"
　　喜滋滋地撂下电话，方好又开始心里不平衡，怎么口气还是像上级啊，都转型成情侣这么多天了，是不是得改改了？
　　不行，这次见了面非提提意见不可！
　　她后知后觉地自我鼓气，瞌睡虫却早已不翼而飞，也没心思读什么英文了。合掉书本，提了包包就直扑超市……
　　傍晚六点，门铃终于响起，方好一蹦三跳地跑去开门。
　　关海波这趟出差回来，整个人又黑了一圈，直如去晒了个日光浴，精神却很不错，拖着箱子进门来，先探手捏了捏恭迎在门边的方好肥嘟嘟的脸蛋，眼里也是溢满了笑意，"傻乐什么？"
　　餐桌上早已整整齐齐码了三菜一汤，色泽亮丽，关海波朝空气中使劲嗅了一嗅，"闻着挺香，不知味道怎么样？"

方好在他身后推他的背，笑眯眯道："你先去洗手，我去拿碗筷。"

转身像只欢快的小蜜蜂哼着嗡嗡嗡的调子就往厨房跑。

她有一套非常漂亮细花瓷餐具，大大小小的盘子碗碟非常齐全，不过里面的许多器具她至今都没有过使用的机会，今天正好拿来撑场面。

筷子，勺子，小碟子，每样拿两件，又在水池里冲洗干净，她小心地护在胸前，往厨房外走，脚还没踏出去，就跟进来的关海波撞了个满怀，差点就摔着了，多亏他眼疾手快。

拿在手里鉴赏了几眼，他不觉笑道："看不出来你还挺有眼光的。"边说边帮她一起把餐具往桌子上摆。

方好老实作答，"这个是我刚搬来时爸爸送的。"想起爸爸，方好心里顿时暖洋洋的，这套瓷器可是他一路从家乡拎过来的。

手上刚一空，身子就被关海波拽进了怀中，他热热的气息带着一点不讲理的霸道迫切地笼罩下来，吻得方好几乎背过气去。

她身上总有一种特别的甜丝丝的味道，让他不忍放手，总想拥着她，一直亲密下去……

"菜要凉了。"她不得不抽个空当将他推开一点，一脸娇羞的红晕。

关海波深深叹息一声，意犹未尽，但终于还是松开了她，确实饿了。

举筷尝了几口，他难得夸赞道："不错，比以前做得好多了。"

方好得意起来，但饮水不忘挖井人，当即很肉麻地捧了他一句，"还不是因为关老师您教得好，我不过是照着您指点的方法去做而已。"

关海波故作迷惑，"我怎么教你的？"

方好立刻摇头晃脑地答，"有味使之出味，无味使之入味。"

关海波觉得受用，脸上的笑纹一路荡漾开去，斜睨她一眼，"终于长记性了。"

两人边吃边聊，不觉夜色已深。

用过晚餐，方好收拾了餐具去厨房清洗，关海波跟进去，在冰箱里找冰块调制冰水，就站在她身旁，闲闲地低声说了句，"今天太晚了，我不走了！"

方好手上一只碗没抓牢，哧溜滑进了水池，在满是洗洁精的水上飘来晃去，她一时心慌意乱。

关海波擒着杯子转过来，正好撞见她的狼狈，想笑又得不忍住，伸手捏捏她的肩，什么也没说就出去了。

碗洗了一半，就听见关海波在卫生间里喊自己，她眨巴了几下眼睛，擦干净手赶紧跑过去。

只见他探身在浴缸里,正跟水龙头较劲儿,"你这个龙头怎么漏水?"

方好解释道:"别弄了,都漏很长时间了,把总阀关了就行。"

"干嘛不换一个?"他直起腰来问她。

"我买是买了,可人家不负责安装,我自己又不会,就凑合到现在。"

关海波顿了一顿,遂道:"你把买的那只拿来。"

方好依言从储物柜子里把藏了有些年头的龙头给翻了出来,顺便找出来几把简单的工具,一并递给他。

关海波二话不说,埋头就干上了。

方好帮不上忙,只能袖手旁观,看着他认真麻利的劲头,心里美滋滋的,说不出来的充实。

他一边修,一边还不忘教育方好,"东西坏了就要修,别凑合,万一哪天你忘了关总阀,还不水漫金山了?"

"那是,那是。"方好眼看他顺利地把龙头给换上了,殷勤得都不知怎么办好了。

可是一想到他今晚要留下来,她心里又开始纠结,仿佛有上万只蚂蚁爬过,又痒又慌张。

这个,那个,他到底是什么意思,他会不会那个什么……

肚子里那点小心思全反映到脸上了,红晕退了一阵,又涌上来一阵。

放着水,关海波准备脱衣服,见方好还杵着不动,若有所思,不禁牵动嘴角,戏谑地笑问:"你是不是打算帮我洗?"

方好惊醒过来,再次羞红了脸,落荒而逃。

斟酌了再斟酌,她开始收拾沙发,把席垫子用热毛巾擦了一遍,又找出来一条薄毯,叠得整整齐齐地放在沙发一角。

反正,今晚总得有个人睡这儿。

洗完了澡,关海波穿着自带的睡衣从卫生间里精神抖擞地晃出来,目光掠过收拾得别具一格的沙发,暗自好笑。

"该你洗了。"他若无其事地对方好喊了一嗓子,熟稔得仿佛是在自己家里。

方好也顾不上天热,选了一套最保守的睡衣,紧紧地攥在手里,溜边进了卫生间,这一招纯粹地防君子不防小人,希望——他是君子吧。

草草洗完了，照旧溜着边出来。

关海波正靠在沙发上看网球公开赛，手边那杯自制的冰水还剩了一半，慢条斯理地啜着。

扭捏了一会儿，方好还是鼓起勇气，尝试进行主动分配，"那个，你，你睡沙发，还是我睡？"虽然她没有睡沙发的习惯，但毕竟是在自己的地盘，总得有点东道主的慷慨。

他闻听，仰头用相当奇怪的眼神看着她，"为什么要睡沙发？不是有床吗？"

方好眼前直冒小星星，这，这……怎么又弄拧了？！

虽然她那张床很宽大，通过目测也能估算出来容纳他们两个应该没问题。可，可也并不表示他们就可以因此而顺理成章地睡到一起啊！

一男一女两个人，睡在同一张床上，那……意味着什么？！

她张了张嘴，"那个，床，床只有一——"然后，她惊惧地看着他站起身并朝自己走来，她往后退了两步，什么都还没来得及说清楚呢，嘴巴就被他用火热的唇封缄住，她再也装不下去傻了……

关海波教会过她许多东西，即使她的接受能力不是那么强，只要耐心足够，也总能学会。

可是这一次，他们谁都没辙了。

痛，真的是钻心的痛，席卷全身，简直连头皮都要炸开！

他刚深入了一点，她就像泥鳅一样本能地往后缩一点儿，可怜巴巴地望着他，仿佛乞求怜悯。

关海波俯头亲吻着已是泪水涟涟的方好，也觉得心疼，可是，每个女孩都会有这样痛苦的第一次，如凤凰涅槃，不突破，就永远无法重生。

他的吻织得像一张密密的网，炙热的激情将她完全兜住，每一处落点都是一个滚烫的烙印，麻栗的感觉铺天盖地地蔓延，方好体内的蕴热逐渐积累，又无法得到畅快的宣泄，她情不自禁随着他的撩拨低低呻吟。

最后她终于累了，撑不住眼皮，沉沉睡了过去。

也不知过了多久，恍惚间，感到他在自己身上有剧烈的颤动，他压抑地一声低喘，然后，摇晃的世界终于静止下来，她心安地发出一声叹息。

迷迷糊糊之中，耳边仿佛传来他极轻柔的低唤，像是在叫她起来，她翻了个身避过，不理睬他，继续沉睡……

这一觉睡得酣畅淋漓，醒来的时候，眼睛都有些浮肿，她盯着天花板回了回神，渐渐感觉耳朵在烧，隔了好一会儿才有勇气扭过脸去偷偷打量身旁——没人。

她艰难地从床上爬起来，浑身酸痛，上学的时候，每次剧烈运动过后就是这样的狼狈，骨头里堆满乳酸的缘故。

吃力地走出房间，朝四面张望，屋里静静的，唯有厨房传来响动，空气里弥漫着清粥的香甜。

她蹑手蹑脚接近厨房。

关海波站在灶具前看护着正在炖的粥，他身上还穿着睡衣，很亲切温馨的一个大男人，背影坚挺，方好把头歪靠在门上，就这样悄然望着他。

有细微的声响传到关海波耳朵里，他还没来得及回头，方好已经走过去，从后面搂住了他的腰，把脸靠在他暖暖的背上，可以听到他有力的心脏的跳动声。

"你醒了？"他转身，想拉她到前面来，可她执拗地保持着原来的姿势不肯挪步，他只得随她，手掌轻轻摩挲着圈在自己腰间那两条白嫩的胳膊。

方好腻够了，突然细声问道："我生病那次，你送来医院的粥……是自己煮的吧？"

关海波微微一愣，旋即闷声笑起来，"你终于想明白了？反应可真够快的。"

方好撒娇地把脸埋在他背上，轻轻捶了他一拳，嘟哝道："不许笑我。"

他反手用力，将她捞到前面，紧搂在怀中，脑门蹭着她的额头，疼惜地望着她笑。

经过了昨晚，她已经是完完全全，彻彻底底属于他了，从此以后，她只是他一个人的。

自从扬言要找工作以来，方好果然一门心思瞄准了Ｓ市的各大知名外企，对每家公司都彻头彻尾研究了一番，什么企业文化，经营理念，年报业绩，历届领导人事迹等等，敬业得一如狗仔队，不打无准备的仗嘛！不明白的地方就问关海波，笔记都做了厚厚的一摞，关海波知道她这回是真的上心了。

面试一个接一个，考场上，也能流畅地应付面试官五花八门的"刁难"，然而，最终却都生生卡死在了英语口语这一关上，第二或者第三轮就给刷了下来。

其实，语言，对于她所要应聘的那些职位来说，并非真有多么重要，问题是应聘者实在太多，万人去挤独木桥，只能拿硬条件来筛选。

方好痛定思痛，再也不敢存侥幸心理，常言道，治病要治本。

她报名参加了一个英语口语速成班，为期三个月，每周一、三、五上课，二、四、六在家自习，老师都是外教，课程算得上生动有趣，她学得相当投入。

有一回，她半夜里醒来，激动地呵呵傻乐外加喃喃自语，把身边正睡得七荤八素的关海波硬是给惊醒了，探手摸她的脑门，以为她发烧说胡话呢！

方好很清醒地把他的手拿开，然后兴奋地告诉他，自己刚才在梦里和老外流利地用英语对话了，关海波顿时又好笑又心疼，担心这孩子别魔怔了。

其实，没有了工作的压力，日子过得还是轻松惬意的。

不上课的时间，方好除了完成复习作业，就是一门心思做家务了，买菜，做饭，洗衣服，这些从前都是草草了事的活儿，现在因为有了充裕的时间，干起来也是井然有序，逐渐体现出跟她妈妈一样的优良品质来。

关海波看在眼里，经常不吝夸赞，"越来越像日本女人了。"

见她面呈不悦，赶紧再追加一句，"还懂得自立自强。"他知道她还一心惦着工作的事儿，时常也拿出老师的口吻来鼓励她好好学习，争取早日实现进外企的梦想。

其实，她工不工作，在哪儿工作对他来说都无所谓，只要她能待在自己身边，他想她的时候能立刻见到她就好。

关海波几次让她搬自己那儿去住，美其名曰照顾起来方便，房子宽敞不说，设施也比她这里的蜗居强多了。方好却没肯点头，她是老实人家的孩子，妈妈李玉珍又是教育战线上的强人，从小没少给她灌输传统的道德观念，"未婚同居"这个词儿连琢磨都不用琢磨，绝对是贬义的，她打死也不会给自己娘脸上"抹黑"。虽然没奈何被关海波用强给"吃"了，也只能自认倒霉，但要她堂而皇之地搬过去，她死活都不干，这要让爸妈知道了，她非羞死不可。

关海波听着她面红耳赤地解释，顿时啼笑皆非，直讥讽她是掩耳盗铃，生米早已被他煮成熟饭了，她还妄想遮遮掩掩！

可是，又拿她的固执没办法，只得三天两头往她这儿跑，故意拖到老晚，然后随便找个借口宿下，除了床略微挤了点儿，其他方面都令他满意。

方好的爸爸一直想见见这位准女婿，无奈关海波手头事儿多，抽不出空当来，本来商量好了十一放假的时候跟方好一起回她家去探望二老，结果陈爸爸等不及，由李玉珍陪同着，先跑来S市了。

岳丈大人驾到，关海波自然得匀出时间来细心款待，给他们在靠方好住所很近的一家四星级酒店订了房间，还硬是抽了两天时间专门陪二老在S市的各大名胜景区转了一遍，晚上自不必说，伺候完了宵夜，安分守己地乖乖回自己"老巢"睡觉。

　　陈爸爸跟关海波有个共同的兴趣爱好，也喜欢下棋，棋盘一摆，过完几招之后，他跟关海波就俨然成了忘年之交，关海波更是不惜将自己珍藏经年，连严教授都不肯轻易透露的棋术怪招向陈爸爸——招供，哄得棋迷老陈眉开眼笑，与他亲热得不在话下。

　　李玉珍的眼光何其锐利，瞅着女儿跟关海波眉来眼去的神色就揣摩出来七八分端倪，晚上一家人在餐馆吃着饭，她笑眯眯地就开了口："海波，我看你跟好好的事儿也别拖了，早点给办了吧。"

　　关海波自然求之不得，一口应承下来，急得方好在桌子底下使劲拽他的手，急赤白脸道："不是说好了嘛，等我找到工作以后再说。"

　　李玉珍不以为然地嗔道："你这叫什么话，找工作跟结婚又不冲突，这万一你们两个不小心……"她的话整个一囫囵吞枣，点到为止，就直扑后面那句，"我们连个准备的时间都没有。"

　　方好有点懵怔，"不小心？不小心什么？"

　　关海波倒是很快就明白过来，脸上的尴尬一闪而过，立刻揽住方好的肩，笑着对二老道："叔叔、阿姨，不用担心，找份工作也不是什么难事，就依了她吧，不然……"他低头瞥了眼方好，忍住笑意道，"她会觉得很没面子的。"

　　方好最终没有拗得过李玉珍，听从了她的劝说，决定等考完试，两人先把结婚证给领了，至于婚宴的操办，可以稍缓再说。

　　送走了二老，关海波长长舒了口气，彻底放下心来，考核结束，成绩满分！

　　他当晚就又住方好那里了。

　　方好还兀自郁闷，妈妈这么急得火烧火燎是干吗呢，搞得她在关海波面前很丢分，好像没人要似的。

　　躺在床上，关海波搂住她急欲温存，方好却心不在焉，还在不满她妈妈的强硬干涉，关海波忽然停下来，附在她耳边解释道："你妈也是好心，她担心你会有宝宝。"

　　方好震惊到花容失色："这，这怎么可能？她，她怎么会知道我们……"

　　关海波一边如饥似渴地在她身上索取，一边低喃，"你以为别人都是傻的，看不出来……"

这以后，方好有好一阵都没敢主动给她妈打电话。

好日子过得总是快，转眼就入了秋，天气一下子凉快下来，方好的速成班也即将结业，一周复习过后，就要进入正式会考。

考试分笔试和口试两部分，据说题目有相当大的难度，及格率会控制在百分之七十的样子，也就是说一个五十人的班上，会有将近十五个人过不了。一时搞得人人都很紧张，每次课程结束都有许多学生留下来套题目，或者互相交流历届考题心得。

临考前三天，正值周末，老师突发善心，把他们召集起来又重点补习了一番，短短的一个小时，简直就是精华的浓缩。下了课，走在路上，方好还舍不得把笔记收好，整个一如获至宝。

出了校门就是一条长长的林荫古道，两旁种满了粗壮的法国梧桐，在头顶上方密密地会合在一起，宛若走入一道没有止境的拱门。

方好捧着笔记本，比研究藏宝图都认真痴迷，边走还边默默念诵。时常有飞絮飘下，落在本子上，像凝固的雨点，挡住了一两个字母，方好很有耐心地竖起本子抖落掉，接着往下看。

一辆黑色的奔驰从身边驶过，旋即又缓缓地退回来，在离她不远的地方停下，车门一开，下来一个戴墨镜的中年男子，头顶微秃，但中庭饱满，很有些气势。

他的目光在方好半垂着的脸上转来转去，仿佛在确定什么，待她浑然不觉地走近，才礼貌地上前拦住了她的去路。

方好讶然抬头，看见一张素昧平生的脸以及那脸上高深莫测的表情，一时不知所以然。

男子摘下墨镜，相貌寻常，口气却是温和的："请问，您是陈方好小姐吗？"

"是啊，你怎么会认识我？"方好的紧张又陡然增添了几分。

男子脸上流露出和善的微笑，不像坏人，但方好总觉得他的笑容太过职业化了。

对方没让她惊疑多久，就主动作了自我介绍，"我是林娜小姐的私人助理，林小姐委托我过来请您去一趟，她有些事想跟你谈谈。"

总算听到了一个她熟悉的名字，方好稍觉心安，很快又疑虑更甚，距离上一次听到林娜的消息，已经过了数月有余。她不是一直在美国么？她不是怀孕了么？什么时候又回来了？她要找自己谈什么？

方好从没想过自己跟林娜之间会有交集，她对方好来说，跟一张标签无异，贴了"闵太太"的字样，长久以来，令她敬而远之。

合上笔记本，她还了个微笑给对方："对不起，我没兴趣。"

虽然她已经放弃了对那两人的怨念，但并不表示可以跟他们其中的任何一位毫无芥蒂地坐下来喝茶聊天。

况且眼下她的时间实在宝贵，她没工夫浪费在无聊人的身上。

没走几步就到了公交车站，几个学生模样的人等在那里，她走过去，穿插在其中，又翻开本子来读，但显然有些心浮气躁。

拒绝是拒绝了，可心里的好奇并没有因此而被扼杀下去。一个问题在脑子里不停地转来转去："她到底想跟自己谈什么？"

车子没等来，倒等来了林娜的电话。

她的那位助理将手上的话机递给她，"陈小姐，麻烦你听一下，林小姐在线上。"

方好仰头望望天，闭一闭眼睛，没怎么犹豫就接了，与其这样纠缠，不如问清缘由，速战速决吧。

林娜的声音依旧悦耳动听，带着一丝虚弱的倦意，却还是笑着的："方好，我是林娜，这么约你，的确有点冒昧，只是，我有点事想和你说，我想……你一定会感兴趣的。"

"有什么事在电话里说不行吗？"方好也保持客套的语调，但掩藏不住一丝疏离。

林娜听出来了，她静默了一下，又道："电话里说不太方便……你放心，不会耽误你太长时间。"

不知为何，方好能听出她语气里有淡淡的忧伤，仿佛很落寞，她莫名地有种不祥之感，心一下子被提了起来。

平心而论，她对林娜并无恶感，虽然她"抢"走了闵永吉，但方好把更多的怒气都倾注在了闵永吉身上，如果他不愿意，谁又左右得了他？况且，方好天生没有芒刺，不会对人怀恨在心，尤其现在，她已经有了关海波，过去的那些事更没必要耿耿于怀了。

她猜不出来林娜会找自己聊什么，也许，是之前几次碰面看出来自己跟闵永吉之间的不寻常，想要敲山震虎？如果真是那样，去见她一趟又何妨，自己可以借机向她说清楚，于人于己都算有个交待。

方好这一番打算下来，很快就改变了原先的主意，爽快道："那好，我过去找你，你在哪儿？"

林娜松了口气，欣悦道："你坐徐助理的车吧，他会带你过来。"

车上，方好想给关海波打个电话交待一声，转念一想，多一事不如省一事，他对自己跟闵永吉的事嘴上虽然从不说什么，心里其实敏感着呢，万一跟他讲了，不定得怎么瞎想，他最近又那么忙，还是不给他添堵了。

车子转过江湾，一直开向南山大道，方好很惊讶，她记得妈妈曾经提过，闵永吉在S市的住宅是在青堰湖的别墅区，跟这里是南辕北辙，不过她也懒得问徐助理。

这一路行来，她问十句，他顶多答她一两句，其余均是呵呵笑两声了事，FBI特工的嘴巴也没他捂得紧。

见到林娜，是在一片碧绿草坪的一角。

雪白的遮阳装置，雪白的桌椅，跟方好在电视里看到的富人家后花园的场景没什么两样，只是，这里不是闵宅或林宅，而是一个会员制的度假村，在这里住上一晚的费用远远高于在五星级酒店包一个总统套房。

林娜穿着银灰质的曳地长裙，头发修得极短，看上去有几分像学生，人却瘦得只剩了一副骨头，依旧是惨白的面色。

方好头一次跟她独处，多少有些局促，尽管对方脸上始终布满了亲切的笑意，对方好来说，她们所处的是截然不同的两个空间，林娜的那一个世界，于她全然陌生。

侍者上了饮料，便远远地退开，方好注意到离他们不远处，徘徊着一小撮人，偶尔聊上几句，仿佛很关注这边。

林娜察觉到她的疑惑，笑着向她解释，"那些都是照顾我的人，私人医生、护理、管家、司机……你不知道，我出个门有多麻烦。"她轻声叹了口气，无限怅然。

方好也听得出她并非是在显摆，而是真心觉得拘束，林娜的病容已是显而易见，她一时也不知说什么话妥当，只得捧起了手边的杯子，轻轻呷一口清茶。

林娜倒很坦然，徐徐地跟她拉起了家常，"巴巴地把你请来，其实也没什么大事,我一直想找个机会跟你单独聊聊,只是这一阵身体又不争气,只好躲起来静养。"

方好心里埋了长久的疑惑终于情不自禁地脱口而出,"你……你究竟是……"

林娜低头望了望手上的杯子,却没有喝,顿了片刻,把目光遥遥投向远处,定在某个未知的点上,她的声音听起来带着几分缥缈的空灵,"我妈妈有我的时候,并不知道自己怀孕……当时她正感冒,就……服了几片药,没想到却带来灾祸……我一出生,就被诊断是先天性心脏病。"她的眼里黯淡无光,但因为这是生下来就烙下的印记,已近麻木,仿佛是在说别人的事情。

"爸爸妈妈生了两个哥哥,我是唯一的女儿,他们舍不得我,不惜重金到处求医问药,才算保住我一条命。但是我从小体质就差,高中以前的课程,都是爸爸请家庭教师在家给我上完的,不管我去哪里,总有很多人围着我转,稍微运动得激烈一点,就会被人婉言相劝……医生说我不能累着,更不能发烧。"

方好之前对于林娜的病一直只是隐隐的猜测,而现在亲耳听到她说出来,她感到异常震撼,原来她的病情远比自己想象的厉害。

她不能不想到闵永吉,这几年来,他就是跟这样一个孱弱的病人生活在一起,他的日子究竟过得如何?她心里一时竟酸楚莫名。

"即使上了高中,我的行动还是被严格地约束着,除了上课的时间,我很少在学校逗留,更别提跟其他的同学做朋友,参加集体活动了……我很羡慕我的同学,他们可以自由自在,无拘无束地主宰自己的生活,想玩到什么时候都可以……这些对任何一个健康的孩子来说,都是很容易实现的愿望,然而,对于我……却是奢望。我的世界,永远只有几个人,他们看着我的眼睛里总是充满了担忧,让我觉得自己活着真是个累赘。"

方好静静地听着,她完全陷入了林娜的故事里,眼中无法遏制地流露出同情,是的,也许很多人都没有意识到,比起荣华富贵,其实健康才是最最重要的财富。

林娜,就像一个从小生活在保险箱里的瓷娃娃,再小心呵护,都有被打碎的可能,这是怎样令人绝望的人生。

林娜突然笑了一笑,语调轻扬,"不过,我也有过一段很快乐的时光。大学毕业以后,家里的事业不需要我操心,我无事可做,只能继续读书。那时候,我的身体状况好转了许多。这得感谢我的主治医生,他一直鼓励我做一些适可而止的运动，在我开始研究生生活的时候，这些努力终于取得了成效。我跟爸爸说我要住校，和别人一样过独立的生活，我也不要一天到晚有许多人围在我身边。爸爸很疼我，他考虑了几天，答应了我的要求……其实我知道，他还是找人暗中在照顾我，但比起之前，要隐蔽了许多，我很知足，至少，我不必再时时刻刻生活在一堆人的眼皮底下了。

"我在美国MIT读的是计算机数据分析处理，我们那一届的班上，亚洲人很少，我是唯一的华裔。到了下半学期，却转来一个中国人。"

方好心头突地一跳，林娜转头望着她，脸上的笑容堪称甜蜜，"你猜到了？他就是闵永吉。"

她轻轻吐出那个名字，方好却突然间分辨不清她的语气里究竟是喜悦还是苦涩。

"他刚来，英文不太流利，又有点跟不上课业，我虽然出生在美国，毕竟还是在华人圈里生活，所以，是班里唯一可以跟他没有障碍交流的人，我常常借笔记给他，他也很聪明，许多我觉得拗口难以解释的东西，只要稍加点拨，他就心领神会了。他是个很亲切，待人也很友好的男孩，和其他同学不太一样，虽然有点腼腆……我喜欢和他在一起。"她语气里带着一点羞涩的肯定，淡淡的初恋少女的情怀。

方好不难想象她那时的心境，闵永吉，没有锋芒，没有自傲，平和得如同一潭静水，让人觉得他永远就守在那里，很安实，很可靠。

"不过，那时候，他并不知道我的家世，也……不知道我的病……"她那样的遗憾，因为她的病，或者，也因为她的家世。

林娜再一次看向方好，眼里含着些许深意，"其实，我很早就知道你——陈方好。"

方好睁大了眼睛，怔怔地望着她。

林娜不再看她，眼神突然间空洞，"我还看到过你的照片……永吉告诉我，你是她妹妹，可是我知道，你们的关系不像他描述的这么简单。"林娜的声音低下去，又浮上来，"……哪有哥哥把妹妹的照片夹在钱包里，没事老拿出来看的？"

方好心里百感交集，手心不由自主地攥紧，她屏息凝神地细听。这段回忆，也是她记忆里的断层，而现在，机缘巧合，她有机会得以重拾。

到底，她的永吉哥是在什么时候远离了自己？

Chapter 20

林娜和闵永吉悲伤的故事

"他经常跟我聊起你,你小时候的调皮,你们在一起闯的祸……那些事情,是我闻所未闻的,我很喜欢听,也很羡慕你们,有那么快乐的童年……虽然有时候,我会莫名其妙觉得难过……

"我把他当成一个很好的朋友,常常主动去找他玩。永吉在美国没有亲人或是朋友,他除了上课、打工,其余的时间或者泡在图书馆里,或者就在宿舍……有好几次,我都撞见他在宿舍里给你写邮件。"

方好完全陷入了她讲述的这个故事,随着她的描述而情绪波动。

她仿佛看到当年的闵永吉,当年的林娜,甚至,还想起了当年的自己……

时空的阻隔已经微不足道,她所有的记忆被生拉硬扯地从尘土里拽出来,试图与林娜的这个故事拼成一幅完整的图案,那个长久以来困扰着她,她不敢触碰,不敢想的真相即将水落石出……

"永吉很善良,他看得出我的孤寂,所以,只要有空,总是愿意陪着我。我从小朋友就不多,像他这样耐心好,又细心的男孩更是绝无仅有……渐渐地,我发现,自己越来越依恋他,每次挥手道别之后,心里都会很空虚,日子仿佛很难熬,我开始失眠,等不到天亮就想见到他,就像饮鸩止渴……

"后来的某一天，他陪我去郊游，我是瞒过爸爸的眼线去的，如果让他知道我走那么远，爸爸一定不允许，可我很想跟永吉单独待在一起，哪怕一生中只有一次……我还专门带了相机去跟他合影，我想，如果有一天，他从我生命里消失了，至少还有照片可以供我怀念……"

方好心里一阵难过，仿佛看到一个溺水的人，在陷落之前绝望地伸在水面上的一只手，凄艳绝伦，她不得不低下头去，掩藏掉脸上的情绪，假意去审度杯子里漂在液面上的茶叶，一枚枚形状姣好，是上等的碧螺春。

林娜看看她，似乎不安，"你……是不是不太想听？"

方好仰脸向着她赶紧摇头，强笑着道："不，我听着呢。"她心里有悲伤在一圈一圈荡漾开去，不知道是为了谁。

可是，她明白自己是有勇气听下去的，因为，一切皆成定局。

"我们玩得的确很开心，中午还找了些干树枝烤玉米和面包吃。"她的眼里含着深深的向往，目光仿佛穿越了重重岁月，一下子回到那最为温馨的一刻，可是很快，眸中的眷恋就转成了嘲弄，"可惜，我刻意想营造出来的浪漫还是被自己破坏了……回来的路上，我再次发病……"

方好紧紧捧着茶杯，不忍看她，谁会愿意自己在心爱的男孩面前暴露残缺，她几乎能想象得出林娜当时的绝望。

即使是此时，她也能听出她语气里的沮丧，"是永吉送我去的医院，然后又想法子通知了我家人……后来妈妈告诉我，如果不是永吉拼了命飚车把我送入最近的医院，哪怕再多耽搁几分钟，我也许就没命了……可是，我一点儿也不感激他，我甚至想，如果我能死在他怀里该多好。"

方好定定地保持坐姿，一动都不敢动，她几乎能听到林娜眼眶里溢出的泪珠跌落在草地上而砰然碎裂的声音。

"我躺在病床上，只有一个念头，如果这辈子，我不能跟他在一起，活着……也许跟死了没什么两样。"

林娜见方好始终不说话，不觉笑道："你是不是在怪我自私？其实……我也知道自己这样想不应该，永吉他那么好，怎么可以把生命浪费在我身上呢？我想通之后，也就释然了，甚至为他高兴，因为有你这样好的女孩，在国内等着他回去……不管后面的路怎么样，你们……都会是两个人，这多好……"

林娜的声音忽然不再欢快，喃喃地低声道："方好，你不知道……我有多羡慕你。"

方好的眼泪悄悄滴落到杯子里，一滴，两滴……泛起柔软的涟漪。

"那场大病之后，我恢复了理智，依旧了无生气地活着，却再也没有去找过他，我不能放任自己这样下去，既然无法在一起，还是离开比较好。"

方好偷偷伸出手指，勾掉眼角的几滴残泪，试图仰起脸来正视她，心里对她本就淡泊的怨气早已被同情彻底湮没。

林娜突然话锋一转，"可是，我怎么也没想到，我爸爸会去找永吉，求他，求他……娶我。"

方好也惊诧地瞪起了眼睛，原来，一切的症结都在这里！

"我不知道他们是怎么谈的，没有人告诉过我，我也没有勇气去问。只是有一天，永吉突然出现在我面前……他愣愣地看了我很久，然后……跪下来向我求婚……我惊呆了。

"他一直求，一直求，我几乎要心软，几乎被迷惑，可是，我突然想到了你，我问他，'陈方好怎么办？她还在等你。'我问的时候很注意他的表情，果然，他脸上抽搐了一下……我的心也跟着抽了一下，很痛，很痛……"

方好紧张到几乎窒息，胸口的一点闷痛在无限扩张……

"他什么也没解释，抱着我的腿，任我怎么赶，他都不离开，前前后后只会说一句话，他喜欢我，要娶我……我抱着他大哭了一场，终于妥协，我没有力量拒绝他，就算他骗我，我也不舍得放开他，就算他不是真心待我，我也认了，只要他能陪着我，哪怕只是一年，两年，我就很知足了。"

林娜把脸转向方好，面色凄然，"你骂我吧，骂我自私，骂我卑鄙，我都可以接受，因为……我本来就是这样一个人……"

方好看到她脸上蜂拥而出的泪水，可是渐渐地，她自己却视线模糊了起来，因为她的眼泪也有很多很多……

她分不清自己到底是在为谁流泪，抽泣着摇头，想要否认什么，想要甩掉这些残酷的现实，即使明知无济于事……

两个人突然都哭得泣不成声，以至于远处有几个人想跑过来，可是没走几步，又都顿住，迟疑着，终究没有再往前。

方好伸出手去，揪住了林娜的手，她不知道要说什么，可她真的不恨林娜，一点也不，她过得太苦了，如果闵永吉真能带给她一星半点的快乐，方好觉得自己这些年的委屈也是值得的。

"你，你……别哭了。"她抽抽搭搭地试图安慰林娜，"现在这样，不是……很好吗？永吉他是爱你的……我认识他这么久，我了解他，真的……如果，如果他不爱你，他不会跟你生活这么长时间，你们，你们现在不是很好？而且，你们……还有了宝宝……"

林娜的脸上突然出现了一种冻住了似的骇然表情，让方好惊惧自己是否说错了什么，她握住林娜的手掌下意识地晃了几下，想让林娜醒过来。

林娜脸上的泪水再次决堤，好一会儿，她红着眼睛收住泪势，强令自己平静下来，摇了摇头，仿佛不愿再提。

"方好，你真的是个很好的女孩子，比我想象的都好，你应该得到幸福。"林娜缓缓地对她说，强压下一丝颤然的痛苦。

方好拭了拭脸上的眼泪，有些不好意思，她哭得竟比林娜还厉害，此时，不得不努力控制住自己，一切都过去了，一切都会好起来……

林娜的目光远远地投射出去，越过所有近的或是远的障碍，带着一种解脱的超然，良久，方好听到她静静地说："我跟永吉，要离婚了。"

方好惊呆了，大张了嘴巴久久说不出话来，半晌，才喃喃地问："为什么？"

紧接着，她赫然清醒过来似的死死抓住林娜的手，用力撼动，"你为什么要这样做？永吉他，他……是爱你的。"

林娜缓缓地摇头，她坐了太久，开始觉得疲倦，"永吉陪了我三年，他的确给过我很多快乐，但是……也给了我同等的痛苦。"

方好愣愣地望着她，只觉得匪夷所思，然而，摇她的手却缓慢下来，她牢牢盯着林娜，听她接着往下说。

"我没法忘记……他是我从你身边抢来的，我也没法忘记他的心里……始终装着你。"泪水再次从林娜的眼眶中涌出，像无声的雨，透明地，长长地，顺着面颊滑落下来。

"我见过他一个人躲在房间里，对着你的照片发呆；他写过很多信，都是给你的，可是一封也没有寄出去……后来，这些信都被撕碎了扔进垃圾桶……我能怎么办？我要他，就只能装作什么都不知道，强迫自己相信，他只是因为爱我才留在我身边……"

她转身望向方好，"可是对你，方好，我真的有说不出的愧疚，每次无意中听到你的消息，听到你过得很不好，我都很羞愧，像一个偷别人东西的贼……我，我偷了你的永吉哥……"

方好急急地辩解，"不，不是这样的，我过得很好，真的，我有喜欢的人了，我，我快要结婚了，关海波，关海波你认识吗？我快要嫁给他了。你完全没必要这么做,真的,我跟闵永吉已经一点关系都没有了。"

她急不可待,语无伦次地解释给林娜听,要让她相信,她的内疚是多余的,可是林娜显然没有在意,脸上是无动于衷的表情,她把方好拽住自己的手轻轻拨开,方好用了太大的劲,以至于她森白的手臂上有一圈触目的红印。

"方好,即使没有你,我也会跟永吉离婚……"林娜渐渐平静下来,语气里却含着无尽的怆然,"我不知道自己还能活多久,也许三年,也许五年……可是总有一天,我会先离开他,到那时,他再想找自己的幸福就不那么容易了。所以,我想放开他,也放过我自己——我的心脏……受不了这样的折磨,我累了……"

方好哑然地望着她,她苍白无色的面容在她银灰色的衣服下几乎快要隐形,方好觉得心里很痛,犹如眼睁睁地看着一件美丽的东西被一寸寸撕裂开来,却无能为力,帮不上一点忙。

林娜确实累了,说话时有轻微的喘息,她的私人医生和护理也许已经忍耐了很久,此时正朝这边赶来……

她向方好最后笑了笑,有一种凄凉决然的美艳,"这是我思前想后唯一能替他做的一件事了,方好,请你别怪他,别怨恨他,因为……他始终都是爱你的。"她说到后面,没有流泪,只是浅浅地微笑,仿佛她真的超脱了,一切都与她无关了。

方好憋闷得透不过气来,这样的结果完全出乎她的意料和想象,可是她却无从辩解,也没有办法让对方明白,这其实,并不是她期待的结果。

她看着林娜吃力地坐上了护理推过来的一辆轮椅,然后渐行渐远……她很想追上去再跟她说上几句,可是她想不出来该说什么。

说什么,其实都是徒劳的。

徐助理负责送她回去,一路上,方好的眼泪就没有停止过,她从不曾想到,会有这么一天,她坐在一辆陌生的车里,为曾经被自己怨忿过的"情敌"痛哭失声。

在外人看来,林娜的生活称得上富丽华贵,可是,谁会猜到她背后隐藏的痛苦。她跟方好一样善良,她渴望普通人的生活与快乐,她没有做错什么,可是她的人生,竟如此艰酸苦涩,无处言说,也无法逃脱。

徐助理一如既往保持着缄默,对方好的举止,既无半点惊诧,也无宽慰之意,仿佛一尊游离于凡间的神,看尽众生苦痛,早已木然。

方好渐渐止住了啜泣,哭得累了,困倦涌了上来,她放下车窗,向外瞥去，阳光好得刺眼，她红肿的眼睛几乎睁不开来，赶紧关闭了窗玻璃。

疑惑渐起，她身子前倾，问徐助理："你要带我去哪儿？"

徐助理清了清嗓子，对她的后知后觉有些无语，想了一想，回答道："青堰湖别墅区。"

方好的脑子里有短暂的空白，然而，她突然明白了林娜的用意，顿时血往上涌，骇然大叫，"停车！我不要去那儿！！你送我回市区！！！"

"对不起。"徐助理的声音永远都是那么公事公办，"我只是按林小姐吩咐的去做。"

方好恼火起来，受够了他这不温不火的态度，咬牙切齿道："你可以按她的吩咐做，我也有自己选择的权利，我现在要回家！！"

徐助理耸耸肩，并不配合她，"等我送你到目的地，你想去哪里都可以，喏，前面就到了。"

车子打过一个弯，别墅区的大门已映入眼帘，他们的车在门口稍作停留后即畅通无阻地向里开，穿过弯弯曲曲的小径，最后停在一栋别墅前面。

方好僵在车上，又愤怒又委屈，"你就打算把我扔在这里了是吧？"这个地方她完全陌生。

徐助理在驾驶座上转过脸来，笑容里总算添加了一丝还算有人性的无奈，"陈小姐，请你不要为难我，我只是尽本分，其他的，都不该我操心。不过我跟了林小姐这么多年，她是个什么样的人我还是清楚的。放心，她不会害你。"他说完，头往车门外一偏，"下车吧。"

方好知道跟他废话也没用，只得咬着牙下来，正待转身，徐助理又落下车窗叫住她，递给她一张名片，沉吟着道："万一真有什么事，打这个电话，有人会来接你。不过，"他顿了一下，望望别墅紧闭的大门，"据我所知，闵总今天没在公司。"

方好愕然地望着他的车在自己面前呼啸而去，原来，他什么都知道！

站在大门的台阶下，方好低头看看手上的名片，又转脸望了眼深褐色的门，有些茫然。她长这么大，如此离奇的遭遇还是头一回碰到，仿佛被空降到某部陌生的电影中，莫名其妙成了其中的一角，却浑然不知该怎么往下演，不清楚台词，也没有导演……

一切，只能靠自己临场发挥。

可是，这栋别墅里躲着的那个人，却是她熟知的，在过去很长一段岁月里，他就是她的依靠，只要有他在，她什么都不用操心。

今天，面对这样一场已经演到中场的戏，她还能靠他的力量来支撑到剧终吗？

她苦心回避，又痛苦思索了三年的谜，终于找到了答案，虽然，这个真相比她想象的任何一个都来得惨烈，可她感受到的那些震撼足以让她丢掉对闵永吉三年来的怨恨。

她一直了解他的，他的善良，温润……他怎么能忍心抛下羸弱的林娜弃置不管？

所有过去的痛苦都已经过去，此时的方好，对他只存了悲悯的宽容和理解。她知道，他还是那个人，默默地守在一边，即使心里有痛，也不轻易说出来……

方好舔了舔干涩的唇，有点渴，心里一个劲地打鼓，越擂越响，她几乎就要拾级而上，推开那道神秘的门，去找寻深埋在她心底，渴望了许久的那个身影，然后扑倒在他怀里，告诉他这些年，自己的委屈和思念……

她一步一步往上走，短短的几级台阶，她竟然走了足足五分钟才抵达门口。然而，她站在门外，不敢举手按门铃，竟然什么都不敢做，只是一动不动地站着，惴惴不安，惶然找不到倚靠。

有奇异的念头蹿入她脑海，如果，这扇门为她打开，她踏进去，那么，她和闵永吉是否会像钻入时空隧道那样返回无忧无虑，幸福快乐的从前？！

只是那么短瞬地一怔，方好赫然间清醒，回到现实，她对着自己摇头，一点点地往后退……

已经不可能了，没法回头了，她的生活，和他的生活早已走上了两条背道而驰的轨道，他有了林娜，而她也有了关海波，都是有血有肉的感情，又怎么可能轻易回去……

关海波，关海波……

方好在心里喃喃地念着这个名字，像行走在无垠沙漠中的人突然发现了绿洲，在这一刻，她能真切地体会到他在自己心里所占据的地位和分量，那么沉，那么重，早已无法轻易撼动和抹去……

她手忙脚乱地翻手袋去掏她的手机，她要立刻回去，她什么人都不想见，不想找，她只要看见他，看见他就一定会心安……

她的手不知缘何抖得厉害，课本和手袋里乱七八糟的细碎物品稀里哗啦全掉落到地上，她狼狈地俯身去拾，心里急得像在油锅里煎，为什么她总是这么慌里慌张，这么愚笨，办不好事情……

别墅的门忽然被拉开，方好惊悚地仰起头，像被当场擒住的罪犯，无处藏身，而她的手上刚好抓着徐助理给她的那张名片，一动不动望着门内站着的那个人。

她觉得有些陌生，不认识他，虽然，第一眼她就认出他是闵永吉。

可是她的永吉哥，不应该是现在这个样子的，衣衫不整，面色泛青，胡子拉碴，眼里布满了血丝，一脸的颓废。

他的手还紧靠在耳朵边，掌中握着一枚手机，似乎一个电话刚讲完，见到她后，他眼里紧绷的神色顿时一垮，连同那只握着电话的手也颓然垂了下来。

柔软的神色逐渐注满他的双眸，他看着她的时候永远都是这样，溺爱的，宽容的，时而无奈却又是心甘情愿的。方好在那里面读出来的全是回忆，悠悠的岁月一点点地在他眼里流过，他仿佛不愿醒来，放任自己在美好的过去中徜徉。

可是，方好已经醒了。

她的目光从他脸上收回，重新俯头去捡自己的物品，一一放回手袋，连同那本砸在地上后有些破碎的课本，她也很小心地把褶皱抚平，然后抱在胸前。

方好缓缓地站起身来，与他的目光接近平视，有刹那的头晕目眩。

闵永吉没有走出来，他站在门内，下意识地往旁边闪过一些，脚步有轻微的踉跄："进来吧。"他嘶哑着嗓子对她说了一句。

方好没有动，紧紧搂住自己的东西，良久，她轻轻地说："我想回家。"

他似乎没听清，费劲地皱了皱眉，目光有些涣散，可是，他旋即就说："好，我送你。"他转身很干脆地往里闯。

门敞开着，她能看到他不稳的步子跌跌撞撞地向里面挪动，还有他含糊不清的解释，"我……我去拿车钥匙。"

方好不认为他这个状态还能开得了车，可是她只能等着，她想，如果他出来看不到自己，一定会很失望，他现在这个样子，她不忍令他失望。

等了许久，也没见他出来。

方好开始不安，她谨慎地走近门边，视野里只能看见一道玄关，她喊了一声，声音越过玄关，溜进底楼的客厅，有幽幽的回音飘过来，却没有应答声。

她终于踏了进去，第一步时很紧张，真的生怕有架时空机器突然降临把自己载走。穿过玄关，她顺利走进了客厅，对自己刚才诡异的念头感到失笑。

闵永吉摊手摊脚地倒在客厅中央的地板上，岿然不动，头部不远处，滚落着几只空酒瓶。

方好吃了一惊，再也顾不了许多，扔下手里的东西就冲过去拉他，"你，你这是怎么了？快起来！你起来呀！"

她拼命地撼他，要把他弄醒，这不是她熟悉的那个闵永吉，她觉得不对，慌不择路地要让他苏醒。

闵永吉缓缓睁开眼，怔怔地望着一脸焦急的方好，终于对她吃力地笑了笑，"好好，是你吗？"

方好的眼泪还是掉了下来，她使劲地点头，忍住哽咽，"是我，永吉哥……你，你别这样，好吗？"

她终于又叫他"永吉哥"了，闵永吉听着，只觉得无限宽慰，可是，他很快看见她面庞上滑落的泪水。

"我没事，好好，你……别哭。"他微蹙了眉，抬起手要替她拭泪，方好下意识地避过，自己抬手去擦。

闵永吉的手顿在半空，过了片刻，又颓然跌下，带出一句轻叹，"好好，我对不起你。"

方好忍着眼泪，只是摇头，她想拉他起来，可是力量太小，根本连挪动他都困难，最后还是闵永吉自己爬了起来，他吃力地挪入就近的一把椅子，定定地喘息，仿佛苍老了十岁。

方好心里难过，他不应该是这样的。

"我对不起你……"闵永吉再开口时，仍然只是恍惚地念叨这一句。

方好张嘴想要安慰他两句，可是他立刻就挥手阻止了她，"不，你什么都不要说，只要听我讲就行……"

方好终于顺从地点了点头，她知道他有很多话想对自己说，可是，她从没给过他机会。

就让他说出来吧，说出来比闷在心里好。

客厅里寂静无声。

他跟她终于面对面地坐着了，可是，他竟然不知道该怎么说，又该说什么。

三年里，他打过无数腹稿，迥异的风格，完全不同的态度，在不同的场合下与她邂逅，可以用不同的版本。

他的思维开始混乱，现在，应该告诉她哪一个？

在她担忧而期待的眼神里，他听到自己突兀的笑声，"你应该是……刚从林娜那儿过来吧？"

方好默默地点头。

闵永吉又笑了一声，容颜惨淡，"那么，你大概了解我跟她是……"

方好不想他再提那段难堪的往事，对谁来说，听着、讲着都不是件好受的事情。她立刻抢着道："我都知道，你别说了。"她眼里的怜惜显而易见，她的手无意识地拨弄着椅子扶手上垂下的一小截流苏，轻轻地说，"我知道……你是因为不忍心……"

闵永吉的呼吸骤然急促起来，"不！"他异常粗鲁地打断她，眼里闪过苛厉的光芒，像某种邪恶的野兽，令方好顷刻间心惊胆战！

这是他的另一面吗？他从未在她面前有过如此凶恶的神情。

然而，他眸中的戾气很快就消退了，只剩下虚软的懦弱。

对面那双注视着自己的眼睛，一如多年前那样明亮，是夜空中最璀璨的两颗星，这么多年来，没有变过，没有添加过一丝市侩气，也没有一丁点的嘲弄与责怪，她只是那样静谧柔和地望着他，就足以涤荡他沧桑斑驳的心灵。

这双纯净的眼眸无数次出现在他梦里，逼得他责问自己，鞭笞自己，而现在，它就在眼前。

一瞬间，所有徒劳的伪装，冠冕堂皇的借口都轰然倒塌，他知道，不管他说得有多华丽哀伤，都只是枉然，都敌不过眼前这双清澈若水的眼眸。

"不，我没你想得那么善良。"他要告诉她的，也是唯一能告诉她的，只是他内心最真实的想法，哪怕难堪，哪怕丑陋，可他不想欺骗她。

他叹气，然后低缓地陈诉说，"她父亲来找过我，告诉了我关于林娜的一切……我很意外，也替她难过……她，是个好女孩，可是，她太不幸了。"

"林娜她爸爸，告诉我，林娜……喜欢我……"他说着，很浅淡地笑了一笑，"其实，他不说，我也能感觉到一点儿。"

身在异乡的孤寂之人，即使是一点微薄的好意，也能让他倍感温暖，更何况是一个年轻女孩倾慕的不加掩饰的目光。

"令我震惊的是，他爸爸，请求我娶她……他说她过得太苦，好不容易爱上一个人，却还要那样难为自己……"

闵永吉缓缓地抬起头来，遥遥地望着正前方的一幅山水壁画，自顾自往下说："我当然拒绝他，告诉他这是不可能的……可是，他一直来找我，每天都

来……他是……真的很爱自己的女儿……他让我想起自己的爸爸，还有弃我而去的妈妈……真的，我从来不知道一个父亲可以为了自己的孩子……在我面前痛哭流涕……我开始扛不住了。"

方好溜下椅子，坐在闵永吉膝下的地板上，她的身体靠着他的椅子，希望能给他一丁点儿慰藉。她知道他从小心里就怨恨自己的母亲，那样无情地离去，从此对他不闻不问，虽然他从来不说。小时候，他那么喜欢待在方好家里，也是因为她有一对恩爱的父母，他们也从不吝于让他分享他们对子女才有的慈爱。

闵永吉的声音很快低冷下来，带着一丝残酷的无情，"可是，真正让我下定决心的……是他开出来的条件。"

"他告诉我，只要我跟林娜结婚并能维持最低两年的婚姻，他可以无偿赠与我林氏两成的资产……"

这样的婚姻交易方好只在电视里见到过，没想到现实生活中竟也存在，而交易的一方，还是她从小尊敬并热爱的闵永吉。

可是，她又觉得其实没什么可奇怪的，他的婚结得如此突然和仓促，没有任何征兆和前奏，完全就像——做成了某桩买卖。

"为什么……是两年？"此刻，她只对这个感到好奇。

"当时，她的身体状况又开始转差，医生说如果她这样的状态持续下去，顶多……还能撑两年……"

如此残酷的话语听在方好耳朵里，她被震愕得说不出话来。

闵永吉低头望着她，眼神温柔，可是那眼里仿佛躲了两个卑微的小人，怯怯地，不敢多看她。

"好好，你不知道，在美国，不管你多么努力，多么用功，对像我这样的亚洲学生来说，到顶了也就是在一家平庸的企业里谋一份还过得去的差事，可是……只要经济动荡，最先被裁员的总是我们，没有安全感，更别提有多大的发展……学习也很艰苦，要挣学分，还要打工维持生计，我厌倦了终日不是对着书本，就是对着盘子的生活，我也想过要突破，可是，哪有那么容易……"

方好想起他留学期间回来的那段时间，对于自己热切地要出国与他会合并不热衷，现在她明白了，那样的辛苦，她即使能够过去，两个人也不见得过得有多好。

"可是，你也可以选择回国啊！"情知现在讲什么都是多余，她还是忍不住提了一句。

闵永吉苦笑，"出去的人如果不是实在没有办法混下去，一般是不肯回来的，国外再苦，可到底挣得比国内多，即使将来有一天会回来，谁不希望自己是盆满钵满地衣锦还乡，两手空空回来，不光别人，连自己都要耻笑自己。"

方好不再接茬了，她没有同样的经历，无法理解他当时的想法。

他的神情逐渐转为痛苦，像是对那段过往的鞭挞，"所以，当她父亲向我开出那样的条件之后……我动摇了……林家的产业在华人界有目共睹，说句难听点的话，林娜……虽然她是那个样子，可想娶她的人不在少数，谁都知道她是林健南的掌上明珠，能够娶到她的人，在林家哪怕只分点残羹冷炙，也可以一辈子吃穿不愁了。"

他哀伤地望着方好，"好好，我不想再那么辛苦地过日子，我想出人头地，我要在美国立足。"他的声音沉甸甸的，仿佛压上了千斤重担，"所以……我抛弃了和你拥有的一切美好，忘掉了给过你的承诺，我……娶了林娜……"

方好的手紧紧地揪住胸口的衣襟，渴望能给自己支撑的力量。即使已经隔了三年，上千个日日夜夜，她听在耳朵里，泪水还是喷涌而出，她永远也忘不了读他那封简短的书信时自己山河破碎的心情。

那时候，她真的连死的心都有！

闵永吉说出来了，心头反而平静了不少，自嘲地笑笑，"好好，这就是全部的真相，现在，你都知道了，你的永吉哥，其实什么也不是……只不过是一个……自私、贪婪的小人。"

方好趴在椅子的把手上，任眼泪一滴一滴地往地板上掉，泪水积成一摊薄薄的水洼，弥漫在光洁的地板上，能照出她凄楚而无奈的面容。

闵永吉没有过去安慰她，他已经完全把自己打入了"卑鄙"的行列，他没有资格对她作任何劝抚。

"好好，我……对不起你……"他缓缓地倾下身，把头埋在手掌里，身子忽然剧烈地颤抖起来，"我……也……对不起她。"

方好停止了啜泣，抬起头来，不安地望着他，"永吉哥……"

他不说话，捂住脸的双掌里有湿湿的东西渗出来，一颗颗往下掉……

方好惊慌失措，她伸出手去，使劲拽他的胳膊，想要看到他的脸，"永吉哥，你怎么了？你别吓我。"

闵永吉的脸终于从掌中抬起，面颊上濡湿了一片，他的眼睛凄怆地望着自己空空如也的手掌，喃喃低语，"我对不起她，她那么喜欢孩子，那么希望给我生一个孩子，可是……我骗了她，我答应了她父亲……我骗她去医院，骗她做了那个手术……我，我谋杀了我们的孩子……"他哽咽着说不下去。

方好在这瞬间忽然明白了林娜那异样而骇然的表情是为了什么。

他们的孩子，没有了！

"永吉哥，她不能有孩子的，对吗？"方好在这一刻前所未有地冷静，冷静得仿佛不再是平日里那个浑浑噩噩，没心没肝的自己，"她的病是不允许有孩子的，是不是？"

闵永吉木然地瞪住地面，他的面色仍未从愧疚中摆脱出来，良久，思绪回转，他终于微弱地点了点头。

"既然如此，你让她做掉是对的，你只是想保护她，不想让她有生命危险，对吗？"

闵永吉点头，又摇头，茫然的眼神不知所措，他在自悔与歉疚中挣扎了太久，已经分不清什么是对，什么是错。

他唯一能辨别、能清晰看到的，是林娜在术后惨白的脸和瞧着他时绝望冰冷的眼神，他生生打了个哆嗦，下意识地伸手抓住了方好的手掌。

她的手掌柔软而暖和，是他所熟悉的，他从小就握在手里的，给过他快乐和温馨，那上面有他可望而不可即的力量。

"好好，我真后悔去了美国。"他紧紧攥着她的手，"好好，我们……还回得去吗？"他这样问的时候，自己已经溢满了绝望，明知一切都不可能了。

"永吉哥，你还记得吗？你去美国之前，我跟你发过的誓……我会等你，等你回来……那时候，我一直相信，我们会永远在一起。"

闵永吉不敢看她，只是注视着被他攥在手里的她的手掌。

这只白且柔弱的手像一只美丽而怯然的鸽子，躺在他给她营造的窝里，乞求他给她遮蔽风雨，可是，他没能做到……

方好一点一点地抽回自己的手，语气忧伤，"我们都没有办法保证自己一成不变，不是吗？你娶了林娜，而我……也爱上了别人……"

从他向自己说"再见"的那一刻起，她对他的怨忿就远远超过了植根于内心长久的依赖，她恨了他这么多年，到此时，蓦地彻底松手，才忽然明白，她对他这份念念不忘的"牵挂"，不知从何时起，早已与爱无关……

"永吉哥，我们……都回不去了。从前，我只想着能跟你在一起，一辈子，就是快乐的……可是现在，我希望那个永远陪着我的人……是他。"

闵永吉猝然间垂下了头，良久以后，才道："关海波，是吗？"

方好没有一丝犹疑，轻轻地"嗯"了一声。

她永远都这么直接，不懂得缓冲，总是实话实说，闵永吉从小就了解她的脾气，她喜欢上谁，就会一心一意对他好，现在，也是如此。

从此，他再也不是方好心里的那个唯一了。

他忽然间抬起头来，直直地盯着她，像抓到了某个漏洞，急切地问："你妈妈知道你跟他……的事吗？她怎么说？"

方好不明白为什么他会突然这样问，只觉得他的反应如此奇怪，她点了点头，"妈妈很喜欢他，希望我们……能早点结婚。"

闵永吉眸中的火焰像迅速被雨浇灭，刹那间暗如死灰，他眼里的绝望和凄凉如同一枚尖利的刀器在心上划过，也划伤了方好。

她仿佛明白了什么，怔怔地望着他，心里渐渐升起莫大的恐惧，可是她不敢问，不敢说，生怕一切都是真的。

方好有生以来第一次，强硬地打压下心头的恐慌和困惑，只因她是现实的，她明白，无论她怎样去追究那些陈年旧事，她都挽回不了现在既定的事实，那就是，她已经爱上了关海波。

她深深地吸气，匀气，然后艰难地开口，"永吉哥，有些时候，我们都没法掌控自己的命运，我们分开的这三年，我一直念念不忘地怨你，恨你……直到今天，我才发现，那样做根本帮不了自己什么，我们最该珍惜的，其实是现在身边的这个人……你也一样，永吉哥……你其实……是爱林娜的，只是你自己不知道而已。"

她说得如此言之凿凿，连他都惶惑起来，不由得望着她，眸中闪过无助。

方好很肯定地对他点着头，"如果你一点儿也不爱她，你根本就不会娶她，如果你对她没有一丝一毫的感情，你也不会在两年的婚约满了之后还继续留下来陪在她身边……你已经爱上她了……所以，她要跟你离婚，你才会觉得这么痛苦……"

静默，宛如初春的河水依旧冻结的表层，而冰层下面，已能隐约听到流水的声音。在春天第一缕阳光的照射下，冰层破裂，水流涌出……

方好轻轻摇撼仍在呆怔中的闵永吉，"哥，你去找她吧，她是个好人，很好很好，她值得你好好对待。"

闵永吉只是那样呆呆地坐着，像遭了雷击，一动不动。

方好劝得口干舌燥之时，手机忽然叮咚唱响。

Chapter 21

真相与误会

好容易熬到周末，关海波推掉了手上所有的应酬，早早离开公司，赶往方好的住所。

这一个多礼拜以来，方好全身心投入到了备战备考之中，紧张得简直像要上法场，晚上更是连碰都不肯让他碰，振振有词地声称那样会把她好不容易记牢的词汇、语法和常用句型给搅乱，搞得他哭笑不得，他哪有那么大威力啊！

不过反正他这阵子也忙，除了继续手上的贸易单子，他还起了跟人合作办厂的心思。

三年的进出口做下来，关海波也发现了一些商机，尤其在进口这一块，不少国外的产品其实加工水平不见得难度有多高，但因为材料，专利等种种因素，不得不采用它们的。本身定价高不说，还要支付昂贵的税额，再加上运输、保险等费用，对国内企业来说，是一笔不小的成本支出。如果，能在本国找到可以合作开发类似产品的企业，哪怕只是成功一到两个项目，也有着巨大的潜力和市场，当然，他的野心不仅于此，如果有朝一日，这些产品能再出口海外，就更加令他觉得扬眉吐气了。

上回的北京之行，他专门去会了会两位研究所的教授以及有同类兴趣的几家企业代表，虽然目前还未谈出个子丑寅卯来，眉目倒的确有了几分。

另一件让他最近比较费心思的事是恩师严教授的六十寿辰。几位老师的爱徒凑在一起商量怎么给教授庆贺，然而，严教授一再主张从简，不要铺张，连几个子女的摆宴提议也都一概否决了，只是在大家竭力要求下才勉强答应出来吃顿饭，这对学生们来说已经是天大的面子了。

除了积极筹备礼物，关海波更有心要将方好给教授引荐一下，以实现之前许下的诺言，这也是他一直耿耿于怀的一件事。虽然从他答应老师带方好去拜访到现在真正即将成行，中间隔了整整一个季节，但好歹，也算如愿以偿。

关海波在车上给方好打了个电话，征求她晚饭的意见。本来想省事儿，打算找个饭馆凑合一下，可电话一接通，听到她软软的声音传过来，他立刻改变了主意。

"还在哪儿用功呢？可以歇歇了吧，看我今晚给你露两手，熬一锅关氏秘制的骨头汤给你补补，怎么样，觉不觉得惊喜？"

他这一招糖衣炮弹几乎从未失效过。一周的时间不长也不短，他憋着一股子劲儿给她的学习让道，终于盼来了周末，今天晚上如果还"拿不下"她，他真的要抓狂了。

他笑得甚为开心，但很快就起了一丝疑惑，电话里，方好的声音有着浓重的鼻音，仿佛哭过，他讶然，"你怎么了？哭啦？！不会是……又被哪个老师取笑了？"

她有一天回来老蹙着眉头，郁郁寡欢，一盘问，原来是外教说她咬字不准，她努力了两天，自以为纠正了，谁知被点名起来一答话，老师的评价纹丝不改，这下可把她郁闷坏了。

方好没有理会他的调侃，静默了片刻，问他，"你在哪儿呢？"

关海波挑挑眉，声音依然欢快，"刚从公司出来，先去趟超市，然后直接到你那儿，你呢？在家还是……"

"我……我，还在学校。"方好一撒谎脸就会变红，好在隔着电话，关海波看不见，而他心情很好，根本不可能往歪处去想。

他想了想，干脆道："那我先去接你吧。"

方好慌忙阻止，"不，不用了，我还得有一会儿，自己回去就行。"

关海波有些不满，"都这么半天了，还没完事？！你真想一口气吃成个胖子啊？"

方好不欲与他争辩，"就那么几步路，别麻烦了……再说，你不是还要去超市吗？"

关海波想想也是，反正一会儿就能见着，不争这一刻，于是没再坚持，挂了电话，神采飞扬地飙车往超市而去。

周末的超市人真多，他挑完东西，推着车子在结账台足足排了二十分钟的队，早知道就再早一点出来，或者让小李事先给自己买好得了。有这折腾的功夫，他的骨头汤都熬得差不多了。

进了方好住的小区，已经靠近六点，他估计方好早该到家了，干修学校离这儿不算远，走路二十分钟就能到。

离他三十米开外的前方，缓缓地开着一辆限量版宾利，在方好住的这个小区，虽然车子不少，但名车不多，就关海波现在开的这辆宝马就已经够招摇的了，他没想到在这种地方还能见到更离谱的车，看来，这小区里还是藏着有钱人的。

还没感慨完，就见那车不偏不倚刚好停在方好住的那栋楼下，关海波更加惊异，想不到会这么巧，有钱人跟方好在同一栋楼，以前怎么从没注意到呢！

然而，车门一开，那辆车上下来的人却令关海波瞪起了眼睛，陡然间呼吸一窒。

他猛力踩下刹车，硬生生地卡在了小区花圃的转角处，目不转睛盯着远处，看着那里发生的一切，渐渐地，浑身的血液越流越缓慢，终于彻底凝固住。

方好接完关海波的电话，已是归心似箭，心里不是不忐忑的，她终究骗了他一回，只因为她太了解他的脾气，急起来根本不肯听解释，尤其现在，林娜跟闵永吉还在离婚的边缘徘徊，万一他再介入，真的只会越理越乱。该做的她都已经做了，该说的，也都已经说了，此时此刻，她还能做的，就是尽量减少扩散，同时，自己也及早抽身离开这堆纷乱。

闵永吉和林娜要面对的现实，始终只能由他们自己去解决。

闵永吉坚决要送她回去，怎么劝都不行，仿佛只要能送她这一程，他心上对她的愧疚就会减轻几分。方好最终只能妥协，她虽然已经不再像爱"情侣"那样爱他，可他们多年的手足情谊毕竟还在，他还是她的永吉哥。

两个多小时一晃而过，闵永吉也早已从酒醺中彻底清醒过来，望着方好担忧的神色，宽慰地笑笑："放心吧，我把你的命看得比我自己的都重要。"

他说到做到，车子开得缓慢而稳当。他们偶尔聊一些过去的陈年旧事，能令彼此会心一笑，但大多数时候，依然是无边无际的沉默。

这三年，带给他们太多意外，每一个脚步踩下去都是那么沉重，即使今天，方好已经觅到了自己渴求的那份幸福，也无法彻底弥补她曾经经历过的——她跟闵永吉之间的这份伤痛。而闵永吉的境遇更让她无言地唏嘘，她无从安慰，只能沉默。再长的路也总有到头的时候。

车子一停，方好默默解下安全带，低声说："那……我先下了，你自己多保重。"

闵永吉点点头，看着她推门，下去，然后是车门关闭的声音。

他从车窗里看见她往楼洞的方向走，走得缓慢，仿佛欲言又止。

闵永吉明白，他跟她，这一生，真的是没有未来可言了。三年的时光里，如果说他还存着一点有朝一日能跟她重聚的念头的话，到了今天，也已经彻底幻灭。因为，他们再也回不到从前……

"好好！"他突然叫住她，双手颤抖地解开缚在身上的带子，疯狂地推门追出去。

方好在楼洞门口驻足，转身看着他跑过来，在自己面前站定，呼呼喘着粗气。

他突然伸手不顾一切地抱紧她，把她死死拥在自己怀里，最后一次，这是最后一次了……

方好愕然地扭动了几下身体，可他抱得那样紧，还微微打着颤，令她不忍推开，她没再挣扎，任他搂着，眼眶再次微湿。

"好好，你……一定要幸福！"他呢喃地诉说，带着无限怅然。

方好在泪眼模糊中用力地点头，然后他松开了她，转身往前走，经过绿化带时，被低矮的围栏绊了一下，脚步踉跄，她以为他会摔下去，本能地跑上前几步，可他没有，身子摇晃了两下后还是站稳了，他停顿片刻，终于没有回头，就这样一直向前走，到了车前，开门，进去，发动，很快从她的视野里消失。

他走得那样绝然，她都没来得及向他说出同样的祝福，此时，只能对着那一面的虚空默默道："你也是……永吉哥。"

疲倦地上楼，开门，所幸，关海波尚未到，她还有时间收拾心情。

这一天发生的事实在太出乎意料，从下午她被请上车去见林娜到刚才闵永吉送她回家，足足五个多小时，就像一场凌乱的梦，来不及好好琢磨，就已经醒了。

纷乱的思绪需要时间来好好沉淀，只是，此时的方好倦累不堪，她靠在沙发上，什么也不想，静静地，任时间一分一秒流淌过去……

悲悯的情绪始终挥之不去，然而，很多事不是凡人能左右得了的，冥冥中，也许一切已经注定，就像她与闵永吉的相伴，闵永吉和林娜的相遇，宿命如此，无可奈何。然而……

方好猛然间仰起脸来，她想到了闵永吉问那个问题时紧张的神色以及得到她答复后的绝望与黯淡，那个闪过她心头，又被她打压下去的疑问，如此清晰地浮出水面，她忽然感到胸口窒闷难当。

如果，如果真的是她妈妈……

她受不了这样的猜疑，她无法忍受自己最亲的妈妈作出任何令她寒心的事情，她一定要问清楚！

她爬到沙发尽头，胡乱抓过搁在小方桌上的话机，开始拨家里的电话，六点多钟，爸爸妈妈应该都在家里。

"嘟——嘟——"响了很长时间，没有人接。

方好执着地听着，不肯放弃，内心的怒意和惶恐交织在一起，越炙越烈。

终于——

"喂！"一个清脆的声音在电话那头响起。

是妈妈！

方好闭了闭眼，嗓子眼里有火在隐隐蹿动："妈，是我。"

李玉珍有些意外，但立刻高兴地叫唤起来，"哟，好好啊，怎么这个时候打回来，有事吗？你是不是得考试了？"

她开了口就很难不热闹，闲话一串一串借着电话线传过来，一时充斥了方好的耳膜。

方好不得不扬声打断她，嗓音嘶哑："妈……我今天见过永吉哥了。"

李玉珍的话头立刻被一切两段，她愣了一愣，有些措手不及，"哦，是么？他……挺好的吧？"

方好能听出她声音里的虚弱，心一点一点冷了起来，"不，他不好……他跟林娜，要离婚了。"

"……"

方好深深吸了口气，声音里含着一丝无法抑制的颤抖，"妈，你都知道，是吗？"

"……"

"永吉是因为什么娶林娜,你很清楚,对吗?"

"……"

李玉珍的沉默让方好的心一下子坠入无底深渊,她的猜测得到了证实,妈妈——无言以对。

"你都知道,可是你没有帮他,你还推了他一把……"泪水在方好的眼里打着转,瞬间充盈眼眶,"你为什么要这么做?"她再也忍不住,呜咽着质问妈妈。

李玉珍久久不作声,仿佛被问住了,又仿佛只是在聆听,直到方好的哭泣放大了数倍从电话里传来,一声高过一声,"妈,你明知道我爱他,你为什么还要把他从我身边推开?"

李玉珍突然开口,"你说得没错,我的确都知道。"

妈妈的声音里没有歉疚,和方好的愤激相比,她显得很平静,"永吉结婚前给我打过电话,他告诉我林家的事,他说他很为难,不知道该怎么拒绝对方……"

方好停止啜泣,怔怔地听妈妈说下去,她知道,闵永吉跟妈妈的感情一直很好,这主要源于妈妈给过他许多无私而慈祥的爱,那些爱,曾经令方好都觉得妒嫉,妈妈从不大声跟他说话,始终鼓励他做自己想做的事,就连留学,也是妈妈从中指导和斡旋才得以顺利。所以,闵永吉一遇到棘手的问题,总是先想到找李玉珍商量。

李玉珍叹了口气,"我听得出他的矛盾,所以,我很干脆地告诉他,他可以决定娶还是不娶林娜。"她停顿了一下,紧接着又道,"但他跟你之间只能做兄妹……"

方好震住,过了一会儿,才尖声反问:"为什么?妈妈,你是什么意思?!"

李玉珍沉声道:"好好,妈妈这么做完全是为了你考虑。如果永吉没出国,如果他不给我打那个电话,那么,你们将来怎么样,我不会想到要干涉,我甚至愿意看到你们两个走到一起。"

方好忍着眼泪,难以置信地听妈妈讲下去。

"可是,他给我打了那个电话,性质就完全变了……如果永吉心里从来没想过要娶林娜,他根本没必要来征求我的意见,既然他说出来了,就说明他曾经这样想过,他动摇过……即使这一次他放弃了,那么将来呢?如果将来有别的诱惑,他还能一次一次地抵挡住吗?"

方好连质问都忘了，错愕地半张着嘴，她无法跟上妈妈的思维，完全说不出话来。

李玉珍的声音渐渐柔和，"好好，你从小就是个善良的孩子，心思单纯，没有城府，这既是你的长处，也是你的弱点。你这样的性格，根本经不住事儿，妈妈不能看着你将来伤心，你是我唯一的女儿，虽然妈妈平时对你很严格，可妈妈心里是最疼你的。"

"妈——"方好终于再一次哭出声来，无奈胜过感激，很多事情，站的立场，角度不一样，得出来的结论也会截然不同，她不能赞同妈妈的看法，可也无法否认她的考虑不无道理，她只是觉得悲哀，人生的许多真相，也许本来就是悲哀而无奈的。

她抽抽搭搭，虚软地问："你，你为什么不早点告诉我？"

李玉珍苦笑起来，"你想让我告诉你什么？告诉你他娶的是一个病人？告诉你这个病人随时都可能会不在？然后呢？你会痴心地等他？等林娜……"她说不下去了，嗓音低沉，"好好，那是不道德的！"

方好瞬间蒙住！

是呢，如果当时她知道了，她会等他吗？！如果她知道他还爱着自己，她会舍得将他丢在脑后吗？

即使她以为他不爱自己了，她还花了近三年的时间来疗伤，那么，如果她知道了真相……她不难想象结果会是怎样。

十有八九会，她会痴痴地等他，然后呢……方好浑身忽然颤栗起来！每个人的心里都藏了一个恶魔，只要时机适合，谁能确保它不会溜出来？

"妈妈能做的，就是淡化你们之间曾经有过的感情，让你只是把他当成哥哥来看待，你当时还小，我想，应该不是什么难事，没想到，你会那么固执，唉……

"其实永吉，他是个好孩子，只是性格太优柔寡断，他想要的东西太多，野心又大，还经常会反悔，我后来总是想，如果你们没有发生这个意外，顺顺利利在一起了，也不见得会幸福。结婚的两个人，总要有一个是能拿得定主意的，要强势一些……如果，一个男人不能给女人安全感，那这个女人将来会很辛苦。所以好好，妈妈才会看好关海波，他应该是那个能给你幸福的人。"

方好长久的沉默令李玉珍不安，她顿了一顿，语重心长，"好好，你不要犯糊涂啊！"

短短的时间里，方好心中又是千回百转，她忽然累了，她谁也不想怪，她明白，妈妈的确是为了自己好，想保护自己。她也知道，自己今天再来追究妈妈是一点意义都没有了，即使闵永吉真的离了婚来找她，她也不可能再回去。

不为别的，只因为——她已经爱上了关海波。

她咽下心头许多尚未品全的滋味，不想了，不去想了，就这样吧！

"妈，我……知道了。"方好终于缓缓地说。

电话那头，李玉珍大大松了口气，长而舒展。

天色逐渐昏暗，方好有些恍惚，关海波说过要来，怎么到现在还没有到？

秋天的夜晚凉风习习，格外爽宜，早早吃过晚饭的小区居民已经陆陆续续出来乘凉散步。

那辆黑色宝马始终静静地泊在花圃转角处，每个经过的行人都会回头好奇地瞄上两眼，车窗敞开着，很容易就能搜索到车里坐着的那个人，面色寂寥，仿佛有很重的心事，半条手臂伸在窗外，指间是一根燃起的烟，长长的一截灰烬，将落未落，与之垂直的地面上，早已攒了一堆烟蒂。

关海波不知道自己要这样坐多久，无形中有一根绳将他缚住，他动弹不了，只能这么坐着，哪儿也去不了。

烟抽得太多，嘴巴里涩到发苦，借着呼吸，这份苦涩的滋味被输送到周身，没有一处能够幸免。

他一直知道，方好的心里有个结，这个结也同样存在于他的心中。时至今日，他以为自己已经替她解开了这个结，以为他可以替代闵永吉在她心里的地位，而她，却打了他一个措手不及！

他从没想过，陈方好也会对自己撒谎！

她撒谎的时候，那样自然，沉着，是否每个女人在这方面都极具天赋？！

如果说，当年施云洛的欺骗让他感到的是愤怒和屈辱，那么今天的陈方好给他带来的，却是截然不同的另一番滋味。

惶惧和涩然，像一张看似无形却密不透风的网，将他整个儿兜住，他看不到亮光，只能陷入无边无际的黑暗。

当年，他好歹还能想到用赚钱来打发心中的愤懑，可是现在，他悲凉地发现，自己竟然一点办法都没有，来不及躲避，就这样堪堪地被击中，痛入骨髓。

他没有暴跳如雷，没有立刻追上去盘问的冲动。三年的历练，经过数次动荡与波折，他早已不是那个初出茅庐，未经世事的关海波了。再大的风浪袭来，他也能沉得住气，即使心中已是天翻地覆！

他很清楚，在想明白出路之前，他不能乱，就像每一次遇到绝境那样。

然而，每一次濒临绝境，还有陈方好陪在自己身边，她傻傻的一个微笑就能带给他温暖和力量，直到如今，他才明白，她的那些陪伴对自己来说是多么重要……

那么，这一次呢？

他涩涩地想笑，却笑不出来。

手机响起来的时候，他的手赫然抖了一下，烟灰无声地跌落下去。

他扫了一眼号码，唇边终于泛起一丝笑意，极冷，是方好。

她终于想起他来了。她想告诉自己什么？继续跟他扯谎？还是直接了当告诉他，她跟闵永吉终于有机会再续前缘了？！

心里的冷一阵阵直泛到指间，那个接听键怎么也按不下去，他竟然在害怕，他该怎么面对她，如果她真的向自己提出分手，他还能潇洒地中途退场吗？

他在她的世界里究竟是怎样的角色？一个等车时填补空虚的临时搭伙人？还是根本就是被她上错的一辆车？

他无法遏制自己脑子里各种杂乱的念头风起云涌，每一个想法都只会让他多增添一分冰凉的绝望。

他突然明白，所有的痛苦其实都是自找的，因为——他爱上了，且深深陷进去了，才会这样卑微，这样愤懑，这样难以自拔。

执着的较量，最终还是方好赢了——他接了电话。

即使她真的想拒绝自己，他也要亲口听她说出来。只要她够胆说，他就有胆听！

"你到哪儿了？怎么还没来？"竟然是急切的声调，没有一丝犹疑，出乎他的意料。

他顿了足足五秒，才道："突然有点事……耽搁了。"语气喑哑。

方好仿佛松了口气，释然道："哦，这样啊！"

她的心果然在听到他的声音之后安定下来，适才所有的担心和焦灼都化作了最娇软的依赖，"那……你还过来吗？"

这样显而易见的期待完全与他的预期背道而驰，有细微的一丝暖意从心底蛮横地钻上来，击溃了他的硬冷，强压下疑虑，他听到自己的声音完全没有经过大脑的同意就冲口而出，"会，已经在路上了。"

他闭了闭眼，在心里唾弃自己如此轻易地屈从。

电话里传来方好欢快的声音，"那好，我等你！对了，你买到菜了吗？"

后备箱里有满满两袋子吃的，可是，他不得不说，"没……来得及。"

"哦，没关系，我现在去小菜场看看吧。不过这么晚了，也许都不剩什么了……哎，不跟你说了，我得赶紧去了。"

关海波怔怔地望着已然收线的手机出神，就这样，轻描淡写地过去了？！

仿佛，他刚才看到的完全就是一场子虚乌有，一幕海市蜃楼！

没多久，他看见她的身影从楼洞里奔出来，匆忙赶往最近的一家菜场。

她穿着那件他最喜欢的紫色针织衫，袖摆有点宽大，随着她的跑姿轻微晃动，带出几分娟秀的飘逸，看在眼里，是一种说不出的怦然心动。

她身上的每一处都是他熟知和沉迷的，只有他能解读得出她每个细微动作所代表的心情和含义——他们有这么多年的默契……

他突然有了直视她的勇气！

也许，真的只是一场误会……或者，她有她难以说出口的原因，她不是那种会耍心机的人，她从来没骗过他，没骗过任何人，他一直知道……

只是这一眼背影，只是这短短的一瞬，他就命令自己放下所有疑虑。

他要自己相信，她和闵永吉，并非他刚才猜想的那样。

他相信，她一定会给自己一个解释。

他不明白自己这样的信念从何而来，可是，他就是相信，她不会让自己失望。他愿意等她，无论她给自己怎样的解释，他都愿意相信。

不为别的，只因为，她是陈方好……

方好从菜场拎了可怜巴巴的一小袋落市蔬菜回到家里，关海波竟然已经到了，令她更为讶异的是，他正在厨房里忙碌。

骨头煲在砂锅里汩汩地冒着热气儿，砧板上躺着鲜嫩碧绿的青菜叶，关海波洗了洗菜刀，有模有样地切着。

方好的眼里又有泪水在打转，今天她哭开了头，简直一发不可收拾，稍微一点风吹草动都能惹得她眼圈发红。

然而，此时的眼泪与辛酸和无奈都无关，而是一种溢满心间的满足。

她轻轻走上前，悄然张开双臂，像每一次撒娇时那样，一声不吭地圈住了他的腰。

从听到门打开的那一刻起，关海波的神经就处于紧绷状态，他强令自己镇定地守在厨房，等她。

今晚，她的任何言行对他来说都有着极其重要的意义。

只是，今天的方好有着太多反常之举，没有任何征兆就赫然而来的这个拥抱令关海波呼吸渐促，手上的菜刀不得不顿住，浑身的肌肉也绷得硬硬的，并不仅仅因为隔了近一周的思念，他对她有着无法抑制的渴望，更重要的，是他在期待她给自己一个解释，来打破他心中不断按捺下去，却又顽固聚拢上来的疑团。

手上很湿，他用手背轻轻摩挲了一下腰间那条雪白的胳膊，柔声问："怎么了？"

方好成功地把眼泪收了回去，慢慢地，靠在他背上的面庞终于露出一个甜甜的微笑，她的脑袋越过他半抬起的臂弯，直探到水池近处，望了望菜篓子里盛着的材料，嘟嘴道："你不是说没来得及买吗？这些都是哪儿来的。"

关海波面色略略一僵，强压下心头的失落，轻笑一声道："我会变魔术，你不知道么？"

"魔术师，要不要我帮忙？"

关海波低头，刚好看到她红肿如桃的双眼，心上还是划过一道刺痛，生硬地将目光从她脸上调开，淡淡道："不用了，你只会越帮越忙。"

方好伸了伸舌头，对他的打击不以为然，而面颊上因为笑引起的紧致感忽然提醒了她，自己的脸被眼泪浸润了一下午，她还没来得及收拾呢！心里一凛，她拔脚就撤。

镜子里的那张脸还是让她吓了一大跳，如此反常，如此异样，一向精明的关海波竟没瞧出什么端倪，实在是她的侥幸！

方好洗了把脸，又化了个淡妆，看上去才精神一些。

煲汤是个漫长的过程，即使有炖汤宝帮忙。方好在厨房内外来回折腾，显得很有家庭主妇的勤劳模样，可相形于关海波的有条不紊，她十足一个无事忙。每一次她出现在他面前，他的心里都会油然而生期待之意，仿佛她这一次开口，就是为了解开他心中缭绕的困惑。

希望一次次落空，他还是说服自己，再等等，也许，也许下一秒就可以，他一向知道，她是个心里藏不住事的人。

只是，每次望着她离去的背影，他的眼眸都会黯淡下来几分……

等不及开饭，方好就已经饿了，所幸饼干盒里还余了半包太平苏打，她拿出来跟关海波分着吃。

"复习得怎样了？星期一考试有把握吗？"他闲闲地问她一句。

"呃？"方好心里咯噔一声，思绪像洪水一般泛滥过来，轰然将她湮没，她终于彻底回到现实里来了。

她居然彻头彻尾忘掉了自己那人命关天的考试！！！

更要命的是，她的课本以及浓缩的精华都已经不知去向！也许是丢在了见林娜的那片草坪上，也许是忘在了闵宅，也许是落在了哪辆车上，今天下午，她踏足的地方实在太多！

她倏然而变的脸色让关海波心里沉了一沉，"怎么了？"

"没，没什么。"她扭头慌慌张张就往房间里冲，这种事，只能打落牙齿往肚里咽，连个可以发牢骚的人都没有。

翻箱倒柜的结果是找出来一本上半册的教科书和全套历届模拟试题，方好呆呆地望着桌子上她目前仅有的资产，就凭这两样法宝，她能过得了关么？

她握着手机，犹疑不定，要不要给闵永吉打个电话问问，她依稀记得自己在他家门口捡东西时还瞄到过她的资料的……

"出什么事了？"门口传来关海波充满疑虑的声音。

方好一惊，慌忙掐断了正在接线中的手机，无措地往桌上一放，掩饰道："没，没什么。"

这么一紧张，人也清醒了不少，暗恼自己脑子进水，差点就犯糊涂，为了这样的小事再去把闵永吉扯进来，不是没事找事么？！

关海波带着深意的目光射向她仓促丢下的手机，又扫了眼她恐慌甫定的脸，眸中渐渐起了一丝阴鸷，他默默叹了口气，转身走了。

方好并未察觉他的异常，她全身心地为自己功亏一篑的考试犯着愁。终于，咬咬牙，死马当活马医吧，听说把全套试题都背出来然后考及格的也大有人在，别人可以，她为什么不可以？！

无非是再多花点时间而已，今天晚上，再加上明后两天，怎么也能匀出30个小时来，她也玩一回"士兵突击"，她陈方好活到这么大，还从来没创造过奇迹，这次好歹也整它一个出来……

晚餐终于就绪，方好已经接近虚脱，她成功地往自己脑袋里塞下了100多个生僻词和30句特殊句型，小心翼翼守护着它们，唯恐一个不留神，走丢几个，于是连说话都谨慎了许多。

关海波的兴致也不高，除了偶尔给她夹一两筷子菜，问问咸淡外，几乎没有多少闲话，这顿饭吃得异乎寻常地沉闷，关海波探究而又复杂的眼神总是在她脸上瞟过来又瞟过去，面色也是越来越阴郁。

方好惦记着复习，匆匆吃完，刚要起身，关海波又给她盛了碗汤，敦促她喝掉。

"明天严教授六十大寿，你跟我一起去，没问题吧？"他盯着她问。

方好很为难，她现在的时间这么有限，巴不得做梦都是在用功，出去吃饭庆寿，半天时间就泡汤了。

可是，看看关海波的脸色，不知缘何有些阴沉，她到底有几分心虚，摇头道："没问题，但是……能不能早点回来？我还得接着看书。"

"嗯。"他闷闷地点头。

碗照例还是方好洗。

收拾妥当了出来，却见关海波坐在阳台里，没开灯，指间夹了根烟，橘红的一点光亮，在夜色中忽明忽暗，左手持了杯水，有一口没一口地啜着。

她走过去，探手摸了摸，杯身冰冷，自己的牙就先倒了一下，"刚吃完饭就喝冰水，小心胃疼。"

他抬头望向她，逆着光，她的脸湮没在昏暗里，影影绰绰，"我的胃没你那么脆弱。"他放下杯子，把手伸向她，低哑地唤了一声，"过来。"

已是深秋，凉风萧瑟，拂到人身上，皮肤一阵阵发紧，可是阳台上交缠的这两个人却浑然不觉凛冽的寒意，灸热的呼吸在彼此之间传递，体内燃烧着的是火一样滚烫的欲望，犹如疯长的野草，无法遏制。

关海波的手指深深插进了方好早已凌乱不堪的发间，紧紧控制着她的头颅，她动弹不得，只能任他掠劫。

他吞噬得过深，过猛，压抑在心底的难言的隐痛都化作力量，一一施加在她身上，方好蓦地感到疼痛，不觉呻吟起来，她奋力挣扎，终于有只手得以自由，她赶紧用手掌隔开关海波俯在自己颈间炙烈的唇，断断续续地反抗，"今晚……不行。"

她的时间太紧张了，况且一周前她就跟他约法三章，不到考试结束，他是不能"解禁"的。

他停下来，手劲也随之松懈，仰起脸来看着她，虽然昏暗，可离得那样近，方好能洞悉他脸上每一个细微的神色变化，他眼中的深邃几乎不见底，可那眼神却分明是寒的，仿佛觉得她的抗议是如此不可思议。

他铁青的面色让方好陡然间慌乱，"我没多少时间了，我要复习……明天还要抽半天去看教授……"她不想惹他生气，虽然她已经隐约感到有怒气在他胸腔里涌动，因为什么，她不太清楚，但是显然，她不该在这个时候对他"叫停",所以,她急欲说服他,让他对自己的意见产生认同,她并不知道,拒绝一个激情中的男人,可能性几乎为零。

他顿在那里,什么话也不说,也不再亲她,方好怯怯地伸手过去,摸了一摸他近在咫尺的脸,试图软化他。

关海波突然直起腰来,远离了她,方好暗松一口气,以为安全,偷偷扭动身子,想溜下去。可是腰间忽然一紧,他已经将她抱起,几步就跨入卧室,他抬脚将门踢上,然后直接将她摔在了床上。

她被震得头昏眼花,错愕惶恐之余,心头也泛起一阵怒意,感觉自己上了当,一个翻身,刚想爬起来,他早已甩掉了身上的衣衫,欹身直扑过来,将她牢牢压在身下!

他死死忍住那句几乎就要冲口而出的话,"陈方好,不要把别人都当成傻子!"

本来只是小儿女间的一场软较量不知怎么一下子升了温,竟成为一场殊死搏斗……

整个傍晚压抑在心头的怒气和怨忿熊熊燃烧起来,再也无法在体内盛积,他必须找个出口宣泄!

他凶猛而凌厉地驰骋在她身上。方好开始受不了,以前,只要她喊累,关海波通常都不会太"恋战",他一直很顾惜她,可是今晚,他像换了个人,听不见她的尖叫与反抗,一味我行我素,她几次想起身,都被他无情地推倒,他啃咬她光洁细嫩的肌肤,粗硬的胡楂刮在她皮肤上,引来阵阵刺痛,她发了狠,握拳捶打他,甚至开始哭泣,可是依然推不开他,她的身体犹如面团,被他用力挤压着,揉搓着。他不再怜香惜玉,如果可以,他真希望能借此将她心里的那个深深痛恨着的人也一并挤出……

夜已很深,关海波打开了床头灯,微弱的光线下,他看见方好躺在床的那一角,离自己远远的,蜷缩成一团,委委屈屈地睡着,脸上犹挂着泪痕。

心里滚过的是疯狂之后冷静下来的愧疚,他答应了自己要相信她,耐心地等她,可是,他没有做到。他第一次对她这样用强,也是第一次如此失控,无法管理好自己的情绪,只因为他的猜忌无法排解,还有,因爱而生的懦弱。

他凑近她,细细审阅她,希望能找出蛛丝马迹,即使是睡梦中,她的脸上依然是纯净而清澈的,此时,因为受了委屈,双眉紧蹙,时而微微抖动,像无声的抽泣。他缓缓伸手过去,小心而轻柔地替她把泪水拭净,他忽然将脸埋在她腰腹之间,用低得只有自己能听到的声音呢喃:"方好,永远不要骗我……"

Chapter 22

相信你，因为爱

　　方好脑袋里原本排得整整齐齐的字母全都变了形，七零八落散乱了一地，她哀哀地恸哭，连梦都做得很绝望。
　　考试砸了，她欲哭无泪地从考场出来，门口，等着她的却是闵永吉，清风微扬，阳光灿烂，他微笑地望着她，向她招手，一如从前，可是她的脚步滞住，她想见的人不是他，她急切地回头，目光在人群里搜寻，惶惶不安。
　　她终于看到他，在街的一角，冷冷的目光投射过来，看着她，也看着闵永吉……她一凛，心底的不安腾升上来，忽然见他转身欲走，她急起来，拼命扑上去叫他，他回身，是一张凶神恶煞的脸，他伸手狠狠地将她推开："陈方好，你竟然骗我！"
　　她倒在地上，绝望得喘不过气来，眼睁睁看着他离开，心恸难当！可是，她忽然明白他为什么生气，她爬起来，要追上去解释，然而，他已经消失了……
　　方好大叫着醒过来，脸上泪水模糊，她抬手胡乱地抹去，身边的床上果然是空的，没有关海波！
　　她还没从噩梦中解脱出来，愣了片刻，遂慌慌张张往房间外闯。

他不在客厅，厨房里也是寂寂然，炊具都是冷的，毫无生气。

方好站在冷清的客厅里，像个被抛弃的孩子，孤苦无依，她止不住掉下泪来，每一滴都仿佛落在心里，凉凉地连成一片……

她突然发足奔回房间，打开衣橱，随意抽了两件衣衫，毛毛躁躁地套上，她要去找他！

他一定猜到了什么，她想起昨夜他的反常和愤怒，他一向那么精明，却没有对她红肿的双眼有过一星半点的疑问，还有他凝视自己时，眼里流露出来的令她觉得莫名的期盼……

她一直就是这么傻，以为掩盖是最省事的手段，却没想到，由此带来的猜疑的恶果远远胜过她解释所需花费的口舌……无论如何，她要让他明白，他误会她了！

她连鞋子都懒得换，呼啦一声拽开门就要往外冲，脚刚跨出去，就跟站在门口的那个人撞了个满怀，她身子站不稳，笨拙得朝旁边摔去，不觉惊叫了一声。

关海波及时伸手将她揽住，看着她心慌意乱的模样，皱了皱眉："一大早你乱跑什么？"

他手上提着一袋子东西，似乎很沉，看不清楚里面是什么。

方好过于紧张的心绪在见到他之后猛然松懈下来，眼泪一时没收住，又纷纷扬扬地往下掉，她咬着下唇，任凭关海波将自己拥进屋里。

关了门，他把袋子放在桌上，将她拉到身边，双手捧住她的脸，仔细审视，"怎么了？"

她垂下头，抽抽搭搭了一会儿，无限委屈地说："我……我以为你……不要我了。"

他长久地凝视住她仍在抖动中的面庞，眸中逐渐溢出柔色，过了良久，忽然呵呵笑起来，"陈方好，我真不明白你脑袋里究竟装了些什么。"叹了口气，他放缓声音解释，"早上想煮粥，才发现家里没米了，只好出去买早点。你看你……"

方好在他平和的声音里，感到有些羞窘，她很少在他面前吐露心曲，竟然如此愚钝可笑，她红着脸，挣开他的双手，往卫生间去了，刚才一时情急，连洗漱都没顾得上。

关海波随身跟进去，伸臂将她包拢在自己怀中，看着她挤牙膏，往杯子里灌水，然后颤颤地刷牙。

他的唇轻柔地落在她乌黑的秀发上，有淡淡的橘香飘入鼻息，清甜可人。他埋首在她发间，呢喃低语，"昨晚……对不起。"

她已经刷完牙，正在绞毛巾，还是听清了头顶传来的这声道歉，夜里的情景蓦地撞入脑海，双颊又泛起红晕，她扭捏了一下，看见镜子里他目光灼灼地盯住自己，脸更红了，闪烁着不敢与他对视。

关海波看着看着，唇角突然一勾，促狭地附在她耳边低语，"不过，你是该锻炼锻炼了，太缺乏运动。"

方好大窘，把毛巾扔在水盆里，转身作势要去撕他的嘴，他闷笑着避过，一把抓住她几乎要伸到脸上的手，就势将她拖入怀中。

两人又纠缠了几个回合，关海波骤然停下，"别闹了，快去吃早点，得抓紧点儿时间，我在'玉玩'订的礼物还没去拿，十一点之前我们必须赶到酒店，严教授不喜欢别人迟到。"

周六的上午，路上涌动的车潮有如过江之鲫，堵车无处不在。

等一个超长的红灯，前后的车辆塞得纹丝不动，关海波抬手看了眼腕表，眉心略微皱起，表情不耐，早知道，不走这条路了。然而现在，夹成了三明治，动都动不了，除了等，别无他法。

方好伸手，小心地把音乐调到最低，表情渐渐陷入郑重，关海波扭头随意瞥了她一眼，又有些烦躁地去探视前方是否已经放行。

"昨天下午……我……没留在学校。"

她开口的时候声音很轻，仿佛怕惊扰了谁，关海波却敏觉地捕捉到了，心头重重一撞，所有焦躁不安的情绪都在刹那间消失，他依旧望着正前方，仿佛无动于衷，耳朵却在仔细聆听她吐出来的每一个字。

方好不敢看他，紧紧盯视着窗下的维尼小熊摆件，艰难措词，"我被林娜的私人助理接去……和她见面……她告诉我，她要……离婚。"

远远地，好像换了绿灯，车龙有松动的迹象，他似乎看得很认真，眼珠却牢牢定在某处，不曾有过闪动，此时，唯有耳朵在起真正的作用。

"后来，她又让人送我去……去见了……闵永吉。"她说得极低，明知故犯后的坦白，对她来说不是件容易的事，她害怕他会忽然发作，像从前每次她做错事那样。

可是他没有，他仅仅沉默地注视前方。

她鼓起勇气，继续讲下去，既然开了口，就要交待清楚，"永吉哥……

他，很难过……我不知道要怎么安慰他……"她想起他憔悴的形容，依然于心不忍。

关海波终于缓缓开了口了，带着浓重的鼻音，"所以，他想带你……远走高飞？"

方好赫然抬头看向他，慌忙反诘，"不，不是！他没有……他难过是因为林娜。"她绞着手，又低下头去，一心想着要怎样解释，才能不让他误会，"而且，我也很清楚地告诉他，我……已经爱上别人了。"

关海波没有作声，握着方向盘的一只手却暗暗用劲，攥得很死。

方好终于转过身来，直视他轮廓分明的侧影，一字一句地补充，她吐得很慢，也很清晰，"我告诉他……我爱上你了。"

这是他们相恋以来，她第一次这样直白地向他说出"爱"这个字，她有多害羞，他是知道的，他爱上她，也许，有一大半是因为她羞涩憨厚的性格，然而，此刻听到这句明明白白的话从她嘴里讲出来，他一点都不觉得突兀和可笑，温暖的热流在心头缓缓淌过，他真切地体会到"幸福"二字。

原来，"幸福"，就是这样简单。

爱着，以及被爱着……

他扭过脸来，那张棱角刚毅的脸上没有责难和冷峻，他温和地向她笑了笑，淡淡地道："我都知道。"

尽管方好先前已有所预料，此刻听他这样讲，本就慌慌的心还是猛烈跳动起来！他什么都知道，可是，他隐而不发，多可怕的一个人！

"昨天晚上，他送你回来……我看到了。"原来，他并非有特异功能。

车子缓缓前行了片刻，再次滞住，没完没了的红灯。

喜多郎清朗悠扬的配乐下，说出来的话多少也沾染上了一丝诗意，"我不问你，是因为——我信你！"他吐出的每一个字都那么有力扎实。

他辗转了一夜，最终打算放弃追究，只因为他很清楚，方好是个执着温良的女孩，绝不可能作出令人不齿的事情来，即使闵永吉跟她见面，也改变不了什么，她还是留在了自己身边，没有跟任何人走掉，这本身就说明了一切。

她跟闵永吉，毕竟曾经爱过，他们拥有的那段过往，即使他妒忌到死，也无法抹煞，既然如此，自己又何苦为了一己私欲苦苦相逼，既让她难受，也让自己痛苦呢！

不如，退一步，给她留一点怀念的空间又何妨，说到底，女孩子都是爱做梦的。

相恋容易，相守难。相恋，只需要激情，而相守，需要彼此的信任和忍让。如果，他连这点气度都没有，他们将来的日子岂不是会过得草木皆兵?!

此时，他深深吁了口气，心情舒畅了许多，无论他再怎么开导自己，都不及她情真意切的这番坦白更有效力。

方好忽然泪眼模糊。毫无征兆地扑上去，张开双臂勾住他的脖子，他的手也在同一时间圈上了她柔软的腰肢，将她紧搂在怀中。她刚洗过的脸净白清新，如雨后的空气，他深情地吻入，舌尖很快抵开她的唇齿，纠缠进去，与她互逐。她配合着他的节奏，虽然仍有些拙气，却比之前进步不少，跟着他，她也逐渐成了好学生……

忘情地拥吻，浑然不知已是绿灯开道，身后等得不耐烦的车辆开始狂按喇叭，关海波不得不腾出手，把她如藤条一样紧紧缠绕在自己颈间的手臂拉下来，她的脸红彤彤的，双眸晶亮，嘟起的嘴带着一丝顽固的执拗，他轻声笑了笑，"先让我开车，换个地方，我们再来过……"

寿宴仅摆了两桌，在酒店的一个包厢，来的都是严教授十多年硕导期间带出来的且至今仍保持联系的历届爱徒，当年在学校都是师兄弟、师姐妹，散布到各行各业后，发现人脉关系某些时候比个人勤奋更管用，于是以老师作为连结点，也拉拢成了一个小小的网络，常年都有联系。

方好刚在席间出现，就惹来众人热切的关注，一来她是首次介入到这个社交圈里，二来，大家对三年来"独善其身"的关海波都抱有极大的八卦热情，纷纷好奇挑剔的他最终会选择怎样的一个女孩来终结单身生涯。

严教授的一句"海波的眼光果然不错"一下子掀起了宴会的小高潮，如果不是关海波不顾学兄们的纵意取乐拦在前面，方好十有八九就离被灌醉不远了，饶是如此，她还是喝下了大半杯掺了橙汁的威士忌，多亏这些日子锻炼有方，她酒量也见长，喝得脸红扑扑的，还能笑迎各路豪杰。

严师母见这么多人挤对方好，窘得小姑娘下不来台，立刻挺身替她解围，特意把方好拉到自己身边坐下，嗔怪道："别闹了，都斯斯文文坐下来边吃边聊多好。"

引得其他人大嚷，"师母偏心，我们奈何不得，不过海波这杯酒是喝定了……"

关海波见方好脱围，心里顿时轻松下来，好歹在商界混了这几年，拼酒胡调他也是老手，耍起滑来不比任何人差劲，没几下功夫，就把矛头成功引开。

说到底，今天的主角是严教授，不是他。

严师母跟方好聊得投入，只觉得这女孩虽然相貌不比施云洛出众，却温婉可人，很讨她喜欢，遂笑着道："有空就去我们那儿坐坐，海波以前常来，最近他忙，有阵子没来了。你们父母都不在身边，我们呢，儿女也都各忙各的，常常走动走动，大家都热闹些。"

方好莞尔点头。

严教授坐在近旁，不知怎么让他听见了一耳朵，立刻朗声道："散了席就去，我最近刚研究了一本棋谱，正好跟海波切磋切磋。"

席散后，终究却不过教授的盛情，两人还是去了。

方好自我安慰，"考官都托梦给我了，说我这次肯定过不了，我呀，也不为难自己，下个礼拜开始，我重新努力，等补考好了。"

关海波笑道："那倒未必，人家都说大考大玩，小考小玩，不考不玩，你现在这个心态很不错，说不定星期一狗屎运好，一下就过去了。"

方好明知他在开自己的玩笑，遂不理会。

严教授家那一阳台的植物让方好钦羡不已，这盆欣赏到那盆，严师母乐得给她当解说员，什么花好养，什么草有驱蚊的功效，什么植物可以泡茶喝……

"这个叶子还可以泡茶喝？真的吗？"方好抚着薄荷圆滚滚的叶子，有些不太相信，放在鼻子下嗅了又嗅，没有清凉味儿呀。

严师母给她取来自己晒过的薄荷叶子，笑呵呵道："光闻哪里闻得出来呀，得用开水泡，这个东西，提神醒脑，可好着呢！"

她旋即给方好沏了一杯，仅仅三四片叶子，泡开之后，轻呷一口，果然满口清凉芬芳，方好一下子着迷了。

关海波跟教授这一轮棋厮杀下来，又是难分难解，最后愣是被师母留了晚饭。

临走，师母还送了方好一小盆薄荷，她如获至宝地捧在手里，小心呵护。

回去的路上，关海波边开着车，边朝她手上睃了一眼："这是什么？"

方好得意起来："这你都不知道，薄荷呀！"

关海波皱眉道："你又不会养，要来干嘛？"

方好白他一眼，"师母说，这个很好养的，要是地方大，种在花园里，一年下来成一片呢！"

"呵呵，养那么多干什么，搞得跟农作物似的。"

方好很耐心地解释，"你说对了，这种东西的确可以算农作物，它的叶子是可以用来泡茶喝的。"她伸出手指轻轻摩挲着碧绿的嫩叶,无限憧憬,"我还指着用它来给我提神醒脑,闯大关呢!"

关海波暗暗好笑,"就这么几片叶子,够你喝几天?不过,"他端详她陶醉的模样,正儿八经道:"它看上去憨憨的,倒是挺称你的……哎,开着呢,不许动粗,危险——"反抗无效,方好已经撂下薄荷,张牙舞爪地作势扑上身去……

虽然嘴上说没戏,周一的考试,方好还是去了,即使寄希望于补考,她也先得去摸摸底才行,权当这次是考前模拟,更何况,考试也收钱。

抱着必定"阵亡"的心态进了考场,方好等于把素来沉重的思想包袱给放下了,整个人没有陷入过于紧绷的状态,她还是认真地做题,毕竟机会难得。

一小时的笔试很快过去,令她讶异的是,平常铆足了劲听都觉着费劲的听力题今天居然字字清晰,一钻进耳朵就立刻被消化理解,答题更是飞快。交卷时还有些云里雾里,怎么也不相信今年出的题目会如此简单,十有八九,是自己理解歪了。

上午的考试结束后,许多同学都紧张地聚在一起交流答案,方好没那兴趣,反正砸了也在意料之中,她回家张罗完吃饭,又舒舒服服睡了一觉,看时间差不多了,才重新往学校赶,下午还有一场口试。

口试是两个考生一起进的,先分别回答考官提出的几个常规问题,诸如家庭背景、兴趣爱好等,这些问题人人都能准备到,只要不掉链子,背诵起来流利就可以过关,难的在后面。

考官给出一道情景模拟题,给两名考生五分钟时间讨论之后,让他们用对话的方式来解决这道虚拟的难题。

相对于同伴的紧张,方好要轻松许多,因为压根没指望自己能过,完全抱着旁观的心态参与。除了张口说第一句时略微感到别扭,她始终面带微笑,从开场白到渐渐切入正题,无形中一直在起主导作用。

而语言这种东西,其实克服掉刚开始的尴尬和紧张,说顺了,也没什么难的,没有标准答案,只要你表达顺畅就行。

考官的眼里逐渐流露出对方好的赞许,而她的同伴到后来也因为感染了她良好的情绪,越说越顺利,两人甚至还用英语开了几句玩笑,连主考官听着都笑了,气氛一下子很和谐。

十五分钟一晃而过。

从考场出来，同伴兴奋地揪住方好的手嚷："我觉得这次咱们一定能过！"

方好的欣悦却是源于另一个原因。

她屡次面试失败都起始于面试官那一句："接下来这几个问题请用英文回答，OK？"每次听到对方如是说，她的脑袋就会很精准地嗡一下无限放大，接下来，手和脚都不是自己的了，后背紧张得直冒虚汗，舌头理所当然开始肿大……最终结果，自然是垂头丧气败下阵来。

而刚才，她坐在里面，面对两名考官，竟然用英文讲了那么长时间，舌头腾挪跌宕，灵巧得就像不是她自己的。

原来，她是能用英语流利表达的，之前的失败全是因为她的不自信，她不相信自己能讲，在这样心理暗示的作用下，岂能创造奇迹？！

这个发现带给方好的震撼，是连"考试合格"这样的成就都无法比拟的。她终于明白，很多事情，不是力不能及，而是自己缺乏信心。

努力只有在自信的伴随下，才能真正开花结果！

两周后，方好拿到了成绩单——全部合格！不仅如此，她的成绩竟然在班里排第三，连她的外教老师都倍感惊讶。

所谓无心插柳柳成荫，生活就是这样变化无常，在你毫无预料的情况下化腐朽为神奇。

方好自然欣喜若狂，有生之年，她还能在自己的生命轨道上创造如此奇迹，几乎飘飘欲仙了。

关海波对她的"成就"并没觉得有多意外，方好的努力他一直看在眼里，只要她心态放宽松，考个试根本不在话下。只是这种劝解如果在考前讲给她听，基本不会有效果，她左耳朵进，右耳朵出之后，依旧会自己把自己吓唬得瑟瑟发抖，神经过敏。

好在这次歪打正着，皆大欢喜！

对方好日益膨胀的自我意识和喋喋不休讲述由考试中总结出来的切身感悟，关海波也懒得打压，他一反常态，顺着她的毛捋，几天"马屁"拍下来，就轻而易举哄得她一起去把结婚证给领了。

李玉珍自然格外高兴，至此，她长久悬着的一颗心完全放了下来。又热情地催促他们早点把婚礼给办了。

方好一听，就开始翻白眼，上回见面她说的话言犹在耳，怎么一转眼全忘了？！

"哎呀，证都领了，还拖着个仪式老不办，我这心里多煎熬啊！反正是迟早的事，乘着现在天气不冷不热的多好……"

关海波也在同一时间给家里作了通报，相对于方好跟她妈妈的着急上火，他要省事得多，只简短聊了几句，就挂了电话。

方好蜷在沙发上，咂巴着嘴，愤愤不平地谴责她妈妈的出尔反尔，关海波捏着下巴似笑非笑地听完她的唠叨，遂走过去，拿手掌蹭蹭她的头顶，轻快地说："明天我去订机票，过两天跟我回趟家，我爸妈想见见你。"

方好瞪着他，连牢骚都忘了，这，这也太突然了吧！

关海波站在她面前，低头俯视她，神情严肃，"从法律上来讲，你已经是我们关家名正言顺的媳妇了，怎么能不回去见见长辈呢？"

方好对关海波的家庭其实一点儿也不熟，忽然间要以媳妇的身份过去"朝圣"，当场底气不足："那，那他们要是万一……不满意我……怎么办？"

自古以来，婆媳关系就是一个很微妙的话题，虽说他们不必跟长辈住在一起，但如果他们对自己印象不好，也是件很郁闷的事，牵牵绊绊要过一辈子呢。

关海波笑了，挨着她坐下，伸手揽过她的肩，作沉思状，"要是不满意啊……那我只能找你妈妈退货了。"

方好立刻杏目圆睁，鼓起腮帮子就凑上去掐他脖子！

关海波一边大笑着躲闪，一边嚷，"陈方好，我怎么发现你越来越有暴力倾向了啊！"

两人在沙发上闹作一团，末了，还是被关海波的深情一吻给安抚了下来。

他把方好搂在怀里，她的头软软地靠在他胸前，他伸手轻轻抚摸她光滑柔顺的长发，这才正经起来，低缓地安慰她，"不用担心，我父母都是很开明的人，绝对不会为难你的。况且，结婚是我们俩的事，只要我们幸福，他们高兴还来不及……"

事实上，自从关海波第一次恋爱受挫以来，父母就巴不得他早点走出阴影，另觅佳侣，他们曾经再三强调过，只要是儿子喜欢的，他们就喜欢。

饶是如此，关海波还是经过了漫长的三年之后，才给他们带来喜讯。

既然丑媳妇总要见公婆，晚见不如早见，省得成天提心吊胆，不得安生，方好只要想明白了，也是个爽快孩子。

三天后，两人就登上了去N市的飞机。

关海波的家乡是个南方临海的中型城市，盛产海鲜和珍珠，据说风景很美。

　　从S市过去，航程约两个多小时。

　　方好很少坐飞机，前两次是因为出去旅行，而且都是坐的红眼航班，向外望去，两眼一抹黑，什么感觉都没有。

　　这一次，他们是上午十点出发的航班，正好赶上天气晴朗，她惊叹着欣赏窗外的云山雾海，沧海桑田，一时也是豪情万丈，感慨万千。

　　关海波则在一旁打开了笔记本，处理一些公事，这一趟出来，至少要耗费一周左右的时间，虽然走之前已经大致作了安排，但有些细节方面，只要有时间，他还是习惯使然地拿出来斟酌。

　　窗外的景致再宏伟壮观，毕竟太过单一，看久了也容易审美疲劳，方好扭头见关海波做事认真，也不想打断他的思路，于是从随身小包里抽出自备的一本小说来看。

　　这就是她的细致周到之处，旅途难免无聊，要懂得自己给自己找点乐子解闷才行。

　　很不幸，这次她居然选了本悲剧，读到动情处，眼泪流得稀里哗啦，关海波听到动静，扭头朝她睥睨，但见她一双眼睛比兔子的还红。

　　他又是讶然又是好笑，一边给她递纸巾，一边皱眉问："你……不至于吧？"

　　方好眨巴着眼睛，在他面前反正丢丑丢惯了，倒也没觉着不好意思，只把那段让自己感动得一塌糊涂的文字指点给他看："瞧瞧，写得多好！"

　　关海波用一目十行的速度扫过一遍，还是感觉像被警棍电了一下，浑身不觉一抖，看着方好那张凄楚的脸蛋，想笑又不敢笑。

　　方好本想与他共鸣一下的，没承想他居然是这样一副表情，当下沮丧地静默了几秒，才问，"真有这么肉麻么？"

　　关海波想了想，认真体会了一下，方道："还好，比我小时候触电麻到的那次好多了。"

　　方好仰天长叹，男人跟女人，在脑部构造上，的确大不一样啊！

　　隔了片刻，她又好奇起来，"你小时候这么皮，还触过电哪？！"

　　"小海这家伙可没少给大人惹麻烦哦！"说这话的是关海波七十多岁的奶奶，圆圆的一张团脸，到处透出祥和之气，唯独一双眼睛，炯炯有神，仔细看，关海波的眼睛其实是从他奶奶那里遗传过来的。

关奶奶拉着方好的手,笑呵呵地继续道:"你是不知道,他三岁以前有多么难伺候,睡觉从来都是要站着睡的。"

方好惊诧不已:"站着睡?难度有点高吧?睡着了,身子岂不是会团起来?"

"所以啊,我每次都得拿棉被把他裹巴好,靠墙搁着,他才睡得安稳。而且呀,只要他睡着了,我就不允许家里其他人在房间走动,比古时候的皇帝规矩都大呢!"

方好听得捂嘴直乐,真没想到人五人六的关海波小时候居然是这样一副德性!

关海波眼见他奶奶恨不能把他穿开裆裤前后的所有事迹都向方好抖露出来,不觉有些尴尬,给奶奶沏了杯茶,求她"嘴上积德",然而,关奶奶讲开了头,再加上听众方好的殷切期盼,这出戏且有得唱呢。

关海波避到厨房,他母亲正和姐姐在准备酒菜,关家的女子个个泼辣能干,两个人说说笑笑,小半天时间已经把半桌菜都置备好了。

"订个酒店吃一顿不就行了,看你们忙得!"关海波走过去看着满当当的菜品,嘀咕了一声。

他母亲笑道:"酒店吃总是束手束脚的,哪有在家里热闹。"

关家在当地从前也算名门望族,保留着独门独户的大宅子,关海波的父亲是长子,跟两个弟弟以及老母都住在这同一座宅子里,兄弟间感情很好,第三代的子女们,像关海波,大都出去读书闯荡,很少有留在家里的,平时三兄弟们都是各自过日子,逢年过节或是谁家的孩子回来,大家就会聚到一起吃饭凑趣,煞是热闹。

他姐姐一边当当当地切着菜,一边笑眯眯地对弟弟道:"小海,我看着这个女仔比你头一个好多了,朴实,没那么花花肠子。"

关海波脸上掠过一丝不自然,他妈妈察言观色抢在头里道:"这有什么好比的,全看的是缘分。"顿了一下,她也笑道,"不过妈妈也喜欢方好,和和气气的姑娘,心地也好。"

关海波其实也没觉着什么,只是不太喜欢她们这样比来比去,当下只笑了笑道:"妈喜欢就好。"又忍不住开了句玩笑,"我还得谢谢您摆的那桃花阵呢,不然,你儿子哪里娶得到媳妇儿呀。"

关妈妈因为老着急关海波的婚事,今年过年时,特意请教了风水先生,买了几株桃花在家里相应的位置种下,据说这样可以助儿子一臂之力。

他原是取笑母亲，没想到她居然煞有介事地点了点头，"说得也是，我过两天就得挑个日子上炷香还愿。"

关海波彻底无语了！

一连两顿饭吃得都是热闹非凡，七大姑八大姨认得方好眼花缭乱，走出门去，仍然没能记住，只得见着个略微面熟的就上她万能的甜笑。

N市是一座旅游城市，跟S市相比，生活节奏要缓慢许多，在这里日子过得相当悠闲，早茶可以喝到十点多，午餐过后，还有下午茶，如果不想动，一整天的时光完全可以在吃吃喝喝中就不经意地打发掉。

城市的绿化茂密苍翠，由于早年曾经被西方列强侵占过，再加上历代华侨衣锦还乡后不遗余力地投资建设，这里既遗留下来大片欧式洋房，又保存着相当数量的中式老宅，各种风格迥异的建筑，错落有致地点缀在城市之间。沿着大街小巷一路逛去，几步即成一景，也是N市的一大特色。

方好最向往的还是海，她从小在内陆地区长大，对海有着原始的图腾崇拜。

风和日丽的下午，关海波驱车与她同往海边。已是十一月中旬，这里的气候却依旧温暖宜人。两人挽了裤腿，拎着鞋子走在湿漉漉的沙滩上，方好寻宝似的找贝壳，可惜拣来拣去尽是可怜兮兮的小玩意儿。

关海波见她找得吃力，遂劝她："别找了，一会儿去前面的货摊买两个吧。"

方好不赞同："买的哪有自己拣的感觉好啊！"

"现在这里游人太多，漂亮的贝壳早被人拣光了，哪里还存得住，得等下一次涨潮过后来……或者去深海捕捞。"

两个办法都不太现实，方好撒撒嘴，有些失望。不过，她很快又释然了，这里美好的东西太多，不必执着于一样。

他们找了一处干燥的岩石，并肩坐着，面朝大海，看远处白鸥飞翔，海天一色。真的有如书中所述，现世安稳，岁月静好……

方好心里充满了对这座城市的钦羡与景仰，不觉歪了头，期待地问关海波，"我们以后搬来这里住，你说好不好？"

关海波揽住她的手紧了一紧，笑笑道："好。"

方好知道自己的想法其实挺天真的，毕竟关海波要发展事业，在S市更加顺风顺水，只是他连犹豫都没犹豫就答应自己，她心里着实感动。

"唔……也不是很急啦，等……我们退休之后过来吧，我觉得这里是个很适合生活的地方，呵呵。"

关海波俯首亲了亲她的额头，没再说话，将来的路还那么长，不必急在这一时规划，然而，无论怎样走，他都希望路上有她的快乐陪伴。

"你说，闵永吉跟林娜……还能和好么？"方好突然问他。

关海波怔了一怔，低头去审度，方好的脸上异样的平静，只是带着一丝淡淡的怅然，这就是她的善良之处，一件事只要她想通了，就会忘记自己所受的伤害，继而真诚地替别人着想。

他沉思片刻，还是道："这个不好说，只能由他们自己决定。你……希望他们在一起？"

方好点了点头，"我觉得林娜……挺可怜的。"

关海波拥着她，又道："如果他们真的相爱，可能分开一段时间对他们更有好处。但是，有些事情不能强求，我们所能做的，就是抓住眼前现有的幸福。"

方好在他怀里静静地听着，最后慢慢点了点头。

他说得没错，珍惜眼前，比缅怀往昔或者憧憬未来更重要。

从N市回来后，方好稍作修整，就重新振作精神，掀起了新一轮的找工作热潮。

很多东西都是在潜移默化中一点一点地改变和成熟起来的，如今的方好，逐渐开始摆脱从前那种彻头彻尾的不自信状态，在关海波的鼓励下，她不再妄自菲薄，相信自己有能力可以做好。心态的良好调整果然给她带来重大转机。

在连续大半个月奔波于各类面试之后，她终于收到了第一份向往的外企offer，心情那个激动呢！

然而，没能等到正式报到的那一天，她就彻底萎靡下来，不得不向录用自己的伯乐致歉谢绝。

因为，她怀孕了。

尾声

HAPPY ENDING

　　傍晚，金色的阳光透过随风微舞的窗纱浅浅地抹向卧室的墙壁，犹如一幅灵动的立体图画。室内静悄悄的，除了风撩起窗帘，轻轻扑拍的声音，再无别的动静。

　　方好蓦然醒来，挣扎着起身，迷茫地朝四下里望了望，天有些冷了。

　　她爬下床，肚子已经隆起了老大，还有三个月就要临产了。

　　从发现怀孕到匆忙举行婚礼，仿佛是一转眼的事情。她心里不是没有遗憾的，这一路走得实在太快了，每一步她都来不及作好准备就已经跨了出去，她终究有点跟不上关海波的步伐。

　　她有点怀疑他是久已预谋好了的，看他得知自己怀孕时那副乐不可支的样子就知道了，虽然他一再向她表示自己也很无辜。

　　即使不太乐意这么早就结婚，继而当上妈妈，方好也没法数落他什么，因为他对她真的很好，很好。

　　即使工作再忙，他也会每天准时回家陪她吃晚饭。怕她闷着，还给她去报了个准妈妈培训班；他许诺她，等生下宝宝，只要她愿意，还可以接着去找工作……

他们的婚房也是他在确定下婚礼的吉日后花了半个月的时间重新准备的，他特意挑了一栋临湖的别墅，因为求快，买下了他们的样板房。

别墅很漂亮，最令方好欣喜的是房子后面还带一个华丽丽的私家花园，她准备将来在这里种上各种各样好看的植物，当然，如果能实用就最好了，对，种薄荷……

婚礼请了春晓和秦志刚担当伴娘伴郎，看着秦志刚对春晓殷勤的样子，方好倍感困惑，问关海波，他推说不清楚。乘着换礼服的当儿，方好又盘问春晓，她倒是爽快地承认了，秦志刚的确是在追她。

方好当场目瞪口呆，春晓对她一惊一咋的有些不以为然："这有什么好奇怪的，'新闻每天发生，视角各有不同'嘛！"又嘻嘻一笑，"你这么老实一姑娘，如今不还是'奉子成婚'了。"

方好被她挤对得满面通红，兀自嘴硬道："我们，我们早就领过证了呀。"

其实心虚得一塌糊涂，不过春晓也并不在意。

"那你打算接受他吗？"方好好奇地再问。

春晓帮她小心地把礼服拉链拉好，干脆地回答，"没想好呢，看他表现吧。"

方好咬着嘴唇，还是感到有一点羡慕春晓，总能够轻而易举就掌握主动权。不过，人跟人是没法比的，因为追求、心态各有所不同，正所谓冷暖自知。

而她现在，很幸福。

婚礼上，闵永吉很意外地也到了场，坐在李玉珍那一桌。容颜清减，但是跟方好上一次见到他的颓废相比，还是要精神多了，虽然眉宇间依旧掩藏不住一丝落寞。

方好听妈妈说，他到底还是跟林娜离了婚，并辞去了在腾玖的职位。林家的资产他一分未要，如今正准备去深圳自己发展一番事业。

而林娜，虽然方好也给她发了邀请，她却没有到场，早早从美国给方好寄来了礼物和祝福，言辞真切，对其他的人或事均只字未提。

敬酒的时候，方好欲言又止，很想问问闵永吉今后的打算，但碍着人太多，只好咽回肚子里，不管他跟林娜有没有在一起，她始终认为他是爱她的，凭着女人的直觉。

闵永吉饮尽关海波递上来的满满一杯红酒后，拍着关海波的肩笑道："方好是我妹妹，你要好好待她，不许欺负她。"

方好听在耳朵里,不知怎么,眼圈却一下子红了……

关海波朗朗地笑起来,俊眉一掀:"我跟你承诺过的,我都记着呢!"

两人同时想起初次见面时的那场较量,一时各有一番滋味泛上心头,借着饮酒,掩盖了过去……

小心地下楼梯,转到底楼客厅,新请的帮佣张阿姨在厨房听到响声走出来,笑眯眯地跟方好打招呼:"哟,醒啦,关先生和几个花匠在花园里呢!"

"哦,是吗?"方好抬手敲敲后背,站得时间稍长,就会觉得腰酸,负荷越来越重了,兴致却一下子被勾了起来,"在种花?"

"可不,忙了小半天了。"

她喜滋滋地向外走,嘴里还在问:"都种些什么?"

张阿姨扬声回答:"我也不认识,有好多呢,这一下午车子开出开进地可忙了。"

下了台阶,果然见关海波穿着一身休闲装,正指挥两个小伙子在做最后的修缮,花园被井然有序地划成了几块,分别种了山茶、杜鹃、蔷薇,还有——薄荷!

关海波偶然回头,见方好一手撑着腰就站在离自己两米开外的平台上,他微笑着走过去:"出来怎么也不多件衣服,天晚了,有凉气。"边说边把自己的外套脱下来给她披上。

方好仰脸望着他,欣喜跃然于眼底,她轻轻把头靠在他肩上,什么也没说,因为,说什么都是多余的。

夕阳的余晖慷慨地挥洒下来,遍地金光,在这样华丽奢侈的金色的衬托下,一切都是如此静谧,美好。

番外一

那段爱

深褐色的皮质锦盒足有一手宽,像本书一样端端正正搁在桌上,施云洛疑惑不解地望向坐在对面的吴俊良,他脸上含着淡淡的笑意,将那锦盒推近她,温言解释:"这次去巴黎偶然见到的,想着你应该会喜欢,就买了下来,打开看看吧。"

她迟疑了一下,还是抬手接过。锦盒设计精良,她找到侧面的铜制机括,轻轻一扳,将它打开,眼前蓦地一亮,有璀璨的光芒从盒中折射而出,瞬间照亮了她整张脸。

待看清了,云洛不禁倒吸一口气,盒子里躺着的是一条货真价实的钻石项链,一颗颗整钻密密绸绸紧挨着,连缀出流畅的线条,光彩夺目,与她买过的仿钻绝对有着天壤之别。

和许多爱美的女孩一样,云洛天生就喜欢这些亮晶晶的装饰物,她从小到大也有过不少收藏,当然,买来不仅仅是收藏而已,她一直认为,美丽的东西只有点缀在人身上,才能愈加完美地焕发光彩,为此她也下过不少功夫,时尚杂志研究过没有半斗,也有一筐。在学校的时候,经常有同学找她请教关于服饰搭配的问题,纷纷盛赞她眼光不俗。用心再加上天生丽质,使得她无论在何种场合露面，都能赢来惊艳的目光。

只有云洛自己清楚，她的首饰盒其实有多贫瘠，除了几条纤巧细腻的铂金坠子及手链，和一只祖母留给她的成色混杂的玉镯外，其余大多是所谓时尚饰物，无法追究材质，只能作临时配饰用，登不了大雅之堂。

去年跟关海波去海南，她看上了一条比较名贵的黑珍珠项链，然而那价格显然不是两人能承受的。她在柜台前徜徉留恋了许久，迟迟不舍得挪开步子，关海波见她实在喜欢，咬咬牙，决定买下来，最终还是被她冷静地阻止了。

那时，他刚按揭买下学校附近的一栋二手房，她还没有痴狂到为了这些奢侈品而断粮的地步。

眼前这条辉煌的项链静静地向外散射出一道道晶莹的冷光，溅到她眼里，竟有些生疼。

她鉴赏良久，终于收起所有复杂的表情，用力合上盖子，将它推回去，淡然评价："不错，很漂亮。"

吴俊良有些许意外，"这是送给你的。"

"为什么送我？"她冷冷地盯着他问，他们之间有过协定，收他的礼物，会让她觉得自己更加肮脏。

吴俊良显然觉出了她的警惕，浅柔一笑，希望她能放松，"不为什么，只是觉得它很衬你。"

他的脸上找不出任何不良企图，云洛也不能就此怀疑他什么，但表情依然冷淡，"谢谢你的好意，只是太贵重了，我不能收。"

吴俊良抿着清茶，闲适地回答，"送你的东西再怎么贵重也不过分。"

这次轮到云洛笑了，"怎么，吴总还真的想收买我？"

吴俊良挑眉，"云洛，你何必妄自菲薄。"他顿一顿又道："我从来没把你跟别的女人相提并论过，我欣赏你的才貌学识，如果你愿意，我甚至……可以给你婚姻。"

云洛的眼里闪过一道光芒，不管他说的这句话是真是假，还是触动了她的心弦，他虽然花心，可是这样的许诺，大概也不是对每个交往的女人都给过的吧。

然而，仅仅是一瞬的感动，她的目光又迅速黯淡下来，口气却不似刚才那般尖刻，"你太抬举我了，我从没想过要进你们吴家的门……"她突然烦躁起来，"我们以后，还是不要再见面了，对谁都没好处。"

吴俊良微微绷起脸来，紧盯着她，"为什么？你在怕什么？怕——关海波?"他吐出那个名字的时候带着一丝难以掩藏的轻蔑。

云洛忽然直视他,"是！一开始我就不该跟你来往,我不该为了那张该死的订单答应你……现在,我后悔了。"

她心里掀起一阵揪痛,为了曾经付出过的代价。

可后悔也是需要资本的,如今,她靠着吴中成为公司的金牌销售,连老总见了她都给三分薄面,所以,她能在这样一个工作日的午后,坐在吴俊良面前痛悔过去。而在一年前,她刚踏入这个对女人来说几乎不可能承受的行业时根本没得选择,要么做成一笔大单,要么走人。

遇到吴俊良,在当时简直就是天降贵人,他帮她顺利拿下单子,打红了头炮。当然,天下没有白吃的午餐,他也得到了他想要的东西……

怪只怪她当初太想出人头地,太想赚钱。

她没想到,吴俊良竟会对自己念念不忘。

对她来说,这根本就是一笔交易,对吴俊良则更应该是,他见过的女人太多,诱惑也多,怎么可能会在意她这一个？她只想像忘记一场噩梦一样将这件事从自己的记忆中抹去。

可是,她没能如愿,他们还是一而再,再而三地碰面。

虽然那次之后,她从未再答应过他什么,他却总会在关键的时候帮她一把,逐渐稳固了她在公司的地位。

她无可避免地依赖着他给自己营造的关系网,也无可避免地要为此敷衍他,但也仅仅是敷衍而已。

然而,她待他越冷淡,他就越殷勤,她除了冷笑,便剩了苦笑,有钱人,大概对这种追逐游戏都是兴致盎然的,可以享受到极致的征服感,而自己,不幸成了一只猎物,虽然,她也有所得。

事到如今,后悔也没用了,她只想从这个怪圈里挣脱出来,回到从前那种简单而快乐的生活轨道上,而不用像现在,整天戴两副面具过日子。

吴俊良轻笑,"云洛,你是个出色的销售,处事冷静果断,可是我不明白,你为什么没法在感情上也做到理智？你跟着那个老师,一辈子庸庸碌碌,能有什么出息？"

"我爱他！"云洛赫然打断,她不能忍受吴俊良毫不掩饰的嘲讽口吻,可是她自己又迅疾地萎顿下来,连宣言都有些无力,"我爱他,只要能跟他在一起,过什么样的日子我都心甘情愿。"

吴俊良半眯起眼睛,心里有难堪和妒意并存,面上却不动声色,犀利地审视她,"真的?你真这样想?他能给你什么?虚无缥缈的快乐?据我所知,快乐从来都是建立在坚实的物质基础上的,否则就只能是海市蜃楼,长久不了。"

云洛呼吸渐促,可她反驳不了他,他们作过许多次类似的辩论,他要她离开关海波,可她做不到。

虽然她做不到,他的那些话却像毒蛇一样钻入她的心里,一点点撕咬她,侵吞她,她知道自己迟早会被他同化,所以她急欲与他撇清关系。

"够了!"她再也忍耐不住,呼地起身,适才他说话的时候,她一直死咬住下唇听着,此刻,能清晰看出唇上一排细细的牙印。

喘息甫定,她极冷地道别,"请你以后别再来找我。"

她低头去拾自己的手袋,长发散落下来,遮掩掉了大半边脸。

吴俊良没有慌张,她刚才的言语连气话都算不上,他们之间早已有了太多交集,岂能说断就断?他唇边噙着笑,看她因为心情不稳定而略显仓促的动作,笃定地向着她的背影悠然道:"总有一天,你会回来找我。"

云洛停滞数秒,没有睬他,疾步向外走,推门的时候,有刹那的虚软,她连给自己一个微笑的能力都失却了⋯⋯

已经下课了,仍有不少学生围在讲台边请教关海波问题,以女生居多。

施云洛站在教室的后门外,也不进去打扰,只静静等候。

左手近门处坐着两个窃窃私语的女孩,忽然不知为何咯咯笑作一团,你推我搡起来。

"要去你去,不过我告诉你,即使约到了也没戏,人家早有女朋友了。"一个女孩半捂着嘴笑道。

另一个却不以为然:"有女朋友也说明不了什么,现在男女朋友分手的概率是一半对一半,结了婚要觉得不合适还离婚呢⋯⋯"

施云洛心上仿佛被刺了一下,很莫名。

终于还是有人发现了她,是个男生,似乎从前在一起吃过饭的,很油滑地吹了声口哨,大嚷:"关老师,你女朋友来啦!"然后很得意也很解气地睨向讲台旁的一众女生。

所有的目光都在教室内外好奇地穿梭搜寻,云洛只得走进去,停驻在后排,含着笑矜持地朝大家点头示意。

女孩们望向她的目光里顿时充满了讶异和艳羡,她仿佛听到有无声的惊叹在教室上空回旋,而她的表情没有丝毫变化,只是淡然微笑,已经见怪不怪了。

关海波抬头瞥见她，亦是欣喜，却没有打招呼，只是朝她笑了笑，然后对拥在两边的学生道："今天就到这里吧，还有不明白的，可以发邮件给我，另外，刚才开给大家的书目也希望能认真去读，对期末的论文会有帮助。"

学生们倒也识趣，很快作鸟兽散，边往外走，边还频频拿眼瞄云洛，适才议论的两个女孩更是看不够似的屡屡回头，云洛隐约能听到她们的低语。

"没料到吧，现在还有没有信心……"

"……"

利落地收拾完，关海波将课件往臂弯里一夹，大步流星朝她走来，脸上带着一如既往清朗的笑容，如阳光般灿烂，直洒入云洛的心里，她仰面望向他，一下午的阴霾逐渐抽丝剥茧似的褪去，她也朝他展开明媚的笑颜。

走到跟前，关海波抬手抚抚她的发顶，这是他惯常表示亲昵的动作，却只是飞快地一下就放下手来，这里毕竟是学校："今天怎么会想到来这里？"

她一向很忙，回家也常常要到老晚，所以关海波在教室里乍然见到她，反而感到有些突兀。

"忽然很想看看关老师讲课的英姿，就跑来啦！"云洛笑着调侃。

她想起那些曾经的日子，自己也坐在下面，如痴如醉地盯着他，如今忆起，竟然有几分遥远。

出了教学楼，两人漫步在落英缤纷的校园里，正值深秋，随处可见姹紫的枫叶，落了满地的金黄的银杏叶子，时而有欢快的学生从身旁经过，操场上有学生在踢球，啦啦队的尖声叫唤畅然肆意地撒满了天地……

这所百年老校经历了太多的风雨和磨难，如今掠去浮躁与喧哗，积淀下来一种沉稳笃定的气质。松柏苍翠，仿佛从不曾老去，而树下经过的面孔，却是换了一茬又一茬，让云洛无端怅然。

在如此极富诗意的校园里，关海波感受到的是一份满足和惬意，他喜欢自己的专业，也喜欢学校清明的环境，严教授更是视他如传承其衣钵的首选弟子，他的前途清晰而坦荡，身旁又有佳人相伴，人生的圆满，大概不过如此吧……

云洛轻轻伸手过去，握住他空闲的那只手，他的掌心干燥而温暖，仿佛可以传递出源源不断的能量。

"海波，我们……结婚吧。"她的声音带着难以名状的喑哑。

未曾想到，下这个决定自己竟然会如此艰涩。因为什么？她不敢想，她近来常会感觉自己像飘飞在空中的柳絮一样无着无落,也许一阵风刮过,就能带她远离原来的轨道,太失重了,让她心慌,她也明白,女人最需要的应该是安定。

关海波挑眉,歪头望向她,眼里有很深的笑意,"这种事,应该由我主动比较好吧。"

结婚,对他来说完全是意料之内的事情,从第一次带云洛回去见父母开始,他就在考虑这个问题。早晚要做的事,他却迟迟未开口,只因为时机未到。他不想像其他同事那样,择一间简陋的房屋迎娶自己的心上人,然后终日在柴米油盐里讨生活,那样,太委屈云洛,他舍不得。

云洛眺向远处,似笑非笑,"你总不提,我只好厚着脸皮先说了,万一哪天你被哪个女弟子迷住了,翻脸不认我怎么办。"

关海波蓦地停下脚步,用手扳住她的双肩,脸上是少有的郑重,"云洛,你该了解,我不可能……"

云洛见他认了真,这才笑起来,嗔道:"你紧张什么呀,我开玩笑而已。"

事实上,紧张的那个人是关海波自己,他叹了口气,斟酌片刻,才道:"你知道,和你结婚是我最大的心愿,只是……我不想让你觉得跟着我受委屈。"他松开她的肩,携了她的手并肩在小径上漫走,款款地继续道,"严教授正在申请一个科研项目,大概年底能拨下款来,我会跟着一起做,顺利的话,能拿到一笔不小的回报。我是想,等有了钱,就把现在那栋小房子卖掉,去换个大一点的,你不是一直嫌……"

"海波!"云洛不得不打断他,对他兴致勃勃地描绘蓝图并没有多少耐心,"如果你真为我们的将来考虑,为什么不能走出学校,到外面去闯一闯呢?我见过太多的人,无论学识,为人还是才干,都不如你,但个个都比你混得好。"她转而带着软嗔的语气央求他,"只要你肯迈出去,你一定会成功的。"

她对他是那样有信心,所以一次又一次想拉他出去,在她看来,学校根本就是禁锢他才华的地方。

可是,他什么都能依从她,唯独这件事,不论她怎么劝,他也不肯妥协。今天,既然他先谈到钱,她觉得是个机会,也许,还可以作最后一次尝试,尽管在此之前,她已经不抱希望。

然而,她再一次失望了,关海波的眉头果然皱起,显示他的不悦,"云洛,每个人追求的东西都不同,我喜欢学校,也希望能在这里有所发展。也许,在学校里赚的钱会比外面少一些,但是,钱不应该是我们衡量一切的标准吧！"

云洛的心里有什么东西在变形，她的嗓音尖利起来，"不是我喜欢拜金，是这个社会根本就太现实，没有钱，什么都干不了，没有钱，就得看人脸色，别人要你怎样，你就只能怎样！"她突然说不下去，手指死死攥住手袋，恨不能就此将它扯裂。

"你怎么了？"关海波见她神色忽然如此激动，顿时困惑而烦恼。

云洛摆摆手，吞咽掉已经涌到眼眶里的泪水，深深地吸气，"我没事。"她果真就平复下来，黯然道，"我只是想告诉你一些事实，你整天躲在学校里，没机会了解现实有多残酷。"

关海波不知要怎样跟她解释，也许，他们之间的确不存在谁对谁错的问题，环境的差异造成了观念的不同，他无法否认她说的有道理，毕竟，现实也是需要兼顾的，比如生活质量的提高，没有钱的确不行。

他沉吟良久，复又安慰她，"其实也没你说的那么可怕，学校的待遇也不坏，只是我现在才刚刚做到助教，等将来升了讲师、副教授，一步步走上去，会越来越顺的，现在不都在讲尊重知识嘛！"他说着脸上浮起笑意，"有了资历后我还可以著书立说，想想看，你嫁的人，极有可能是学术界的一个大师级人物，有没有感到一点点兴奋呃！"

他的乐观幽默丝毫没有感染云洛，她眼前晃来晃去的，是吴俊良一掷千金时眉头都不皱一下的气势，她知道不该将两个浑身上下没有一处相同的人去作比较，可她无法遏制沮丧的情绪。

如果没有吴俊良在一旁比较着，她相信她跟关海波能坚持走完这一生，而现在，她已然渗入到两个截然不同的男人的世界里，一脚踏在高处，另一只脚还留恋在原位，身体严重失衡，她左右摇摆，不知道更应该认同哪一个？

理智和情感打着架，令她疲倦不堪，那句曾经还信誓旦旦的"爱"的宣言，犹如眼前缓慢降落的枯黄树叶，疲软而无力……

她忽然惶恐起来。

中秋节由学生会搞了一台纳凉赏月晚会，教职员工每人领到两张票。关海波的学生参与了好几个节目，再三叮嘱他务必前去捧场，他自然义不容辞。

施云洛那天不巧赶上出差，没空陪他，恰好前一天秦志刚给他打电话，抱怨日子过得无聊，于是被关海波乘机拉了壮丁。

都是年轻人，撇开节目质量不提，那个热闹劲儿是连专业表演都比不了的，关海波的啦啦队长也是当得尽心尽责，反而是一贯聒噪的秦志刚，显得有些心不在焉。

台上在表演歌舞剧的时候，秦志刚终于忍不住，拽了拽关海波的衣袖，低声道："海波，别怪我多嘴，有个事我得提醒你。"

关海波将目光缓慢地从舞台上转移到秦志刚稍显凝重的脸上，秦志刚轻狂惯了，这样严肃的表情出现在他脸上显然不合时宜，关海波不觉好笑："什么事？"

"你得好好留神你女朋友。"

关海波心跳加快了一拍，皱皱眉，"她怎么了？"

"我有两次跟公司老总出去吃饭，都撞见她跟吴中的二公子在一起。"

关海波怔了一怔，随即释然，"哦，吴中啊！那是云洛的客户。他们在一起，能有什么事儿。"

尽管跟云洛也有过一些争执，但他从来没在这方面怀疑过她，他们的结合可谓一帆风顺，羡煞旁人。

秦志刚想到那两人亲密的情状，直觉不简单，可是又说不出个所以然来，毕竟没有抓到什么真凭实据，而身边的关海波竟是一副自信满满，完全不在意的样子，他只得悻悻地住嘴，有些事也仅能点到为止。

如果说关海波对秦志刚的话真的一点都不在意那是假的，自从云洛动了让他离校出去闯荡的念头之后，他时常会有种感觉，两人仿佛在朝相反的方向行走，她的言谈举止里总是在夸大权势和金钱的作用，而他的理想也无法再引起她的共鸣。他努力想修补两人之间悄然扩大的裂缝，但效果并不理想，因为在关键问题上，他没能让步。

某些时候，因为一点小事，她都能跟自己较真半天，总好像对现状不满意，这种焦虑的状态令关海波十分头疼。

他们谁也说服不了谁，于是就在这样的僵持状态下好好坏坏。但他们毕竟都是爱着对方的，所以无论怎样闹别扭，一场欢爱之后，所有悬而未决的问题都被自动掩盖起来，谁也不再去提，直到下一个导火索引燃……

就在中秋节的这个夜晚，关海波孤身一人躺在床上辗转良久，终于下定了要结婚的决心。

一直以来，他都在等，等生活的转机，等境遇好转。此时，他忽然想，也没什么好等的，结了婚，两个人的心就都安定下来了，云洛就不会想太多，而自己也有了奋力一搏的动力。

他不会为了清高而将自己高高束起，他要主动去找能挣钱的项目，甚至可以跟相关企业合作，而不再专注于课本知识的传授与研究……他想证明给云洛看，在学术的领域，通过努力，一样能达到她希冀的生活质量。

有了目标之后的关海波振奋了好几天，专心一意地等施云洛，准备跟她说说自己的计划，他相信她会认同的。

在她回来的前一夜，他在金店精心挑选了一对结婚对戒，本来是想跟云洛一起来挑的，他等不及，想给她个惊喜。

他并不知道，他的云洛，此时正与吴俊良在一栋山间别墅享用烛光晚餐。

烛光摇曳中，吴俊良向她举杯，香浓的红酒在杯中颤巍巍地跌宕，像一颗极不安分，蠢蠢欲动的心。

"云洛，别再犹豫了，这世上，最了解你的人是我。"他朝她肯定地一笑，"你的个性，宁愿冒险也不甘平庸，哪怕面前是惊涛骇浪，也要在巅峰上起舞。小溪流水一般的日子根本就不适合你，你这样拖着自己，也拖着他，对谁都没好处。总有一天，你会厌倦，会对他生恨，因为，你要的东西他给不了。"

施云洛低头不语，她能被他从机场直接接来这里，就说明他已经有了胜算的把握。

良久，她举杯啜了一小口，缓缓放下，"那么你呢？你有什么好处？我不能保证会爱上你，你觉得这样做，值得吗？"

吴俊良耸了耸肩，脸上还是有些无奈，口气却是轻柔的，"云洛，以后说话要记得委婉一些，知道么？"

云洛恍悟自己的直接，也许，她在他面前直来直去惯了，并不觉得他会受伤，况且他这个人，要风得风，要雨得雨，有什么东西能伤得了他呢？

压下心头的疑虑，她还是给面子地朝他报以歉然一笑。

吴俊良深情款款地凑向她，"我爱你，云洛。"

云洛失笑，"你说得真溜，对很多人这么说过吧。"

吴俊良摇头，"为什么你总是怀疑我对你的诚意？事实上，这句话，我只对你说过，也只愿意对你说。"

他起身，走向窗边，掀起窗帘的一角，夜色撩人，他注视着，似乎沉迷其中。

云洛盯着他的背影，他谈不上英俊，然而，他身上有一股霸气，不容你抵御。她不由得想起那句经典的名言：权势是一剂春药。明知那是一句嘲讽，她也无法超脱,她不过一个世俗女子,对如此诱惑不具备免疫力。

　　他们断断续续纠缠了一年,她真能干脆利落地说自己对他没有一丁点感情么?她真的不贪慕他背后的光环,他的家世?对于他孜孜不倦的追求,她难道就没有一点窃喜和虚荣感?

　　承认了吧!她在心里对自己冷笑,可是眼里望见面前的他,触手可及,接近他,就等于打开了一个全新的世界,那个世界里有她正在为之拼搏的一切。

　　这绝对是一条捷径,走,还是不走?

　　吴俊良蓦地回头,朝她笑了笑,又很快低下头去,注视着手上的杯子,"我知道,你是喜欢听实话的。"

　　云洛心里倏然一紧,原来他刚才并非在赏景,而是在思量。

　　"我家的事,你也了解一些罢。"吴俊良说着,哼笑了一声,"去年,我大哥接管了公司,在此之前,我也作过努力,不过我父亲是个很固执的人……"说到这里,他住了口,不想再多谈,沉默了一会儿,才接着道,"我想过了,既然吴家的重担无需我来挑,那么,我何苦委屈自己去娶一个所谓门当户对的女人。"他转过身,向她走来,在她面前止步,伸手抚着她光裸的肩,喃喃道:"云洛,我不能允诺爱你一辈子,因为我不相信这世上有永恒的感情……"他的声音低下去,又扬起来,"但是,我能保你一辈子荣华富贵,只要你留在我身边,云洛,这是我能给你的最实际的允诺……"

　　云洛被他的坦诚彻底震慑住了,她不得不承认,他所言全部都击中了自己的心脏,哪怕是那些缺乏热度的断言,本质上,他们有共性的地方,一样的现实和冷酷。

　　"为什么这么容易就放弃,你不是自诩比你哥哥的能力强?"她仰头看他,眼里藏不住不服气。

　　吴俊良笑了,"所以,我需要你帮我。你可以的,云洛,我给你提供一个舞台,你会有机会施展你自己。"

　　他俯下身,逼近她,轻而易举地攫取了她的唇,继而将她整个人拥入怀中……

　　恍惚中,她似乎挣扎了一下,并没有多少力,很快就屈服在他有力的臂弯里。她隐约明白了他想娶她的用意。他又何尝不是一个精明的人,如果只是贪图漂亮,她并非唯一。

　　她并不觉得伤感,反而有一种受到挑战的振奋,如同被注入了强心剂,跃跃欲试。

就这样吧！她下这个定论的时候，心里的坚硬连自己都惊讶，她和关海波的那段感情，就这样被自己掷进了角落。

难过总会有一些，但至少，她得摘掉一副面具过日子，这样无休无止地演戏，她也觉得累了……

施云洛燃了根烟，整个人蜷在露台的靠椅里，左手边的小几上，一杯清茶已是冰凉，没有一点热气冒出，杯子底下，压着一张紫红的请柬。

一阵风吹来，竟有几分刺骨的感觉，原来已经入冬。她单手将身上的衣服紧了紧，心里空落落的，想起指间的那根烟，于是举到嘴边，用力抽一口，汲取一些虚幻的暖意。

她是从什么时候开始习惯有烟的？

是那些吴俊良彻夜不归的日子？她凝神追溯起来。

不，好像更早。

她至今记得点燃第一根烟，是在她跟关海波摊牌的那个下午。

已经记不清楚她是怎么把那番残忍的话说出口的，或者，大脑有它自己的记忆方式，自动过滤掉不堪的片段。

陈述完毕以后，她甚至还很有勇气地瞟了他一眼，她说不清他脸上那种表情应该称作平静还是绝望，他只是异常沉默，沉默得令她心惊胆寒。有些人，不必发作，就有一股摄人心魄的力量，关海波就是这样一个。

事实上，从云洛向他摊牌到两人最终分手，关海波除了最初震惊到脸色惨白后，始终没有朝她发过脾气，他甚至连一句大声的诘问或谴责都不曾有，似乎早有预料。她并不知道，他的心里，有过怎样千回百转的煎熬。

两人就那样枯坐着，他也不再有多余的话给她。

可是气氛是迫人的，那种异样的沉闷，仿佛随时有可能爆发危机，当她再也无法承受的时候，便急迫地抓起了桌上不知谁留下的烟，用手抽出一支，颤抖着点燃。

她试着抽一口，想要镇定自己，孰料第一口就呛上来，咳得不成样子，眼泪都逼了出来。

然后，有一只手伸过来，很直接地把烟抢下，摁灭。

"别为难自己。"他沙哑地开了口，声音里满是疲倦，"如果……你觉得这是你想要的选择……就这样吧。"

不远处传来谁的一声喟然长叹，她的心骤然间松弛下来，可是眼前却模糊一片……

是因为如此轻松地解决了，还是因为他的不挽留？

她走之前，不忘把那枚戒指小心地搁在桌上，没敢再看他一眼。

就这样，大约过了半个月，她听说关海波病了，在医院里。她思前想后，还是没能忍住，赶去见了他。

他形容消瘦，简直像换了个人，整个颓废了下去，再也没有从前那样意气风发的神色，她突然悲恸不已，是自己害了他！

她有些后悔，伏在他床边一直哭，一直哭。

原来她还是深深地爱着他的。

她气息咻咻地啜泣着，不管不顾地揪住他的手掌断断续续道："如果，如果你要我留下，我，我……就不走。"

而他只是朝她苦笑，什么话也不说。

她于是明白，他们之间已经完了，他再爱她，也不能容忍她的背叛。如今，她即使想留，也留不住了，木已成舟，他们再也无法回去。

两个月后，她如期披上婚纱，成了吴俊良美丽的新娘……

云洛忽然重重地咳嗽起来，她捂住嘴，咳得很辛苦，可是，并没有眼泪流出。

这些年，她过得太坚强，连眼泪怎么流都几乎忘却。

"这么冷的天，怎么还在外面抽烟？"吴俊良的声音出人意料地在身旁响起。

云洛收起狼狈的神色，整张脸冷淡下来，继续吞云吐雾，姿势优雅，在他面前，她总是这样。

他在她旁边坐下，也不阻止她，眺望着空旷处，神采飞扬道："老头子终于松动了，问我要那份财务报表来呢，今晚我们回去吃饭，乘这个机会好好给他洗洗脑，能不能成，全在今天了。"

云洛无声地冷笑，原来他是为了这个早回的家。

"云洛，这些年，没你帮我撑着，我走不到今天。"吴俊良突然语气沧桑。

云洛将烟掐灭，冷哼道："不用谢我，我是为我自己，不是为你。"

他的眼里阴鸷堆起，但旋即又散去，恢复了不屑的笑意，"也是啊，你不就因为这个嫁我的么？"

云洛毫不客气地反击回去,"你不也是为这个娶了我?"

吴俊良投降,"好好,咱们不吵,谁也别说谁。"目光下移,他准确地捕捉到了那张请柬,于是拿在手里翻看。

不多时,面上扯出笑意,"嗬嗬,原来是为这个不高兴呢!"

云洛不理会他的冷嘲热讽。

吴俊良扬着手里的请柬问她,"去不去?"

"要去你去。"她没好气起来。

"别啊,你什么时候变这么小家子气了?怎么说,咱们结婚的时候,关海波也来捧过场的,这个面子不能不给,礼尚往来嘛!到时候我陪你去,穿得漂亮点儿。他那老婆能跟你比么?"

他只管对着请柬笑,云洛横了他一眼,无端起了恼怒,伸手一把夺过来,撕了个粉碎。

吴俊良饶有兴味地瞅着她,啧啧地叹,"想不到人前仪态万方的吴太太背着人这样暴躁。"

云洛把碎纸屑扬手向他抛去,声嘶力竭地嚷,"你滚!"

吴俊良头偏了一偏,还是有红色的碎屑落在肩头,他抬手掸掉,然后站起来,悠然道:"既然你这么不想看见我,我先走了,晚上在老宅碰头。"

"我不去!"她发狠地朝他吼,心里有团火无处发泄。

他依旧笑,却没有劝慰,径直走了。

他知道她一定会去,因为他太了解她。

她不会舍得眼前的这一切,不管有多么沮丧和伤心。

日子,还得一步一步地过下去……

番外二
雇佣关系

故事背景：创业初期

第一场　发薪日

当方好第 N 次从关海波面前晃过时，他终于从桌上的纸堆中仰起脸来，犀利的目光扫过方好神思恍惚的脸："有什么事你可以直说。"

方好抑止住不安，手来回搓了几下，鼓足勇气道："老大，今天你该……发工资了吧？"刚一说完，自己的脸已经先涨红了，如果不是因为手头实在太紧了，她也不至于这么厚着脸皮开口。

关海波脸上出现几秒的怔忡，稍滞片刻，一言不发从裤袋里掏出钱包，打开来粗略端详了几眼，遂稀里哗啦抽出几张票子，也不起身，手一扬，嗓音嘶哑，"拿去吧。"

方好犹豫了几秒，还是走上去接了过来。将那稀薄的几张纸细细数了两遍，抬眼看着关海波，后者早已重新埋进他的企划案里去了。

"数，数目不对。"方好嗫嚅着，"少了三百……还有上个月和上上个月的工资也都……"

关海波好不容易攒聚起来的思路再次被她扰乱，一张原本就铁板的脸愈发难看起来，蹙眉打断她，"我一共欠你多少？"

方好闻言眼睛骤亮，以为他要跟自己彻底清算，慌忙道："那个，你等一下啊！"一溜烟跑回自己的蜗居，未几手里擒了本记事本出来。

她在关海波面前站定，翻开本本，从最新的一页开始念起，大到工资欠额，小到盒饭垫付，事无巨细，全部记录在案。关海波越听面色越阴沉，看不出这个外表老实的傻姑娘居然暗地里还记了本账！

"4月27号，购买用于招待客户的茶叶一袋，38元……"

"行了，行了，别念了！"关海波手一挥，近乎粗鲁地打断了她，另一只手从屁股上的裤袋里将那只刚塞回去的钱包又狠狠拔了出来！他从仅余的一小叠钞票里抽出一半，顿了一顿，索性又多拨了几张，一并递给方好，粗声道："这回够数了吧？"

虽然关海波神色不怿，但这样主动清算的机会实在太难得了，方好眨巴了几下眼睛，立刻接过来，忽略他近乎恼怒的神情，很认真地数了两遍。

方好虽然没有雄伟的志向和精明的头脑，可她深谙一点，赔本的买卖绝不能干！

可惜，自从跟了关海波以后，她似乎与自己的基本原则背离得越来越远。

每一次垫钱无不是心疼而愤怒的，可有什么办法呢？如果不接着垫下去，老板若翻起脸来，自己先前掏出去的那些钱估计也得一齐打水漂！

其实还差了一点，那个时时更新的欠款总金额是方好脑子里记得最清楚的数字。不过好在大部分的款子已经追回来了。她满意地把钱夹在本子里，刚要转身闪人，余光却瞥见关海波低着头若有所思。她脚步一滞，朝他那只尚张着嘴的钱包里剜了一眼，只有寥寥可数的几张红色纸片。

心里一紧，刚刚还满怀喜悦的心情一下子沉重起来。

忽然想起那个"杀鸡取卵"的故事来。

自己这样"堪堪相逼"，会不会像那个举刀的蠢妇？

"咳，这些你还是自己留着吧。"她把适才夹进笔记本的那叠尚且热乎着的钱又重新摆回他桌面上，虽然有些不舍，仍然用轻快的语气道："我手头还有一些钱，对付一个月的开销应该足够了。"

她微笑着转身，保持轻快的步子往自己房间走去。

门刚一关上，方好就把笔记本扔回破旧的写字桌上，一头栽进被子里。把自己闷得几乎喘不过气来时，她才翻身仰躺着，懊恼地哀叹了一声，欲哭无泪！

多好的机会啊，就被自己的仁慈之心给白白葬送了！

关海波缓缓地拾起方好归还的那笔钱，看了又看，然后缓缓塞回自己的钱包里。角落里那声哀嚎透过薄薄的石膏板传入他的耳朵，他抓着钱包的手滞缓下来。

良久，唇角却缓缓勾起。

第二场　第一桶金

最后浏览了一遍合同，确认不再有任何纰漏，彭总终于提笔在末尾处签上了自己的大名。站在一旁的关海波见状，心上的一块石头总算落了地。

彭总起身，跟关海波握了握手，拍拍他的肩，朗声笑道："小关啊，好好干，我一直都很看好你！"

关海波没有流露出过度的惊喜，只是热忱而周到地对彭总表示了感谢。华茂这张单子他势在必得，如今终于攻下，个中的艰辛也只有他自己明白。

从华茂出来，就接到秦志刚的电话，洋洋得意："怎么样，海波，我早就说没问题的吧？"他是盛嘉与华茂最初的牵线人。

关海波笑道："终于可以谢谢你了。怕谢得太早这事儿会黄！"

秦志刚乐道："我不嫌你谢得迟！你有这份心就好。今天晚上咱们无论如何得一起出去撮一顿庆祝一下！"

"今晚不行，我有事。"

"什么天大的事，往后挪两天不死人的，我去锦江订个位子，一定得来！"秦志刚斩钉截铁。

"明天吧，明天晚上我请客！"关海波执着地坚持。

秦志刚奇了，"哥们儿，到底什么事儿啊，看把你搞得这么诚惶诚恐。又有大单子了？"

关海波不置可否地笑笑，转而道："就这么说定了，明天我请！"

一路往公司开，阳光明媚，心情很好。他给方好拨了电话，"有没有开始煮晚饭了？"

方好朝窗外高照的艳阳瞟了一眼，闷声道："没呢，不是才三点钟嘛！"

关海波没理会她的诧异，"一会儿记得多煮一份。"

方好失声叫道："你又要过来吃？"

关海波甚为不悦,"你叫那么大声干什么?又不白吃你的。"顿一顿,还是隐忍下来,生硬地交待,"烧两个蔬菜就行了,其他的我会买回来!"

挂了电话,脸上便是晴转多云。

这个小女人,总能让他的好心情打折扣!

对着一桌子用便当盒装着的丰盛菜肴,方好惊异得几乎连下巴都快掉下来了。

她狐疑地看向正在往她那只hello kitty茶杯里倒红酒的关海波,揣测着小心翼翼地问:"你……是不是发财了?"

关海波似笑非笑,也不看她,继而泰然地往自己杯子里斟酒。

"你,你要是发财了,可千万别忘了……把欠我的钱先还给我啊!"方好可怜兮兮地在他对面坐下。

关海波把酒瓶子往桌上一顿,横了她一眼,"你想得还真多,不就是吃饭多添了两个菜么,跟发不发财有什么关系?爱吃不吃!"

方好见他又绷脸了,赶紧噤声。

结果,在努力消耗美食的过程中,两人都有些喝多了。

"说说看,你有什么愿望?"关海波揉着太阳穴问对面的方好。

方好只要一喝酒,双颊就会像霜染似的嫣红。她搁下筷子,托着下巴冥思苦想。

一看见她眼神迷离的花痴模样,关海波及时补充了一句,"现实点儿的。"

"呃?"方好眨眨眼睛,咧了咧嘴,才道,"我想找个像样一点的房子来住。"下半句她没敢说出来——离办公室越远越好。

"还有呢?"

方好又眨眼,"还有……我不想再当黄世仁了。"

关海波的脑子因为酒精的作用,转得有点慢,好一会儿才回过神来,笑了笑,"哦,你说我是杨白劳呢!"

借着酒劲,方好没否认,嘿嘿憨笑。

那天晚上,居然是关海波喝得酩酊大醉。

他喝醉了反而很安静,半倚在沙发里不说话,只是时不时会很突兀地笑几声,让方好觉得毛骨悚然。

收拾完残羹冷炙后回来,方好发现关海波已经缩着身子蜷在沙发里睡着了。她叹了口气,去里间取了条薄毯出来给他搭在身上,刚要直起腰来时,手却一下子被他拽住。

她吃了一惊,慌忙抽手,却反而被他攥得更紧,红头涨脸之间,忽然听到他含糊的呢喃,"我要证明给你看……"

方好完全不明所以,一下子怔住了。

第三场　扬眉吐气

最后一包杂物归置清爽,方好直起腰来,开心地环顾她的新住处,房间敞亮,窗明几净的,虽然不大,家具和摆设无不相得益彰。

关海波站在书架前,抽了本杂志在手上翻着,嘴上却流利地交待方好,"出小区左转就是地铁三号线,坐五站下来就到公司大门口了。这栋楼下右转有个便利超市,旁边就是菜场。天润超市离小区一公里,有公交车可以直达,很方便。"他说完,转头看见方好跪在沙发的茶几边对着一个假盆景傻乐,不觉皱了皱眉,"我说的你都听见了没有?"

"听见啦!"方好伸手碰触了一下植物的叶子,它立刻颤颤巍巍地晃动起来。

关海波甩掉手上的杂志,背起手走过来,"背一遍我听听。"

方好暗暗嘟了一下嘴,然后顺溜地把他刚才交待的话原封不动背了一遍。

关海波勾了勾嘴角,"有长进。"

乘着他心情好,方好苦着脸央求,"老大,以后能不能别老是这样冷不丁抽背啊?我会神经衰弱的。"

关海波反诘,"不这样,你能记得住?!"

方好翻了翻眼睛,无话可说。

自然又是她煮饭来吃。关海波一边吃还一边批评,眼看方好面色难看,他还振振有词,"你少给我摆脸色!你将来嫁人总得给人煮饭吧?我这是给你机会好好锻炼!"

方好在心里愤愤地想,幸亏将来要嫁的人不是你!

关海波突然话锋一转,问她,"你觉得聚林大厦怎么样?"

"很好啊!怎么了?"

"我想把咱们公司搬过去。"关海波轻描淡写地说。

方好一下子噎住,那个可是S市出了名的昂贵写字楼呃,黄金地段,精英群集之地。

他是不是……又喝醉了?!

还没等她回过神来,老板又抛来一句更猛的问话,"你想不想投资入股?"

"投……投哪儿?"

"盛嘉呗。"

方好赶忙摆手,见老板面色阴沉下来,赶紧解释,"我这个人既没钱,又不聪明,可不能拖你的后腿!您只要记得按月给我足额发工资就成了,我保证,一定会好好干的!"

关海波没有勉强她,闷闷地吃了会儿饭,冲她一句,"你别后悔就行!"

半年后,盛嘉搬进了聚林大厦。与关海波和方好一同前往的还有两名新职员:唐梦晓和季杰。

乔迁第一天,人人都拿到一个红包,方好的那份尤其厚。她躲在崭新的洗手间里,插上门闩,迫不及待地打开来察看,好厚的一叠!偿债是完全足够了!

红包里装着的,除了钱,还有一封加薪的信。

她对着信上那个可爱的数字欣赏良久,长叹一声——终于可以告别当黄世仁的日子了!

番外三

幸福之家

下棋：

难得一个清闲的周六下午，宝宝在婴儿房里由保姆陪着午睡。

方好津津有味地趴在沙发里读小说，身旁的茶几上摊开了围棋棋谱，关海波正自己跟自己下着。

房间里一时只有偶尔翻书页的声音和黑棋白棋落子的声音。

关海波一个人下得很无聊，目光一转，盯上了跷着脚的方好。

"会下围棋吗？"他蓦地发问。

方好正陷入剧情不可自拔，脸埋在书里，舍不得挪动，干脆地答一句："不会，我爸只教过我象棋。"

关海波忖量了一下，退一步道："象棋也行。"围棋棋盘翻个儿，就是现成的象棋棋盘了。

"陪我下一局吧。"他凑到她面前，笑眯眯地邀请。

方好一呆，歪头望望已经翻盘的棋盘和码得整齐的棋子，"啊？我水平很臭的。"

"没关系，我不嫌你臭。"他宽容大量地说，已经在替她挪位子了。

方好立刻苦下脸来，"那个，其实，我只知道各路棋子大概的走法，至于什么战略战术，全都已经忘光了。您还不如自个儿跟自个儿下来劲呢！"

关海波仍不死心，循循善诱，"只要你肯陪我好好下几局，不管输赢，我都给你做一星期晚饭，怎么样？"他进一步诱惑，"有梅汁排骨哦。"

那是方好最爱吃的一个菜。

她看了眼书里正处于纠结的男女主角，又想了想让人垂涎欲滴的排骨，果决地将书扣下，翻身坐起，成交！

关海波脸上荡漾起胜利的微笑。

棋子还没来得及摆好，方好就道："等等，我们还是下围棋好了。"

关海波讶然，"你不是不会嘛！"

"你教我不就行了？"

她实在不想在他面前展示自己拙劣的象棋棋艺，那不仅丢自己的脸，更是丢她爸爸的脸，他教了方好三年，结果依然没有多少长进。

至于下围棋，她输了也没什么，反正刚学，而且关海波当自己的师傅，输了她还可以赖他教得臭，嘿嘿！

关海波略一琢磨她的心思，很快就回过神来，不免阴阴地一笑，"陈方好小朋友，你其实不傻嘛！"

"近朱者赤，嘻嘻！"方好很狗腿地一笑，"我妈都说了，自从嫁给你，我变得聪明多了。"

关海波很快就发现，教其实比下要麻烦得多，不比自己跟自己下轻松。

同一步落子，教了她三遍，还是要忘，不知不觉中，关海波的脸就绷得紧紧的，言辞也开始激烈起来。

方好突然把棋子一撂，麻利地缩回沙发。

关海波怔住，"怎么了？下得好好的。"

"不来了，你又要凶我。"

关海波立刻伸手在自己脸上使劲捋了一把，变出一张笑脸来，"没有的事，我不是挺亲切的么？来，来，继续继续。"

方好拿眼直瞅他，横看竖看，再找不出一丝不耐烦，这才嘟了嘟嘴，勉为其难地又过去重新来。N遍之后，关海波问她，"这回都记住了吧？"

"……好像是。"

"那我们正式来一局。"

……

结果当然是方好输得落花流水，找不着北。

"没关系，失败是成功的妈妈嘛，再来再来。"他鼓励她。

方好僵着不动，想了想，忽然笑嘻嘻道："不如……我们来下五子棋吧。"

"嗯？"这个提议关海波始料未及。

然而，虽然格调似乎有那么一点降低了，好歹也是双人游戏，强过他一个人无聊地孤芳自赏，于是妥协。

……

方好输过若干局之后，脸上开始挂不住，"你不觉得和一个跟自己压根不在同一水平线上的棋手下棋，有点胜之不武么？"

"……那你想怎么样？"关海波有些无奈。

眼珠子骨碌转了几圈，她很快拿定了主意，"这样，咱们下六子棋好了。"

"六子棋？"关海波拿眼瞪她。

方好解释，"就是排满六粒子算赢啊，不过咱们不是一个重量级的，所以要区别对待。"

"怎么讲？"

"你摆满六粒才算赢，我只要摆满五粒就算赢了。"

明显就是不平等条约，关海波盘算了一下，豪爽地点头，"成！"他的要求不高，只要她肯陪自己下就行。结果方好还是输。

关海波得意地盯着她问，"你还有什么招儿？尽管使出来！"

方好从容不迫，笑容依旧，"不如，我们来比摆蝴蝶吧，看是你摆的黑蝴蝶漂亮，还是我摆的白蝴蝶漂亮。"

生日蛋糕：

烘焙店堂一侧，方好眼看着服务生女孩小心翼翼把小刺猬造型的生日蛋糕塞进盒子，再包装好，她看着刺猬那一身的刺儿，忍不住有些担心。

"我这一路拎回家，不会弄坏它吧？"

女孩甜甜地笑着："纸盒跟托盘的尺寸都是卡好的，不会滑动，你只要别过分倾倒它或者在上面压重物就没事。"

"可是它那么多刺儿呢！万一碰坏一个就不好看了。"

"这种小刺猬蛋糕最受小朋友欢迎了，我们店里每天都要卖出去两三个，从来没有发生过什么问题，你放心好了。"

方好在路边拦到一辆出租，她的车前两天发生了一点小事故，把后车灯撞碎了，目前还在修理中。

坐在车内，想到盒子中装着的那只"小刺猬"，她总是有些不安，也许因为密集恐惧症的缘故。怪就怪当初一时大意，让儿子欢欢和关海波来挑了蛋糕，她都没事先问一下。车子每颠簸一下，她都忍不住要把盒子拆出来看一眼小刺猬是否安然无恙。

欢欢虽然才上小学一年级，但已经有个和关海波一样的毛病——都是完美主义者，万一蛋糕造型受损，他肯定会不高兴，虽说方好平时对儿子也非百依百顺，但生日这天总希望小家伙能开开心心的。确认蛋糕没问题，她放心地将盒子重新组装好，手搭在盒子顶部的把手上，防止它发生移动。

百无聊赖之际，她忽然想起烘焙店女孩关于别压重物的叮嘱，忍不住胡思乱想，不知道这盒子究竟能承受多重的压力，一边想，一边手就往下用力按了一按，她原意是要千方百计保护这"小刺猬"的，可因为担心过分了，反而做出不合理的举止来。

一压之下，盒子居然纹丝不动，方好忍不住赞叹："到底是高级蛋糕店，盒子质量也有保障。"

这句话在她心头尚未完结，把手忽然往下一塌凹进蛋糕盒。方好大惊失色，手忙脚乱拆出盒子来检视，小刺猬背部的几根刺都被殃及，巧克力酱和奶油不仅涂到把手上，连她手指尖也沾到不少。她呆了一会儿，傻傻地把沾了奶油的手指送进嘴里一吮，说不出的香甜可口。

回到家，关海波居然在书房里忙碌，一见方好哭丧的脸，不觉笑问："憨豆妈咪是不是又出什么洋相了？"

方好最近一次出糗是国庆节送欢欢去外婆那儿度假，老师要求小朋友放假期间学会一首儿歌，欢欢就让妈妈记着把儿歌CD塞进行李包，他到外婆家要听的，方好自然一口答应。

车子即将开到外婆家，欢欢忽然想起他的CD来，就问妈妈："我的儿歌专辑带着了吗？"

"带着啦！我昨天晚上把CD盒子装进你的背包里来着，我记得清清楚楚！"

"那CD片你装进盒子没有？"

方好愣住，预感不妙，"……CD片不是一直在盒子里吗？"

欢欢火速检查背包，盒子果然在，打开盒子一看，里面是空的，CD片还留在家中的CD机里……

方好嘬嘴："小刺猬的刺儿被我不小心压坏了几根。"

关海波拆开包装审视，方好嘟哝，"都怪你，挑什么不好，偏要挑个小刺猬。"

关海波失笑，"挑个别的你就不压了？"

方好满怀希冀盯着他，"你能把它恢复成原来的样子吗？"

"呃，这个……"在爱妻崇拜的眼神中，他也没法说不，"我试试看吧。"

再没有什么东西比奶油更难弄了，性子有如沼泽一般碰不得，越弄只会越糟糕，本来问题还不大，经关海波一折腾，缺陷反而明显了，不多会儿他就无能为力地摊手，"就这样吧，不细看也看不出来，你别告诉欢就是了。"

方好想想不妥，"他和你一样，眼里容不下沙子，我还是主动坦白比较好。"

"那随你。"

等把欢欢从学校接回来，方好果然老实交代了自己的"错误"，欢欢听了先不吭声，只围着小刺猬来回打量，半天后才说："妈妈，你其实可以不告诉我的，我一开始都没发现这个问题。"

方好顿时有些懊恼。

"不过呢，你告诉我也没错，反正我迟早也是会发现的。"

关海波幽幽地扫了儿子一眼："关奕欢，逗我老婆玩很有趣是不是？"

欢欢贼兮兮一笑，转头又对方好说："妈妈，既然你犯了错误，怎么也得补偿我一下吧。"

"你想怎么样？"

"答应我一个条件好不好？"

"好。"话音刚落，方好就感觉不妥，忙补充，"我得先听听是什么条件。"

欢欢转一转眼珠子，"陪我坐一次海盗船！"

"不行不行！"方好使劲摇脑袋，"上次陪你坐了一回我就晕了好几天。"

"可你刚才已经答应我了。"

方好没来得及开口，关海波已经开始警告儿子，"不许欺负我老婆！"

欢欢素来见爸爸怕，耸肩说，"好吧好吧，那就换一个……这样吧，你陪我下一次棋，这总可以了吧？"

方好皱眉，"这个嘛……"

关海波一听，一扫刚才的严肃劲儿，笑眯眯地插进来，"爸爸陪你下怎么样？"

欢欢严词拒绝:"坚决不要!"

关海波就拿话刺激他,"你是不是又想在妈妈身上找存在感,小臭棋篓子?"

欢欢小脸涨得通红,"下就下,谁怕谁!"

一大一小雄赳赳气昂昂进了书房,关海波还偷偷朝方好得意地眨了眨眼睛。方好暗笑着进厨房忙活去了。

欢欢和爸爸一边下棋,一边忍不住吐槽,"爸爸,你最近护犊子的状况越来越严重了。"

关海波纠正他,"护犊子是指护自己的小孩,我帮妈妈不算护犊子。"

"反正就是这个意思。再这样下去,我就要成家里的最底层了。"

关海波落下一子,说,"男生让着女生不是天经地义的事儿么?你现在不明白,等将来有了女朋友也就明白了。"

欢欢不抱希望地挑挑小眉头,"我才不想交什么女朋友呢!女人是世界上最麻烦的生物。"

"何以见得?"

"我那个同桌王佳佳,不仅喜欢向老师告我的状,每回考试都特喜欢和我对答案,如果我考不过她,她就会嘲笑我,真是受够了!"

"这不是好事么?正好可以促进你发奋学习。"

欢欢立刻大吐苦水,完全忽略了棋盘上的局势,不一会儿,关海波就点着一块局面提醒他,"嗨,你输了哦,看见没有,这里一大片都被我包围了。"

欢欢叹气,"都怪王佳佳,我一想到她心都乱了,哪里还能专心下棋!"

晚饭时,欢欢抢着自己来分蛋糕,爸爸一块,妈妈一块,自己一块,托盘上还留着一大块。方好奇怪:"这一块是给谁的?"

欢欢说:"妈妈你帮我找个小盒子装好,我明天要带去给王佳佳的,我答应了她的。"

关海波忍不住暗笑,"你不是说她很麻烦吗?为什么还要送蛋糕给她吃?"

"她说她最喜欢吃DD蛋糕店的小刺猬,所以我就……"说了一半,抬头看见爸爸似笑非笑,妈妈目瞪口呆的样子,欢欢一阵别扭,"我答应了她的嘛……爸爸你难道有答应了妈妈又不兑现的事情吗?"

"还真没有。"关海波瞥一眼方好,低语,"果然是有其父必有其子。"